Das Buch

Bald ist es soweit: Goldy Bear wird zum Altar schreiten, um nach reiflicher Überlegung den Detective Tom Schulz zu ehelichen. Gerade hat sie letzte Hand an die Hochzeitstafel gelegt, die Trauung steht unmittelbar bevor, da erreicht Goldy ein folgenschwerer Anruf: Die Hochzeit kann nicht stattfinden – der Pfarrer Olson wurde ermordet, und der Bräutigam ist verschwunden. Alle Indizien sprechen gegen Tom Schulz. Doch ist das der wahre Grund für Toms Verschwinden? Goldy begibt sich auf die Suche nach ihrem Geliebten, und ein Wettlauf gegen die Zeit beginnt – denn Toms Leben steht auf dem Spiel.

Die Autorin

Diane Mott Davidson eroberte mit ihren kulinarischen Kriminalromanen wie *Süß ist der Tod, Man nehme: eine Leiche* oder *Harte Nuss* die Bestsellerlisten der USA im Sturm. Sie lebt mit ihrem Mann und ihren drei Söhnen in Evergreen, Colorado.

Von Diane Mott Davidson sind unserem Hause bereits erschienen:

Darf's ein bisschen Mord sein
Ein todsicheres Rezept
Harte Nuss
Man nehme: eine Leiche
Mann zum Dessert
Mord à la carte
Müsli für den Mörder
Stichtag

Diane Mott Davidson

Hochzeitsschmaus mit Todesfall

Roman

Aus dem Englischen
von Dietlind Kaiser

Ullstein

Besuchen Sie uns im Internet:
www.ullstein-taschenbuch.de

Umwelthinweis:
Dieses Buch wurde auf chlor- und säurefreiem Papier gedruckt.

Neuausgabe im Ullstein Taschenbuch
1. Auflage August 2005

Umschlaggestaltung: Büro Hamburg
Titelabbildung: © James Worrell/photonica
Druck und Bindearbeiten: Ebner & Spiegel, Ulm
Printed in Germany
ISBN-13: 978-3-548-26240-6
ISBN-10: 3-548-26240-6

Für Pfarrerin Constance Delzell

Der Herr baut Jerusalem
und bringt zusammen die Verjagten Israels.
Er heilt die, die zerbrochnen Herzens sind
und verbindet ihre Schmerzen.
Psalm 147, 2–3

Danksagung

Die Autorin möchte den folgenden Menschen danken: Jim Davidson, Jeffrey Davidson, J. Z. Davidson und Joseph Davidson ihrer unermüdlichen Hilfe und Liebe wegen; Sandra Dijkstra, weil sie eine unentwegt begeisterungsfähige Agentin ist; Kate Miciak wegen ihrer hervorragenden und aufmerksamen Lektoratsarbeit; Katherine Goodwin Saideman, Deidre Elliott, Dorie Ann Stapleton, den Pfarrern Jack Stapleton, Larry Donoghue und Pfarrerin Constance Delzell für die gewissenhafte und an Einsicht reiche Lektüre des Manuskripts und ihre hilfreichen Vorschläge; Lee Carr und der Gruppe, die sich in ihrem Haus trifft, für die vorzüglichen Bemerkungen; Carol Devine Rusley aufgrund ihrer Weisheit und Inspiration; Karen Johnson und John Schenk von J. William's Catering, Bergen Park, Colorado, weil sie mir die Teilnahme an einem von einem Partyservice belieferten Hochzeitsempfang ermöglicht haben; Dr. med. Emerson Harvey für sein medizinisches Fachwissen und seine Einsichten; Steve Wormald von Guarantee Upholstery in Denver für sein Fachwissen; der B-10-D-Evergreen-Stingers-Fußballmannschaft, weil sie zehn Wochen lang die Käsesahnetorte mit Schokoladetrüffeln probiert und Kommentare dazu abgegeben hat; und wie immer Ermittler Richard Millsapps vom Büro des Sheriffs in Jefferson County für sein vorzügliches Fachwissen, seine Hilfe, seine Ideen und seine Einsichten.

Jesus Christus ... welchen ihr nicht gesehen und liebhabt
und nun an ihn glaubet, wiewohl ihr ihn nicht sehet,
und werdet euch freuen mit unaussprechlicher
und herrlicher Freude ...
1. Petrus, 7–8

In dieser Kirchengemeinde ist nichts verkehrt, was
sich nicht mit ein paar Beerdigungen zum richtigen
Zeitpunkt in Ordnung bringen ließe.
Beliebter Spruch bei Pfarrern der Episkopalkirche.

Menü für den Hochzeitsempfang

Geräucherte Forelle mit Sahnequark, Gemüseterrinen und Wassercrackern

Blätterteig mit Spinatfüllung

Artischockenherzen im Speckmantel

Gefüllte Portobello-Pilze mit gegrilltem Huhn, Pesto und sonnengetrockneten Tomaten

Blattsalate mit Balsamicovinaigrette

Fusilli in Sahnesauce mit Parmesan

Gebratenes Rinderfilet

Obstbecher mit frischen Erdbeeren, blauen Trauben und Kiwi

Aufgebackene Sauerteig- und Parkerhouse-Brötchen

Hochzeitstorte mit dunklem Schokoladenteig und weißem Pfefferminzguß

1

Liefern Sie auf keinen Fall das Büfett für den eigenen Hochzeitsempfang. Das bringt Unglück, etwa so, als würde der Bräutigam die Braut vor dem Gottesdienst sehen. Tod oder Zerstörung könnten die Folge sein. Von der ruinierten Torte ganz zu schweigen.

Eine halbe Stunde, ehe ich zum zweiten – und zum letzten Mal, wie ich geschworen hätte – heiraten sollte, versuchte ich noch, die gefüllten Pilze zu überprüfen, während mir Lucille Boatwright, die Leiterin der Altargilde, erklärte, wie ich zu gehen hätte. Lucille, in den Sechzigern, mit einem aristokratisch breiten Gesicht und hohen Wangenknochen, umrahmt von adrett gelocktem Silberhaar, entschied darüber, wie eine Trauung in der Episkopalkirche St. Luke abzulaufen hatte, ganz gleich, was im Meßbuch stand. *Schreiten und stehenbleiben, schreiten und stehenbleiben. Goldy, hören Sie mir überhaupt zu?*

In diesem Augenblick hätte ich alles darum gegeben, wenn Tom Schulz bei mir gewesen wäre, ob das nun Unglück brachte oder nicht. Aber der Bräutigam war nicht einmal in der Nähe. Vielleicht hatte sich sein Pieper gemeldet. Im Büro des Sheriffs von Furham County, Colorado, hielt man große Stücke auf Tom; er war dort der beste Ermittler in Mordfällen. Trotzdem kam es mir unglaublich vor, daß man ihn ausgerechnet an diesem Tag zum Dienst beorderte. Während Lucille weiter lamentierte, sehnte ich mich nach einer tröstlichen Umarmung von Schulz vor der Zeremonie. Plötzlich intonierte der neue Organist unserer Kirchengemeinde die ersten Takte des Vorspiels: Jeremiah Clarkes Trompetensolo. Lucille Boatwright unterbrach das Schreiten und Stehenbleiben, riß mir die Platte mit den Pilzen aus der Hand und drängte mich aus der Kirchenküche.

Auf dem Flur scheuchte Lucille eine Gruppe flüsternder Frauen zum Weiterarbeiten in die Küche zurück. Dann stürzte sie los, um meinen Kleidersack aus dem Kindergarten der Kirche zu holen. In den Kindergottesdiensträumen sei man nicht ungestört, teilte sie mir forsch mit, und es sei üblich, daß sich die Braut im Pfarrbüro ankleide, obwohl das altersschwache Gebäude einer *grauenhaften* Renovierung unterzogen werde. Und apropos *grauenhaft*: Ich erkundigte mich, ob es jemandem gelungen sei, sich Zugang zum Hymnal House zu verschaffen, einem weiteren kirchlichen Gebäude, in dem unser Hochzeitsempfang stattfinden sollte. Leider war das alte Haus auf der anderen Straßenseite abgeschlossen. Lucilles gestählter Körper in dem scharlachroten Kostüm bebte. Sie schüttelte die vollkommenen Silberlocken und erklärte, eigentlich hätte Pfarrer Olson Hymnal House heute morgen aufschließen sollen. Sie hätte schon das Pfarrbüro bei ihrer Ankunft selbst aufschließen müssen. Gebieterisch deutete sie auf das leere, unverschlossene Pfarrbüro zehn

Meter neben dem Seiteneingang von St. Luke. *Goldy! Hören Sie mir doch zu! Noch siebenundzwanzigeinhalb Minuten.*

Großartig. Kein Bräutigam, kein historisches Eßzimmer im Hymnal House, kein dort aufgebautes Essen. Und keine Essenslieferantin; ich versuchte, als Braut zu fungieren. Ich umklammerte den Kleidersack und hüpfte vorsichtig über die Gehplanken. Eine verzogene Holztreppe führte ins Pfarrbüro von St. Luke, ein gedrungenes, ein Jahrhundert altes Gebäude, das ursprünglich als Postkutschenstation zwischen Denver, fünfundsechzig Kilometer östlich, und Reisezielen im Westen gedient hatte. Aus der dicken Verschalung mit ungeschälten Fichtenstämmen ragten kleine Butzenscheiben heraus. Jetzt bildete das Pfarrbüro gemeinsam mit den Gebäuden des einst berühmten Gemeindezentrums der Episkopalkirche von Aspen Meadow auf der anderen Straßenseite ein historisches Ensemble mit dem ländlichen, aus Holz gebauten Hymnal House und dem höhlenartigen Brio Barn. Ich warf einen Blick auf die wahllos zusammengenagelten Bretter, die der einzige Hinweis auf die während starken Frosts im Februar geplatzten Rohre waren. Im alten Gemeindezentrum fiel Brio Barn ebenfalls auseinander, aber der Notfall im Büro und die Renovierung des Gebäudes hatten Vorrang. Unser Gemeindepfarrer Olson hatte mir erzählt, historische Bauten verschlängen Geld wie Partygäste Horsd'œuvres.

Als ich mich durch die Bürotür geschoben hatte, sah oder hörte ich keine Menschenseele, ganz zu schweigen von den Klängen der Präludien, allesamt, wie es Vorschrift war, von Pfarrer Olson gebilligt, der am liebsten Ted genannt wurde. Während ich mir hastig mein neues beigefarbenes Kostüm überzog, stammte das einzige Geräusch, das meine Ohren erreichte, von einer auf dem Dachboden über dem Büro kratzenden Waschbärenfamilie.

Ich konzentrierte mich auf ein Dutzend winziger Perlenknöpfe, bei deren Anblick ich mich fragte, ob ich anstelle von geräucherter Forelle nicht lieber geräucherte Austern hätte servieren sollen. Aus einem lila Satintäschchen, das am Kleiderbügel des Kostüms hing, nahm ich vorsichtig ein umwerfendes zweireihiges Perlencollier und legte es an. Es war eine Leihgabe aus einem bevorstehenden Basar der Frauen in der Kirchengemeinde. Marla, meine beste Freundin und Trauzeugin, hatte den Frauenkreis irgendwie davon überzeugen können, es sei eine großartige Reklame für die bevorstehende Schmucktombola, wenn ich den Flitterkram im Wert von zweitausend Dollar tragen dürfe. Als sie mir die Kette anbot, hatte Marla mit der molligen, juwelengeschmückten Hand gewedelt und damit angegeben, was für einzigartige Vorteile eine Tombola habe: einfacher als eine Kuchenversteigerung und tausendmal einträglicher.

Ich sah mich nach einem Spiegel um. Wo steckte Marla überhaupt? Ich seufzte; ich hatte keine Zeit, mir über Dinge den Kopf zu zerbrechen, die nicht in meiner Macht standen. Meine Gedanken kreisten um alle möglichen Einzelheiten, die nach der Trauung geändert werden mußten, falls niemand den Schlüssel zum Hymnal House auftreiben konnte. Falls wir die Honneurs und die Fotos noch in der Kirche hinter uns brachten, bliebe meinen Helfern genug Zeit, das Essen im Hymnal House aufzubauen – wenn sie erst einmal dort eingebrochen waren.

Als ich den breitkrempigen Hut mit einer perlenbesetzten Nadel in meinem widerspenstigen Haar feststeckte, stellte ich mir die Bemerkungen der Gemeindemitglieder über meine bräutliche Erscheinung vor: *Shirley Temple, als Prinzessin Di verkleidet.* Ich erschauerte und sah vor meinem geistigen Auge das Empfangsbüfett. Die wunderschönen Platten und schweren Warmhalteschüsseln waren hastig in der Kirchenküche abgestellt worden, als sich herausstellte, daß die Helfer nicht ins Hymnal House konnten. Es war fraglich, ob das Hotelgeschirr den Transport über das holprige Eis und den Kies auf dem Kirchenparkplatz, über die Brücke über den Cottonwood Creek und die Main Street hinweg und den Gehweg zum Gemeindezentrum hinauf überstehen würde. Ein unerwarteter Ausrutscher auf dem Kies: und die geräucherten Forellen mit Sahnequark würden sich überallhin ergießen. Eine ungeschickte Bewegung: und eine ganze Schicht der sorgfältig zusammengebauten Torte würde in den eisigen Bach rutschen. Und falls Pfarrer Olsons Lobrede auf die Herrlichkeiten der Ehe – von denen er keine Ahnung hatte – kein Ende fand, würden die Portobello-Pilze der Geschichte angehören.

Die niedrige Tür des Büros mit schräger Decke wurde aufgerissen.

»Wie *üblich* kommt Pfarrer Olson zu spät«, erklärte Lucille Boatwright mit flammenden eisblauen Augen. »Hier können Sie nicht länger bleiben. Falls Olson Ihnen den Brautsegen spenden will, wird er es in der Sakristei tun müssen.« Sie musterte mich von oben bis unten. »Pfarrer *Pinckney* wäre bestimmt nicht zu spät gekommen. In *fünfzehn Jahren* ist Pfarrer Pinckney zu keiner *einzigen* Hochzeit zu spät gekommen.« Der auf konziliante Weise konservative Pfarrer Pinckney, der jetzt pensioniert war und in seinem Heimatstaat South Carolina lebte, war für die ältere Generation in unserer Kirchengemeinde zum Helden geworden. Trotz der Tatsache, daß der charismatische Pfarrer Olson vor drei Jahren unser neuer Seelenhirte geworden war, hatten Lucille und ihre Anhänger es im großen und ganzen geschafft, ihn zu ignorieren .

Sie reckte das Kinn. Es war breit, einschüchternd scharf und wies ein bebendes Grübchen auf. »Der Brautstrauß ist angekommen.« Sie sah das Perlencollier mit zusammengekniffenen Augen an. »Hat Olson gesagt, daß er den Bräutigam abholt? Es sieht danach aus, als kämen *beide* zu spät.«

Oh, Herr im Himmel. Ich biß mich auf die Lippen, ließ es aber bleiben, als ich merkte, daß ich Lippenstift trug, nicht gerade meine Gewohnheit. »Tut mir leid, ich weiß nicht, wie sie herkommen wollen. Ich habe beide seit gestern abend nicht mehr gesehen. Nach der Probe hier in der Kirche gab es ein kleines gemeinsames Abendessen ...« Ich erwähnte Lucille gegenüber nicht, daß Tom Schulz und ich nach dem Abendessen das letzte Traugespräch mit Pfarrer Olson geführt hatten. Das Gespräch war nicht gut verlaufen, was ich auf die Nervosität geschoben hatte. Aber wenn man jemandem in unserer Kirchengemeinde auch nur die kleinste persönliche Einzelheit erzählte, konnte man sie gleich in der Lokalzeitung veröffentlichen. Das galt vor allem, wenn man die Bemerkung mit den Worten *im Vertrauen gesagt* einleitete.

Lucille ächzte über meine Ahnungslosigkeit und trug mir auf, die beigefarbenen Brautschuhe anzuziehen. Sie waren noch unbequemer, als ich sie in Erinnerung hatte. Dann folgte ich pflichtschuldig Lucilles kloßförmigem Körper, als sie forsch über den mit Eis und Schlamm verkrusteten Weg zwischen dem alten Pfarrbüro und dem modernen Gebäude von St. Luke zurückmarschierte. Die Luft war kalt; dünne Wolkenbahnen trübten den Himmel. Aufsteigender Dunst vom schmelzenden Schnee bildete einen bleichen Vorhang zwischen dem hohen, A-förmigen Kirchendach und den fernen Bergen. Ich hielt mich an die Steinplatten, um dem Schlamm auszuweichen. Spechte schwirrten zwischen den Fichten und den Baugräben des unfertigen Kolumbariums von St. Luke neben dem Parkplatz. Weiter unten zwitscherten Meisen und schwebten zwischen den kahlen Espen und den Ufern des eisigen, angeschwollenen Cottonwood Creek.

Die hohen, dramatischen Klänge des Trompetensolos erreichten mein Ohr. *Das ist der große Augenblick; alles wird gut werden.* In diesem Moment lief mir die Erregung das Rückgrat entlang, trotz der furchtbaren Schuhe, des abgeschlossenen Hymnal House und der für den Pfarrer wie für den Bräutigam nur allzu typischen Verspätung. *Ich heiratete.* Unsere Hochzeit würde stattfinden, dem drohenden Aprilschnee zweitausendfünfhundert Meter über dem Meeresspiegel zum Trotz. Und obwohl es ein Samstag in der Fastenzeit war, in der, wie Pfarrer Olson sagte, traditionell keine Trauungen vollzogen wurden. Aus diesem Grund habe die Altargilde, hatte Olson mir lachend mitgeteilt, sich heftig über die üppigen Blumenarrangements für den Altar beschwert, die ich in dieser Zeit der Buße bestellt hatte. Es war das Pech der Kirche, daß Tom Schulz und ich uns wegen unserer verrückten Terminpläne nur am letzten Samstag in der Fastenzeit zum Heiraten freinehmen konnten. Wir mußten beide am Dienstag wieder in Aspen

Meadow sein, damit Tom vor Gericht aussagen und ich das Essen für eine dreitägige Sitzung des theologischen Prüfungsausschusses der Diözeses liefern konnte, ein Komitee, in das ich vor kurzem berufen worden war. Unsere dreitägige Hochzeitsreise zur Beaver Creek Lodge würde kurz werden, wunderschön und unbelästigt von Telefon und Küchengeräten.

Ich hüpfte ungraziös über die letzte Schlammpfütze und auf das Trottoir. Am erstaunlichsten war eigentlich, daß ich überhaupt heiratete. *Trotz allem.* Sieben Jahre lang war ich die Ehefrau eines gewalttätigen Arztes gewesen. Was mir aus dieser katastrophalen Ehe geblieben war, war ein wunderbarer Sohn, Arch, jetzt zwölf, die Fähigkeit zu kochen und eine emotionale Narbe von der Größe des Pike's Peak. Ich hatte mich auf den Aufbau eines Partyservice gestürzt und der Ehe auf immer und ewig abgeschworen. Aber dann war Ermittler Tom Schulz aufgetaucht und nicht wieder gegangen. Tom hatte mich von seiner Güte und Zuverlässigkeit überzeugt, obwohl wir uns gestern abend gestritten hatten. Ausgerechnet über das Leben nach dem Tod. Wenn man ein ganzes Eheleben vor sich habe, hatte ich beim letzten Traugespräch gefragt, wen schere dann schon das ganze Hosianna für und für danach? Als ich das erwähnte, verdrehte Pfarrer Olson die Augen und murmelte: »Ah, Eschatologie«, als wäre das Wort eine Trüffel. Bei meiner Arbeit als Kindergottesdiensthelferin war »Bis daß der Tod euch scheidet« nicht vorgekommen. Pfarrer Olson sagte, wir hätten noch sehr viel Zeit, darüber zu sprechen.

»Beeilen Sie sich jetzt doch«, schimpfte Lucille, als sie die Tür des Nebeneingangs von St. Luke aufzog. In der Kirche vermischten sich die hohen Orgelklänge mit dem Gemurmel und Füßescharren der ankommenden Gäste. Lucille scheuchte mich in die Sakristei, den winzigen Nebenraum des Gotteshauses, in dem der Pfarrer und die Meßdiener vor dem Gottesdienst die Gewänder anlegen. Auf dem Tresen neben dem Pfarreiregister lagen zwei Sträuße derselben Art wie der umstrittene Altarschmuck: üppige Gebinde aus cremefarbenen Levkojen, duftenden Fresien, winzigen rosa Nelken und weißen und rosa Babyröschen. Ein Strauß für mich, einer für Marla, die nicht nur meine beste Freundin und Trauzeugin, sondern auch die zweite Exfrau meines ersten Mannes war. Lucille teilte mir mit, Marla sei draußen in der Vorhalle und kichere »wie verrückt mit dem Ausschuß für die Schmucktombola, aber das paßt ja ins Bild.« Sie werde sie zu mir schicken. Lucilles Ton drückte ihre Meinung über den Tombola-Ausschuß und über Marla, die Vorsitzende, aus. Sie bedachte mich mit einem weiteren rasiermesserscharfen Blick und befahl mir, mich nicht vom Fleck zu rühren.

Arch steckte den Kopf zur Sakristeitür herein. Er schob sich die Brille die sommersprossige Nase hoch und sagte: »Ich weiß. Du bist nervös, stimmt's?«

»Erinnerst du dich noch an deinen ersten Tag in der siebten Klasse?«

»Lieber nicht.« Er schoß durch die Tür und machte sie leise hinter sich zu. »Ich sag's dir ungern, Mom, aber dein Hut sitzt schief.«

Ich lächelte. Arch mit den mageren Schultern und der schmalen Brust hatte sich eindeutig große Mühe mit seinem Äußeren gegeben, war geschniegelt und adrett. Aber der Smoking in Kindergröße unterstrich nur, wie erwachsen er in den letzten fünf Jahren zwangsläufig geworden war. Erst hatte er sich in Fantasy-Rollenspiele geflüchtet. Dann war er in der neuen Schule gepiesackt worden. Erst in den letzten Monaten hatte Arch von zwei Menschen familiäre Unterstützung erfahren – von Julian Teller, unserem neunzehnjährigen Untermieter, und natürlich von Tom Schulz. Zum ersten Mal seit Jahren wirkte mein Sohn wirklich glücklich, selbst wenn es eine gefährdete Art von Glück sein mochte.

Widerstrebend drehte ich mich um und schaute in den hohen Spiegel hinter der Sakristeitür. Wie ich befürchtet hatte, sah ich darin eine kleine, einunddreißigjährige Frau mit blonden Korkenzieherlocken unter einem schiefen Hut, der zu damenhaft für ihr etwas rundliches, leicht sommersprossiges Gesicht wirkte. Ich nahm das scheußliche beigefarbene Seidending ab, setzte es wieder auf und stocherte wütend mit der Hutnadel darin herum. Ich verabscheue Hüte. Nicht einmal beim Ausrichten eines besonders eleganten Abendessens setze ich eine Kochmütze auf. Aber Pfarrer Olson hatte gemeint, wenn ich einen Hut trüge, könne das die Altargilde besänftigen, gegen deren viele Regeln ich verstieß, indem ich während der Fastenzeit heiratete, zum zweiten Mal und mit jeder Menge Blumen. Arch stand hinter mir auf den Zehenspitzen und runzelte die Stirn, als er sich die schwarze Fliege mit Silberstreifen zurechtrückte. Der Smoking war ein bißchen zu groß. Trotzdem sah Arch einfach hinreißend aus. Ich drehte mich um und schloß ihn impulsiv in die Arme.

»Weißt du, Mom, du machst sowas ja nicht zum ersten Mal.« Er löste sich von mir und lief bis zu den strohblonden Haarwurzeln rot an. »Ich meine, nicht nur, weil du Dad geheiratet hast. Du hast doch schon so viele Hochzeitsempfänge ausgerichtet. Am Ende war immer alles in Ordnung, auch wenn mal was schiefgegangen ist.«

»Ich weiß, ich weiß.« Ich warf einen Blick auf den leeren Ringfinger der linken Hand. Noch eine Viertelstunde. »Arch. Du weißt nicht zufällig, ob sie ins Hymnal House hineingekommen sind, oder?«

Er grinste schadenfroh. »Julian hat ein Fenster eingeschlagen.«

»Oh, bitte.«

»So schlimm sieht es gar nicht aus! Julian und die Helferinnen haben die Scherben aufgefegt. Jetzt stellen sie die Tische, die Warmhalteschüsseln und alles auf. Er hat gesagt, ich soll's dir ausrichten.«

»Sie haben noch nicht damit angefangen, die Gemüseterrinen hinüberzuschaffen, oder?« fragte ich verzweifelt. »Hat Julian die Torte mit dem Auto hinübergefahren oder will er sie über den Parkplatz schieben? Dann muß er wegen der Baustelle aufpassen ... und funktioniert der Backofen im Hymnal House?« Unter meinem Sperrfeuer aus Fragen zuckte Arch die Achseln und spielte mit den Streichhölzern für die Kerzenanzünder herum. »Arch«, flehte ich, »könntest du Marla bitten, daß sie zu mir kommt? Tut mir leid, aber es macht mich einfach nervös, daß es noch nicht angefangen hat.« Ich lauschte angespannt. »Wie halten sich die Musiker?«

»Als nächstes kommt Händels Wassermusik«, erklärte er.

»Ich habe das ganze Programm auswendig gelernt. Das Stück von Jeremiah Clarke gefällt mir, weil sie das manchmal vor der Fernsehsendung *Unheimliche Geschichten* spielen.« Als ich seufzte, faßte er sich an die Fliege und fügte hastig hinzu: »Kennst du die Frau, die wie eine Indianerin herumläuft? Agatha Preston? Jedenfalls hat sie die Terrinen ausgepackt. Die anderen

Frauen haben sie noch nicht hinübergebracht. Über die Torte, die Baustelle und über den Backofen weiß ich nichts. Ich hole Marla, aber dann soll mir jemand vom Frauenkreis oder Pfarrer Olson erklären, wann ich Grandma den Gang entlangführen muß.« Er öffnete die Sakristeitür und warf einen Blick hinaus. »Mann, da draußen sieht es aus wie bei einem Pfarrkonvent. Hast du den ganzen Ausschuß eingeladen, in dem du sitzt?«

»Schätzchen, das mußte ich. Und außerdem alle Gemeindemitglieder. Ich habe schon zu dieser Kirche gehört, als du noch nicht auf der Welt warst. Ich mußte alle einladen, sonst wäre bestimmt jemand beleidigt gewesen. Aber ich darf nicht hinausschauen, das bringt Unglück. Ist er schon da?«

Arch zog den Kopf ein. »Wer?«

»Tom Schulz, Dummerchen. Bitte, komm wieder rein.« Ich zog meinem Spiegelbild eine Grimasse. Der Hut saß unbestreitbar immer noch schief.

»Ich kann nur ein paar Männer von der Funkstreife sehen, die mir Tom mal vorgestellt hat«, antwortete Arch. »Und da draußen das überdachte Dingsbums, durch das man in die Kirche kommt? Hast du gesagt, das heißt Kolumbarium? Danach werde ich bestimmt bei der Konfirmandenprüfung gefragt.«

»Arch, bitte. In einem Kolumbarium werden Urnen mit der Asche von Toten aufbewahrt. Neben St. Luke wird jetzt eins gebaut. Das offene Dingsbums am Kircheneingang ist das Paradies. Wenn du das durcheinanderbringst, gibt es ein Chaos, ganz davon zu schweigen, daß du vermutlich bei der Konfirmandenprüfung durchfällst.«

»Ja, okay, draußen im *Paradies* quatschen Marla und ihre Freundinnen pausenlos. Und Tausende von Gästen sind da, so sieht es jedenfalls aus. Huh, da kommt die fiese Frau von dem Ausschuß, der sich um die Altardecken, das Geld, das Brot und den Wein und das ganze Zeug kümmert.«

»Von der Altargilde? Wer ist es?«

Er schlüpfte schnell zur Tür hinaus, ohne zu antworten. Ich wollte ihm sagen, jemand solle die Torte in den Lieferwagen laden und zum Hymnal House hinüberfahren. Voller Entschlossenheit, in der Küche nach dem Rechten zu sehen, rückte ich den Hut zurecht und stolzierte hinter Arch her. Prompt stieß ich mit Lucille Boatwright zusammen.

Sie sah mit bösem Blick zu mir auf. »Goldy! Wo wollen Sie denn hin? Sie haben ja noch nicht mal den Hut richtig auf. Und Ihre Frisur ist eine Katastrophe.«

»Ich will nach der Torte sehen und –«

»Das werden Sie hübsch bleibenlassen –« Das Klingeln des Kirchentelefons unterbrach ihre Schimpferei. »Oh, warum hat denn niemand diesen blöden Anrufbeantworter eingeschaltet? Dieser technische Schnickschnack! Pfarrer Pinckney hätte niemals zugelassen ...« Lucille stürmte maulend davon.

Ich schlich den Flur entlang, vorbei an den Kindergottesdiensträumen und dem Ölportrait des schmerzlich vermißten ehemaligen Gemeindepfarrers, und schlüpfte schließlich in die Küche. Bei einem Gewitter kommt jede Zuflucht gelegen. Davon einmal abgesehen – falls der Frauenkreis die Hotelschüsseln mit Pasta fallen gelassen oder das Rinderfilet verbrannt hatte, konnten die Damen bis zur Apokalypse warten, ehe ich je wieder das Essen für ihre Zusammenkünfte lieferte.

Zum Glück leisteten die freiwilligen Helferinnen ausgezeichnete Arbeit. Zwei Frauen schoben sich vorsichtig mit den in braunem Zucker glasierten Artischokkenherzen im Speckmantel zur Seitentür der Küche hinaus. Ein weiteres Team griff nach den Schüsseln mit Fusilli in cremiger Parmesansauce und den Blätterteigtaschen mit Spinatfüllung. Als nächstes kamen die Kristallschalen, bis zum Rand gefüllt mit Kiwischeiben wie Juwelen, prallen Erdbeeren und dicken Büscheln blauer Trauben. Die glatten Schichtterrinen, alle sechs, wurden behutsam in Kühlbehälter gesetzt und neben dem saftigen Rinderfilet und den in Sherry getränkten Portobello-Pilzen auf Servierwagen gestellt.

Beim Gedanken daran bekam ich Hunger. Keine Zeit zum Frühstücken, es gab soviel zu tun, und ... wo war die Torte? Sie sollte eigentlich schon auf einem separaten Servierwagen stehen ...

»Was haben Sie denn hier verloren?« hauchte eine schockierte Stimme. Arch hatte recht: Agatha Preston sah tatsächlich aus, als hätte sich Pocahantas in die Episkopalkirche verirrt. Den Saum ihres perlenbesetzten lachsfarbenen Wickelkleides zierte ein halber Meter verknoteter Fransen, und sie trug ein blau und korallenrot besticktes Stirnband. In das lange, zu Zöpfen geflochtene Haar waren unattraktive Strähnen gefärbt. Im Augenblick hatte sich Agathas hübsches Gesicht zur betont unauffälligen, leicht säuerlichen Miene einer Frau verzogen, die eben bei einer Preisverleihung leer ausgegangen ist. Vielleicht paßte es ihr nicht, daß sie zu Lucilles Hilfstruppen gehörte. Die freiwilligen Helferinnen schoben Platten an uns vorbei zur Küchentür hinaus und bedachten unsere kleine Konfrontation mit schrägen Blicken. Stotternd wich ich zum Kühlschrank zurück.

»Ich will nach der Torte sehen«, sagte ich lahm,

dann wirbelte ich herum und machte die Kühlschranktür auf, ehe Agatha mir weitere Fragen stellen konnte. Und da war sie – die schimmernde, vierschichtige Kreation des ultracoolen, ultrabegabten Julian Teller. Julian war nicht nur unser Untermieter und eine Hilfe beim Umgang mit Arch, sondern außerdem auszubildender Partylieferant und ein As als Konditor, trotz der Tatsache, daß er noch im letzten High-School-Jahr war. Ich hatte ihm gesagt, eigentlich sei eine Hochzeitstorte weiß in weiß gehalten. Als ich ihm aber meine besondere Schwäche für Schokolade mit Pfefferminz gestand, war er sich mit den Händen durch die gebleichte Hahnenkammfrisur gefahren und hatte gesagt: »Hey, Mann, es ist deine Hochzeit.« Dann hatte er sich an die Zubereitung einer dunklen Schokoladentorte mit weißem Pfefferminzguß gemacht. Als ich Einspruch einlegte gegen die traditionelle Krönung der Torte mit Plastikfiguren von Braut und Bräutigam – meine erste Hochzeitstorte war so dekoriert worden, und hatte mir das etwa etwas Gutes eingebracht? –, hatte Julian lächelnd den Spritzbeutel geschwenkt und reihenweise abstrakte Schnörkel, asymmetrische Rosetten, steife Blätter und geringelte Girlanden kreiert. Die mit Blumen überladene Torte ähnelte einem ausgeflippten Rockkonzert.

»Entschuldigung, Goldy«, sagte Agatha, dieses Mal weniger schüchtern.

Ich drehte mich um. Agathas Kleid konnte die Figur einer Vogelscheuche nicht ganz verbergen. Sie lockerte ihre unglückliche Miene mit einem schwachen Lächeln auf, und ich erinnerte mich an das letzte Mal, das wir miteinander gesprochen hatten, bei einem Barbecue, das ich für die Jagdfreunde ihres Mannes ausgerichtet hatte. Sie hatte ein knappes Sommerkleidchen im selben Fischfleischton getragen und mich mit genauso einem angedeuteten Lächeln bedacht. Jetzt schüttelte sie unsicher die gesträhnten Zöpfe.

»Goldy, wenn Sie nicht in die Sakristei zurückgehen, wird Lucille sich *furchtbar* aufregen.«

»Ja, aber die Torte muß jetzt herausgenommen werden –«

»Bitte. Im Hymnal House ist fast alles fertig. Es wird bestens laufen. Sie kennen Lucille nicht, wenn sie sich aufregt.«

Ich Glückliche. Ich machte mich auf den Rückweg über den Flur. Leider füllte sich der schmale Durchgang jetzt mit Leuten, die in den Kindergottesdiensträumen die Wintermäntel ablegten: April in Colorado hieß, daß es jederzeit schneien konnte. Als sie mich sahen, war das Volksfest offiziell eröffnet. Als erster machte Doug Ramsey einen Satz in meine Richtung, Olsons großer, schlaksiger neuer Vikar, der ebenfalls dem theologischen Prüfungsausschuß der Diözese angehörte.

»Der Star der Show!« rief er, und Köpfe drehten sich nach uns um. Doug Ramsey hatte ein zartes, dreieckiges Gesicht und lange schwarze Ringellocken, durch die er eher wie achtzehn aussah als wie achtundzwanzig. Das zu jugendliche Aussehen kompensierte er dadurch, daß er zuviel redete. »Der ganze Ausschuß ist hier«, sprudelte es aus ihm heraus, »und das können Sie durchaus als Kompliment auffassen. Natürlich dürften die Kandidaten wohl kaum hier sein, aber die büffeln vermutlich für die Prüfungsfragen, die wir miesen alten Prüfer uns aus den Fingern saugen ... Wissen Sie, ich werde eine strenge Miene aufsetzen und nach den Erzbischöfen von Canterbury fragen, und dann wird Kanonikus

Montgomery Fragen nach der Geschichte der Eucharistie stellen.« Er verstummte kurz und trommelte sich theatralisch mit den knorrigen Fingern gegen die Brust. »Und ganz gleich, wie die Frage lautet, dieser *gräßliche* Mitchell Hartley wird vermutlich wieder durchfallen –«

Ich sagte verzweifelt: »Doug, bitte. Haben Sie Pfarrer Olson gesehen? Er scheint vergessen zu haben, daß heute der große Tag ist. Könnten Sie im Notfall eine Trauung halten?«

Doug Ramseys Gesicht über dem makellosen Klerikerkragen wurde mehlweiß. Über seiner Stirn bebte ein langes Fragezeichen aus öligem schwarzem Haar. Ihm blieb mitten im Satz der Mund offen stehen.

Ich spürte einen Stich des Bedauerns. »Das war nur ein Scherz, Doug. Ich hab' einfach was gegen eine Verschiebung.«

»O nein«, sagte er knapp und fügte dann mit typischer Ichbezogenheit hinzu: »Dann wären Sie ja auf keinen Fall rechtzeitig zu den Prüfungen zurück. Aber ... eine *Trauung* ... Ich wüßte nicht, worüber ich predigen sollte. Vermutlich über die Liebe, vielleicht über die Dreieinigkeit ...«

Diese beklommenen Überlegungen wurden von einer Reihe gespenstischer Ächzlaute unterbrochen. Ich schaute durch die Menge auf dem Flur und sah, daß Lucille Boatwright gegen einen Pfarrer sackte. Sie stöhnte laut. Ich erinnerte mich an Agathas Warnung und meinte, das sei Lucille Boatwright in *furchtbarer* Aufregung.

»Ich komme!« rief ich. »Moment!«

Ich drängte mich durch die Leute auf dem Flur, die mich alle anfassen oder etwas fragen wollten. *Wo ist Schulz?* fragte einer der Polizisten, an dessen Gesicht ich mich vage erinnerte. *Wo ist Arch?* fragte eine Kindergottesdiensthelferin. *Ich habe in einem Streckverband gelegen und ihn seit meiner Heilung noch nicht gesehen* … Die Stimme einer früheren Freundin aus der Kirchengemeinde: *Goldy, was für ein hinreißendes Kostüm! Viel besser als die Rüschenrobe, die du beim letzten Mal getragen hast, meine Liebe.* So höflich wie möglich wehrte ich die wohlmeinenden Fragen und Finger ab. Jetzt waren meine Frisur, mein Kostüm und alles im Eimer, dachte ich lieblos. Warum saßen diese Leute nicht in den Kirchenbänken und hörten zu, während der Organist die vom Pfarrer gebilligten Musikstücke spielte? Am Ende des Ganges sah ich einen Pfarrer und ein weibliches Gemeindemitglied, die sich um die zu Boden gesunkene Lucille Boatwright kümmerten. Sie nahm offensichtlich die üblichen Bräuche viel ernster, als ich je zu träumen gewagt hätte.

Ich sagte: »Ich war bloß in der Küche –«

»Wir müssen einen Notarztwagen rufen«, sagte die Frau. »Ich glaube, sie hat einen Herzinfarkt.«

»Aber ich war doch bloß einen *Moment* –«

Der Kleriker sah zu mir auf. Sein Gesicht war dunkelrot angelaufen. »Ich glaube, Ihr Bräutigam ist am Telefon«, sagte er. »Da ist irgend etwas passiert –«

Ich stürzte an ihnen vorbei in den Chorraum. Das weiße Telefonkabel lag zusammengerollt auf dem Boden. Bestürzt und in leichter Panik packte ich den Hörer.

»Ja?«

»Lieber Gott, wie leid mir das tut«, sagte Tom Schulz. Seine Stimme klang tonlos, unendlich niedergeschlagen. Im Hintergrund konnte ich ein schwaches Klimpern hören, wie von Windglöckchen.

»Was tut dir leid? Wo bist du?«

»Moment.« Der Hörer fiel klackend auf etwas Hartes. Einen Augenblick später war Tom wieder in der Leitung. »Miss G.« Er seufzte tief. »Sag allen, sie sollen nach Hause gehen.«

»Was?« Das durfte nicht wahr sein. »Warum? Tom, was ist los?«

»Ich bin in Olsons Haus. Er hat wegen einer Autopanne angerufen, hat gesagt, ich soll ihn abholen. Und ich habe ihn gefunden.«

»Du –?«

Die Stimme meines Bräutigams brach. »Goldy, er ist tot.«

2

»**Tom!** Das verstehe ich nicht. Sag mir, daß das nicht wahr ist.«

»Er ist vor ein paar Minuten gestorben. Man hat auf ihn geschossen. Als ich ankam, fand ich ihn mit einem Loch in der Brust«, fügte Tom Schulz in dem distanzierten, sachlichen Ton hinzu, in dem er über seine Arbeit sprach. »Ich habe ein Team angefordert. Hör mal, ich muß auflegen. Du kennst die Vorschriften. Ich muß bei der Leiche bleiben.«

»Aber wieso ...? Heiraten wir nicht? Heute, meine ich?«

»Oh, Goldy.« Die Verzweiflung machte seine Stimme schwer. »Vermutlich nicht. Das Team wird Stunden brauchen.« Er machte eine Pause. »Wollen wir es heute abend mit einer standesamtlichen Trauung versuchen?«

»Ob ich –« Das wollte ich nicht. Kein hastiges Ritual. Ob es mir gefiel oder nicht, ich war Episkopalierin, von der Wiege bis zur Bahre, wie es in unserer Kirche heißt, einem Mitglied in einem elitären Hundezüchterverein vergleichbar. Falls ich wieder heiratete, dann vor Gott, der Kirche und der ganzen Gemeinde, und die Trauung mußte von einem episkopalischen Pfarrer vollzogen werden.

Gütiger Gott. Plötzlich hatte ich feuchte Hände. *Pfarrer Olson.*

Ich riß mir den Hut vom Kopf. In meiner Brust bildete sich ein Knoten. Es war ein Irrtum. Dieser Anruf war ein grauenhafter Alptraum. Jeden Augenblick würde ich aufwachen.

Ich stammelte: »Tom, wie ist das mit Pfarrer Olson passiert?«

»Ich weiß es nicht. Wir müssen es herausfinden. Willst du nach Hause fahren und auf mich warten?«

»Komm zur Kirche. Bitte. Ich warte hier auf dich.« Ich verfluchte das Zittern in meiner Stimme. »Paß auf dich auf.«

Ich legte den Hörer auf. Die Luft im Chorraum wirkte plötzlich dünn. Die Abwesenheit von Pfarrer Olson hatte etwas Gespenstisches. Ich versuchte, Bilder von einer Waffe auszulöschen, die sich drohend auf ihn richtete. Von Schüssen. Die Silberstange neben mir, auf der die weinroten Chorgewänder hingen, glänzte im Neonlicht der Deckenlampe viel zu grell. Auf dem Flur steigerten sich Rufe, Geschrei und ungläubige Aufschreie zu einem Lärm, der dem Hämmern in meinen Ohren Konkurrenz machte. Ich schloß die Augen und versuchte, Luft zu holen.

»Goldy, was zum –«

Ich drehte mich langsam um. Marla Kormans üppige Präsenz füllte den Türrahmen aus. Der Lärm auf dem Flur wurde noch lauter.

»Goldy, du siehst ja furchtbar aus! Warum hast du den Hut weggeworfen? Ich war in vier Läden, bis ich ihn aufgetrieben habe.« Marla machte die Tür hinter sich zu. »Was soll denn der ganze Krach da draußen? Und sieh dir bloß dein Kostüm an. Hast du auf dem Boden gesessen? Das ist ja zum Heulen!«

Sie kam mit klackenden italienischen Lederpumps näher und legte mir die kleinen Hände mit den polierten roten Nägeln auf die Schultern. Ihr massiger Körper, sonst viel auffälliger gekleidet, steckte in einem marineblauen Kostüm, das gar nicht zu ihr paßte. Die strenge Nackenrolle, die ihr dichtes braunes Kraushaar bändigte, wirkte geradezu absurd. Sie hatte sich extra für meine Hochzeit in das Kostüm gezwängt und sich das Haar nach hinten frisiert. Für meine Hochzeit, die jetzt plötzlich gar nicht stattfinden sollte. Ich fragte mich, wie lange es dauern würde, bis die lautstark auf dem Flur verbreitete Nachricht die Leute in den Kirchenbänken erreichte.

»Huhu, Goldy!« sagte sie munter. »Vor mir kannst du dich nicht verstecken. Willst du mir nicht erzählen, was los ist?«

Ich versuchte zweimal zu antworten, ehe ich herausbrachte: »Olson ist tot. Tom ...«

Sie packte meine Schultern fester. »Tot? *Tot?*« Ihre Stimme schrillte in mein Ohr.

»Ja.« Ich deutete schwach in Richtung Flur. »Vermutlich ist deshalb der Teufel los. Ich weiß es nicht. Hat irgend jemand da draußen was über die Hochzeit gesagt?«

»Sie können doch nicht –« Marla ließ mich los und machte kehrt. Ihre Pumps kratzten über den Vinylboden, als sie auf Zehenspitzen zur Tür ging und hinausschaute. Wieder drang der Lärm herein. Nach ein paar Augenblicken schloß Marla leise die Tür und wandte sich wieder mir zu. »Es sieht so aus, als wäre Lucille Boatwright ohnmächtig geworden, aber sie ist wieder bei Bewußtsein. Was ist mit Pfarrer Olson? Was soll das heißen, *er ist tot*? Hat er einen Herzinfarkt bekommen oder was?«

Ich dachte an Toms Rat: *Lass' dich nicht ausfragen.* Unvermittelt erinnerte ich mich daran, wie seine grünen Augen und sein attraktives Gesicht eines Abends grimmig ernst geworden waren, während er seine Limoges-Dessertteller mit Blumenmuster abtrocknete und mit mir über seine Arbeit sprach. *Wenn ich dir etwas anvertraue, Goldy, dann erzähl niemandem Einzelheiten, nicht einmal Menschen, denen du vertraust, denn du weißt nie, wo solche Einzelheiten landen.* Fakten wie *in die Brust geschossen* durfte man Marla nicht wissen lassen. Ich wußte nur allzugut, daß sie nicht nur einen riesigen Körper und einen Riesenverstand hatte, sondern auch ein Riesenklatschmaul war, beste Freundin hin oder her.

Marlas kleine Hände fuhren erregt über das Perlencollier an ihrem Hals, ein weiteres Stück für die bevorstehende Tombola. »Ich meine«, sagte sie, »hatte er irgendeine Krankheit, von der wir nichts wußten? Ein Aneurysma? Ein Schlaganfall? Bei seinem ganzen Gerede über das Heilen, weißt du. Oh, hör mir doch zu. Ich bin sogar mit ihm ausgegangen …«

Ich erzählte das Nötigste, was sich ohnehin schnell herumsprechen würde: daß Tom Schulz zu Pfarrer Olson gefahren war, um ihn abzuholen. Daß ein Eindringling oder sonst jemand Olson tödlich verletzt hatte, bevor Tom eintraf.

»Großer Gott, er ist *umgebracht* worden?« Marlas mollige Wangen wurden vor Ungläubigkeit schlaff. Es klopfte an der Tür zum Chorraum. Marla machte auf, fertigte den Störenfried ab und wandte sich dann wieder mir zu. Ihre Stimme wurde wütend. »Oh, warum hat Olson nur darauf bestanden, so weit draußen am Upper Cottonwood Creek zu wohnen?« Sie krallte die pummeligen Hände und gestikulierte heftig. »Er hat geglaubt, er braucht nur so einen modischen Geländewagen mit Vierradantrieb. Hat er denn nicht begriffen, daß es gefährlich ist, keine Nachbarn in der Nähe zu haben? Ich kann es nicht fassen. Er war doch erst, wie alt, fünfunddreißig?«

Mir wurde beim Versuch, nachzurechnen, wieder schwindelig. »So in etwa. Aber ich weiß, daß aus der ... Trauung nichts wird.« Ich wollte tief durchatmen, aber das half nichts gegen eine kalte Welle des Erschauderns. »Das ganze Essen ...«

Marla legte den Kopf schief und dachte nach. »Soll ich einen von den Sanitätern holen, die sich um Lucille kümmern? Ich habe gehört, wie irgend jemand gesagt hat, sie hätten einen Notarztwagen gerufen.«

»Nein, nein. Danke.«

»Ich begreife immer noch nicht, wie Olson umgebracht worden ist.«

»Das wird die Polizei schon herausfinden.« Plötzlich war mit der Gedanke ungeheuer peinlich, daß meine Eltern, mein Sohn, meine Freunde und Bekannten alle in den Kirchenbänken saßen und darauf warteten, daß die Trauprozession anfing. »Wissen alle draußen, was passiert ist?«

»Ich habe nicht die blasseste Ahnung.« Sie zögerte, dann schob sie sich zur Tür hinaus. Der Lärm auf dem Flur hatte sich jetzt in einen Tumult aus lauten Stimmen und stampfenden Füßen verwandelt. Ganz unerwartet zuckte mir wieder der Schmerz durch die Brust.

Ich hatte Atembeschwerden. Nach wenigen Augenblicken war Marla zurück und berichtete: »Offenbar wollte Tom dich sprechen, als er angerufen hat, aber Lucille wollte es ihm nicht erlauben. Sie haben gestritten. Du kannst dir vorstellen, wie Lucille darauf bestanden hat, daß die Braut nicht gestört werden darf. Nicht einmal, wenn der Bräutigam am Telefon ist. Und wenn der Bräutigam ein Bulle ist. Also hat Schulz ihr schließlich das mit Olson gesagt. Er hat gesagt, sie soll dich *sofort* holen lassen.«

Marla zog die Nadeln aus der Nackenrolle. Keine Zeremonie, keine festliche Frisur.

»Und dann ist Lucille zusammengebrochen«, fuhr sie grimmig fort. »Ein Pfarrer war in der Nähe, der versucht hat, sich um sie zu kümmern, und sie hat ihm gesagt, dein Bräutigam verlangt am Telefon nach dir. Schließlich hat sie mit ersterbender Stimme herausgebracht, daß Olson tot ist. Vikar Doug Ramsey hat eben angekündigt, daß deine Hochzeit verschoben wird. Und warum. Der gute alte Doug versucht, einen stillen Gebetsgottesdienst zu halten. Stille ist natürlich das letzte, wozu der arme Teufel die Leute bewegen kann. Da draußen spielen sie ganz schön verrückt. Offenbar drängeln sich die Cops, die hier sind, die Freunde von Schulz, nach draußen zu ihren Funkgeräten in den Autos.« Sie schüttelte die gewellte Haarfülle, steckte die Haarnadeln in die Kostümtasche und packte mich mit plötzlicher Entschlossenheit am Arm. »Wir müssen dich hier rausbringen. Die Leute werden zum Telefonieren reinkommen. Und du bist die Braut, du brauchst dich nicht mit Fragen überschütten zu lassen. Sollen sie's doch in der Zeitung lesen. Wo warst du, bevor Lucille dich zum Warten in die Sakristei gesteckt hat?«

»In Olsons Büro.«

»Ist da sonst noch jemand?«

Ich schüttelte den Kopf.

»Gehen wir.«

Sie steuerte mich aus dem Chorraum. Lucille saß jetzt zusammengesunken in einem Kinderstuhl, der hastig aus einem Kindergottesdienstraum geholt worden war. Sie stöhnte wieder, deshalb nahm ich an, sie schwebe nicht in unmittelbarer Gefahr. Marla und ich bogen schnell nach links ab, durch die Tür des Seiteneingangs neben der Sakristei, die gleiche Tür, durch die ich vor nur einer Viertelstunde so hoffnungsvoll gekommen war. Weil sich die ganze Aufmerksamkeit auf Lucille konzentrierte, blieb der Abgang der Braut und ihrer Trauzeugin unbemerkt. *Dem Herrn sei gedankt für kleine Gunsterweise*, hätte mein Vater gesagt.

Die frostige Luft im Freien war nach der überheizten, stickigen Luft in der Kirche ein wohltuender Schock. Als meine beigefarbenen Schuhe auf dem Eis ausrutschten, flehte ich Marla an, sich einen Augenblick mit mir auf die Bank am Seiteneingang zu setzen. Ich mußte das Bild des blutüberströmten Pfarrers Olson aus meinem Kopf vertreiben. Sie setzte sich widerstrebend neben mich und murmelte, hier könne uns jemand finden. Aber immerhin nahm sie meine rechte Hand und hielt sie fest.

Schließlich sagte sie: »Hör mal, Goldy. Denk nicht an Olson.«

»Ich kann nicht anders.«

»Dann lass' uns ins Büro gehen.«

»Ich kann nicht.«

Ich fröstelte und sah hinüber auf das Kolumbarium, das Lucille und der Architekturausschuß der Gemeinde zu Ehren des alten Pfarrers Pinckney bauen ließen. Lucille hatte Pfarrer Olsons Erlaubnis nicht eingeholt, von einer Baugenehmigung ganz zu schweigen, aber das Fundament wurde trotzdem ausgehoben, obwohl St. Luke und das Kolumbarium zur Schwemmebene gehörten. Die Vorstellung, die Urne mit Pfarrer Olsons Asche werde als erste dort beigesetzt, zwang mich, den Blick abzuwenden und zum steilen Abhang auf der anderen Straßenseite hinüberzuschauen, wo das Hymnal House und Brio Barn, das alte episkopalische Gemeindezentrum von Aspen Meadow, unsere Kirche und den Cottonwood Creek überragten. Ich sah, daß Lucilles Hilfstruppen immer noch Platten mit Essen ins Hymnal House trugen. Soviel zu unserem Hochzeitsempfang in historischen Räumen.

»Gehen wir«, sagte ich. »Das deprimiert mich.«

Sobald wir im Pfarrbüro waren, setzte Marla mich auf einen Stuhl und frage, ob sie etwas für mich tun könne.

»Hol Arch. Und sonst niemand, bitte. Vielleicht Julian«, fügte ich hinzu. »Ich will nicht nach Hause, und Tom hat versprochen, daß er kommt, sobald er wegkann.«

»Geritzt.« Marla schloß die schwere Holztür hinter sich.

Die Luft im Büro wirkte noch stickiger als in der Kirche. Überbleibsel der Renovierung stapelten sich im Vorzimmer neben dem Schreibtisch der Sekretärin: herausgehauene Bruchsteine, Rohre, ein alter Wasserhahn. Meine Alltagskleidung und der Kleidersack hingen verloren an einem Türhaken neben einer verschossenen Reproduktion von Leonardos *Abendmahl*. Ich sah das Gemälde an, auf dem ein sonnenbeschienener Jesus und elf Jünger reden und gestikulieren, während Judas, das Gesicht im Schatten, nach dem Essen greift. Die Fotos über dem Schreibtisch zogen meinen Blick an: Pfarrer Olson, ernst mit der Gruppe ›Jäger gegen den Hunger‹ und einem erlegten Elch, lächelnd mit dem Komitee ›Habitat für die Menschheit‹, voller Stolz mit dem Ausschuß, dem ich mit ihm angehörte, dem theologischen Prüfungsausschuß der Diözese. Mit ihm angehört hatte. Jemand mußte im Diözesanbüro anrufen. Bei einem Foto über dem Schreibtisch bekam ich Ohrensausen: Olson mit dem dunklen Bart, ein winziges, weißgekleidetes Kleinkind auf dem Arm, über das Taufbecken gebeugt. Jemand mußte die Beerdigung organisieren. Von der Wiege bis zur Bahre.

Ich versuchte, eines der alten Fenster zu öffnen, aber es klemmte vom Streichen. Ich wandte mich ab und zwang mich, nicht an den sterbenden Ted Olson zu denken. Tot. Mir gingen Bilder von ihm durch den Kopf, als er noch gelebt hatte. Olson, lachend und streitlustig bei einem Treffen unseres theologischen Prüfungsausschusses; Olson, wie er die Augen verdrehte, als ich eine Riesenschüssel Grapefruitsalat für die Frauengebetsgruppe auspackte; Olson, wie er über sein Lieblingsthema predigte – Erneuerung.

Und dann war mir sein Gesicht in meiner Erinnerung plötzlich ganz nahe, ganz lebhaft, bei einem unserer ersten Traugespräche. Ich hatte Ted Olson nicht richtig gekannt, ehe wir uns auf den sehr persönlichen Weg machten und über die Beziehung zwischen Tom und mir sprachen. Ich dachte an die tiefen Fältchen neben seinen Augen, wenn er lachte. Seine schlanken Finger strichen geistesabwesend über den dunklen Bart, wenn er zuhörte. Bei den Gesprächen hatte er statt wie üblich ein schwarzes Hemd mit weißem Klerikerkragen Jeans und dunkle Rollkragenpullover getragen. Er hatte auf dem mit Tweed bezogenen Drehsessel gesessen, eine dunkle Augenbraue hochgezogen und mich skeptisch gemustert.

»Und warum genau wollen Sie wieder heiraten?«

»Doppelt genäht hält besser.«

Ein verschmitztes Lächeln kräuselte seinen Mund. »Verstecken Sie sich immer hinter schlagfertigen Antworten?«

»Es hilft.«

Manchmal half es. Und jetzt war Olson nicht mehr da. Ich versuchte wieder, tief durchzuatmen und befahl mir, nicht mehr an ihn zu denken. Aber ich konnte nicht damit aufhören.

»Mom?«

Arch stand befangen zwischen dem Schreibtisch der Sekretärin und einem Stapel verbogener Wasserrohre. Er biß sich in die Wange und zerrte am Saum des Smokingjacketts.

»Soll ich gehen? Marla hat gesagt, ich soll zu dir kommen.«

»Nein, nein, ich bin froh, daß du hier bist.« Ich bat ihn, sich zu setzen, damit ich ihm erklären konnte, daß Pfarrer Olson, der Arch noch diesen Monat hätte konfirmieren sollen, nicht kommen würde. Und warum.

»Ja, ich hab's gehört«, sagte er stockend, als ich es ihm berichtet hatte. Er reckte das Kinn und schob sich die Brille auf der sommersprossigen Nase nach oben. In Aspen Meadow, einer Kleinstadt in den Bergen, die mehr einem Dorf als einem städtischen Vorort ähnelte, hatte Arch schon reichlich Erfahrung mit dem Tod gemacht. Hier kannten wir beide viel mehr Menschen, als ich vor meinem Umzug nach Colorado je in anderen

Wohnorten gekannt hatte. Für Arch war es leider alltäglich, daß Menschen beim Skilaufen, beim Autofahren oder in Lawinen tödlich verunglückten, an Krebs oder Herzinfarkten starben.

Er fragte mit leiser Stimme: »Wissen sie schon, wie es passiert ist?«

»Tom weiß es bestimmt.«

Unter den Sommersprossen war Archs Gesicht durchsichtig weiß geworden. Die Haut unter den Augen war kohlschwarz. »Wo ist Tom? Kommt er bald?«

Als ich nickte, sagte er: »Julian will wissen, was du mit dem Essen machen willst.«

»Oh, Herr im Himmel, das weiß ich nicht.«

Arch wartete darauf, daß ich mich ausführlicher erklärte. Dann fuhr er fort. »Noch was. Mrs. Boatwright, weißt du?« Als ich nickte, sagte er: »Sie warten darauf, daß der Notarztwagen sie abholt. Aber ...« Er hielt inne.

»Was ist denn, Arch? Viel schlimmer kann es kaum noch kommen.«

»Sie saß da draußen auf dem Flur, weißt du, nachdem sie ohnmächtig geworden war. Dann hat sie mich hergewinkt. Sie hat mit so einem lauten Flüstern zu mir gesagt, ich soll dich fragen, ob du das Essen nicht dem Hilfswerk von Aspen Meadow spenden willst. ›Offensichtlich kann deine Mutter heute nichts mehr damit anfangen‹«, flüsterte Arch und äffte ihre kehlige Sprechweise geradezu gespenstisch nach, »›und so was erlebe ich nicht zum ersten Mal.‹«

»Daß der Pfarrer vor der Hochzeit stirbt?«

»Nein.« Arch kräuselte nachdenklich die Lippen, dann sprach er weiter. »Mrs. Boatwright hat gesagt, sie hat schon erlebt, daß es sich der Bräutigam anders überlegt.« Er intonierte in einem Singsang: »›Manchmal bringen die Männer es einfach nicht über sich.‹« Er war immer ein begabter Imitator gewesen, aber das hatte noch nie so verheerend auf mich gewirkt.

»Was hast du zu ihr gesagt?«

»Daß ich dich fragen muß. Wegen dem Essen. Über Tom habe ich gar nichts gesagt. Ich meine, war das unhöflich von ihr oder was?«

»Sehr unhöflich. Eine Unverschämtheit. Hör mal, Arch«, sagte ich trotzig, »Tom hat hier angerufen und mich sprechen wollen, lieber Gott im Himmel. Er hat es sich nicht anders überlegt. Pfarrer Olson ist *tot.* Und Tom hat gefragt, ob ich heute abend heiraten will, bloß nicht in der Kirche.«

»Na ja, aber du heiratest heute abend nicht, oder?« Als ich ächzte, fügte er hinzu: »Was sollen wir also mit dem Büfett machen?«

Ich rieb mir die Schläfen. Ich bekam fürchterliche Kopfschmerzen. »Ich denk' mir was aus, wenn wir wieder zu Hause sind. Im Moment kann ich mir nicht den Kopf darüber zerbrechen. Könntest du Julian bitten, alles in den Lieferwagen zu verladen?«

»Okay, aber da ist noch was ...«

»Arch!«

»Mom! Tut mir leid! Julian will wissen, was er mit deinen Eltern machen soll.«

»Spendet sie dem Hilfswerk von Aspen Meadow.«

»Mom! Und ich sag's dir ungern, aber Grandma und Grandpa haben mich auch gefragt, ob es sich der Bräutigam anders überlegt hat.«

»Großartig.« Ich dachte einen Augenblick lang nach. Ich konnte meine Eltern nicht einfach in der Kirche sitzen lassen. Sie waren ohnehin nur widerstrebend von der Küste Jerseys in die Höhe der Rockies gekommen. Sie fühlten sich nicht wohl in meinem bescheidenen Haus, in meinem bescheidenen Leben. Ich meine, ich hatte einen Arzt geheiratet, was in ihren Augen etwas Gutes gewesen war, hatte mich scheiden lassen, was sie für ein Unglück hielten, und hatte einen Partyservice aufgemacht, was ihrer Meinung nach ein Jammer war. Jetzt heiratete ich einen Cop. In den Augen meiner Eltern war das kein Schritt in die richtige Richtung, und hinter ihren warnenden Worten über übereiltes Heiraten steckte das Gefühl, die Investition in ihre einzige Tochter habe sich nicht ausgezahlt. »Bitte sie, mit euch nach Hause zurückzufahren. Sag ihnen, ich komme nach, sobald Tom mich hier abholt. Dann können wir Pläne machen. Und Arch – danke. Das alles tut mir wirklich leid.«

Er zögerte. »Also keine Hochzeit.«

Ich umarmte ihn kurz. »Nein, Schatz. Heute nicht.«

»Das tut mir wirklich leid, Mom.« Er löste sich von mir und richtete seinen Blick auf die Bücherregale. »*Du* glaubst also nicht, daß Tom Schulz einfach nicht kommen wollte, oder?«

Ich bekam wieder Ohrensausen. »Nein. Der Pfarrer ist tot. Es ist nur so, weißt du, wegen dieser Sache –« Ich beendete den Gedanken nicht. »Mach dir keine Sorgen«, sagte ich schließlich. »Tom und ich heiraten ganz bestimmt. Und hier in der Kirche. Bloß nicht heute.«

Als er den Kopf hob, war Archs junges Gesicht vor Enttäuschung eingefallen. Wortlos stapfte er durch die Bürotür hinaus.

Wieder legte sich ein bedrückendes Schweigen über das alte Gebäude. Ich knetete die beigefarbene Seide zwischen den Fingern. Sofort setzte auf dem Dachboden wieder die Kratzerei der Waschbärenfamilie ein. Sobald sie ungestört waren, belegten sie ihr Revier lautstark wieder mit Beschlag. Von ihrem Gekratze bekam ich eine Gänsehaut.

»Es reicht!« schrie ich und warf ein Gesangbuch an die Decke. Es schlug mit einem befriedigenden Knall gegen die Dachbalken.

Das brachte die Waschbären zur Ruhe. Ich hob das Gesangbuch vom Boden auf und schleuderte es gegen die Wand. Der Aufprall erschütterte ein Bücherregal. Ein Stapel theologischer Bücher krachte zu Boden; von der Pinnwand flogen Zettel; meine Straßenkleidung fiel vom Haken. Ich ging durch das Büro, sank in den mit Tweed bezogenen Drehsessel und sprang schnell wieder auf. Das war Ted Olsons Sessel.

Niedergeschlagen schlängelte ich mich durch den Schutt aus herausgerissenen Rohren und Bruchsteinen ins Vorzimmer zurück. Durch die dicken Fensterscheiben sah ich, daß der Notarztwagen ankam und schnell wieder abfuhr, vermutlich mit Lucille Boatwright. Gäste strömten aus der Kirche, mit gesenkten Köpfen, als wäre es das Ende der Karfreitagsliturgie anstelle einer ins Wasser gefallenen Trauung. Soviel zu dem stillen Gebetsgottesdienst.

Julian Teller tat seine Pflicht als loyaler Assistent, packte Schüsseln und dann die Torte und ging mehrmals schwer beladen zu meinem Lieferwagen. Ich hätte ihm liebend gern geholfen. Aber ich konnte den Gedanken nicht ertragen, das Essen, das nach meiner Hochzeit hätte serviert werden sollen, aus der Gemeindeküche abzutransportieren. Schließlich führte Julian meine bestürzten Eltern und Arch auf den Parkplatz. Der Lieferwagen sprang an und fuhr ab.

Es schien eine Ewigkeit zu dauern, bis ein cremefarbener und weißer Streifenwagen auf den Parkplatz einbog. Erst rutschte einer, dann ein zweiter und dritter Reifen auf den vereisten Stellen aus. Die Reifen drehten durch und schleuderten Kies hoch, der auf der Baustelle des Kolumbariums niederging. Uniformierte Polizisten stiegen aus. Mein Atem beschlug die Scheibe, während ich ängstlich darauf wartete, daß Tom Schulz auftauchte. Ich faltete die eisigen Hände und überlegte, ob ich hinausrennen sollte. Ich hätte Tom sagen sollen, daß ich im Büro wartete.

Ich klopfte an die Scheibe, als zwei Polizisten, die ich kannte, Boyd und Armstrong, mit grimmigen Gesichtern ausstiegen und auf den Kircheneingang zugingen. Nach ein paar Augenblicken kamen beide Polizisten durch den Nebeneingang wieder heraus. Sie überquerten die schlammigen Steinplatten zum Bürogebäude. Ich wußte, daß sie heute Dienst hatten, weil es ihnen nicht möglich gewesen war, zu unserer Hochzeit zu kommen. Hinter ihnen her stapfte etwas steif eine Frau mit langem braunem Haar. Sie hatte eine pralle Tragetasche dabei. Sie kam mir bekannt vor. Vielleicht eine Polizistin.

Boyd und Armstrong drängten als erste in das Büro. Wie die meisten Polizisten gaben sie sich schroff und geschäftsmäßig. Boyd, klein und faßförmig, blieb bei meinem Anblick unvermittelt stehen. Er fuhr sich mit den Fingern über den kurzen schwarzen Bürstenhaarschnitt. Unter einer ledernen Uniformjacke, deren Reißverschluß nicht zugezogen war, spannte sein Hemd um seine füllige Mitte, einen Bauch, der sich vergrößert hatte, seit er vor mehreren Monaten mit dem Rauchen aufgehört hatte. Er nagte an einem Streichholz; er war dazu übergegangen, auf Streichhölzern herumzukauen, damit er nicht zuviel aß. Hinter ihm sah sich der große Armstrong mit den Aknenarben, dessen wenige hellbraune Haarsträhnen sich von der kahlen Stelle gelöst hatten, die sie verdecken sollten, mit bitterer Miene im Raum um. Die Frau, die ich für etwa fünfzig hielt, knöpfte den zu großen schwarzen Mantel auf. Als das erledigt war, preßte sie die Tragetasche gegen die Brust und beobachtete mich stumm.

»Wo ist Tom?« wollte ich wissen.

Boyd und Armstrong wechselten einen Blick. Boyd biß heftig auf das Streichholz. Die Frau schüttelte kaum wahrnehmbar den Kopf; das strähnige Haar geriet leicht in Bewegung.

Boyd sagte: »Setzen Sie sich, Miss Bear.«

»Warum?« Ich blieb stehen. »Bitte, behandeln Sie mich nicht so von oben herab. Und Sie wissen, daß ich Goldy heiße, *Officer* Boyd. Wo ist Tom? Er hat mich wegen Pfarrer Olson angerufen. Weiß Tom, daß ich noch hier bin?«

Boyd ließ die Herumkauerei auf dem Streichholz bleiben. Sein Blick wich mir aus, ehe er sagte: »Leider habe ich schlechte Nachrichten.«

»*Was?*« Panik schlich sich in meine Stimme ein. Was konnte an diesem Tag, der so wundervoll hätte sein sollen, noch alles schiefgehen? »Was ist mit Tom? Wo ist er?«

Armstrong hob die Hand. Sein Blick wanderte ernst die narbige Nase entlang, ehe er antwortete. »Jemand muß dort draußen gewesen sein. Noch dort gewesen sein«, erklärte er mit quälender Logik. »Glauben wir jedenfalls. Draußen am Haus des Pfarrers. Schulz hat erst uns angerufen, dann Sie. Es sieht so aus, als wäre er anschließend wieder nach draußen zur Leiche gegangen. Vielleicht wollte er sich umsehen.«

»Wo ist Tom?« wiederholte ich. »Warum sind Sie alle hier?« wollte ich zu laut wissen.

Boyd hörte damit auf, sich über das Haar zu fahren und sah mir direkt in die Augen. Er deutete auf die Frau. »Das ist Helen Keene, unsere Opferbetreuerin.«

Ich sagte: »Opferbetreuerin? Aber Olson war nicht verheiratet, er hat allein gelebt. Wer ist das Op-«

»Es tut mir leid, Goldy.« Boyd schob das Streichholz im Mund hin und her, atmete stoßweise ein und warf einen Blick auf ein kleines Notizbuch, das er aus der Tasche gezogen hatte. »Wir sind um 11.46 Uhr zu Olsons Haus gekommen. Haben Schulz nicht gesehen, aber sein Auto war da. Anzeichen eines Kampfes neben Olsons Leiche, die am Ufer des Cottonwood Creek lag.« Er musterte eine verfleckte Notizbuchseite, dann fügte er hinzu: »Sieht danach aus, als könnte Schulz die Böschung hinuntergefallen oder -gestoßen worden sein. Er hat etliche Gegenstände fallengelassen, dann ist er die Böschung hinaufgekrochen.«

»*Wo ist er?*«

Boyd holte wieder tief Luft. »Jemand muß Schulz überwältigt haben.« Er sah Armstrong an, wich meinem Blick aus. »Es sieht danach aus, als wäre der Täter noch dortgewesen. Irgend etwas ist passiert, ein Kampf hat stattgefunden –«

»Sagen Sie es mir.«

»Schulz ist verschwunden«, sagte Boyd tonlos.

3

»Nein.« Meine Beine fühlten sich an, als lösten sie sich auf. »Nein, nein.« Die Wände schienen zu schwanken. Verschaff dir Halt, befahl ich mir. Boyds Gesicht war eine Studie des Unglücks, deren Anblick ich nicht ertragen konnte. Armstrong zuckte hilflos die Achseln und sah weg. Helen Keene schob sich zwischen die beiden Männer. Sie packte mich energisch am Ellbogen und führte mich dann zu der kleinen gestreiften Couch im Vorzimmer.

Ich konnte mit Boyds Worten nichts anfangen. *Muß ihn überwältigt haben. Gefallen ... die Böschung hinuntergestoßen. Schulz verschwunden.*

Es war einfach nicht zu fassen.

»Ich verstehe das nicht. Wo ist das passiert?« Meine Stimme war nur noch ein Krächzen.

Wortlos zog Helen Keene, Opferbetreuerin, meine Betreuerin, wie ich dumpf begriff, eine Steppdecke aus der Tragetasche. Sie legte sie mir sanft um die Schultern. Ich bebte unkontrollierbar. In meinen Ohren pochte der Schmerz. Reiß dich zusammen, Mädchen, befahl ich mir. Reiß dich jetzt zusammen. Tom zuliebe.

Boyd und Armstrong wechselten einen Blick. Boyds karottenförmige Finger fuhren über das abgenützte Notizbuch. »Tut mir leid. Sie sind ja noch nicht mit einem Cop verheiratet. Polizistenfrauen sind an solche Krisen gewöhnt. Wenigstens an den Gedanken, daß es zu solchen Krisen kommen könnte. Wie auch immer. Wir sind uns nicht sicher, was tatsächlich passiert ist. Wir glauben nur, daß es so war.« Sein Gesicht war zornig; sein rundlicher Körper war angespannt, seine Haltung aggressiv. »Es sieht so aus, als wäre Schulz verletzt worden. Aber wir werden ihn finden. Wir werden rund um die Uhr daran arbeiten.« Das war nicht der sachliche Boyd, den ich im letzten Frühling kennengelernt hatte, der Boyd, der im Januar stolz erklärt hatte, er habe das Rauchen aufgegeben. Das war nicht die übliche Polizeiroutine. Dieser urplötzlich fuchsteufelswilde Boyd sah in Tom Schulz' Verschwinden einen persönlichen Affront.

»Was soll das heißen, er ist verletzt worden?« wollte ich wissen. Helen Keene legte die Hand auf die Steppdecke um meine Schultern. Sie seufzte leise, bedauernd. Ich weigerte mich, sie anzusehen.

»Wir glauben, das kam vom Sturz in den Bach.« Armstrong schnalzte tadelnd mit der Zunge.

»Okay, hören Sie«, sagte Boyd, kratzte sich wütend am kurzgeschorenen Kopf und kaute auf dem Streichholz herum, »wir sagen Ihnen, was wir wissen. Schulz hat der Zentrale gesagt, er wolle Sie anrufen wegen der Hochzeit. Hat er das getan?« Ich nickte. Mein Herz raste. »Wir werden später mit Ihnen über dieses Gespräch reden. Zuerst müssen wir mit Ihnen zu Olsons Haus fahren und Ihnen ein paar Sachen zeigen.«

»Was für Sachen? Sachen in Olsons Haus?« Mir war vor Verwirrung übel, und ich sah mich im Pfarrbüro um.

Gab es hier denn gar nichts, was mir helfen konnte? Ich versuchte vergeblich, Toms logische Stimme heraufzubeschwören, seine Erklärungen über die unvermeidlichen Vorgänge bei einer Ermittlung.

Boyd unterbrach meine Gedanken: »Keine Bange, wir kommen hierher zurück. Hinterher.«

Ich sagte: »Ich verstehe einfach überhaupt nichts.«

Armstrongs große Gestalt ragte zu nah neben mir auf. »Sie müssen sich das so vorstellen: Ein Cop wird überrascht. Er will den Täter ablenken, vor allem dann, wenn der Täter eine Waffe hat. Sagen wir also mal, der Typ will den Polizisten entführen. Unser Mann läßt am Tatort Sachen fallen, hinterläßt Spuren, Hinweise, denen wir nachgehen können –«

Ich preßte die Lippen aufeinander, und Armstrong verstummte unvermittelt. Seine Worte vernebelten mein Gehirn. Zu vieles stürmte zu ungeordnet auf mich ein. Helen Keene tätschelte mir den Rücken. Ich sehnte mich danach, dieses Zimmer zu verlassen. Tom Schulz war verschwunden. Ich fragte mich, wo Arch war; dann fiel mir wieder ein, daß er mit Julian und meinen Eltern weggefahren war.

»Miss Bear«, sagte Boyd. »Goldy. Es ist wirklich nötig, daß Sie uns zuhören. Die Zeit ist hier ein wichtiger Faktor.«

»Entschuldigung. Ich komme mit. Ich möchte gleich losfahren.« Ich fügte nicht hinzu und zwar sofort, obwohl mir das durch den Kopf ging.

Helen Keene half mir auf die Beine. Armstrong riß die Bürotür auf. Draußen fiel mein Blick auf die hohen Erdhügel, wo Lucille und ihr Ausschuß die Urnen bestatten wollten. Das Kolumbarium war im Augenblick nur ein vereister Graben, wie eine frische Wunde in der

Erde. Das ganze Theater um das Projekt zu Ehren des ehemaligen Pfarrers kam mir jetzt so albern vor.

Boyd schlug eine Seite in seinem Notizbuch um, als wir über den verschneiten Parkplatz gingen. »Schulz sollte um 12.00 Uhr mittags getraut werden. Der Anruf kommt um 11.14 Uhr. Die Zentrale nimmt ihn entgegen, Schulz sagt, er hat eine Leiche gefunden, nennt uns die Adresse von«, er musterte die Seite mit zusammengekniffenen Augen, »Pfarrer Theodore Olson. Oben am Cottonwood Creek, Nummer zwo neun sechs vier acht auf dem Feuerwehrplan. Die Zentrale sagt ihm, wir brauchen eine halbe Stunde, bis ein Team dort oben ist. Er, Schulz, sagt, daß Olson der Traupfarrer war. Auf Olson ist geschossen worden, und er ist eben abgekratzt – äh, gestorben. Sieht nach zwei Schußverletzungen in der Brust aus. Schulz sagt der Zentrale, er muß Sie anrufen. Keine Hochzeit.« Boyd klopfte gegen das Notizbuch. »Offenbar hat er nicht geglaubt, daß jemand in der Nähe ist. Er hat kein zweites Fahrzeug erwähnt. Olson war tot. Wir analysieren jetzt den Bandmitschnitt in der Zentrale, versuchen, Hintergrundgeräusche einzufangen –«

Ich blieb stehen. »Glauben Sie, daß Tom den Mörder verfolgt hat? Gibt es Spuren? Bitte, sagen Sie es mir. Ich muß es wissen.«

Helen Keene hob die Steppdecke auf, die mir von den Schultern gefallen war. Armstrong trat zwischen uns von einem Bein aufs andere. Bei meinen Fragen war ihm nicht wohl. Schließlich sagte er. »Die Spur endet an einem Fahrzeug. Zwei Fußspuren: Schulz und noch jemand. Wir wissen einfach nicht, was passiert ist. Aber einen Polizisten zu finden hat Vorrang vor allem anderen. Immer.«

Ich fuhr herum und sah Armstrong ins Gesicht. Meine Stimme war schrill. »Wenn Sie einen Pfarrer umgebracht hätten, würden Sie dann nicht einfach abhauen? Warum sollte jemand Tom verletzen?«

Armstrong machte eine weitere hilflose Geste. »Vielleicht hat der Täter Schulz gehört. Oder Schulz hat ihn gesehen. Ihn erkannt. Also gerät der Täter in Panik, versteckt sich, und dann dreht er durch. Denkt sich, er wird gefaßt, wenn er Schulz nicht mitnimmt. Vielleicht war Olson auch noch nicht tot, als Schulz hinkam, hat ihm noch etwas gesagt, und der Schütze hat Manschetten bekommen ... vielleicht hat ihn Schulz auch verfolgt und ...« Er beendet diesen Gedanken nicht.

»Es könnte uns weiterhelfen«, warf Boyd ein, »daß wir den Täter für einen Amateur halten. Andererseits ist es auch ziemlich unwahrscheinlich, daß ein Profikiller auf einen Pfarrer angesetzt wird«, fügte er unbehaglich hinzu.

»Sie haben gesagt, Tom hat etwas fallengelassen. Darf ich es sehen? Gleich?«

»Wir konnten es nicht mitbringen.« Das waren die ersten Worte, die Helen Keene seit ihrer Ankunft sprach. Ihre Stimme war überraschend jung und musikalisch. »Wir müssen es zum Fotografieren und für Videoaufnahmen am Tatort lassen. Aber es ist nötig, daß Sie mitkommen und einen Blick darauf werfen. Vielleicht können Sie uns bei der Identifizierung helfen.«

In den Gesichtern von Armstrong und Boyd stand: Gehen wir. Schweigend legte mir Helen Keene wieder den Arm um die Schulter. Wir gingen schnell, mit gesenkten Köpfen, zum wartenden Streifenwagen.

Pfarrer Theodore Olsons Haus lag nordwestlich von

Aspen Meadow, in der Gegend, die von den Einheimischen Upper Cottonwood Creek genannt wurde. Wir fuhren unter einem dunkler werdenden Himmel aus der Stadt hinaus, folgten dem sich schlängelnden Verlauf des Bergbachs, vorbei an alten Sommerhäusern mit geschlossenen Fensterläden, vorbei am Eingang zur Schule von Arch und Julian, Elk Park Prep. Hinter der Schule lag eine riesige Siedlung, erbaut während des letzten Booms auf dem Wohnungsmarkt – ausgelöst von Leuten, die vor den hohen Lebenshaltungskosten in Kalifornien die Flucht ergriffen. Weiter oben wurde die Gegend ländlich. Wir fuhren an den wenigen Ranches vorbei, die von Aspen Meadows stolzer Cowboyvergangenheit übriggeblieben waren. Zu den Ranches gehörten weite, üppige Weiden am Bachbett entlang. Dann kam plötzlich das Naturschutzgebiet von Aspen Meadow in Sicht, dessen Gipfel noch winterlich verschneit waren.

Während das Polizeiauto schnell die kurvenreiche Straße entlangfuhr, baten Boyd und Armstrong mich, mein kurzes Gespräch mit Tom zu wiederholen. Ich gab jeden Dialogsatz so genau wie möglich wieder. Hatte ich andere Stimmen gehört, Hintergrundgeräusche, anspringende Autos, irgendwelche Geräusche? Ich sagte nein. Als ich erschöpft abbrach, sprach Helen Keene mit mir. Ihre Stimme war warm und tröstlich. Sie fragte ruhig, ob sie etwas für mich tun könne, ob ich etwas bräuchte – Kaffee oder Wasser aus ihren Thermoskannen? Waren Familienmitglieder zu benachrichtigen? Ich warf einen Blick auf die Uhr und dachte an den Rückflug meiner Eltern vom Flughafen in Denver aus. Helen rief über Autotelefon bei mir zu Hause an. Sie bat Julian, meine Eltern zum Flughafen zu fahren. Ich käme sobald wie möglich nach Hause, versprach sie ihm.

Draußen fielen jetzt Hagelkörner, sie schlugen im Stakkato gegen die Windschutzscheibe. Bei unserer Hochzeit hätte es also geschneit. Ich konnte mir vorstellen, wie der Schnee leise hinter dem rautenförmigen Fenster über dem Altar von St. Luke rieselte, wie meine Eltern Tränen in den Augen hatten, Marla hemmungslos weinte und Julian Tom und mich mit dem Victory-Zeichen bedachte.

Wie Arch strahlte.

Schluß.

Helen Keenes Stimme murmelte in den Hörer, ich sei aufgehalten worden und müsse den Behörden helfen. Helen erwähnte nicht, daß Tom Schulz verschwunden war. Ich war dankbar für ihre Hilfe; ich wußte, daß meine Stimme mich verraten hätte.

Als Helen den Hörer des Autotelefons sorgfältig in der Halterung verankert hatte, wandte sie sich wieder mir zu. Sie hatte weit auseinanderstehende braune Augen, dichte dunkle Augenbrauen, und in dem langen braunen Haar war viel Grau. Nach den dünnen Falten in der trockenen Haut ihres eckigen Gesichts schätzte ich sie auf über fünfzig, möglicherweise Anfang sechzig. Ich fragte mich, ob sie je eine Braut betreut haben mochte.

Sie sagte: »Früher war ich Krisenberaterin. Ich habe Psychologie studiert. Schulz hat mir erzählt, das haben Sie auch getan.«

»Mein Hauptfach im College. Meinen Lebensunterhalt verdiene ich mit Kochen.«

Sie lächelte, ließ große, gelbliche Zähne sehen. »Und Sie sind Mutter. Ich auch, obwohl meine Kinder inzwischen erwachsen sind.«

Ich zog mir die Steppdecke über die zitternden Knie.

Ich hatte noch nie mit einem polizeilichen Opferbetreuer gesprochen, obwohl im County viel über ihre Aufgaben geschrieben wurde. Die Betreuer, Männer und Frauen, brachten den Opfern von Unfällen und Verbrechen Teddybären und selbstgenähte Steppdecken. Tom hatte mir erzählt, vor kurzem hätten nach einem Erdrutsch die Betreuer den ganzen Tag in der Ambulanz des Krankenhauses verbracht und über vierzig Steppdecken verteilt. Sie leisteten gute Arbeit, hatte er gesagt, bei Menschen, die verletzt waren, bei Menschen, die geliebte Angehörige verloren hatten …

Helen behielt ihr Lächeln während meines Schweigens bei. Tom hätte gesagt: Sag mir, wie du sie siehst. Womit er meinte: *Beschreib sie.* Plötzlich konnte ich mir vorstellen, wie Helen Keene am Exkursionstag eine Riesenflasche Wundbalsam in die Grundschulklasse ihrer Kinder brachte. Wenn der Zirkus in der Stadt gastierte, sah ich sie vor mir, wie sie in den Schulbus stieg, um beim Beaufsichtigen der übermütigen Klasse während der holprigen Fahrt zu helfen. Jetzt wich ihr sanftes Lächeln einer ernsten Miene. »Goldy, wir müssen miteinander reden. Sie müssen entscheiden, welchen Menschen Sie etwas von diesem Vorfall erzählen wollen. Unter Ihren Freunden, meine ich. Wenn Sie die Fassung behalten und uns helfen wollen, müssen Sie auf sich aufpassen.«

»Ich soll entscheiden, wem ich erzähle, daß die Hochzeit ausgefallen und Tom verschwunden ist? Ich will dabei helfen, ihn zu finden«, sagte ich und sparte mir eine skeptische Bemerkung darüber, daß ich die hiesige Polizei ohne Tom Schulz leider nicht für besonders effektiv hielt.

Helen legte mir wieder die Hand auf den Arm. Abgeplatzter orangefarbener Nagellack sprenkelte ihre kurzen Fingernägel. Draußen wurde der Schneeschauer dichter; Boyd schaltete die Scheibenwischer ein. »Es ist wie bei jedem Gewaltakt«, erklärte Helen mir. »Es ist eine persönliche Verletzung. Ihr Bräutigam ist verschwunden. Vielleicht fühlen Sie sich hilflos und ausgeliefert. Starke Gefühle bedrängen Sie, emotionale Verletzlichkeit.« Ich hörte, wie Boyd auf dem Fahrersitz das Streichholz mit den Zähnen knickte. Ich zuckte zusammen. Helen fuhr fort. »Aber die Menschen werden nicht begreifen, daß Sie Hilfe brauchen. Sie werden Sie mit der Telefonauskunft verwechseln, Sie für eine Informationsquelle halten. Sie werden Sie anrufen, um den neuesten Stand der Dinge zu erfahren. Vielleicht wollen sie in ihrer Neugier auch nur rauskriegen, wie Sie sich halten.« Sie fuhr energisch fort: »Sie müssen sich das gut überlegen. Wem wollen Sie sagen, wie es steht? Wem wollen Sie sagen, was Sie empfinden?«

»Schon gut«, murmelte ich. Ich wußte nicht, was ich sagen würde und zu wem. Ich wollte nur Tom wiederhaben.

»Noch etwas.« Ihre Stimme war immer noch sachlich. »Die Leute werden reden. Sie werden Witze reißen. Sie werden sagen, Schulz habe sein Verschwinden inszeniert, damit er Sie nicht heiraten muß.« Sie biß sich auf die Unterlippe und sah mich erwartungsvoll an.

Mein Gesicht brannte. Ein schmerzhafter Krampf durchlief mich. Ich sagte: »Es wird schon geredet. Jedenfalls hat eine Frau in der Kirche das gesagt. Und natürlich glauben meine Eltern, daß er abgehauen ist.« Mich schüttelte ein absurder Lachreiz.

Helen warf das lange Haar hin und her. Das Polizeiauto bog an einer Reihe von Briefkästen, wo ein Streifenwagen parkte, rechts ab. In der verschneiten Düsternis blinkten die Lichter des Streifenwagens blau und gelb. Wir fuhren einen verschlammten Weg mit tiefen Fahrrinnen hinauf. »Hören Sie, Goldy, ein Teil meiner Arbeit als Opferbetreuerin besteht darin, unerwartet grausame Reaktionen von Menschen vorherzusehen. Mit zum Schlimmsten bei meiner Arbeit gehört es, wenn die Nachbarn nach einer Kindesentführung behaupten, das Kind sei einfach weggelaufen.« Sie sagte entschieden: »Ich weiß, daß Schulz Sie sehr geliebt hat.«

»Helen – bitte. Er *liebt* mich.«

»Entschuldigung.«

Unser Auto schlitterte über eine vereiste Pfütze, ehe es an dem kaputten Zaun hielt, der zu Pfarrer Olsons Haus führte. Weil meine Nerven durch Toms Verschwinden bis zum äußersten angespannt waren, kam mir jede Einzelheit bedeutsam oder aufschlußreich vor. War der Zaun schon kaputt gewesen, als ich im letzten Monat das Abendessen für ein Gemeinderatstreffen hier geliefert hatte? Ich konnte mich nicht daran erinnern. Ein schlaksiger Polizist, der neben einem weiteren Streifenwagen stand, winkte Boyd durch.

Boyd brachte auf der steilen Zufahrt den Motor auf Touren. Eine Erinnerung blieb in meinem Kopf hängen. Die abschüssige Zufahrt war ein Grund dafür gewesen, daß Pfarrer Olson dem Kirchengemeinderat gegenüber, der Gruppe aus zwölf Laien, die dazu gewählt wurden, sich um die weltlichen Belange der Kirche zu kümmern, darauf bestanden hatte, er brauche ein Fahrzeug mit Vierradantrieb. Und nicht nur irgendein Fahrzeug mit Vierradantrieb, hatte Marla, Mitglied des Kirchengemeinderats, mir lachend erzählt, sondern einen Mercedes-300E-Geländewagen. Der Kirchengemeinderat, der den Kirchenetat verwaltete, hatte sich gesträubt. Aber schließlich hatte er laut Marla nachgegeben. In diesem Jahr waren sich die Kirchengemeinderäte sogar darüber einig gewesen, das Geld reiche für die Einstellung eines Vikars aus. Olson hatte den zappeligen, geschwätzigen Doug Ramsey eingestellt. Der Kirchengemeinderat hatte grollend eingeräumt, im Gegensatz zu Pfarrer Pinckney, der nur seine Lieblinge unter den Gemeindemitgliedern besucht hatte, sei Pfarrer Olson diensteifrig beim Besuchen Kranker, die ans Bett gefesselt waren, selbst wenn sie völlig abgelegen wohnten. Denn wenn sie starben, stellte der Kirchenpfleger ergeben fest, hinterließen sie der Kirche meistens Geld im direkten Verhältnis zur Häufigkeit der Besuche des Pfarrers. Offenbar waren die Gemeindemitglieder, die Pfarrer Pinckney besucht hatte, nicht so großzügig gewesen. In den drei Jahren, seit Olson amtierte, waren nur fünf solcher Kranker gestorben. Trotzdem war der Kirchengemeinde viel mehr hinterlassen worden.

Das sei noch nicht alles, berichtete Marla mir finster, Pfarrer Olson habe während der hitzigen Verhandlungen wegen des Mercedes auch angedeutet, eine andere Gemeinde, die einen Pfarrer suchte, interessiere sich für ihn. Vierzigtausend für einen Benz seien allemal billiger als die hunderttausend, die für die Suche nach einem neuen Pfarrer draufgegangen wären, vor allem, wenn man bedachte, daß sie das eben erst auf der Suche nach einem Ersatz für Pinckney ausgegeben hatten. *Hunderttausend Dollar?* hatte ich Marla ungläubig gefragt. Völlig richtig, hatte sie erwidert, schließlich mußte ein Fragebogen erstellt, mußten die Ergebnisse ausgewertet und veröffentlicht werden, waren Ferngespräche nötig und Flugreisen für die Kandidaten und den Ausschuß zum Führen der Einstellungsgespräche. O doch, die Suche nach einem neuen Pfarrer sei ein weit teureres Unterfangen als der Kauf eines deutschen Luxusautos. Und außerdem, sagte Marla lachend, könne sich die Kirchengemeinde nach dem letzten Legat jedes Fahrzeug und jeden Vikar leisten, die Olson haben wolle.

Als wir am ersten von meiner Einschätzung nach einem Dutzend Polizeiautos vorbeifuhren, drückte ich auf den Knopf, um das Fenster herunterzulassen, und atmete dann gierig die eisige Luft ein. Was hatte die Rücksichtnahme auf Olson der Gemeinde letzten Endes eingebracht? Jetzt war er tot, und die Kirchengemeinde würde sich schließlich auf die Suche nach einem neuen Pfarrer machen müssen; im Gegensatz zum Vizepräsidenten trat Doug Ramsey nicht automatisch in die Fußstapfen des Mannes an der Spitze. Aber das alles lag noch in weiter Zukunft, und die Einstellung eines neuen Pfarrers war meine geringste Sorge.

Das Büro des Sheriffs *mußte* Tom finden. Ich preßte die Augen zu, als wir am Lieferwagen des Gerichtsmediziners vorbeifuhren. Wenn sie ihn nicht fanden, würde ich es versuchen, dachte ich absurderweise. Ich beschwor Toms breites, gutaussehendes Gesicht und sein liebevolles Lächeln herauf. Ich klammerte mich an diese Bilder. Was hatte Helen gesagt? *Sie müssen auf sich aufpassen.*

Unser Auto hielt vor Ted Olsons Garage. Der silbergraue Mercedes stand mit offener Kühlerhaube inmitten einer Ansammlung von Schachteln und Zubehör von Rasenspielen, darunter ein Badmintonnetz und Krocketschläger und -pflöcke. Willkommen in den Rockies, dachte ich und erinnerte mich an Toms trockene Bemerkung über Leute aus dem Osten, die versuchten, auf ihren abschüssigen Grundstücken Krocket zu spielen: Wer am weitesten oben steht, ist immer im Vorteil.

Hinter dem Mercedes parkte Toms dunkelblauer Chrysler. In meinem Herzen bildete sich Granit.

Wir stiegen aus dem Streifenwagen und schlängelten uns durch Fichten zu Olsons Haus, einem weitläufigen einstöckigen Gebäude mit dunkler, waagerechter Holzverschalung und einem leicht gekrümmten grünen Schindeldach. Es war typisch für die Architektur von Aspen Meadow in den sechziger Jahren und unterschied sich nicht sehr vom Pfarrhaus in Aspen Meadow, das der Gemeinde gehört und in dem Pfarrer Pinckney bis zu seiner Pensionierung gewohnt hatte. Das Pfarrhaus war verkauft worden, als Ted Olson sein Amt antrat. Er hatte darauf bestanden, sich außerhalb der Stadt ein eigenes Haus zu kaufen.

Es hörte so plötzlich zu schneien auf, wie es angefangen hatte. Über den Gehweg zum Eingang war ein gelbes Polizeiband gespannt. Ich sah zum überdachten Hauseingang hinauf und entdeckte ein verschlungenes Schlangenpaar aus Cloisonné. Zweifellos ein Andenken Pfarrer Olsons von einer Pilgerreise nach England. In den Boden irgendeiner englischen Kathedrale war ein solches Schlangenmosaik eingelassen. Welche war es? Ich konnte mich nicht daran erinnern. Falls die Schlangen Glück bringen sollten, dachte ich respektlos, hatte es nichts genützt.

Ein weiterer Polizist dirigierte uns um das Haus herum. Hier fiel das Grundstück zum Cottonwood Creek ab. Ich zog mir die gespendete Steppdecke um die Schultern und ging mit Helen Keene, Boyd und

Armstrong um das straff gespannte gelbe Band herum. Wir vier bahnten uns den steilen Weg bergab, der übersät war mit umgestürzten Baumstämmen und Unterholz auf dem Abhang zum Bach. Meine Brautschuhe rutschten auf schlüpfrigen Fichtennadeln aus. Ich wußte, daß hinter Olsons Haus ein kurzer Weg zum Bach hinunterführte. Weil das Wetter am Abend des Gemeinderatsessens ungewöhnlich warm gewesen war, hatte der Gemeinderat einen Spaziergang zum Bach und zurück gemacht, während ich in der Küche Schweinemettklößchen kochte, bevor die Gemüsepfanne mit Fleisch an der Reihe war. Der Lärm zu unserer Linken ließ darauf schließen, daß auf diesem Weg immer noch nach Hinweisen auf das Geschehene gesucht wurde.

Während ich schwerfällig und mehr oder weniger rutschend nach unten gelangte, schien mein Herz eine Tracht Prügel zu beziehen. Mir war, als hätte ich mich in der Unterströmung an der Küste von Jersey verfangen, wo ich als Kind die Sommer verbracht hatte. Nach wenigen Augenblicken rutschten wir auf einen schmalen Wiesenstreifen. Schnee überzog wie dichter Schuppenbefall die welken Grasbüschel. Den Bachrand säumten kahle Pyramidenpappeln. Als ich auf das Wasser zugehen wollte, saugte dicker Schlamm an meinen Schuhsohlen. Am Bachufer wimmelte es von Gesetzeshütern: Eine Gruppe drehte eine Videoaufnahme vom Tatort, eine weitere machte Fotos, eine dritte maß sorgfältig Entfernungen ab. Um ein zugedecktes Bündel im Schnee hatte sich eine Menschentraube gebildet. Eine weißhaarige Polizistin bemerkte uns und winkte uns heran.

»Wir stellen nach, wie Schulz überwältigt worden ist«, sagte sie ohne Einleitung zu mir. »Kommen Sie her, und sehen Sie sich das an.« Auf ihrem Namensschild stand T. Calloway. Auf dem Weg zum Bachufer bedankte sie sich für mein Kommen und erklärte schroff, sie könnten kein Beweisstück entfernen, bevor ich es identifiziert hätte. Das sei, erklärte sie, die vorgeschriebene Vorgehensweise der Polizei. »Deshalb haben wir Sie sofort gebraucht.«

»Wie war es möglich, daß Tom Schulz entführt werden konnte?«

Ermittlerin Calloway schüttelte den Kopf und blieb dann unvermittelt an der zwei Meter tiefen Bachböschung stehen. Sie zeigte auf das andere Ufer. »Das Fahrzeug stand dort drüben. Irgendeines mit Vierradantrieb. Es sieht so aus, als hätte jemand Schulz vor sich hergestoßen.«

Aber mein Blick wurde vom Bachbett angezogen, dessen Schlamm, Sand und Steine aufgewirbelt worden waren. Ich sah Fußspuren und Furchen. Ich sah ... oh, Herr im Himmel.

»Es tut mir leid«, sagte Ermittlerin Calloway. »Sagen Sie mir, was Sie sehen. Ich muß es wissen.«

Ich zeigte auf das Wasser. Erst versagte mir die Stimme, aber ich zwang mich zum Sprechen. »Das ist Toms Brieftasche ... das ist sein Schlüsselring.«

»Schauen Sie im Wasser nach. Neben dem großen Stein.«

Flaches Wasser sprudelte um einen Felsen inmitten des Baches herum. Ich kniff die Augen zusammen. Ein sandiger Landstreifen reichte fast bis zu dem Felsen. Auf dem Sand lag ein Kästchen, dessen Größe und Form mir sagten, daß es mit grünem Samt überzogen war. Auf dem Deckel stand in Goldbuchstaben: *Juwelier von Aspen Meadow.*

Der Schmerz schnitt mir in den Kopf wie ein Rasiermesser. Ermittlerin Calloways ferne Stimme sagte: »In dem Kästchen ist ein –«

»Ja«, unterbrach ich. »Natürlich hatte er das Kästchen bei sich.« Ich brauchte nicht an den Inhalt erinnert zu werden, den schmalen Goldreif, den Tom und ich ausgesucht hatten. Sein Ring war noch im Pfarrbüro. Ich sagte: »Er ist so kräftig, stark ... Ich begreife immer noch nicht, wie jemand das geschafft haben könnte, das heißt, könnten es auch mehrere gewesen sein –«

Calloway hob einen Finger. Sie schüttelte den Kopf. »Außer der von Schulz gibt es nur noch eine Fußspur.«

In der Gruppe am Bachufer tat sich etwas. Ermittlerin Calloway winkte mir, ihr in die Richtung der Stimmen zu folgen.

»Ja, das gehört ihm.«

»Das glaube ich auch.«

»Für mich ergibt das keinen Sinn ...«

Calloway hob eine buschige Augenbraue. »Sieht danach aus, als hätten wir noch was für Sie, Miss Bear.«

Gemeinsam gingen wir zu einer Gruppe Polizisten neben den Pyramidenpappeln. Das mit dunklem Stoff zugedeckte Bündel in Leichengröße zog meinen Blick an. Es fiel mir schwer zu glauben, daß ich Pfarrer Olson nie wieder sehen würde. Die Gruppe verstummte und teilte sich dann unvermittelt vor uns.

»Vielleicht hat Schulz es hierher geworfen. Sie soll es sich mal anschauen.« Der Sprecher war ein kantiger Mann mit zottigem rotem Haar und einer kratzigen Stimme. Er zeigte auf einen kleinen, durchnäßten Notizblock mit Spiralheftung unter den Pyramidenpappeln. Jemand warf einen Poncho auf das nasse Gras und den Schlamm vor dem Notizblock. Wie angewiesen ging ich linkisch in die Knie und spürte die Blicke aller auf mir. Ermittlerin Calloway ging neben mir in die Hocke und sagte sanft: »Fassen Sie es nicht an. Sie kennen ihn besser, vielleicht können Sie uns sagen, ob es Schulz gehört.«

Die oberste Seite des Notizblocks war naß. Die Schrift war leicht verschmiert. Ich bemerkte Boyd kaum, als er sich neben mich und Calloway hockte. Fahrige Striche mit blauem Kugelschreiber waren ein Hinweis darauf, daß die Notizen hastig aufgeschrieben worden waren, zweifellos in einer unbequemen Stellung. Schüchtern las ich vor:

»w Nissan-Lieferwagen
1049 0 leb 2 SW Br
LW
B. – lesen – Judas?
vm p.r.a.y.
11.33 0 tt.«

Mein Herz pochte wild. Ich las das Gekritzel noch einmal.

»Und?« wollte Ermittlerin Calloway wissen.

Ich sagte nichts.

Boyd ächzte.

Enttäuscht fragte Ermittlerin Calloway: »Können Sie uns irgend etwas dazu sagen?«

Ich wich ein Stück zurück und schaute in Calloways schlaue haselnußbraune Augen. Ihr Blick und ihre Fragen waren dringlich. Ich wußte, daß sie meine Hilfe brauchte, um Tom zu finden und diesen grauenhaften Mord aufzuklären. Schmerz drückte mir die Stimme ab. Ich sagte zu Calloway: »Es ist die Handschrift von Tom Schulz. Ich weiß nicht, was es bedeutet.«

4

Boyd preßte die dünnen Lippen zusammen und sah finster auf den durchnäßten Notizblock hinunter. »Schulz und seine Notizen. Gedächtnisstützen hat er sie genannt.« Er schleuderte das Streichholz in den Schnee und verrenkte sich den dicken Hals, um das Gekritzel noch einmal zu lesen. »Zwei SW. Zwei Schußwunden, das wissen wir. LW. Sieht danach aus, als hätte er die letzten Worte des Opfers gehört.«

Ermittlerin Calloway seufzte. »Wenn wir jetzt bloß rauskriegen könnten, was das Opfer gesagt hat. Und wir müssen uns gründlich mit Judas beschäftigen.« Sie richtete ihren Blick auf mich. »Kennen Sie jemanden mit einem weißen Lieferwagen? Leute mit den Initialen VM oder B?«

Mir war schwindlig. Seine Handschrift. Ich konnte hören, wie meine Zähne klapperten. Die Vision einer Schußwaffe tauchte vor mir auf. Wo war die Waffe jetzt? Wieviel Munition war darin?

»Bitte, Miss Bear. Ein Lieferwagen. Ein weißer Nissan-Lieferwagen. Kommt Ihnen das bekannt vor?«

»Ah, ich habe einen weißen Lieferwagen. Darauf steht ...« Ich suchte nach Worten. »›Goldilocks' Partyservice. Alles vom Feinsten.‹ Aber es ist ein Volkswagen, kein Nissan.«

»Ist Ihr Lieferwagen verschwunden? Wo war er heute morgen?«

Mit Mühe dachte ich zurück. Mein Lieferwagen sei am Morgen mit Platten voller Essen für unseren Hochzeitsempfang beladen worden, teilte ich Ermittlerin Calloway mit. Sie nickte und versicherte mir, ihr Ermittlungsteam werde bei Olsons Nachbarn nachfragen und auch bei den Leuten, die an der Upper Cottonwood Creek Road wohnten, um herauszubekommen, ob sonst jemand einen Lieferwagen gesehen habe.

Ich starrte den aufgequollenen Notizblock an, den Tom vermutlich in das Gebüsch geworfen hatte. Das Blatt Papier vor mir mußte einen Hinweis darauf enthalten, was sich hier abgespielt hatte. Doch unverständliche Hieroglyphen waren alles, was ich sah.

»Habt ihr bei der Polizei nicht so eine Art von Kurzschrift, die ihr alle benützt? Für mich sieht es danach aus.«

Boyd zog seinen Block heraus und machte sich Notizen. »Nichts allgemein Übliches«, sagte er schroff. »SW und LW habe ich Ihnen schon erklärt. Schußwunde. Letzte Worte. Das Opfer war am Leben. Das Opfer war tot. Jemand hat einen Lieferwagen gefahren. Eine Anspielung auf das Beten und die Bibel. Wir lassen Ihnen eine Kopie von dem Blatt machen. Es wäre bestimmt eine Hilfe, wenn Sie sich weiter den Kopf darüber zerbrechen würden.«

»Moment mal«, sagte Calloway. »Moment. Werfen Sie noch einen Blick darauf, Miss Bear. P.R.A.Y.? Könnten die vielen Punkte für Schulz eine Bedeutung gehabt haben? Vielleicht hat es etwas mit Ihrer Kirche zu tun? Ist es eine Abkürzung für irgendeine kirchliche Organisation? Schulz hat in der zweiten Zeile O für Opfer geschrieben, könnte VM also ein Hinweis auf Verbrecher, männlich, sein? Wir werden seine Akten überprüfen, herausfinden, ob wir darin auf etwas stoßen. Vielleicht haben Sie etwas Schriftliches von ihm, Briefe an Sie, mit Abkürzungen?«

Ich sagte nein und erwähnte nicht, daß Tom Schulz mir nur ganz selten geschrieben hatte. Wir hatten uns in einer Krisensituation kennengelernt. Als ein Giftmordversuch an meinem ehemaligen Schwiegervater zur Schließung meines Partyservices geführt hatte, war ich widerstrebend auf Toms Interesse an mir eingegangen. Während sich unsere Beziehung in den letzten anderthalb Jahren entwickelt hatte, hatten wir telefoniert, gemeinsam gegrillt, Ausflüge in die Berge oder nach Denver gemacht. Diese Ausflüge schlossen immer mit Mahlzeiten, die ich in meiner professionellen Kochwerkstatt zubereitete oder die Tom in der fabelhaft eingerichteten Küche seines Blockhauses kochte. Und erst seit kurzem hatten wir, wenn wir allein waren, nach diesen Mahlzeiten miteinander geschlafen.

Wir hatten uns nicht geschrieben.

Calloway ließ nicht locker. »Aber Sie müssen irgend etwas von ihm haben, ein Notizbuch, Tagebuchaufzeichnungen, einen Kalender, irgend etwas, was solche Abkürzungen enthalten könnte. Falls ja, falls solche schriftlichen Aufzeichnungen vorhanden sein sollten, sind Sie dann bei Ihnen zu Hause? Oder bei ihm?«

Ich wußte, daß sie nur ihre Pflicht tat. Beim Versuch, ihren besten Ermittler zu finden, würde die Polizei rücksichtslos jeden Fetzen Information ans Licht zerren. Aber ich war einem Gespräch über die komplizierten Absprachen unserer gemeinsamen Häuslichkeit nicht gewachsen, schon gar nicht einem Gespräch über die vielen Sachen in den Kisten, die erst vor kurzem aus Toms Blockhaus in mein Haus geschafft worden waren. Ehrlich gesagt, eigentlich war ich keinem Gespräch gewachsen. Ich sagte: »Ich bin mir nicht sicher. Aber ich sehe nach. Ich verspreche es.«

»Wer hat Schlüssel zu seinem Haus?« wollte sie wissen. »Und zu seinem Auto? Ich meine, mal abgesehen von dem Schlüsselring im Bach.«

Meine Augen brannten, meine Hände waren taub vor Kälte. Ich murmelte, ich hätte Schlüssel zu seinem Haus, aber nicht bei mir. Wie auch immer, fügte ich hinzu, sein Haus sei leer. In diesem Augenblick rief ein Polizist nach Calloway. Sie versprach, daß Boyd oder Armstrong mit mir in Verbindung bleiben würden und trug mir auf, dafür zu sorgen, daß ich jederzeit telefonisch bei mir zu Hause erreichbar war. Ich fragte Boyd, wann ich die Sachen haben könne, die Tom Schulz am Tatort fallengelassen hatte. Er stapfte weg und berichtete mir dann, wenn die Spurensicherung damit fertig sei, werde jemand Toms Sachen bei mir vorbeibringen.

»Haben Sie Blut gefunden?« fragte ich Boyd. Ich räusperte mich. »Toms Blut? Sie haben gesagt, er sei verletzt worden.«

Boyd zuckte mitfühlend zusammen. Eine seiner derben Hände streckte sich impulsiv nach meiner Hand aus. Er antwortete ruhig: »Es sieht danach aus, als ob er sich an den Steinen aufgeschürft hätte. Vielleicht hat er sich auf der Böschung den Knöchel verrenkt oder sich das Bein gebrochen. Ich will Sie nicht anlügen: Er könnte schwer verletzt sein.« Ich konnte nicht zuhören, konnte Boyd nicht ansehen, konnte es nicht ertragen, daß er glaubte, mich berühren zu müssen. Ich sah auf den verschneiten Boden und zog die Hände weg. Boyd sprach weiter. »Wir glauben, daß das die einzige Möglichkeit für den Täter war, ihn zu überwältigen. Falls es sich so abgespielt hat. Sie wissen ja, Schulz ist muskulös, er ist ein harter Knochen. Clever und mit allen Wassern gewaschen. Wir bringen Ihnen eine Kopie des Zettels vorbei«, fügte er hinzu, um das Thema zu wechseln, »damit Sie sich damit beschäftigen können.«

Eine kalte, feuchte Brise fegte über die Wiese. Daß es nicht mehr schneite und eine wäßrige Nachmittagssonne aufgetaucht war, hatte nichts Warmes, Frühlingsähnliches bewirkt. Ich umklammerte meine Oberarme, konnte aber nicht aufhören zu zittern. Helen Keene trottete zu mir herüber und legte mir wieder die Steppdecke zur Betreuung von Opfern um die Schultern. Langsam gingen wir über die verschlammte Zufahrt zu Boyds Streifenwagen. Helen fragte mich nach dem Weg und fuhr mich dann nach Hause. Wir fuhren an den Ranches vorbei, der Siedlung, dem Schuleingang. Die auf Olsons Wiese verbrachte Zeit hatte mein Brautkostüm übel zugerichtet; kalte, nasse Seide klebte an meinen Beinen. Vor dem geistigen Auge sah ich Boyd, Armstrong und Helen Keene vor mir, wie sie mit der furchtbaren Nachricht über die Steinplatten zum Pfarrbüro von St. Luke kamen. Ich konnte ein gutturales Stöhnen nicht unterdrücken. Ich mußte nach Hause, bei Arch und Julian sein.

»Bitte, sorgen Sie dafür, daß Ihr Telefon frei ist«, sagte Helen, nachdem ich ihr Angebot abgelehnt hatte, mit ins Haus zu kommen und eine Weile zu bleiben. Sie gab mir ihre Karte. »Und behalten Sie die Steppdecke«, fügte sie leise hinzu. »Eine Frauengruppe Ihrer Kirche spendet die Decken dem Büro des Sheriffs und dem Hilfswerk von Aspen Meadows für solche Situationen wie die Ihre.« Die Fragen sprudelten in meinem Kopf: Situationen wie meine? In was für einer Situation war ich denn, genau gesagt? Aber Helen hielt mich mit ihrem stetigen Blick fest. »Goldy – bitte, rufen Sie mich an, wenn Sie mich brauchen.«

Ich bedankte mich bei ihr und kletterte mühevoll aus dem Polizeiauto. Auf dem Trottoir gegenüber von meinem Haus stand ein gaffendes Trio aus Nachbarn, offenbar, ohne die Kälte zu spüren. Ich habe keine Ahnung, wie sich schlechte Nachrichten in dieser Stadt so schnell herumsprechen können. Ich stolperte benommen zum Hauseingang und schaffte es gerade noch, die Steppdecke linkisch um mein schlammbespritztes Brautkostüm zu ziehen.

Als ich unser Sicherheitssystem passiert hatte, rief ich nach Arch, dann nach Julian. Das stille Haus kam mir ohne die üblichen üppigen Küchengerüche verlassen vor. Mein Koffer, für die Hochzeitsreise gepackt, stand trostlos in der Diele. Ich drehte ihm den Rücken zu.

»Oh, Mom, du bist da!« rief Arch, als er im Galopp die Treppe herunterkam. Er hatte sich umgezogen, trug einen grauen Jogginganzug anstelle des Smokings. »Julian hat Grandma und Grandpa zum Flughafen gefahren. Er bringt außerdem unsere Smokings zurück. Ich wollte eben das Essen in den Kühlschrank räumen, wie es Julian mir erklärt hat. Wo ist Tom? Wieso sind deine Sachen so dreckig? Wo hast du das gesteppte Ding da her?«

»Oh, Schatz. Das ist eine lange Geschichte.« Ich

drückte mich vor sofortigen Erklärungen, indem ich ankündigte, ich wolle eine Dusche nehmen, während er die Platten wegräumte. Müde stieg ich die Treppe hinauf. Jeder Muskel in meinem Körper tat weh. Im Schlafzimmer, das Tom erst seit kurzem mit mir teilte, stellte ich mich vor den Spiegel und musterte das ruinierte beigefarbene Seidenensemble. *Eine Miss Haversham in mittleren Jahren,* verhöhnte mich mein Spiegelbild. In einer zornigen Aufwallung riß ich an den winzigen Perlenknöpfen. Zwei sprangen ab und fielen klimpernd auf den Holzboden. Ein halber Schluchzer kam krächzend aus meiner Kehle. Ich legte die Halskette des Frauenkreises behutsam ab. *Das habe ich nicht verdient,* dachte ich bitter. Es war selbstsüchtig, mir Gedanken darüber zu machen, was ich nicht verdient hatte, aber das war mir gleich. Tränen liefen mir übers Gesicht, als ich auf den Knien herumtastete, bis ich die Knöpfe fand. *Ich habe genug gelitten. Hallo, Gott? Hörst du mich? Falls du wirklich da bist.* Ich legte die Knöpfe auf meinen Schreibtisch, dann griff ich nach Toms Kissen auf dem Bett und vergrub mein Gesicht darin. Ich schluchzte und keuchte, dann atmete ich tief ein. Obwohl ich die letzten Nächte in Toms Blockhaus verbracht hatte, hing sein wunderbarer Geruch im Kissenbezug.

Das Wasser in der Dusche wurde kochendheiß, während ich mich hin und her wiegte, hin und her. Schließlich wickelte ich mich in ein dickes Frotteetuch und setzte mich auf das Bett, benommen und erschöpft. Ich stand auf und zog einen Jogginganzug über. Wieder erhaschte ich einen Blick auf mein hinfälliges Spiegelbild. Was sollte ich Arch sagen? Was Julian? Ich wußte nicht einmal, was ich mir selbst sagen sollte.

In der Küche waren die Arbeitsplatten leer bis auf ein

Tablett mit marzipanüberzogenen Petits fours und Schokoladentrüffeln, die als Aufmerksamkeit zum Mitnehmen für unsere Hochzeitsgäste gedacht gewesen waren. Ich fragte Arch, ob jemand angerufen habe. Er sagte nein und beschäftigte sich weiter damit, die Trüffel methodisch auszuwickeln, dann zu essen, in kleinen Bissen. Ich schlang die Arme um mich und wiegte mich wieder hin und her. Arch hielt mitten im Zubeißen inne, kniff hinter der Brille die Augen zusammen.

»Was ist denn los, Mom?«

»Oh, Arch ... leider habe ich schlechte Nachrichten.«

»Pfarrer Olson. Das habe ich gehört.«

»Nein. Es geht um Tom.« Arch gehörte zu den Menschen, die es wissen mußten. Ich wappnete mich, dann erzählte ich tonlos die reinen Fakten der Geschichte: daß Tom den tödlich verwundeten Pfarrer gefunden hatte, dann offenbar verletzt und gewaltsam entführt worden war.

Während ich erzählte, wurde das sommersprossige Gesicht meines Sohnes ausdruckslos vom Schock. Als ich fertig war, saß er lange reglos da, dann legte er die halbgegessene Trüffel vorsichtig auf die Papierserviette mit dem Prägedruck *Tom und Goldy, 11. April* zurück. Er schob sich die Brille die Nase hoch und steckte die Hände unter die Achselhöhlen.

»Tom Schulz ist entführt worden?«

»Das glauben sie.«

»Sie werden ihn finden, nicht wahr?«

Es hatte keinen Sinn, ausweichend zu antworten. Wenn ich gesagt hätte: *Ich hoffe es* oder: *Die Polizei arbeitet daran,* hätte das nur zu einem Knäuel aus nicht zu beantwortenden Fragen geführt und Arch noch mehr beunruhigt. Es gab keinen Grund, die unerwünschten

Ängste auszusprechen, bei denen mir so eisig wurde wie im Winterwind, wenn er von den Bergen herunterheult. Ich sah mich, wie ich einen schlichten Sarg für Tom Schulz aussuchte. Noch ein paar kurze Jahre, dann würde Arch weggehen, aufs College. Ich würde den Rest meiner Tage allein verbringen.

»Ja«, sagte ich entschieden zu meinem Sohn, mit mehr Überzeugung, als ich empfand. »Sie werden ihn finden.«

Arch fing damit an, den Küchenboden zu fegen, eine Aufgabe zur Wiederherstellung der Ordnung, an die er sich oft machte, wenn sein Außenleben ein Chaos war. Mein Magen sagte, ich müsse etwas essen, aber nach einem Blick auf die wunderschön dekorierten Platten für den Hochzeitsempfang im begehbaren Kühlschrank mußte ich mich abwenden. Würde Toms Entführer, wer es auch sein mochte, ihm etwas zu essen geben? Ich lief in der Küche auf und ab, spürte, wie mein knurrender Magen sich verkrampfte, vertrieb die Schmerzen mit Willenskraft. Arch war mit dem Boden fertig, holte seine Malsachen und setzte sich an den Küchentisch. Er wußte, daß ich ihn in meiner Nähe haben wollte.

Mein Geschäftstelefon klingelte. Bei dem unvermittelten Geräusch schrie ich auf, als wäre ich geschlagen worden. Ich stürzte zum Apparat.

»Was?« rief ich. Falls das ein Kunde war, dachte ich verspätet, konnte ich dieser Bestellung gleich einen Abschiedskuß geben.

»Goldy?« kam die zögernde, verängstigte Stimme von Zelda Preston. »Geht es Ihnen gut? Ich meine, ich weiß, daß es Ihnen nicht gut geht ... das kann ja gar nicht sein, nach dem, was passiert ist ...«

Zelda Preston, die Schwiegermutter der Vogelscheuche Agatha in der Kirchenküche, war im Augenblick Mitglied der Altargilde und bis vor kurzem die Organistin von St. Luke gewesen. Zelda und Lucille Boatwright waren beide seit etwa einem Jahrzehnt verwitwet. Die beiden Frauen steckten jetzt fast ständig zusammen, außer wenn Zelda sich mit den Sportschwimmern traf und ihre Bahnen zog, fünf Kilometer pro Woche. Mit ihrem länglichen Gesicht, das mich immer an ein Kamel erinnerte, ihren drahtigen Muskeln und dem langen grauen, um den Kopf gewickelten Haarzopf wirkte Zelda Preston wie ein großes, klapperdürres Gegenstück zu Lucilles pummeliger massiger Erscheinung.

Ich sagte: »Rufen Sie wegen Lucille an?«

»Oh, meine liebe Goldy. Nein. Ich rufe Ihretwegen an. Ich möchte etwas für Sie tun, Sie Arme ...« Ihre Stimme stockte.

Zelda trug eine schmerzliche Vergangenheit mit sich herum, aber wir hatten nie ein schwesterliches, die Seele entblößendes Gespräch geführt. Eine ältere Episkopalierin wäre lieber verarmt gestorben, als daß sie über seelische Verletzungen gesprochen hätte, ein Gespräch, das sie in dieselbe Kategorie eingeordnet hätte wie den Vergleich von BH-Größen. Trotzdem rührte mich Zeldas Versuch, mir ihr Mitgefühl anzubieten, und er weckte Schuldgefühle. Ich hatte *sie* im letzten Monat nicht angerufen, als die vielen Meinungsverschiedenheiten, die sie und Pfarrer Olson über die Kirchenmusik gehabt hatten, damit endeten, daß er sie hinauswarf. Aber was hätte ich sagen sollen? *Möchten Sie mit mir zu Mittag essen und darüber reden, daß ein Hinauswurf wie eine Scheidung ist?* Das war wohl kaum das Richtige.

»Zelda. Wie aufmerksam von Ihnen, daß Sie anrufen.

Ich brauche nichts, danke.« Ich räusperte mich; mir war nur allzu bewußt, daß beide Telefonleitungen freibleiben mußten, falls die Polizei mich erreichen wollte. Ich wußte nicht, welche Nummer sie hatten. Weil ich keine Warteschleife hatte, konnte ich nicht riskieren, daß die Polizei das Besetztzeichen bekam. Aber das alles zu erklären, dazu noch Toms Verschwinden, ging im Augenblick über meine Kräfte.

»Oh, dann ist es ja gut. Aber Goldy«, fuhr sie sanft fort, »es tut mir furchtbar leid, daß ich Sie damit belästigen muß, aber ich wüßte gern, was Sie mit dem Blumenschmuck für die Hochzeit anfangen wollen. Wie Sie vermutlich wissen, fällt Lucille aus; deshalb muß ich sie bei der Planung der Gottesdienste in der heiligen Woche und von Pfarrer Olsons Beerdigung vertreten.« Sie machte eine Pause. »Haben Sie etwas gehört? Ich meine darüber, wie das mit ihm passiert ist?«

»Noch nicht.«

»Na ja ... Wenn Sie einverstanden sind, könnten wir die Blumen vielleicht für Pfarrer Olson brauchen ... Ich weiß, es klingt unwichtig, aber jemand muß die Entscheidungen treffen, und Doug Ramsey ist *unmöglich* ... wenn Sie die Blumen spenden, spart die Gemeinde auf alle Fälle Geld, weiß der Himmel. Ich habe aber keine Ahnung, was für Vorstellungen unser *neuer* Pfarrer hat. Nicht unser neuer Pfarrer«, verbesserte sie sich, »sondern der, den uns die *Diözese* schickt, wer auch immer das sein mag.« Sie senkte bei dem Wort Diözese die Stimme auf eine Weise, die keinen Zweifel an ihrer Meinung über diese Kircheninstitution ließ.

»Wissen Sie was«, sagte ich beschwichtigend, verzweifelt darauf bedacht, die Leitung freizumachen. »Spenden Sie die Blumen doch einfach der katholischen Kirche. Die Gemeinde ist größer; bestimmt findet dort bald eine Trauung statt.«

»Die Katholiken! Die und eine Trauung in der heiligen Woche? Gott im Himmel, Sie könnten die Blumen doch wenigstens einem Kranken aus unserer Gemeinde spenden. Also wirklich, Goldy. Die *Katholiken.*«

»Gut, Zelda. Wirklich. Wer liegt denn im Augenblick im Krankenhaus? Machen Sie damit, was Ihnen Freude macht.« Das ganze Gespräch war absurd. Aber ganz gleich, ob wir Meinungsverschiedenheiten haben oder uns aufregen, Episkopalier legen nicht einfach mitten im Gespräch den Hörer auf.

Sie trällerte: »Roger Brampton ist aus dem Krankenhaus entlassen worden, obwohl ...« Sie brach ab und vermeldete: »Victor Mancuso hat Gürtelrose, aber ich weiß nicht, in welchem Krankenhaus er liegt, und natürlich wäre es schwierig, die Pfarrsekretärin zu erreichen, weil sie jetzt schon in den Osterurlaub gefahren ist.« Sie machte wieder eine Pause. »Und es geht darum, *Ihnen* eine Freude zu machen, meine Liebe.«

»Victor Mancuso?« fragte ich ungläubig. *VM.* Ich wollte wissen: »Wer ist dieser Victor Mancuso?«

»Keine Ahnung, er ist der Onkel der Sekretärin. Sie hat ihn vor ihrer Abreise auf die Gebetsliste gesetzt. Sonst weiß niemand etwas über ihn, ich habe schon herumgefragt.«

Auf die Gebetsliste, auf die Gebetsliste. *P.R.A.Y.* Ich dachte angestrengt nach: Die Gebetsliste enthielt die Namen all derer, denen die Gemeinde Fürsprache anbot. Arch behauptete, auf diese Liste kämen Menschen und Angelegenheiten, die Gott für uns in Ordnung bringen solle. Der charismatische Teil unserer Gemeinde, jene Mitglieder, die mit Übereifer Wert auf spirituelle Gaben und eine persönliche Beziehung zu Jesus legten, boten auf regelmäßigerer und ernsthafterer Basis als wir anderen Fürbitten an. Außerdem gab es eine weniger charismatische kleine Frauengebetsgruppe, die sich jede Woche traf. Zelda, fiel mir ein, gehörte zu dieser Gruppe. Vielleicht konnte sie bei der Entschlüsselung der Abkürzung in Toms Notizen helfen.

Ich fragte scharf: »Gibt es eine Organisation, ökumenisch oder innerhalb unserer Gemeinde, mit den Initialen P.R.A.Y.? Vielleicht einen Jugendkreis namens Protestant Roman Catholic Association of Youth?«

Zelda zog verwirrt die Luft ein. »Goldy? Worüber in aller Welt reden Sie denn? Wollen Sie denen die Blumen spenden? Ich kann doch nicht überall herumtelefonieren –«

»Zelda, gibt es eine solche Organisation? P.R.A.Y.? Ich bin mir sicher, daß ich das mal irgendwo gehört habe.«

»Ich habe jedenfalls noch nie etwas davon gehört, und ich gehöre dieser Gemeinde seit zwanzig Jahren an, seit damals Pfarrer Pinckney –«

»Okay, danke, Zelda. Bitte. Machen Sie mit den Blumen, was Sie wollen. Entschuldigen Sie, ich muß jetzt auflegen.« Wir stammelten beide Abschiedsworte und legten behutsam die Hörer auf.

Arch sah mich an, runzelte die Stirn und verließ auf der Suche nach Buntstiften die Küche. Ich starrte auf meinen Terminkalender. Die Tage waren leer. Natürlich, ich hatte wegen unserer dreitägigen Hochzeitsreise keine Aufträge angenommen. Jetzt hatte ich nicht einmal Arbeit, die mich von dem Strudel der Ereignisse hätte ablenken können.

Die Sorge um Tom explodierte in meiner Brust. Hätte ich Helen Keene bitten sollen, bei mir zu bleiben? Wann würde Julian vom Flughafen zurückkommen? Was konnten Toms kryptische Notizen bedeuten? Ich legte mich auf den Küchenboden, zog die Knie an die Brust und spürte, wie mir die Tränen unaufhaltsam über die Wangen liefen. *Ich drehe durch.*

Es klingelte an der Tür; wieder machte mein Herz einen Satz. Ich sprang auf, rannte durch den Flur und schaute dann ungläubig durch das Guckloch. Marla. Sie zog eine Grimasse und hielt Plastiktüten mit Essen hoch. Genau das, was wir brauchten: noch mehr Essen. Arch, der beim Klang der Glocke hinter mir den Flur entlanggetrottet war, stöhnte vor Enttäuschung und murmelte, er wolle jetzt fernsehen.

»Was tust du denn hier so ganz allein?« wollte Marla wissen, nachdem sie sich und die Tüten in die Küche geschleppt hatte. »So ein Blödsinn.« Sie trug noch das dunkelblaue Trauzeuginnenkostüm, musterte meinen Jogginganzug und mein Gesicht und schüttelte den Kopf. »Irgendwie hab' ich gewußt, daß du heute nicht mit mir zum Abendessen ausgehen willst.«

»Ich bin nicht allein; Arch ist hier.« Zu meinem Entsetzen sprudelte alles aus mir heraus. »Marla – Pfarrer Olsons Mörder hat Tom entführt. Ich mußte zu Olsons Haus fahren, und es war scheußlich ...«

Sie schloß mich in die Arme. »Ich weiß«, murmelte sie in mein Ohr. »Ich habe in der Kirche nach dir gesucht. Vikar Ramsey hat es mir erzählt. Mußt du dich ausweinen?«

Ich dachte an die Tränen, die ich schon vergossen hatte, einsam und hilflos auf dem Fußboden. »Danke, aber nein. Jedenfalls nicht im Augenblick.«

»Willst du darüber reden?«

Ich löste mich von ihr, griff nach einer Tüte und stellte

sie auf die Küchenplatte. »Woher wußte Doug Ramsey, daß Tom verschwunden ist?«

»Von der Polizei.« Marla hievte die zweite Tüte auf eine Arbeitsplatte. »Etliche Polizisten sind noch in der Kirche. Sie wollten rausriegen, ob Schulz' Anruf im Pfarrbüro möglicherweise auf Band aufgezeichnet worden ist.«

»Herr im Himmel.« Ich stolperte entnervt zu einem Küchenstuhl.

Marla ging neben mir in die Hocke. Sie legte eine Hand auf meine. Ich betrachtete unglücklich die schwarze Vorderseite von Toms Herd, ich konnte mich nicht von der Vision lösen, wie er Hühnerteile auf den Grill warf. Vor einer Woche hatten seine Kollegen den Heißluftofen mit Grill aus seinem Blockhaus hierhertransportiert und das Lüftungsrohr installiert. Er hatte gesagt, ohne seinen Herd könne er nicht leben. Mit einem Zwinkern hatte er hinzugefügt: »Da bin ich ein bißchen wie du, Goldy.«

Nach ein paar Augenblicken stand Marla auf und packte ihre Einkäufe aus. Filet Wellington, portionsweise eingewickelt. Tiefgekühlte Scampi. Wir hatten oft gewitzelt, unser Exmann habe zwei Frauen gefunden, die das Essen mehr liebten als ihn. Meine Leidenschaft war die Arbeit in der Küche, und Marla war die Königin aller Delikatessenkäufer.

Sie sah mich an. »Wo ist das Collier?«

»Oben. Warum? Es ist ein Wunder, daß ich es beim Herumtrampeln im Schlamm nicht verloren habe.«

»Goldy, komm mir nicht mit Wundern.« Sie ließ sich auf einen Stuhl neben mir fallen. »Wir haben ein Problem. Ehrlich gesagt, nicht nur eins.«

»Was? Mit den Perlen?«

»Ehe deine Trauung anfangen sollte, war ich mit dem Ausschuß für die Schmucktombola draußen im Paradies. Ich habe den anderen erzählt, daß wir beide die Colliers tragen, die verlost werden sollen, und es gab ein großes Hallo.«

O je, dachte ich, da haben wir's. Irgendwelche Linksradikale drohen mit einem Perlenboykott.

»Zu dem Problem mit den Perlen komme ich gleich.« Sie seufzte. »Offenbar«, fuhr Marla düster fort, »haben Vorgänge in unserer Gemeinde zu Gerüchten geführt, die in der Diözese im Umlauf sind.«

Ich schnaubte. »Vorgänge in unserer Gemeinde? Gerüchte? Wart's nur ab, bis sie hören, daß unser Pfarrer ermordet worden ist.« Ich schüttelte den Kopf, in meiner Erinnerung sah ich Pfarrer Theodore Olsons warmes Lächeln hinter dem dunklen Bart aufblitzen, als er mich in den theologischen Prüfungsausschuß berief.

Marla nickte. »Stimmt. ›Zeigt mir mal eine Gemeinde in unserer Diözese, in der keine abenteuerlichen Geschichten kursieren‹, ist meine Meinung dazu. Und sie sagen: ›Hoho, es hat sich herumgesprochen, daß Roger Bampton behauptet, er sei durch ein *Wunder* geheilt worden. Durch ein Wunder wie die Speisung der Fünftausend.‹«

»Oh, bitte«, ich war nicht in der Stimmung, über Krankheiten zu reden. »Roger ist krank. Ich habe gehört, daß es ihm etwas besser geht. Es war ein Wunder? Das wird unser Exmann sagen, wenn er hört, daß Tom Schulz nicht zur Trauung erschienen ist.« Ich spürte ein jähes Frösteln und überlegte, ob ich Tee kochen sollte, ließ es aber dann bleiben. Es schien mir zu anstrengend. »Wie auch immer«, fügte ich hinzu, »Roger hat Leukämie.«

»Er ist aus dem Krankenhaus entlassen worden.« Marla verzog das Gesicht. »Halt dich fest. Es geht ihm nicht nur etwas besser, er hatte bei der Blutuntersuchung *normale* Werte. Für mich war es ein Wunder, daß Roger, der mit Scotch gurgelt, nicht an einem Leberleiden gestorben ist, ehe bei ihm Leukämie diagnostiziert wurde. Und es wird behauptet, daß es noch andere Wunder gegeben hat.«

»Mach mal halblang, Marla. Ein paar von diesen Geschichten habe ich gehört, die mit dem geheilten Knie und so weiter. Wer hört denn da überhaupt zu? Das ist wie an der Börse. Es gibt eine Glückssträhne, dann eine Pechsträhne. Wieso ist das ein Problem?«

»Goldy, weil wir anderweitig beschäftigt waren, sind wir nicht mehr auf dem neuesten Stand. Ich meine, du hast dich auf die Hochzeit vorbereitet, und ich habe eine Schmucktombola geplant. Aber Agatha Preston hat mich aufgeklärt. Vor drei Wochen wurde der todkranke Roger plötzlich für gesund erklärt. Letzte Woche hat eine Kindergottesdiensthelferin geschworen, sie sei von chronischen Rückenschmerzen geheilt worden. Ein blind geborenes Kind konnte plötzlich sehen. Also habe ich zu diesen Leuten gesagt, ich muß dringend zwanzig Pfund abnehmen, wo kann ich mich melden?«

Ich sagte: »Ich will Tom Schulz zurückhaben.«

»Hab' bloß gedacht, es interessiert dich.«

»Pfarrer Olson wäre das gar nicht recht gewesen.«

»Hör mir doch zu«, protestierte sie, »Agatha und diese Frauen schwören, daß Olson die Gerüchte überhaupt erst in Umlauf gebracht hat. Pfarrer Pinckney wäre das nicht recht gewesen.« Marla stand unvermittelt auf, packte drei Tüten Chinagemüse und zwei tiefgefrorene Torten aus. Ich fragte mich kurz, was aus der Hochzeitstorte geworden sein mochte. Marla kam aus meinem begehbaren Kühlschrank heraus und stemmte die Hände in die üppigen Hüften. »Aber weißt du noch, daß ich gesagt habe, ich habe nicht nur ein Problem? Hier kommt das nächste: Pfarrer Olson hat die anderen Perlen aufbewahrt. Bei sich zu Hause. Zwanzig Colliers, zweitausend Dollar pro Stück. Die Polizei hat sie in seinem Haus nicht gefunden.«

»Sie haben schon das ganze Haus durchsucht?« Ich konnte mich nicht daran erinnern, je so durcheinander gewesen zu sein. Wieder ging eine Welle der Erschöpfung über mich hinweg. Ich fuhr mit der Hand über Toms schwarz emaillierten Herd. »Das kann ich kaum glauben. Warum hast du ... warum hat Olson die Perlen denn bei sich zu Hause gehabt?«

»Er hat immer die Sachen für die Schmucktombola aufbewahrt.« Marla klang angewidert. »Letztes Jahr waren es die Goldketten und im Jahr davor die Jade. Er hat gesagt, ein Juwelendieb käme nie auf die Idee, in Upper Cottonwood Creek herumzuschnüffeln. Ich habe der Polizei gesagt, sie soll nach den Perlen suchen, aber die Cops haben gesagt, in sein Haus sei nicht eingebrochen worden, deshalb haben sie nicht jeden Winkel durchsucht. Im Augenblick scheint Diebstahl als Motiv auszuscheiden. Natürlich hatte Olson keinen Safe. Und sie lassen weder mich noch sonst jemanden ins Haus, um herumzustöbern. Dieser Olson. Er war so ein Eichhörnchen von einem Hamster, vermutlich hat er sie so gut versteckt, daß wir sie niemals finden werden.« Sie seufzte niedergeschlagen.

»Ein Eichhörnchen von einem Hamster?«

»Entschuldigung, das war ein Nagetier zuviel. Hast du vor, diese Trüffel zu essen?«

»Bedien dich. Marla – gibt es eine Kirchenorganisation mit der Abkürzung P.R.A.Y.?«

Sie biß ein Stück Schokolade ab und mampfte nachdenklich. »*Pray?* Nicht daß ich wüßte, und falls jemand Bescheid über Kirchenorganisationen weiß, dann ich.«

»Wann hast du zum letzten Mal die Geschichte von Judas gehört?«

Marla verputzte die erste Trüffel, musterte das Tablett und suchte sich eine zweite aus, eine dicke, dunkle, bestäubt mit Kakao. Sie steckte sie in den Mund, legte eine Hand auf ihren üppigen Busen und runzelte die Stirn. »Das weiß ich wirklich nicht. Warum?«

»Tom hat vor Olsons Tod etwas aufgeschrieben«, murmelte ich. »Er hat P.R.A.Y. erwähnt und Judas, aber niemand weiß, was er damit gemeint hat.«

»Judas? Er hat etwas über Judas geschrieben? Warum?« Ich zuckte die Achseln. Marla leckte sich die Fingerspitzen ab. »Moment mal, was haben wir heute? Noch Fastenzeit. Ich warte immer darauf, daß mir jemand die Geschichte vorliest. In der Kirche, weißt du. Das Abendmahl am Gründonnerstag, dann der Verrat durch Judas. Nein, nein, andersrum. Augenblick mal. Du bist die Kindergottesdiensthelferin, sag du's mir. Ist das alles, was er geschrieben hat? War es eine Art Lösegeldforderung?«

»Nein.« Vermutlich hatte ich schon zuviel gesagt. Ich machte mich mit knirschenden Zähnen auf eine Fortsetzung des Verhörs gefaßt, aber Marla schob das Trüffeltablett beiseite und sah mich besorgt an. Sie machte sich eindeutig mehr Sorgen um mich als um die Einzelheiten der Ermittlung im Mord- und Entführungsfall.

»Goldy, möchtest du mitkommen und bei mir wohnen? Ich kann mich um dich kümmern. Ehrlich, das ist das mindeste, was ich tun kann. Als Trauzeugin und so weiter.«

»Nein danke, ich muß am Telefon bleiben. Bis sie ihn finden«, sagte ich unsicher.

»Sie werden ihn finden«, sagte Marla entschieden. Sie schob ihren Stuhl näher heran und legte mir die Hand auf den Arm. »Goldy, du kannst nicht allein hierbleiben.«

»Du bist wunderbar, aber im Ernst. Ich bin nicht allein – Arch und Julian sind bei mir. Sprich mit mir über die Kirche. Sag mir, wie das passieren konnte.«

»Ich schwöre, ich weiß es nicht. Olson war bloß –« Sie gestikulierte überschwenglich, wie eine Italienerin, die nach einem Wort sucht – »ein netter Charismatiker mit einer soliden theologischen Ausbildung. Ich weiß nicht, ob das stimmt. Klingt das voreingenommen? Ich meine, als ich ihm letztes Jahr erzählt habe, daß wir an den Goldketten zwanzigtausend Dollar verdient haben, hat er nicht gesagt: ›Gelobt sei der Herr.‹«

»Das hilft mir nicht weiter.« Zwanzigtausend Dollar an Goldketten verdient? Ich spürte, wie Hysterie in meiner Kehle aufstieg und verdrängte sie. »Bei diesen Schmucktombolas – was ihr nicht verlost, wird hinterher verkauft, stimmt's?« Sie nickte. »Wer hat die Perlen für den Basar bestellt? Hast du eine Ahnung, wie viele Leute wußten, daß sie bei Olson zu Hause sind? Und was macht der Frauenkreis eigentlich mit dem ganzen Geld?«

»Hey, Goldy, nicht so stürmisch.« Sie preßte die Lippen zusammen. »Dieses Jahr hat Bob Preston die Perlen bestellt. Du weißt doch, der Ölmensch, Agathas Mann, Zeldas Sohn. Ehemaliger Ölmensch, sollte ich wohl sagen. Er hat die Perlen von einem Freund im Nahen Osten günstig bekommen. Und was der Frauenkreis mit dem Geld macht, deswegen gibt es meistens einen Riesenkrach. Lucille und der Architekturausschuß wollen das Kolumbarium bauen, bevor sie die Küche renovieren. Ich leite die Tombola, und ich will das Geld dem Hilfswerk von Aspen Meadow geben. Also sind Lucille Boatwright und ich zerstritten, was nichts Neues ist, das kannst du mir glauben. Apropos, verkraftest du es, dir anzuhören, was nach dem Zusammenbruch in der Kirche aus unserem miesepetrigen Engel geworden ist? Oder soll ich vorher Tee kochen?«

Ich konnte mich wirklich nicht auf Lucille Boatwright und ihre selbstherrliche Art konzentrieren. Aber Entscheidungen war ich nicht gewachsen. Als ich keine Antwort gab, stöberte Marla in den Schränken, nahm eine Teekanne und Tassen heraus, machte eine Schachtel mit schottischem Shortbread auf, das sie gekauft hatte, und stellte einen Topf Wasser zum Kochen auf. Die Gesten erinnerten mich an Tom. Er hatte so gern Tee getrunken. Trinkt gern Tee. *Schluß damit.*

»Lucille Boatwright.« Marla ließ nicht locker. »Die alte Garde ist immer noch auf Zack. Der alten Lucy geht's bestens, sie hat den Ärzten gesagt, Mitchell Hartley und die anderen Charismatiker sollen in ihrer Abwesenheit die Finger vom Kolumbarium lassen. Sie hatte Herzrhythmusstörungen, und Zelda Preston ist bei ihr im Krankenhaus.«

»Zelda ist nicht mehr dort, denn sie hat mich eben aus der Kirche angerufen. Sie versucht, die heilige Woche und Ted Olsons Beerdigung zu planen und fragt sich, was sie mit den Blumen für unsere Hochzeit machen soll.« Marla trank einen Schluck Tee und verdrehte die Augen. »Ich hab' ihr gesagt, sie soll den Altarschmuck den Katholiken geben.«

Marla verschluckte sich. »Da haben wir die Dinge ein bißchen auf die Spitze getrieben, nicht wahr? Es überrascht mich, daß Zelda sich darum kümmert. Weißt du, sie war so wütend wegen der Kirchenmusik, den ganzen letzten Monat hat sie herumgeschrien, sie will mit dem Bischof darüber sprechen. Oh, Moment. Apropos Bischof. Rat' mal, wen er zum Seelenhirten während der Krise bestellt hat?«

»Marla. Das ist mir wirklich völlig egal. Ich kann nur an Tom denken. Ein Pfarrer, der uns während der Krise betreuen soll? Hat der Bischof das wirklich so schnell regeln können?«

»Das mußte er. Ich meine, ein ermordeter Pfarrer, eine verschobene Trauung, von einer Beerdigung ganz zu schweigen? Unsere Herde braucht einen Hirten für den Notfall.«

»Doug Ramsey, nehme ich an.«

»Falsch. Er ist noch ein Anfänger.« Sie tunkte einen Shotbreadkeks in den Tee und biß vorsichtig hinein. »Der Bischof schickt den Dichter aus.«

»Den ... o nein. Nicht George Montgomery. Er ist Kanonikus. Er sitzt mit mir im theologischen Prüfungsausschuß und stellt immer Fragen nach der Geschichte der Eucharistie.«

»Vielleicht fragt Montgomery in Prosa nach dem Sakrament der heiligen Kommunion«, sagte Marla, »aber alles andere bringt er in Versform.« Sie aß den Keks auf und griff nach dem nächsten. »Mach dich auf Predigten gefaßt, in denen es heißt: ›Als ich ein Samenkorn gelegt,/da hast, o Herr, du dich geregt,/damit es reiche Früchte trägt.‹« Sie kicherte bitter.

Ich starrte auf Toms Herd. Das Telefon klingelte. Mit einem Satz war ich am Apparat.

»Ja!«

»Hallo, ist da Goldy?« Eine Frauenstimme, zögernd, heiser vom Weinen.

»Wer ist da?«

»Agatha«, würgte die Stimme, »Agatha ...«

Ich legte die Hand auf die Muschel und hauchte Marla zu: »Agatha Preston.«

Marla erwiderte mit einem Bühnenflüstern: »Ich habe sie in der Kirchenküche gesehen. Sie hat ausgesehen wie die typische weiße angelsächsische Protestantin auf einer Probe von *Das Lied von Hiawatha.«*

»Agatha«, sagte ich in den Hörer, »was ist denn? Wissen Sie etwas Neues? Was ist denn mit Ihnen?«

Marla quollen die Augen aus dem Kopf. Ich schüttelte energisch den Kopf, als sie hauchte: »Was? Was?«

»Ich kann nicht, ich kann es nicht ertragen ...« Agatha blieb die Stimme weg, sie hustete und stieß einen Schluchzlaut aus. Mit großer Anstrengung sagte sie: »Haben Sie ... ich muß wissen, ob Sie ... ihn gesehen haben.« Sie brach in einen Weinkrampf aus.

»Ob ich ihn gesehen habe?« Ich war völlig verwirrt.

»Was ist passiert?« schluchzte sie. »O Gott, das überstehe ich nicht. Oh, wo ist er?« Sie weinte heftiger, und dann entfernte sich ihre Stimme, als der Hörer auf eine harte Oberfläche prallte.

»Hallo, wer ist da?« Eine Männerstimme.

»Hier ist Goldy, die Partylieferantin. Ich habe versucht, mit jemandem zu sprechen.«

»Hier ist Bob Preston. Meine Frau stellt die Gebetsliste zusammen. Wie Sie gemerkt haben, ist sie völlig außer sich. Sie wird Sie später anrufen müssen.«

»Aber Agatha hat mich gefragt, ob ich jemanden gesehen habe. Wen hat sie damit gemeint?«

Bob Preston sagte: »Ich habe wirklich keine Ahnung. Meine Frau ist nicht bei sich. Es wäre im Interesse der Kirche das beste, wenn Sie auf ihren Rückruf warten würden.«

Meine angespannten Nerven gaben nach. Ich schrie: »Hören Sie, verdammt noch mal –«

Aber im Gegensatz zu den meisten Episkopaliern hatte Bob Preston aufgelegt.

5

»Was für ein fieser Kerl!« kreischte ich. »Hol das Telefonbuch«, fauchte ich Marla an. »Ich muß die Prestons zurückrufen. Agatha hat gesagt, sie übersteht es nicht und ob ich ihn gesehen habe, und dann hat Bob mehr oder weniger zu mir gesagt, ich soll mich da raushalten, sie ruft wieder an! Wo ist das blöde Telefonbuch?«

Marlas Augenbrauen hoben sich Richtung Stratosphäre. Wenn jemand zu Marla sagte, sie solle sich aus etwas heraushalten, kam das für sie einer Verweigerung ihrer Bürgerrechte gleich. Ich suchte wütend nach dem dünnen Telefonbuch von Aspen Meadow und blätterte darin herum. Kein Preston. Was war mit dem Telefonverzeichnis der Kirchengemeinde? Ich sah mich danach um, dann fiel mir wieder ein, daß ich das Regalbrett leergeräumt hatte, um Platz für Toms Kochbücher zu schaffen, die jetzt in einem unordentlichen Stapel auf der Arbeitsplatte lagen. Ich hatte keine Ahnung, wo das Telefonverzeichnis stecken mochte.

Marla stellte unsere Teetassen scheppernd in das Spülbecken und ließ das Wasser laufen. Ich gab es auf, nach der Nummer der Prestons zu suchen und erklärte, ich sei körperlich und emotional mit den Kräften am Ende. Meine ganze Sorge galt Tom Schulz. Hatte er Agatha Preston mir gegenüber je erwähnt?

»Was macht Bob denn eigentlich jetzt?« wollte ich von Marla wissen. Ich beschwor vor meinem geistigen Auge ein Bild von Bob Preston herauf, dem Ölmenschen par excellence: Mit seiner geblähten Brust und dem schütter werdenden roten Haar erinnerte mich Preston immer an einen alternden Gockel, obwohl er vermutlich noch nicht weit über dreißig war. Er war über einsachtzig, vielleicht einsneunzig, hatte vorstehende Wangenknochen, ein fliehendes Kinn und schmale Lippen. Ich fragte: »Was ist aus seinem Ölgeschäft geworden?«

Marla wusch Toms Tassen mit den stilisierten Röschen ab. »Bob ist im Geld geschwommen, bis Mitte der achtziger Jahre der Ölpreis in den Keller ging. Die Erdgaspreise sind auch nicht gestiegen, deshalb war die Suche danach zu teuer. Im vorletzten Jahr hat seine Firma pleite gemacht. In letzter Zeit haben die beiden kein Partyessen mehr bei dir bestellt, oder?«

Ich legte die Hand auf Toms Herd. »Partylieferanten bekommen immer die Auswirkungen gesamtwirtschaftlicher Entwicklungen zu spüren.« Meine Stimme klang mißmutig und ließ keinen Zweifel daran, daß finanzielle Probleme mich im Augenblick nicht berührten.

»Komm schon, ich will dich doch nur aufheitern«, sagte Marla bestimmt. »Du mußt auf andere Gedanken kommen. Ich werde dir den ganzen Klatsch über Bob und seine Projekte erzählen. Dazu gehört nicht nur ›Habitat für die Menschheit‹ direkt in deiner Nachbarschaft, er leitet außerdem die Gruppe ›Jäger gegen den Hunger‹. Sie ziehen mit Sechserpacks Bier und Gewehren mit Zielfernrohr durch die Wälder, schießen Elche und spenden dann den Erlös – so sollte ich es wohl nennen – dem Hilfswerk von Aspen Meadow. Wenn du arm und hungrig wärst, was hättest du dann beim Essen eines Elchburgers für ein Gefühl? Hast du für so was ein Rezept? Wie wär's mit Hirschchili?«

Ich erschauderte. »Ich weiß Bescheid über diese Gruppe und das Habitat-Projekt. Jetzt erzähl mir, über wen Agatha eben geredet hat.«

Sie bedachte mich mit einem entschlossenen Blick. »Agatha beteiligt sich an allem, was in der Kirche läuft. Ich weiß nicht, wen sie gemeint hat.« Sie stellte die zweite Teetasse umgedreht zum Trocknen auf ein Geschirrtuch und fuhr sich mit den Fingern durch das krause Haar. »Aber wetten, daß ich es rauskriege?«

Draußen quietschte die Kupplung des Lieferwagens, und die Reifen knirschten auf der Einfahrt. Julian war zurückgekommen.

»Marla, ich ertrage es nicht, so ausgeschlossen zu sein. Ich ertrage es nicht, nur am Telefon zu sitzen und darauf zu warten, daß die Polizei anruft. Ich muß irgend etwas tun.«

Sie setzte sich und drückte meine Finger, die allmählich warm wurden. »Goldy, du mußt dich ausruhen. Lass' dich von Arch und Julian verwöhnen, wenn du nicht zu mir kommen willst.«

Julian stapfte herein, in einem Wollmantel aus zweiter Hand, der viel zu groß für seinen kompakten, muskulösen Körper war, und warf sich auf einen Küchenstuhl. Marla, die am glücklichsten ist, wenn gegessen wird, fragte ihn, ob er Tee und Shortbread wolle.

»Nein danke.« Seine Mundwinkel zogen sich bebend nach unten. Sein gebleichter Irokesenschnitt stand abenteuerlich schief, und der Bartschatten am Kinn machte ihn älter als neunzehn. Er hatte den geliehenen Smoking mit geflickten Jeans und einem T-Shirt in Übergröße vertauscht, dem Werbegeschenk einer hiesigen Dachdeckerei, die pleite gegangen war. Die knallige Aufschrift lautete: *Das Dach ist die Frisur des Hauses! Denken Sie daran.*

Julian schnaubte. »Ich bin an der Kirche vorbeigefahren, um zu sehen, ob ich noch was abholen muß.« Er wies mit dem Daumen hinter sich. »Die Hochzeitstorte steht noch im Lieferwagen. Ich muß sie einfrieren. Die Leute in der Kirche haben mir gesagt, was mit Schulz passiert ist. Ich kann's nicht *fassen*, Mann. Schulz ist so schnell, so schlau, ich krieg's nicht auf die Reihe, das muß ein *Witz* sein. Hast du was gehört?«

Ich sagte nein und versuchte, gefaßt zu wirken. Julian war selbst schon reichlich vom Schicksal durchgeschüttelt worden, angefangen damit, daß das Internat der Elk Park Preparatory School, in der er Stipendiat war, geschlossen wurde. Ein paar Monate lang, die unter einem Unstern gestanden hatten, waren wir beide Hausangestellte bei einem reichen Ehepaar gewesen, in dessen Villa wir auch gewohnt hatten, und als dort alles in die Brüche gegangen war, zog Julian zu Arch und mir. Julian, bis zu dessen Abschluß an der Elk Park Prep es keine zwei Monate mehr waren, war ein ausgezeichneter Schüler, ein Meisterschwimmer und ein phantastischer Koch. Er wollte unbedingt das Cornell College besuchen, damit er Ernährungswissenschaft studieren konnte. Sein Ziel war, der erste vegetarische Partylieferant aus Bluff in Utah zu werden, dem der *Gourmet* einen Artikel widmete. Ich glaubte, er habe gute Chancen, vom Cornell College angenommen zu werden, hatte aber meine Zweifel, was seinen Ehrgeiz anlangte, lobend im *Gourmet* erwähnt zu werden. Das konnte jedoch noch warten, denn die Nachricht, ob er vom College angenommen worden sei, war in der kommenden Woche fällig. Das Warten darauf und die Hochzeitsvorbereitungen hatten Julians innere Unruhe unerträglich verstärkt. Trotzdem hatten Arch und ich ihn liebend gern um uns, innere Unruhe hin oder her. Aber ich wußte, daß der Teenager jetzt, nach Schulz' Verschwinden, völlig durchdrehen würde. Ich wußte aus trauriger Erfahrung, daß der emotional labile Julian zum Vulkan wurde, wenn Menschen, die er liebte, Gefahr drohte.

»Und was will die Polizei wegen Schulz unternehmen?« wollte er wissen, als ich nicht sofort antwortete. Er sah mich wütend an, als wäre alles meine Schuld. »Ich meine, wissen die, wer ihn geschnappt hat, oder *was*?«

Ich erklärte geduldig, ein Trupp aus Ordnungshütern sei in Olsons Haus in Stellung gegangen und leiste so gründliche Arbeit wie bei der Durchsuchung der Kirche, sie hätten Sachen von Tom gefunden und einen Zettel mit Abkürzungen, die niemand entschlüsseln könne. Julian kaute auf den Fingerknöcheln, als ich sagte, dem Anschein nach verzeichneten Toms Notizen die Ereignisse bis zu dem Augenblick, in dem er von jemandem entführt worden war, dessen Identität wir noch nicht kannten.

Mein Privattelefon klingelte; ich riß den Hörer an mich. »Hallo?«

»Äh, Goldy? Hier ist Vikar Doug Ramsey, und ich muß mit Ihnen über … Kirchenangelegenheiten sprechen. Aber in erster Linie mache ich mir natürlich Sorgen um Sie. Wie geht es Ihnen?«

»Furchtbar schlecht, Doug. Entschuldigen Sie, ich

kann jetzt nicht reden. Ich versuche, die Telefonleitungen für die Polizei freizuhalten.«

»Gut. Es dauert nicht lange. Es geht um das Treffen nächste Woche und das Essen –«

Ich legte die Hand auf die Sprechmuschel und zischte Marla zu: »Kannst du Vikar Ramsey abwimmeln? Und zwar schnell?«

Marla kräuselte die Lippen, dann nahm sie den Hörer. »Hier ist Goldilocks Partyservice; wir sind im Augenblick nicht zu sprechen.« Aber statt aufzulegen – schließlich war auch sie eine Episkopalierin von der Wiege bis zur Bahre –, hörte sie sich an, wie Doug Ramsey in einen seiner endlosen Monologe ausbrach: Erklärungen, Fragen, Überlegungen. Ich flüsterte ein Gebet, die Polizei möge das Gespräch amtlich unterbrechen lassen, falls es etwas Neues gab.

»Was soll das heißen, Abkürzungen? Über was für Notizen redest du?« fragte mich Julian mit Verschwörerstimme.

»Seine Notizen über das, was sich abspielte, als er zu Olsons Haus kam. Die Polizei meint, er hat sie als Gedächtnisstütze aufgeschrieben.« Ich sah Marla fragend an, die immer noch den Hörer am Ohr hatte.

Marla schüttelte den Kopf und sagte zu Doug Ramsey, er solle dranbleiben. »Er sagt, Bob Preston habe ihn angerufen, nach Agathas Gespräch mit dir. Er will wissen, ob du Schulz auf die Gebetsliste setzen lassen willst.«

»Selbstverständlich«, sagte ich. »*Bitte*, sag ihm, daß die Leitung für die Polizei freibleiben muß, also lass' nicht zu, daß er endlos faselt, übertriebene Beschreibungen von sich gibt und vor Sorge ganz aus dem Häuschen gerät«, was leider genau Doug Ramseys Art war.

Marla wandte sich wieder dem Telefon zu. Nach

einer Weile sagte sie: »Nein, nein, ich bin mir sicher, daß sie das nicht kann ... sie steht unter zu starkem Streß, das ist der Grund.« Sie legte wieder die Hand auf die Sprechmuschel. »Ist dieser Kerl bei der Prüfung in Seelsorge durchgefallen oder was?« flüsterte sie. Dougs Stimme dröhnte immer noch durch den Hörer. Marla lächelte breit. »Doug«, teilte sie ihm laut mit, »Sie können einen *anderen* Essenslieferanten finden.« Nach weiteren gedämpften Protesten sagte sie: »Schon gut, ich frage sie.« Sie wandte sich mir zu. »Vikar Unsensibel will wissen, ob du nach wie vor gedenkst, das Essen für die Sitzungen des theologischen Prüfungsausschusses zu liefern, die am Donnerstag abend anfangen. Und außerdem, ob du an den Sitzungen teilnimmst, als Mitglied; er sagt, er regt sich so auf, weil er so kurzfristig keine qualifizierte Laiin auftreiben kann, und jetzt, wo Olson nicht mehr ist, haben sie sowieso zu wenig Prüfer. Das behauptet er jedenfalls. Er meint, das könne dich von der Krise ablenken. Obwohl ich ehrlich gesagt glaube, daß er sich größere Sorgen wegen des Essens macht.«

»Goldy, das geht nicht«, fing Julian glühend an, »du hast genug Probleme am Hals. Sag ihnen, ich mach's.«

»Ganz deiner Meinung«, sagte Marla, die Hand immer noch auf der Sprechmuschel. »Die Polizei wird mit dir sprechen wollen –«

»Sag ihm, ich weiß es noch nicht«, unterbrach ich energisch. »Die Sitzung ist in vier Tagen – er kann bis morgen auf eine Entscheidung warten.« Außerdem, fügte ich im Geist hinzu, war Pfarrer Olson der Leiter des theologischen Prüfungsausschusses gewesen. Ich war es ihm schuldig, die Bewirtung zu übernehmen, und vielleicht hielt mich das Kochen für den Ausschuß wirklich davon ab, mich zwanghaft nur noch mit Schulz zu beschäftigen.

Marla resignierte, sprach ruhig in den Hörer und legte dann auf. Als Julian fragte, ob er etwas zu essen machen solle, erwiderte Marla mit einem spöttischen Kichern, Vikar Ramsey habe gesagt, die Altargilde lasse die Mahlzeiten vorbeibringen. Von heute abend an.

»Oh, wow«, maulte Julian und fuhr sich mit den kurzen Fingern durch das gestutzte blonde Haar. »Thunfisch und Pilzrahmsuppe.«

»Sei nicht undankbar«, schimpfte Marla. »Ich habe dir tiefgefrorene Zucchiniquiche mitgebracht, einen ganzen Camembert und Spinattortellini. Und für die Fleischesser ist Filet Wellington da. Ganz davon zu schweigen, daß ihr noch jede Menge Hochzeitsleckerbissen im Kühlschrank habt. Daran hast du zu futtern, bis –«

Hochzeitsleckerbissen. Ich schlug die Hände vors Gesicht. *Ich weiß, daß er Sie geliebt hat. Mich liebt.* Julian und Marla stürzten gleichzeitig los, um mich in die Arme zu schließen, was alles nur noch schlimmer machte.

»Das wollte ich nicht. Wirklich nicht.« Neben meinem Ohr erstickten Schuldgefühle Marlas Stimme. »Erlaub mir wenigstens, daß ich heute abend mit dir zum Essen ausgehe, Goldy. Es hat keinen Sinn, hier herumzusitzen.«

»Ich muß am Telefon bleiben«, sagte ich, zum hundertsten Mal, wie es mir vorkam. »Aber vielen Dank, Marla. Julian, wenn du dich beim Kochen besser fühlst, mach dich ruhig an die Arbeit.«

Mit wilder, zorniger Energie fing Julian damit an, scheppernd in der Küche herumzuhantieren. Arch tauchte aus dem Fernsehzimmer auf und erkundigte sich nach dem neuesten Stand der Dinge. Als wir ihm sagten, es gebe nichts Neues, musterte er die beiden niedergeschlagenen Erwachsenen und den manischen Teenager, dann erklärte er, er sehe sich die Sendung zu Ende an. Nach einer Weile kündigte Marla an, sie fahre jetzt nach Hause. Sie wolle herumtelefonieren und den Leuten Bescheid sagen, damit sie nicht mit ihren blöden Fragen meine Leitungen blockierten. Aber falls wir sie bräuchten, würde sie auch bleiben, bot sie hoffnungsvoll an. Ich versicherte ihr, wir kämen bestens ohne sie zurecht. Als sie ging, sah ich nach Arch.

In dem Gästezimmer, das wir als zweites Wohnzimmer benützten, hatte Arch den Fernseher eingeschaltet, lag aber mit dem Gesicht zur Decke auf der Couch mit dem Tartankarobezug. Als er sich mir zuwandte, wußte ich, daß er meine Stimmung abschätzte, wie er es schon als kleines Kind getan hatte. Er schien sich zu fragen, wie soll ich auf diese Krise reagieren? Wenn Mom durcheinander ist, sollte ich auch durcheinander sein.

»Ich komme schon wieder in Ordnung«, antwortete ich auf seine unausgesprochene Frage. »Und du?«

Er ächzte. Sein grauer Jogginganzug war völlig zerknittert; er machte sich nicht die Mühe, ihn glattzustreichen. Er wich meinem Blick aus. »Mom, wann wird die Polizei anrufen, was meinst du?«

Ich schaltete den Fernseher aus und setzte mich auf den zur Couch passenden karierten Sessel. »Bald. Nachher bringen sie mir eine Kopie des Zettels vorbei und ein paar von Toms Sachen.«

Arch schwieg, er dachte gründlich über etwas nach. Schließlich hievte er sich hoch.

»Was ist denn, Arch?«

Seine magere Brust und seine Schultern sackten mit

einem lauten, angewiderten Seufzer durch. Vom Liegen auf der Couch war sein Haar ganz plattgedrückt. »Und du meinst wirklich nicht, daß er es sich vielleicht anders überlegt hat, daß er abgehauen ist, oder? Vielleicht hat er einfach nicht gewollt ... weißt du, Mom, ich meine nicht, deinetwegen ... vielleicht hat er einfach Angst davor gehabt, daß wir alle zusammen sind. Eine Familie. Vielleicht wollte er einfach nicht heiraten«, schloß er wütend.

Ich wartete, bis Arch mich ansah, dann nahm ich seine kühle Hand. »Ich glaube folgendes: daß sie ihn finden werden. Daß er sich mehr als alles andere wünscht, daß wir eine Familie werden.«

Archs zusammengekniffene Augen nahmen einen leeren Ausdruck an; er war eindeutig skeptisch.

»Bitte, Schatz, komm doch zum Essen. Du hast den ganzen Tag noch nichts Richtiges in den Magen bekommen.«

Arch schüttelte den Kopf und zog seine Hand weg. »Ich glaube, ich sollte erst wieder was essen, wenn sie Tom Schulz gefunden haben.«

»Aber Arch. Das kannst du doch nicht machen. Julian arbeitet wie verrückt, damit du was Gutes zu essen bekommst. Und du weißt, Tom hat immer gewollt, daß du gut auf dich aufpaßt.« Er rührte sich nicht. »Bitte, Arch.«

Er stand auf. Mit trüben Augen schob er sich an mir vorbei den Flur entlang in die Küche.

Unser Abendessen bestand aus Julians Vorstellung von tröstlicher Nahrung: ein würziges Gemüseomelett, dazu von ihm gebackene, aufgewärmte Sauerteigbrötchen, ein Früchtebecher und ein Salat aus Tomaten, Frühlingszwiebeln, Kopfsalat, zerdrückten Maischips, darübergeriebenem Chester und mildem Bergkäse, alles überzogen mit einer dicken, glatten Avocadosauce. Ich erkannte in der Saucenmixtur eine Spezialität Toms. Julian hatte das Rezept in dem Karteikasten gefunden, der auf dem Regalbrett über Toms übereinandergestapelten Kochbüchern gestanden hatte. Ich hatte die Kartei ganz vergessen. Ich fragte mich, ob die Rezeptkartei Abkürzungen enthalten mochte. VM. B. – Lesen – Judas? P.R.A.Y.? Unwahrscheinlich.

Die Jungen wechselten einen besorgten Blick, als ich damit aufhörte, das Essen auf meinem Teller herumzuschieben, Toms Rezeptkartei herauszog, tief durchatmete und dann die ganzen handgeschriebenen Rezepte auf den Tisch kippte. Die bespritzten, angegilbten Karten rochen schwach nach Toms Küche. Sie war ein einladender Raum mit hoher Decke in dem Blockhaus, das er nach vielen Diskussionen hatte räumen wollen, um mit uns in der Stadt zu wohnen. Ich griff nach einer Karte: *Monsterzimtschnecken.* Seine Handschrift. Und dann eine Anmerkung mit einem neueren Stift: *Für G. ausprobieren.* Ich konnte es nicht ertragen; ich drehte die Karte um und ließ die ganzen Rezepte in einem unordentlichen Stapel liegen.

Leider besänftigten das Omelett und der Salat lediglich den Hunger, der inzwischen riesig war. Noch schlimmer war, daß ich auf dem Gebiet, wo Arch und Julian es am nötigsten hatten, keinen Trost bieten konnte: Antworten auf ihre Fragen. Erst wollten sie – noch einmal – alle Einzelheiten über Toms Verschwinden hören. Ich zögerte, als es darum ging, über meinen Aufenthalt auf der Wiese bei Olsons Haus zu sprechen, mit den Erinnerungen an die zugedeckte Leiche und die pflichtbewußt auf der Suche nach Spuren herumtrampelnde Polizei. Aber Arch, der nur eine Gabel voll von dem Omelett gegessen hatte, und Julian, der seine dritte Portion attackierte, duldeten kein Ausweichen. Sie wollten alles hören, als ließe sich dadurch der jähe Verlust des kräftigen Polizisten mit dem großen Herzen, den beide lieben gelernt hatten, besser begreifen. Ich erwähnte nicht, daß es so aussah, als hätte sich Tom auf der steinigen Bachböschung verletzt. Julian schob seinen Teller weg und sah mich forschend an.

»Was war *vor* der Kirche?« hakte er nach. »Hat Schulz dich heute morgen denn nicht angerufen? Und was ist mit Pfarrer Olson? Fehlt etwas aus seinem Haus? Ich meine, falls ja, warum sollte der Typ ihn erst ausrauben und dann am Bach erschießen, statt ihn einfach bewußtlos zu schlagen und dann abzuhauen?«

»Tom Schulz hat nicht angerufen, bevor wir heute morgen zur Kirche gefahren sind«, sagte ich und dachte an die Hetze beim Einladen des Kleidersacks, des Rings und der vielen Speiseplatten in den Lieferwagen. »Und warum das mit Pfarrer Olson so war, weiß ich nicht. Das soll das Ermittlungsteam herausfinden.« Ich faßte einen Entschluß. *Oder ich kriege es raus,* fügte ich im Geist hinzu.

Arch legte die Gabel weg. Ich brachte es nicht über das Herz, ihn aufzufordern, seinen Teller leerzuessen. Er sagte: »Ich will seinen Zettel sehen. Ich habe Chiffrierbücher. Vielleicht kann ich die Abkürzungen nachschlagen.«

Entnervt stand Julian auf und räumte den Tisch ab. »Arch«, sagte er, während er scheppernd Geschirr ins Spülbecken stellte, »wenn er gewußt hätte, daß er beobachtet wird, hätte er seinen Revolver gezogen und ganz bestimmt keine Nachricht an uns in einem blöden

Code geschrieben.« Er riß die Tür des Profigeschirrspülers auf, der mich über tausend Dollar gekostet hatte. Die schwere Tür knackte, als sie einrastete.

»Ach ja?« brüllte Arch. Sein Gesicht lief vor Zorn rot an. »Und wo soll er die Knarre hingesteckt haben? In den Smoking, zu dem Ring, den er Mom geben wollte?« Arch funkelte Julian böse an, der ihn einfach ignorierte und Teller und Besteck in den Geschirrspüler räumte. »Wenn ich Codes nachschlagen will, mach' ich das auch! Ich darf das!«

»Jungs«, flehte ich, »bitte. Nicht jetzt.« In diesem Moment traf ich eine Entscheidung. Ich rückte den Stuhl vom Tisch weg und griff nach den Schlüsseln des Lieferwagens. »Ich fahre zur Kirche zurück.« Zu zwei jäh verängstigten Augenpaaren sagte ich: »Macht euch nicht gleich in die Hosen, Jungs. Ich hole nur seinen Ehering.«

Draußen war es bitterkalt. Der Wind war stärker geworden und wirbelte Schnee vom Boden wie weggefächelten Rauch. Der Lieferwagen heulte protestierend auf, als ich Richtung Main Street Gas gab. Der Kirchenparkplatz war leer, wie man das an einem Samstagabend um halb sieben erwarten kann. Ich sprang aus dem Lieferwagen, ging vorsichtig über den schlüpfrigen gefrorenen Kies und zog an einem Türflügel des Haupteingangs zu St. Luke. Es war nicht abgeschlossen – soviel zur kirchlichen Sicherheit. Auf dem finsteren Altar schimmerten die fahlen Blütenblätter meiner Hochzeitsblumen wie Überbleibsel von einer Beerdigung. Ich biß die Zähne zusammen, ließ die Tür wieder zufallen und machte mich auf den langen Weg um die Kirche herum, an der Baustelle des Kolumbariums vorbei. Ich keuchte, als ich das Pfarrbüro erreichte.

Die Bürotür war nicht nur unverschlossen; sie stand

halb offen. *Tom, steh mir bei*, betete ich stumm, während ich versuchte, ruhig zu atmen. Ich stieß die Tür mit dem Fuß auf.

»Hallo?« rief ich, als ich tollkühn über die Schwelle trat. »Was zum Teufel –?«

Erst war ich so schockiert, daß ich nicht registrierte, was ich sah. Innerhalb von Sekunden wich jedoch die Überraschung der Bestürzung. Das Büro war verwüstet worden.

Die Sägeböcke, die zum Renovierungsbereich führten, lagen zerstückelt auf dem Schreibtisch. Auf dem Boden flogen Papiere aus der Ablage der Sekretärin wild verstreut herum. Ihr Telefon war aus der Wand gerissen und kaputtgeschlagen worden. Gesang- und Gebetbücher ergossen sich über die Rohre, und die Couch, auf der ich heute nachmittag mit Helen Keene gesessen hatte, war aufgeschlitzt worden. Überall lagen Schaumgummischnipsel herum.

»Das kann ich nicht glauben«, murmelte ich. Der alte Fußboden knarrte, als ich auf Zehenspitzen durch die Verwüstung in Ted Olsons Büro ging. Wenn jetzt auch noch Toms Ring gestohlen worden war ... Meine Haut brannte vor Zorn. Ich wußte, daß ich nicht ganz bei Sinnen war. Aber niemand würde mir auch noch den Ring wegnehmen.

Olsons Büro sah – falls das überhaupt möglich war – noch schlimmer aus. Auf das Telefon war eingedroschen worden, außerdem ergoß sich der Inhalt herausgerissener Aktenschübe über den Fußboden. Soviel dazu, daß die Polizei sie nach der Bedeutung von VM, B. und P.R.A.Y. durchsuchte. Die Bücherregale waren leer – alle Bände lagen auf dem Boden. Der Vandale hatte die Leonardo-Reproduktion verschont, obwohl sie jetzt grotesk schief hing. Die Pinnwand war zu Boden gekracht. *Der Ring,* dachte ich. *Was hast du mit dem Ring gemacht, du Scheißkerl?*

Plötzlich hörte ich ein Schlurfen. Ich schrie und packte ein schweres Buch. Etwas – ein Mülleimerdeckel? – schepperte. Aus dem Bürofenster sah ich im trüben Licht, wie ein Waschbär sich vom Gebäude entfernte. Ich sank auf einen Stuhl und war mir sicher, daß ich einen Herzinfarkt bekommen würde.

»Verdammt noch mal! Wo ist der Ring?« sagte ich laut.

Und dann fiel mir wieder ein, daß ich ihn in der Tasche meiner Straßenkleidung mitgebracht hatte. Die Sachen waren vom Haken gefallen, als ich ein Gesangbuch gegen die Wand geworfen hatte. Ich ging über den Schutt zu dem schlichten braunen Baumwollkleid, das noch zerknittert dalag. Ich kniete nieder, tastete in der Tasche herum und empfand eine kalte Welle der Erleichterung, als sich meine Finger um das samtbezogene Kästchen vom Juwelier von Aspen Meadow schlossen.

Ich zog das Kästchen heraus und machte es auf. Der dicke Goldreif, der für Tom bestimmt gewesen war, schimmerte im nachlassenden Licht. Ich schloß den Deckel wieder, stand auf und ging schnell über das Chaos hinweg. Ich umklammerte das wertvolle Kästchen mit dem Ring und lief zu meinem Lieferwagen zurück.

6

Der Lieferwagen schnaubte gegen die Kälte an, als ich nach Hause raste. Ich überhörte Julians lautstarke Erkundigen und rief im Polizeirevier an. Ja, insistierte ich als Antwort auf die tonlose Frage der Vermittlung, es sei ein Notfall. Die Zentrale stellte mich zu Calloway durch; ich berichtete ihr von dem durchwühlten Pfarrbüro. Sie bedankte sich bei mir, sagte, Boyd sei ohnehin zu mir unterwegs, und sie werde ein Team zur Kirche schicken. Ich legte auf.

»Mann, Goldy, ich kann's nicht fassen, daß du wirklich hineingegangen bist, als du gesehen hast, daß das Büro verwüstet worden ist.« Julian schlug auf dem Tisch ein Schulbuch auf und sah mich finster an. »War dir das nicht zu *gefährlich*? Du solltest wirklich besser auf dich aufpassen, meinst du nicht auch? Und sei nicht gleich beleidigt, aber – du siehst furchtbar aus.«

Über uns hörte ich, wie Wasser in Archs Badewanne einlief. Ich sah mich in der makellos sauberen Küche um. Auf seine übliche methodische Art hatte Julian den Abwasch erledigt und dafür gesorgt, daß Archs Abendritual in die Gänge kam. Jetzt saß er zurückgelehnt auf einem Küchenstuhl. Obwohl Samstag abend war, hatte er sich etwas zum Arbeiten geholt. Julian verachtete Untätigkeit – jedenfalls, soweit es ihn selbst betraf.

»Du hättest zu Hause bleiben sollen«, sagte er vorwurfsvoll. »Weißt du, einfach dableiben und auf den Anruf der Polizei warten.« Er kippte den Stuhl, balancierte in einem gefährlichen Winkel und verschränkte ungeduldig die Arme. »So. Hast du den Ring oder was?«

»Ja, ich habe den Ring. Und normalerweise halte ich die Kirchengebäude am frühen Abend nicht für einen gefährlichen Ort«, erwiderte ich steif. Aber in Anbetracht der Ereignisse hatte Julian recht. Ich wollte ihm gerade das Kästchen mit dem Ring zeigen, als mir etwas in der Küche ins Auge stach. Julian hatte den Platz auf der Arbeitsplatte, auf dem er sonst die Töpfe zum Trocknen abstellte, leergeräumt und dort eins seiner Stirnbänder ausgebreitet. Auf dem breiten Stirnband stand Toms Rezeptkartei und auf dem Karteikasten lag ein Häufchen von etwas, das wie Blumenerde aussah.

»Julian? Ist das da Erde auf meiner Küchenplatte?«

Er machte ein verlegenes Gesicht. »Ja. So ähnlich.«

»Treiben wir hier Voodoo oder was?«

»Ich finde, du solltest dich gegen alle Eventualitäten wappnen.«

»Julian, was soll das heißen?«

Er ließ den Stuhl krachend auf dem Boden landen, machte einen Satz zu mir und zeigte auf das Häufchen. »Das ist Erde aus Chimayó«, verkündete er, als wäre damit alles erklärt.

»Ich weiß, daß Chimayó in New Mexico liegt«, sagte ich. Mir riß allmählich die Geduld. »Und ich weiß, daß der Ort berühmt ist für sein Chilipulver. Aber was die Erde anlangt, mußt du mich schon aufklären.«

Julian fuhr sich mit zwei Fingern durch den gebleichten Haarschopf. »Das ist, weißt du, wie ... Magie. Die Leute pilgern zum Heiligtum in Chimayó, weil die Erde ... besondere Heilkräfte hat. Die Indianer haben das geglaubt, und die waren als erste dort, weißt du. Dann haben die spanischen Christen auch behauptet, daß die Erde wundertätig sei und haben deshalb das Heiligtum erbaut. Also bin ich mit ein paar Typen hingefahren, als wir mit der Schwimmermannschaft in Santa Fe waren. Man muß die Erde aus einem großen Loch löffeln. Ich hab' mir gedacht, wenn die Indianer und die Christen sie für wundertätig gehalten haben, sollte ich auch was davon mitnehmen, falls ich's je mal brauchen kann. Und jetzt will ich sie einsetzen.« Er wich meinem Blick aus und drückte die Finger leicht in die Erde. »Für Tom.«

Ich war gerührt. Ehe mir etwas angemessen Dankbares einfiel, stieß Arch zu uns. Er trug einen riesigen weißen Bademantel aus Frottee, den Tom ihm geschenkt hatte. Sein nasses braunes Haar stand ihm vom Kopf ab wie Kiefernnadeln. Er sagte: »War der Ring in der Kirche?«

»Ja, Schatz. Aber jemand ist ins Pfarrbüro eingebrochen. Es war das reine Chaos.«

»Ach je.« Arch stand in düsterem Schweigen neben mir. »Mom?« fragte er schließlich mit ernster Stimme. »Ich habe nachgedacht. Wenn du wieder ermitteln gehst, komme ich mit.« Ich seufzte nachdenklich; es war ein hübscher Gedanke, daß mich ein Zwölfjähriger und ein Neunzehnjähriger bemuttern wollten. »Was in aller Welt ist das?« Er sah das Erdhäufchen an.

»Das gehört Julian. Er kann es dir ganz genau erklären.«

Julian fing an: »Es ist aus Chimayó –«

»O ja«, sagte Arch kennerisch. »Ich weiß aus *Unheimliche Geschichten* alles über Chimayó. Aber Mom? Was ist, wenn der Inspektor vom Gesundheitsamt überraschend vorbeikommt und das sieht? Dann kriegst du furchtbaren Ärger.«

Ehe ich protestieren konnte, klingelte es an der Haustür. Wir stürzten alle hin. Es war Boyd. Hinter ihm stand Helen Keene, mit einer weiteren prall gefüllten Tragetasche. Ihre trostlosen Mienen sagten, daß sie Tom nicht gefunden hatten. Ich führte sie in mein Wohnzimmer, wo mir Boyd eine Fotokopie von Toms Zettel und eine Plastiktüte mit Toms Brieftasche und dem Kästchen mit dem zweiten Ehering überreichte, triefnaß vom Liegen im Bach. Mit leiser, gefaßter Stimme fragte Helen, ob sie einzeln mit Arch und Julian sprechen könne, um herauszubekommen, ob sie einen Gesprächspartner brauchten. Sie habe ihnen auch Steppdecken mitgebracht. Julian reagierte mit der Gegenfrage, ob sie Hunger habe. Ohne eine Antwort abzuwarten, führte er sie in die Küche. Arch maulte, er wolle keine Steppdecke, wenn sie so aussehe, als ob sie einem Mädchen gehöre und trottete hinter den beiden her.

Boyd lehnte etwas zu essen ab, sah aber sehnsüchtig Richtung Küche. Ich berichtete ihm von dem Chaos im Pfarrbüro und erwähnte, daß ich im Büro des Sheriffs angerufen hatte.

»Zur Hölle damit«, sagte er wütend, als er sich auf die Wohnzimmercouch setzte. Er trug jetzt einen knallgrünen Daunenparka, der nicht zu seiner Uniformhose paßte. Aus der Tasche des Uniformhemds, in der mindestens vier Kugelschreiber steckten, zog er einen Stift und seinen ramponierten Notizblock mit Spiralheftung. Er ähnelte dem, den Tom Schulz in die Büsche geworfen hatte. Mit der freien Hand schob sich Boyd verstohlen ein Streichholz in den Mundwinkel. »Können Sie sich vorstellen, was sich im Pfarrbüro befunden haben könnte? Ich meine, wissen Sie, ob es da etwas gab, was jemand klauen wollte? Oder vielleicht verstecken?«

Ich erzählte ihm, die Perlencolliers würden angeblich in Olsons Haus aufbewahrt, nicht im Pfarrbüro. Boyd hatte, wie er sagte, schon jede Menge über die Ketten gehört, sowohl von Marla (»diese dicke, lustige Frau«) als auch von Lucille Boatwright (»hysterische Schreckschraube«). Ich zeigte ihm den Ehering, den ich geholt hatte. Im Pfarrbüro gäbe es einen Terminkalender, Briefe und auch Akten, fügte ich hinzu, aber Olson sei ein richtiger Hamster; nur jemand, der genau wisse, wonach er suchen müsse, könne es auch finden. Und nach dem Einbruch und dem Zerstörungswerk sei gar nicht mehr daran zu denken.

Boyd hörte damit auf, etwas auf seinen Block zu kritzeln und griff nach dem Kästchen mit dem Ring. »Ich wollte zu Ihrer Hochzeit kommen«, sagte er mit distanzierter Traurigkeit. Er gab mir das Kästchen zurück. »Aber ich hab' beim Losen den Wochenenddienst gezogen.«

Angesichts der anderen Krisen, die uns zu schaffen machten, wollten weder Boyd noch ich über die Möglichkeit sprechen, die Trauung nachzuholen. Statt dessen nahm er einen dienstlichen Ton an und ging die Namen von Olsons Nachbarn durch. Niemand hatte heute morgen etwas gesehen bis auf unauffällige Autos, die auf der Upper Cottonwood Creek Road entlanggefahren waren. Es fiel mir schwer zu glauben, daß es immer noch derselbe Tag war, daß Olson erst heute morgen umgebracht worden war. Ja, sagte Boyd, die Nachbarn hätten zwei Schüsse gehört, aber im ländlichen Colorado höre man dauernd Schüsse.

Boyds müde braune Augen bedachten mich mit einem gelassenen, sachlichen Blick unter schwarzen Augenbrauen, die abstanden wie magnetische Späne. »Ich sage Ihnen das, Goldy, weil unsere Vorgehensweise bei einer Entführung darin besteht, die nächsten Angehörigen über alle Einzelheiten auf dem laufenden zu halten. Vielleicht frischt etwas, was ich sage, Ihr Gedächtnis auf, und Ihnen fällt eine Einzelheit ein, die uns weiterhelfen könnte. Versuchen Sie, sich zu konzentrieren, und sagen Sie es mir dann.«

Ich rieb mir die Schläfen und fragte mich, wie oft in seiner Laufbahn Boyd geistesabwesende und trauernde Angehörige schon gebeten haben mochte, sich zu konzentrieren. *Die Nachbarn hatten Schüsse gehört.* Auch in meiner Gegend, ein Stück von der Main Street von Aspen Meadow entfernt, waren Schüsse etwas Alltägliches. In Colorado pusteten die Leute ohne viel Federlesens alles Lästige weg, von Schlangen im Garten über Spechte bis zu Bären; sollte die Umweltschützer doch der Teufel holen.

Helen tauchte wieder auf, wie üblich schweigend, und setzte sich neben den kalten Kamin. Boyd ließ den Kugelschreiber mehrmals auf- und zuschnippen, dann fragte er, ob er ein paar Dinge mit mir durchgehen dürfe. Ich murmelte, ich wollte gern helfen.

Er schlug mehrere zerknitterte Seiten des Notizblocks um. »Aus Olsons Haus scheint nichts zu fehlen. Jedenfalls nichts, was wir bemerkt hätten, zum Beispiel eine aus der Wand gerissene Stereoanlage oder aus einem Schmuckkästchen verschwundene Perlen. Aber Sie haben recht, der Mann war ein Hamster. Sieht danach aus, als hätte er seine ganze Post aufgehoben, seit er hierhergezogen ist. Aber die Musikanlage, der Computer und die Kirchengeräte – Teller und Becher aus Gold, Silber und Messing – sehen allesamt unberührt aus. Wir wissen nicht genau, was für Sachen der Mann hatte. Aber eins kann ich Ihnen sagen«, teilte er mir mit, während er wütend auf dem Streichholz herumkaute, »ich will nicht, daß der ganze Frauenkreis dort herumtrampelt und nach Schmuck sucht, während wir eine Ermittlung durchführen.«

Ich dachte an Olsons Wohnzimmer mit den dicken Büchern in den Regalen, den prächtig verzierten Abendmahlsgefäßen – sie wurden Patenen und Kelche genannt, nicht Teller und Becher – und dem Kaminsims mit der wunderschön geschnitzten Krippe aus Santa Fe. Ich fragte mich, ob Olson je nach Chimayó gepilgert sein mochte. Boyd verlagerte das Gewicht seines massigen Körpers, klopfte gegen den Notizblock und sagte nachdenklich: »Wie auch immer, vor allem nach diesem Einbruch in das Pfarrbüro können wir Diebstahl als Motiv nicht ganz ausschließen. Vielleicht hat auch jemand versucht, etwas zu vernichten. Folgendes gibt uns besonders zu denken: Olsons Mercedes ist sofort angesprungen. Er hatte gar keine Autopanne. Warum hat er dann also Ihrer Meinung nach Schulz angerufen und ihn gebeten, ihn abzuholen?«

Unwillkürlich dachte ich an den dummen Streit zurück, den Tom und ich gestern abend beim Traugespräch mit Olson angefangen hatten. Stritten sich andere Paare auch darüber, ob die Ehe im Leben nach dem Tod nach Bestand habe? Stritten sie sich am Abend vor ihrer Hochzeit darüber? Vermutlich nicht.

»Vielleicht«, sagte ich und zögerte dann. Ich dachte an Olsons Bedürfnis, Konflikte beizulegen. Er versuchte immer, um jeden Preis eine Versöhnung herbeizuführen. Das war seine Art. War seine Art gewesen. »Vielleicht wollte Olson vor der Trauung mit Tom sprechen«, mutmaßte ich, »ihm versichern, daß alles gut werden würde.« Ich seufzte. »Gestern nach dem Essen bin ich im Beisein von beiden explodiert. Vielleicht hatte Olson das Gefühl, er bringt Tom nur dazu, sich vor der Trauung seinen seelsorgerlichen Rat anzuhören, wenn er eine Autopanne vorschützt.« Ich wußte besser als Boyd, mit welchem Widerstreben sich Tom auf die Traugespräche mit Pfarrer Ted Olson eingelassen hatte. *Seelenklempner*, hatte er gemault, vor Gericht können die einen zum Wahnsinn treiben. Ich sagte ihm, Ted Olson sei kein Seelenklempner, sondern Pfarrer. Ein *religiöser Seelenklempner*, hatte Tom gemurrt. Aber im Verlauf der Gespräche hatte sich Pfarrer Olson Toms Zuneigung erworben. Olson hatte Toms Beobachtungsgabe ehrlich bewundert; er gestand sogar, er beneide Tom um die Möglichkeit, für Gerechtigkeit zu sorgen. Ihm bleibe nie etwas anderes übrig, hatte Olson sich beschwert, als den Menschen zu vergeben.

Boyd unterbrach meine Gedanken. »Weshalb sind Sie explodiert?«

»Ach ... es war bloß ein blöder Streit darüber, ob das Ehegelübde bis in alle Ewigkeit gilt. Ich war fertig mit den Nerven.«

Boyd zuckte die Achseln. »Olson hätte doch kurz vor der Trauung mit ihm reden können.«

»Nein, dazu hätte die Zeit nicht gereicht. Meinen Sie, Toms Verschwinden könnte etwas damit zu tun haben, daß er nächste Woche vor Gericht aussagen muß? Gibt es einen Verdächtigen, dem es gelegen käme, wenn Tom verschwindet?«

Boyd schüttelte den Kopf. »Nein, da geht es um Fälschung. Der Kerl sitzt noch ein, ich hab' mich erkundigt. Keinerlei bekannte Komplizen. Aber zurück zu Ihrer Theorie, daß der Pfarrer vor der Trauung mit Schulz reden wollte: Vielleicht hatte Olson vor etwas Angst und wollte Schulz am Telefon davon nichts sagen. Also lockte er Schulz mit einem Märchen über eine Autopanne zu sich. Vielleicht wollte er, daß Schulz ihn vor jemandem beschützt. Hatte Pfarrer Olson Probleme?«

»Was für Probleme?«

»Mit Frauen, Geld oder seiner Kirche. Sagen Sie's mir.«

Meine Finger strichen über den nassen, zerknitterten Samt des Kästchens, das meinen Ehering enthielt. Ich spürte, wie mein Herz sich zusammenzog, so wie Luft bei einem plötzlichen Temperatursturz dichter wird.

Boyd machte ein finsteres Gesicht. »Goldy. Er war Ihr Pfarrer, er war seit drei Jahren in Ihrer Gemeinde. Sie müssen doch etwas über ihn wissen.«

Ich umklammerte das Samtkästchen mit dem Ring. »Innerhalb unserer Kirche gibt es eine Reihe von verschiedenen Gruppen. Eine ist die alte Garde. Dazu gehören Pfarrer wie unser ehemaliger Seelsorger, Pfarrer Pinckney, und Leute wie Lucille Boatwright, Leiterin der Altargilde und des Architekturausschusses, und Zelda Preston, die unsere Organistin war. Betonung auf *war*. Olson hatte Zelda vor kurzem hinausgeworfen, und wenn man weiß, wie sehr er Konflikte verabscheut hat, muß das sehr schmerzlich für ihn gewesen sein.«

»Ach ja? Zelda Preston?« Boyd notierte es auf seinem Block. »Warum hat er sie gefeuert?«

»Sie haben sich ständig wegen der Musik gestritten. Er suchte die Choräle aus, und sie spielte andere, ohne es ihm zu sagen.« Ich brach ab, unsicher, wie ich es erklären sollte. »Pfarrer Olson war ein Charismatiker, was heißt, er wollte, daß die Menschen eine *persönliche* Beziehung zum Herrn haben. Am liebsten mochte er Choräle wie ›Jesu, meine Freude‹ mit einfachen Volksliedmelodien. Die alte Garde bevorzugt dagegen beispielsweise ›Ein feste Burg ist unser Gott‹.«

Boyd hielt im Schreiben inne und hob die Augenbrauen. Das Streichholz hing ihm aus dem Mundwinkel. »Darum geht es? Ausgetauschte Choräle? Die alte Garde tauscht die Choräle aus?«

»Na ja ... so stimmt es nicht ganz. Ich meine, das gilt nur für Zelda.«

Ein Schweigen entstand, in dem Boyd mit der freien Hand gegen sein Knie trommelte.

»Okay, hören Sie«, fuhr ich fort. »Ich weiß das über Zelda, weil wir einer Fastengesprächsgruppe angehörten, als wir beide schwierige Zeiten durchmachten.« Die Privatsphäre war etwas Kostbares, und wenn sie verletzt wurde, blieb wenig davon übrig, vor allem in Kirchengruppen. In einer Kleinstadt war Klatsch die bevorzugte Waffe, wenn man einen Feind vernichten wollte. Und Zelda war meine Freundin gewesen.

Boyd ächzte. »Ich versuche Schulz zu finden, ich will keinen Artikel für die Lokalzeitung schreiben.«

»Mir gegenüber dürfen Sie die Lokalzeitung nicht einmal in den Mund nehmen.«

»Goldy!« mischte sich Helen Keene ein. Das war ihr erstes Wort, seit sie aus der Küche zu uns gestoßen war. »Um Himmels willen!«

»Schon gut, schon gut.« Ich seufzte. »Es war vor fünf

Jahren. Wir sprachen über etwas ganz Harmloses, ein Buch namens *In der Wüste des Herzens*, und Pfarrer Pinckney war der Gesprächsleiter. Ich ging hin, weil ich wegen meiner miserablen Ehe Depressionen hatte und unter Leute kommen mußte. Ich stellte mir vor, ein kirchlicher Gesprächskreis tagsüber würde mir guttun.« Ich streckte in einer hilflosen Geste die Hände aus. »Eines Tages ist Zelda ganz unerwartet zusammengebrochen. Wissen Sie, sie hatte zwei Söhne. Einer ist Bob Preston, ein Mitglied der Kirchengemeinde. Seine Frau heißt Agatha.«

»Ja, über die will ich auch mit Ihnen sprechen«, sagte Boyd. »Aber fahren Sie fort.«

»Zeldas zweiter Sohn, Mark, hatte Leukämie. Mark war der Schwimmlehrer in der Elk Park Prep, und er war mit Sarah Preston verheiratet. Sie wohnt mit ihrem Sohn Ian, der damals sieben Jahre alt war, in Elk Park.« Ich schaute aus dem Vorderfenster. Aber statt die kalte Nacht zu sehen, hatte ich Zeldas grauen Zopf vor Augen, der auf ihrem Kopf wackelte, während Schluchzer ihren Körper schüttelten. »Am Aschermittwoch in jenem Jahr fiel Mark, der Mitte zwanzig war und seit etwa einem halben Jahr Leukämie hatte, in einem Krankenhaus in Denver ins Koma. Während er im Koma lag, erhielten ihn nur die täglichen Transfusionen am Leben, zu denen Sarah ihre Zustimmung geben mußte. Nachdem es ein paar Wochen so gegangen war, muß es Sarah wohl gereicht haben. Sie hat die tägliche Transfusion abgelehnt.«

Ich verstummte. Boyd und Helen starrten mich an.

»Mark Preston war innerhalb weniger Stunden tot.« Ich fegte unsichtbare Flusen von meinem Jogginganzug, spürte, wie sich meine Augen mit Tränen füllten.

»Zelda war nicht im Krankenhaus. Niemand hat sie gefragt, als die Transfusionen eingestellt wurden. Sie konnte sich nicht einmal von Mark verabschieden.«

»Gütiger Gott«, murmelte Helen.

»Das ist noch nicht alles«, sagte ich leise. »In unserem Gesprächskreis brach aus Zelda heraus, Sarah habe ihren Sohn umgebracht. Sie werde ihr das nie verzeihen. Sie hat gesagt, sie wolle, daß Sarah für immer aus ihrem Leben verschwindet.«

Boyd und Helen Keene schwiegen. »Und der Enkel?« fragte Helen schließlich. »Ian?«

»Zelda hat den Enkel auch abgeschrieben. Sie war so zornig ...« Ich seufzte. »Jedenfalls hat Sarah schließlich wieder geheiratet. Ich habe gehört, ihr neuer Mann ist Katholik, und sie gehen alle drei in die katholische Kirche. Nach allem, was in der Stadt erzählt wird, hat Zelda seit fünf Jahren nicht mehr mit Sarah oder Ian gesprochen.«

Boyd klopfte gegen den Notizblock. »Und was hat das mit Olson zu tun?«

»Darauf komme ich gleich. Im Gesprächskreis«, sagte ich widerstrebend, »wußte niemand, wie er auf Zeldas Ausbruch reagieren sollte. Pfarrer Pinckney schrumpfte förmlich zusammen. Ich meine, der alte Mann wäre am liebsten unter einen Stein gekrochen. Und natürlich waren die anderen Frauen entsetzt. Sie müssen verstehen, Mitglieder der episkopalischen alten Garde schütten nie, *niemals* im Beisein einer Gruppe ihr Herz aus.«

»Aber Sie waren da«, soufflierte mir Helen.

»Ja. Ich war da.« Und ob. »Ich wäre an jenem Tag fast nicht zu dem Treffen gegangen. Ich hatte furchtbare Kopfschmerzen von dem Schlag, den mir John Richard – mein Exmann – in der Woche davor versetzt hatte, bevor er mir an drei Stellen den Daumen brach. Meine Hand war eingegipst. Als Zelda ihre Geschichte erzählte und zu weinen anfing, war mir so elend zumute, daß ich mit ihr geweint habe. Dem blöden Gips zum Trotz habe ich die Arme um sie gelegt und sie festgehalten.« Ich holte tief Luft und dachte zurück. »Allen anderen muß es peinlich gewesen sein. Sie sind gegangen. Niemand hat auch nur ein Wort gesagt. Stunden später waren nur noch Zelda und ich da, saßen nebeneinander auf den Klappstühlen und weinten vor uns hin. Als es fast Zeit war, daß Arch mit dem Schulbus nach Hause kam, habe ich darauf bestanden, daß sie eine Tasse Nescafé trinkt, den ich ihr in der Kirchenküche gemacht habe. Als Zelda ein paar Schlucke getrunken hatte, tauchte plötzlich Lucille Boatwright auf und fuhr sie nach Hause.«

Boyd fragte: »Sie und Zelda sind also Freundinnen geworden?«

»Zelda hat die nächsten vierzehn Tage damit verbracht, mir Aufläufe und ermäßigte Schwimmbadeintrittskarten für Arch zu schicken. Aber sie und ich haben nie wieder über den Vorfall gesprochen.«

»Ich will ja nicht unhöflich sein, Goldy«, fuhr Boyd geduldig fort, »aber ich frage mich immer noch, was das mit *Olson* zu tun hat, denn das ist ja in der Amtszeit des *anderen* Pfarrers passiert.«

»Zelda war die Organistin. Nach Marks Tod wurden das Orgelspielen und die Liebe zu ihrem anderen Sohn, Bob, und seiner Frau Agatha ihr ganzer Lebensinhalt, obwohl Bob und Agatha Charismatiker sind und nach Pinckneys Pensionierung die Berufung Olsons zum neuen Pfarrer unterstützt haben. Jedenfalls hat Zelda zu Pfarrer Pinckneys Zeiten die Choräle ausgesucht. Sie hat außerdem den Chor geleitet und sich um die gesamte Kirchenmusik gekümmert. Dann kam Olson. Er appellierte an eine ganz andere Gruppe innerhalb der Kirche. Er wollte andere Musik, und nach dem Kirchenrecht war er für die Gottesdienste zuständig. Also hat er sich mit Zelda gestritten. Und immer wieder gestritten.« Ich schüttelte den Kopf, als ich an die erbitterten Wortwechsel zurückdachte.

»Haben die beiden über ... das Problem mit dem toten Sohn gesprochen?« fragte Boyd.

»O ja«, erwiderte ich. »Ich habe Ihnen doch gesagt, daß Olson Konflikte verabscheute. Er glaubte, jeder solle eine persönliche Beziehung zu Jesus eingehen, alle müßten sich miteinander versöhnen. Aber laut Marla, der nichts entgeht, kam es zwischen Zelda und Olson keineswegs zu einer Versöhnung, wenn sie sich jede Woche anschrien. Angeblich ging es um die Choräle. Aber den Gerüchten nach ging der Konflikt viel tiefer: Er wollte sie dazu bringen, daß sie mit ihrer verwitweten Schwiegertochter Frieden schließt. Zelda hat ihm gesagt, er soll sich um seinen eigenen Krempel kümmern. Was die Musik anlangt«, fügte ich hinzu, »hatte sie jedoch die alte Garde auf ihrer Seite.«

»Und warum?«

»Hören Sie. Die alte Garde will nicht, daß in der Episkopalkirche etwas anders wird, als es in ihrer Kindheit war. Solange es Galaessen für die Kirchenkasse, Golfplätze und das Gebetbuch aus dem Jahr 1928 gibt, ist die alte Garde glücklich.«

Boyd kaute auf dem Streichholz herum und machte sich ein paar Notizen. Aus der Küche wehte der einladende Duft von Popcorn. »Von Zelda Preston mal abgesehen, konnten diese Leute aus der alten Garde Olson auch nicht leiden?«

»Genau. Lucille baut ein Kolumbarium, das sie Pfarrer Pinckney widmen wollen. Ich glaube, sie bildet sich ein, wenn es fertig ist, kommt er aus dem Ruhestand zurück und wird wieder unser Pfarrer.«

Boyd murmelte sarkastisch: »Ich weiß nicht, ob ich in eine Kirche zurückkehren würde, die mir einen Urnenfriedhof widmet. Was für ein Verein. Ich habe geglaubt, in der Kirche lieben die Menschen einander. Sie wissen schon, sie singen Lieder und geben den Armen Geld.«

Ich sagte ruhig: »Sie müssen lange nicht mehr in der Kirche gewesen sein.«

»Ja, vielleicht geh' ich mal hin, und Sie können mich begleiten. Gut, nur noch ein paar Fragen. Ist Olson mit seinem Assistenten ausgekommen, diesem Doug Ramsey?«

Julian erschien mit Riesenschüsseln, beladen mit gebuttertem Popcorn. Der Duft erfüllte das Wohnzimmer, und ich bedeutete Helen und Boyd, sie sollten zugreifen.

»Ich nehme an, sie haben sich vertragen«, sagte ich, nachdem ich mich bei Julian bedankt hatte und er verschwunden war. »Doug gehört dem theologischen Prüfungsausschuß an.« Ich überlegte, auf welchen anderen Gebieten Doug Ramsey tätig war. Er hatte mit der Diözesanarbeit zu tun und war Olsons Verbindungsmann zur Gruppe ›Habitat für die Menschheit‹ in Aspen Meadow gewesen. Ich sagte das zu Boyd.

»Ja, das wissen wir. Wir haben außerdem gehört, daß Ramsey der Spion des Bischofs war.«

»*Was?*« Ich war völlig verblüfft. Vikar Unsensibel, mit seiner geschwätzigen, überkandidelten Art und seiner Erledigungsliste sollte ein Spion sein? Was spionierte er aus? Oder wen?

Boyd war das Streichholz irgendwie losgeworden. Er nahm eine Handvoll Popcorn, aß schnell und sagte: »Wir haben gehört, nach Meinung des Bischofs sei Olson ein Linksaußen und ein Sektierer. Einer, der am liebsten aus dem Verein ausgeschert wäre und einen eigenen Club aufgemacht hätte.« Er schaufelte sich Popcorn in die Hand, aß es und dachte nach. »Also klären Sie mich auf. Ist es ein Grund, jemanden umzubringen, wenn er Ihren friedlichen Verein verlassen will? Ich weiß, Sie werden mir sagen, das hängt von den verschiedenen Gruppierungen ab.« In seiner Stimme schwang eine Spur Sarkasmus mit.

»Hören Sie«, sagte ich heftiger, als ich wollte, »ich will Ihnen ein Beispiel für das geben, was in unserer ach so friedlichen Kirche passieren kann. Wir haben auf nationaler Ebene lange und in aller Öffentlichkeit über die Frauenordination gestritten. Als sie genehmigt wurde, kam es zu einem Vorfall in der Episkopalkirche. Ein Mann trat an den Altar und versuchte, eine Pfarrerin beim Austeilen der Kommunion zu erwürgen. Er hat nicht protestiert, er ist nicht in eine andere Kirche gegangen, *er hat versucht, eine Frau zu erwürgen, die er nicht kannte.* Er hat geschrien: ›Du Miststück, ich hasse dich, was bildest du dir eigentlich ein?‹«

Ungerührt sagte Boyd: »Aber Olson war keine Frau. Welcher Gruppierung gehörte der Würger an?«

Nach meinem Ausbruch war mein Gesicht heiß. Ich griff nach dem Kästchen mit dem Ring und versuchte, Tom Schulz' Ruhe heraufzubeschwören. »Ich weiß nicht, ob es etwas anderes ist, da liegt das ganze Problem. Meiner Ansicht nach wäre ein Möchtegernwürger in der alten Garde zu suchen. Hat Doug Ramsey Ihnen gesagt, daß er ein Spion war?«

Boyd grinste. »Natürlich nicht. Wissen Sie etwas über die Finanzlage Ihrer Kirchengemeinde?«

Ich sagte, soweit ich wisse, habe die Gemeinde die typischen Finanzprobleme. Typisch in welcher Hinsicht, wollte Boyd wissen. Verschiedene Kirchengruppen wollten Geld für ihre Projekte; es reiche nie für alle. Es gebe Streitigkeiten um den Etat. Aber Marla habe gesagt, die Spenden gingen in die Höhe.

Boyd kniff die Augen zusammen. »Im vorletzten Jahr hatte Ihre Kirchengemeinde Bruttoeinnahmen in Höhe von hunderttausend. Im letzten Jahr waren es hundertzwanzigtausend, eine ganz schöne Wachstumsrate in einer Rezession, aber zwei verstorbene Mitglieder hatten der Gemeinde Geld hinterlassen. Im laufenden Kirchenjahr – wir sprechen über nicht viel mehr als vier Monate – betrugen die Kircheneinnahmen *dreihunderttausend Dollar.* Das ist natürlich nicht Olsons Geld, es gehört der Kirchengemeinde. Könnte sich der Bischof für so etwas interessieren?«

Ein trockenes Gelächter rasselte in meiner Kehle. »Falls die Gemeinde derart gut verdient und das Diözesanbüro darüber Bescheid gewußt hat, wundert es mich, daß nicht gleich ein Dutzend Pfarrer zum Spionieren hergeschickt worden sind.«

Boyd sagte: »Eine Frau hat mir erzählt, das viele Geld sei wegen der Wunderheilungen zusammengekommen. Olson sei der Fürsprecher oder der Wundertäter gewesen, und die Leute hätten bezahlt, damit sie ein Stück vom Kuchen abbekommen.«

»Geschichten über Wunderheilungen sind nicht typisch für unsere Kirche.« Im Gegensatz zu Chimayó, wollte ich hinzufügen, ließ es aber bleiben. »Die heutigen Ereignisse sind es allerdings auch nicht.«

»Sie wissen also nicht, ob das Geld etwas mit Wundern zu tun hat?« Als ich die Achseln zuckte, sprach Boyd weiter. »Okay, noch zwei Fragen. Ich muß wissen, was Sie über diesen« – er schlug eine Seite des Notizblocks auf und überflog sie – »Kandidaten für die Ordination wissen.« Er sprach das ungewohnte Wort langsam aus. »Er heißt Mitchell Hartley und will Pfarrer werden«, faßte er zusammen. »Im letzten Jahr ist er bei der mündlichen Prüfung durchgefallen. Wir haben gehört, Olson solle dafür verantwortlich gewesen sein.«

Ich erzählte, was ich über Hartley wußte, dessen Hauptmerkmal als charismatisches Gemeindemitglied in seiner vehementen Opposition gegen Lucilles Kolumbariumprojekt bestand. *Götzendienst,* hatte Hartley beim Gemeindetreffen geschäumt, mit rot angelaufenem Gesicht und bebender roter Mähne. *Glauben Sie, der Herr hätte ein Kolumbarium gewollt?* Mir war bekannt, daß Pfarrer Olson den theologischen Prüfungsausschuß letztes Jahr gedrängt hatte, Hartley durchfallen zu lassen. Aber ich wußte nicht, warum. »Mitchell Hartley besucht den zweiten Sonntagsgottesdienst in unserer Kirche«, sagte ich. »Ich kenne ihn nicht besonders gut.«

Boyd zog lautstark atmend den Bauch ein. »Gut, wir befassen uns damit. Jede Menge Geld, Wunderheilungen, ein durchgefallener Kandidat. Jetzt zu dieser Agatha Preston –«

Aber ehe er ausführlich werden konnte, meldete sich sein Pieper, und er bat darum, in der Küche telefonieren zu dürfen. Als er kurz darauf ins Wohnzimmer zurückkam, hatte er den Notizblock und den Stift eingesteckt. »Wir werden uns morgen weiter darüber unterhalten müssen, Goldy. Das Team ist im Pfarrbüro fertig, und sie wollen heute abend noch in Schulz' Haus, um festzustellen, ob er Notizen neben dem Telefon hinterlassen hat oder sonst etwas, was uns weiterhelfen könnte. Wir haben seinen Schlüsselring aus dem Bach noch.«

Wie in Trance murmelte ich, es sei in Ordnung. Boyd und Helen Keene gingen verlegen zur Haustür. Helen bückte sich und hob die Opferbetreuungsdecke auf, die ich unabsichtlich wieder auf den Boden hatte fallen lassen. Sie war mit Schlamm bespritzt. Helen fragte, ob sie die Decke waschen solle. Ich bedankte mich bei ihr und sagte, sie solle sie bitte jemand anders geben; ich hätte jede Menge Decken. Helen faltete die Steppdecke zusammen, legte sie sich über den Arm und bedachte mich mit einem liebevollen, unerwartet hübschen Lächeln. Sie blieben beide in Kontakt mit mir, versicherte sie mir, und ich solle anrufen, falls ich etwas bräuchte. Die Haustür schloß sich leise hinter ihnen.

Ich saß in meinem stillen Wohnzimmer und dachte an den kalten Märznachmittag, den ich mit Zelda und ihrem Schmerz verbracht hatte. Lucille Boatwright hatte Zelda langsam durch die Kirchentür geführt, den Arm um ihre zusammengesackten Schultern gelegt. Ich hatte Zeldas kaum angerührte Kaffeetasse in die Kirchenküche gebracht. Das Milchpulver schwamm noch klumpig auf der Oberfläche herum. Weil mein Daumen in Gips war, hatte ich es nicht verrühren können.

7

Ich umklammerte immer noch das Kästchen mit dem Ring und ging zu einem Sessel neben den ungeöffneten Umzugskisten, die mit Toms Herd aus seinem Haus hergebracht worden waren. Ich legte die Hand auf die Pappe und starrte die kalte Asche im Kamin an. *Bedenk, o Mensch: Staub bist du und kehrst zurück zum Staube,* hatte Olson jedem von uns beim Aschermittwochgottesdienst ernst verkündet, während er den Finger in die Asche tauchte und auf unserer Stirn das Kreuzeszeichen beschrieb. Er war mehr gewesen als ein *netter Charismatiker,* wie Marla ihn eingeschätzt hatte. Er war gebildet und gütig; sein Glauben kam vom Herzen. Olson hatte sogar das Herz von Tom Schulz gewonnen. Und jetzt war Pfarrer Ted Olson tot. Mir tat die Brust weh.

Ich zwang mich, aufzustehen und die beiden Ringkästchen und Toms Brieftasche in meinem Porzellanschrank zu verstauen. Nur einen Moment lang gestattete ich mir, mir vorzustellen, wie es hätte gewesen sein können: Vor meinem geistigen Auge sah ich Olson lächelnd vor uns, während mir Tom den Ring an den

Finger steckte. Das hätte unsere Hochzeitsnacht werden sollen. Eine schreckliche Leere überkam mich.

Julian und Arch, die Oberkörper in blaue Opferbetreuungsdecken mit Rautenmuster gewickelt, vertilgten in der Küche eine Schüssel Popcorn. Julian bedachte mich mit einem schuldbewußten Blick, riß sich los und rief in Beaver Creek an, um die Hotelreservierung für Tom und mich zu stornieren, was allerhöchste Zeit war. Arch fragte höflich, ob er Toms Notizen sehen dürfe. Ich schrieb sie schnell für mich ab und gab ihm die Fotokopie.

Es war schon nach Mitternacht, der Mond war aufgegangen und beide Jungen lagen längst im Bett, bis ich Toms Umzugskartons nach Briefen, Akten und Tagebuchaufzeichnungen durchsucht hatte – nach allem, was Abkürzungen enthalten mochte. Mit Gewissensbissen, weil ich in seine Privatsphäre eindrang, sah ich in Toms Brieftasche nach, die meine Visitenkarte und Schulfotos von Julian und Arch enthielt. In den Kartons bestand meine einzige Ausbeute in Bankauszügen, Steuerbescheiden und alten Rechnungen. Vielleicht fand die Polizei in Toms Blockhaus oder in dem verwüsteten Pfarrbüro etwas, was einen Anhaltspunkt bieten konnte; ich hatte nicht den geringsten.

Draußen war es immer noch bitterkalt und windig. Müde zog ich mich in die Küche zurück, wo Scout, der Kater, hartnäckig miaute und gefüttert werden wollte. In dem ganzen Durcheinander hatte ich die arme Katze ganz vergessen, die ich jetzt behutsam aus dem Kochbereich entfernte. Während Scout abschätzend den Kopf schieflegte, riß ich eine Packung Katzenfutter auf und kippte sie in seinen Napf. Aber das reichte ihm nicht. Nach ein paar gezierten Bissen wollte Scout Zuwendung und warf sich auf dem Küchenboden auf den Rücken. Ich kraulte ihm den Bauch und sagte ihm, wir sollten beide schlafen gehen. Mir brannten die Augen, und mein Kopf tat weh. Warten war noch nie meine Stärke gewesen.

Ich sehnte mich danach, meine Heizdecke aus dem Schrank zu holen, auf die Höchststufe zu stellen und endlich einzuschlafen. Aber durfte ich mich in mein warmes Bett kuscheln? Das ging nicht; es wäre ein Verrat an Tom gewesen, der es vermutlich weder warm noch bequem hatte. Ich dachte an sein gutaussehendes Gesicht mit den durchdringenden grünen Augen, an seinen Körper mit den warmen Fleischwölbungen, die ich lieben gelernt hatte. Als ich versuchte, auf der Wohnzimmercouch zur Ruhe zu kommen, pfiff der Wind durch den Kaminabzug. Um drei Uhr morgens erhob ich mich mühsam aus den Kissen und kehrte in die Küche zurück, um das zu tun, was mir immer am besten gegen die Angst geholfen hatte: Kochen.

Ich war froh, daß ich Toms Rezepte auf den Tisch gekippt hatte, ehe Julian den Karteikasten in einen mit Erde bedeckten Schrein verwandelt hatte. Das Rezept für Monsterzimtschnecken lockte. *Für G. probieren,* hatte Tom geschrieben. Scout, hocherfreut über meinen Anblick und wie immer voller Hoffnung auf einen Imbiß, schlängelte sich zwischen meinen Beinen hindurch, während ich Butter in Milch schmolz, Hefe auflöste und Eier schlug. Das Rezept ergab eine große Menge, die für den ersten Sonntagsgottesdienst, der in wenigen Stunden anfing, reichen würde. Ob Toms Mörder in die Kirche kommen würde? Konnte es wirklich jemand aus der Kirche gewesen sein? Ich wollte es nicht hoffen. Soviel zu dem Gebot: *Du sollst nicht töten.*

Heftig knetete ich den süßen Teig. Boyds Fragen nach St. Luke ließen meine Gedanken zu den episkopalischen Gemeinden meiner Kindheit zurückwandern. Wegen der Geschäfte meines Vaters zogen wir von Stadt zu Stadt; jedesmal begrüßte uns das gleiche Schild: *Die Episkopalkirche heißt Sie willkommen.* Ganz gleich, wo unsere Familie lebte, es gab dort immer dieselbe aus Stein gebaute Kirche mit denselben steinernen Menschen darin. Der Pfarrer war immer ein unnahbarer Mann und stand mit dem Rücken zu einer Gemeinde, die immer dieselben Gebete sprach und dieselben Choräle sang, ganz gleich, wohin wir zogen. Diese Pfarrer waren völlig anders als der lächelnde, leicht aufgelöste, von Volksmusik begeisterte und von Mitgefühl jedermann gegenüber erfüllte Pfarrer Theodore Olson. Früher prangten an den Wänden der Kindergottesdiensträume Bilder von einem Jesus, der eher einem blonden Jüngling in einem Nachthemd ähnelte als einem aufrührerischen Palästinenser aus dem ersten Jahrhundert. Damals veranstalteten die kirchlichen Frauenkreise Basare zum Spendensammeln; die Männergruppen fuhren zu Exerzitien; die Jugendgruppen zogen zu Weihnachten als Kurrendesänger durch die Wohngegenden der Oberschicht.

Einen Mord hatte es nie gegeben.

Ich drückte die Luftbläschen aus dem aufgegangenen Teig, rollte ihn zu einem langen, dünnen Rechteck aus und strich dann weiche Butter, vermischt mit braunem Zucker und Zimt, darüber. Der Wind pfiff durch den Rahmen der Hintertür; ich erinnerte mich an einen besonders stürmischen Umzugstag aus meiner Kindheit, als ich mich tränenreich von Freunden aus der Nachbarschaft und aus dem Kindergottesdienst verabschiedete, weil meine Familie nach New Jersey zog. Manchmal kam mir der Verdacht, ich hätte mich nur deshalb mit zwanzig in John Richard Korman verliebt, weil sein Babygesicht, sein blondbraunes Haar und sein rührendes Lächeln mich an einen Freund aus dem Kindergottesdienst erinnerten, dessen Namen ich vergessen hatte.

Ich wickelte den Teig schnell zu einer dicken Rolle zusammen und markierte die Schnittstellen. Als mein Leben in tausend Stücke zerbrochen und es mir ganz gut gelungen war, es wieder zu kitten, war Tom Schulz gekommen, mit seinem kräftigen, attraktiven, selbstbewußten Körper und Geist. Tom Schulz, der Arch, Julian und mich mit beängstigender Heftigkeit liebte, der in mir eine Verletzlichkeit und eine Zuneigung geweckt hatte, die ich für abgestorben gehalten hatte, der bereit war, alles zu tun, um uns glücklich zu machen. Der gestern abend zu Pfarrer Olson gesagt hatte, er wolle vom Tod *nicht* geschieden werden, ganz gleich, was im Ehegelübde behauptet werde. Und jetzt hielt ihn Gott weiß wer gefangen, und Gott allein wußte, aus welchem Grund. Falls Tom noch am Leben war.

Ich schnitt den Teig sorgfältig in gleichmäßige Stücke und legte die dicken, zuckrigen Rouladen in eine gebutterte Form. Ich mußte schlafen; ich mußte mich zusammenreißen und soviel wie möglich über Pfarrer Olson herausbekommen, denn ganz bestimmt führte die Spur des Mörders zu unserer Gemeinde, zu einem Ausschuß oder zur Diözese …

Mein Blick fiel auf den Stapel der Prüfungsarbeiten von den Kandidaten, bei deren mündlicher Prüfung ich in vier Tagen mitwirken sollte.

Olson hatte mir gesagt, im dritten und letzten Jahr

der Seminarausbildung legten Kandidaten für die Pfarrlaufbahn das Ordinationsexamen ab, das jetzt meine Küchenplatte schmückte. Die zahlreichen Prüfungsfragen deckten die sieben kanonischen Gebiete ab: Kirchengeschichte, Liturgie, Pastoraltheologie, Moraltheologie, Theologie, Sozialwissenschaft und Bibelkunde. Die Prüfungsarbeiten wurden auf nationaler Ebene vom Prüfungsausschuß der Kirchenleitung benotet und dann an die Diözesen geschickt. In der Diözese Colorado wurden sie vom theologischen Prüfungsausschuß gegengelesen und auf Schwachstellen untersucht, dann wurden die Kandidaten mündlich geprüft. Ein Kandidat mußte seine Beschlagenheit auf allen sieben Gebieten in der mündlichen Prüfung beweisen, ehe er ordiniert werden konnte. Das klinge ungeheuer schwierig, hatte ich zu Pfarrer Olson gesagt. Vielleicht sei ich der Aufgabe nicht gewachsen. *Lesen Sie einfach die Prüfungsarbeiten und fragen Sie sich, ob Sie diesen Menschen zum Pfarrer haben möchten,* hatte er ernst erwidert.

Mitchell Hartleys Prüfungsarbeit gehörte zu meinem Stapel, obwohl ich nicht wußte, welche es war. Zahlen auf den Prüfungsbögen aller Kandidaten verhinderten, daß die Prüfer wußten, um wen es sich handelte, damit Voreingenommenheit ausgeschlossen war. Leider war es zu einem Durcheinander im Diözesanbüro gekommen, und ich hatte die fotokopierten Arbeiten erst gestern erhalten, als ich vollauf mit Pastetenteig, Blumenschmuck und Portobello-Pilzen beschäftigt war. Ich hatte noch keine der Arbeiten gelesen, und es kam überhaupt nicht in Frage, daß ich mich in dieser Nacht, die meine Hochzeitsnacht hätte sein sollen, mit Theologie beschäftigte.

Monsterzimtschnecken

Teig:
150 g Süßrahmbutter
1/4 l Milch
150 g Zucker plus 1 Teelöffel Zucker
1 1/4 Teelöffel Salz
2 Briefchen Trockenhefe (à 7 g)
1/8 l warmes Wasser
5 große Eier
1000 bis 1200 g Weizenmehl Typ 405

Füllung:
1000 g brauner Zucker
350 g Süßrahmbutter
3 Eßlöffel Zimtpulver

Guß:
250 g Sahnequark
60 g Schlagsahne
1 Teelöffel Vanillezucker
600 bis 800 g Puderzucker, gesiebt

Für den Teig die Butter mit der Milch, 150 g Zucker und dem Salz in einem kleinen Topf erwärmen, bis die Butter geschmolzen ist. Zum Abkühlen beiseite stellen. In einer großen Rührschüssel die Hefe über das warme Wasser streuen, den restlichen Teelöffel Zucker hinzugeben, umrühren und 10 Minuten beiseite stellen, bis die Mischung Blasen wirft. Die lauwarme Milchmischung und die Eier hinzugeben und schlagen, bis alles gut vermischt ist. Das Mehl in 200-g-Portionen hinzufügen, verrühren und ausreichend Mehl verwenden, bis der Teig fest wird. Auf ein bemehltes Backbrett legen und kneten, bis er glatt und geschmeidig ist, etwa 10 Minuten. (In der Teigschüssel der Küchenmaschine mit dem Knethaken etwa 5 Minuten durcharbeiten, bis sich der Teig von den Schüsselwänden löst.) Den Teig in eine große Schüssel legen, umdrehen, mit Butter bestreichen und lose mit einem Küchentuch zugedeckt an einem warmen Ort bis zur doppelten Höhe gehen lassen, etwa 1 Stunde. Den Teig nach unten drücken und ein großes Rechteck ausrollen, 60 auf 90 Zentimeter.

Den Backofen auf 180 Grad vorheizen. Zwei Backformen aus Glas (ca. 20 auf 30 Zentimeter) mit Butter einfetten. Für die Füllung den braunen Zucker, die Butter und den Zimt gut verrühren. Gleichmäßig auf die Teigoberfläche streichen. Der Länge nach aufrollen und in Abständen von 2,5 Zentimeter durchschneiden. Je sechs Schnecken in eine gebutterte Form setzen. Lose mit einem Küchentuch zudecken und bis zur doppelten Höhe gehen lassen, etwa 1 Stunde lang.

Die Schnecken 20 bis 30 Minuten backen, bis sie aufgegangen und gebräunt sind. Auf Kuchengittern auf Zimmertemperatur abkühlen lassen.

Für den Guß den Sahnequark, die Sahne und den Vanillezucker gut verquirlen. Den Puderzucker hinzufügen und schlagen, bis die Mischung glatt und weich ist. Die Schnecken mit dem Guß überziehen und sofort servieren.

Ergibt 12 große Schnecken.

Trotzdem. Als ich den Stapel Papier anschaute, konnte ich Pfarrer Olsons nachsichtiges Grinsen sehen, als er mich in den zwölfköpfigen Ausschuß berief. Er hatte gesagt, er wisse nicht nur meine kulinarischen Fähigkeiten zu schätzen, sondern auch das, was ich dem Ausschuß *intellektuell* zu bieten hätte. Sicher, das war so wie mit den Leuten, die behaupten, sie läsen den *Playboy* wegen der Interviews. Aber die Diözese hatte den ermäßigten Preis für die Gorgonzolaquiche, die Spargelröllchen, den Blumenkohlsalat und die Schokoladentorte bezahlt, die ich bei meiner ersten Ausschußsitzung serviert hatte. Das Gespräch drehte sich um die moralische Frage, ob das Beichtgeheimnis gebrochen werden solle, wenn ein Menschenleben in Gefahr war. Nach Jahren der Verköstigung mit Aufläufen und Wackelpudding sprach mir der Ausschuß sofort und ohne meine Meinung über das Beichtgeheimnis abzuwarten sein Vertrauen aus.

Vor der Sitzung hatte Pfarrer Olson gesagt, es habe »ein bißchen Gemecker« über die Berufung einer Laiin, von Beruf Partylieferantin, in diesen mächtigen Ausschuß gegeben, der das letzte Wort bei der Frage der Ordinierung hatte. »Erzählen Sie ihnen lieber von Ihrer theologischen Ausbildung«, hatte Olson mich gewarnt, »damit auch die anderen Mitglieder Ihren Verstand so zu schätzen wissen wie Ihre Mousse.« Deshalb berichtete ich bei meiner Vorstellung pflichtschuldig von dem sechzehnwöchigen Kurs für Kindergottesdiensthelfer, den ich vor zwei Jahren bei Kanonikus Montgomery, einem Ausschußmitglied, im episkopalischen Konferenzzentrum von Aspen Meadow besucht hatte. Kanonikus Montgomery, demnächst unser Vertretungspfarrer in St. Luke, sah wie eine rotbraune Kröte aus. Er hatte gestrahlt und meine Schmeicheleien so begeistert geschluckt wie sein Stück Torte. Ich erwähnte nichts von seiner enervierenden Gewohnheit, sich den Mittelscheitel des weißen Haares zu tätscheln, wenn er seine geistlichen Erfahrungen in Reime faßte.

Jetzt zeigte die Uhr fast vier Uhr morgens. Bald würde es dämmern. Keine Zeit, mit der Theologielektüre anzufangen; das stand fest. Ich hob das Küchentuch, um nach den Schnecken zu sehen, und die Erschöpfung traf mich mit solcher Wucht, daß meine Knie nachgaben. Ich klammerte mich an Toms Heißluftherd, um im Gleichgewicht zu bleiben. Ich wandte mich von den ungelesenen Prüfungsarbeiten ab, ließ die Schnecken bei Zimmertemperatur gehen und sank wieder auf die Wohnzimmercouch.

Der Wind hatte sich gelegt, wie das vor Sonnenaufgang oft der Fall ist. Trotzdem war es kalt im Haus. Ich grub mich in die harten Kissen und bereute, daß ich die Opferbetreuungsdecke zurückgegeben hatte.

Tom. Sei unversehrt.

Ich hielt diesen Gedanken fest und versuchte, mich zu entspannen. Furchtbare Alpträume vom Fallen in den Schlamm begleiteten meinen unruhigen Schlaf. Ich wachte unvermittelt auf, fühlte mich steif und ausgekühlt und begriff unglücklich, daß die verschobene Hochzeit, der Mord an Pfarrer Olson und das unerklärliche Verschwinden von Tom Schulz keine bösen Träume, sondern grauenhafte Realität waren.

Ich machte ein Auge auf, um einen Blick auf die Uhr zu werfen. Etwas stimmte nicht. Über Toms Kartons war die Uhr auf meinem Kaminsims gerade noch zu sehen: halb sieben. Hatte mich ein Geräusch aus dem Schlaf geschreckt? Ich horchte, ob sich bei Arch und Julian etwas regte, aber das Haus war still. Was stimmte nicht? Was hatte mich mit dem Gefühl geweckt, etwas sei seltsam, nicht in Ordnung? Ich holte tief Luft und musterte mit trüben Augen das Zimmer.

Es war das Licht. Ein mandarinenfarbener Schein ergoß sich in das Wohnzimmer. Morgenrot verhieß Schnee. Von wegen seltsam. Mein Hals schmerzte fürchterlich; ich streckte mich vorsichtig. Mein Körper behauptete hartnäckig, ich würde es bereuen, wenn ich meine üblichen Yogaübungen versuchte. Ich war verwirrt. Selbst bei Morgenrot war das Licht im Wohnzimmer zu orangefarben. Nicht der Sonnenschein war farbig; etwas färbte den Sonnenschein.

Mit Mühe löste ich mich von den Kissen. Ich ging auf Zehenspitzen ans Fenster und sah durch die Spitzenvorhänge. Mein Blick erfaßte etwas, ich begriff aber zunächst nicht, was es war. Vom Dach meiner Vorderveranda hing eine handgestrickte Decke. Sie war leuchtendorange, mit einem roten Herzen in der Mitte.

8

Wenn man in Kleidern geschlafen hat, kommen einem vier Grad Außentemperatur eiskalt vor. Ich ignorierte die Kälte, kletterte ungraziös auf die Verandaschaukel und schwankte einen Augenblick lang gefährlich. Der Sonnenschein beleuchtete winzige Wolkenfetzen, die wie Perlmutt schimmerten. Ganz vorsichtig zog ich die orangefarbene Decke in das Licht und gab mir Mühe, nicht auf dem mit Reif überzogenen Schaukelsitz auszurutschen, während ich die winzigen Maschen musterte. Die Decke war nicht gestrickt, wie ich geglaubt hatte, sondern mit einer kleinen Nadel gehäkelt, aus dünner, teurer Wolle. Ein eisiger Wind blies durch meinen Jogginganzug und bedrohte mein heikles Gleichgewicht. Ich riß die Decke an mich, dann schaute ich mich um, weil ich sehen wollte, ob Nachbarn in der Nähe waren. Aber die Kälte bedeutete, vor allem an einem Sonntagmorgen, daß sich die Leute noch tief unter den Decken vergruben. Ganz zu schweigen von Häkeldecken, deren Herkunft weniger rätselhaft war.

Ich durchsuchte das gehäkelte Rechteck nach einer

Karte oder einem Zettel und fand nichts. Stammte die Decke von der Opferbetreuung? Oder einer aufmerksamen Nachbarin? Vielleicht hatte der stürmische Wind in der Nacht eine angeheftete Nachricht weggeweht. Ich warf mir die Decke über die Schulter und sprang von der Verandaschaukel. Während meine Glieder mich daran erinnerten, daß ich kein beweglicher Teenager mehr war, fiel mein Blick auf eine mit Folie zugedeckte Backofenform, die bescheiden neben der Haustür stand. Ein Auflauf, eine Liebesgabe der Altargilde. Die beiliegende Karte war mit energischen Zügen beschriftet worden: *Bitte passen Sie auf sich auf. Unsere Frauengruppe betet für Sie. Zelda.* Mit der freien Hand hob ich die eisige Glasform auf und huschte ins Haus.

Ihre Karte erwähnte nichts von der Decke. Bei der Vorstellung, wie die drahtige Zelda Preston oder vielleicht sogar die hartnäckige Helen Keene an meiner Verandawand hochkletterte, um ein dramatisches, sichtbares Zeichen zu setzen, indem sie eine Decke von der Art eines Valentinsgeschenks aufhängte, mußte ich lächeln. Ich machte Espresso und sah zu, wie er munter in eine Tasse mit Kobaltrand sprudelte. Sie war von Hutschenreuther, ein Geschenk von Tom Schulz. Schmerz durchfuhr mich. Das Telefon klingelte, und ich riß den Hörer von der Gabel.

Es war meine Mutter, die aus New Jersey anrief. Sie war besorgt, weil sie und mein Vater sich nicht von mir hatten verabschieden können, und fragte, ob es mir gut gehe? Ich dachte an Helens Rat und erwähnte Tom Schulz' Verschwinden nicht. Sie hätten sich nur Sorgen gemacht und pausenlos angerufen. Ja, versicherte ich meiner Mutter, es gehe uns bestens. Sie seien eben aus dem Frühgottesdienst zurückgekommen, sagte sie. Auf die Frage, wann die Hochzeit sein werde, antwortete ich ausweichend: Na ja, wir seien noch dabei, einen neuen Termin zu finden. Ob die Polizei herausgefunden habe, was unserem Pfarrer passiert sei? Nein. Aber ihr werdet doch heiraten, wenn in eurer Gemeinde wieder alles in Ordnung ist? Selbstverständlich, versprach ich. Sobald wir einen neuen Pfarrer haben.

Und einen Bräutigam, dachte ich grimmig, als ich aufgelegt hatte. Furcht, Sorge und stechende Schuldgefühle stürzten sich gleichzeitig auf mich. Wenn ich nur nicht darauf bestanden hätte, daß Tom und ich kirchlich heirateten. Tom Schulz hätte Ted Olson nie kennengelernt. Er wäre gestern morgen nicht zu ihm gefahren. Er hätte jetzt hier gesessen und mit mir Kaffee getrunken, statt in Gefahr zu sein. Oder schlimmer. Oder schlimmer …

Schluß damit.

Mein Espresso war kalt geworden. Ich stürzte ihn trotzdem hinunter, starrte Julians Häufchen Erde aus Chimayó an und wartete darauf, daß mein Gehirn ansprang. Es tat sich nicht viel; nach zwei Stunden Schlaf hat Koffein seine Grenzen. Ich schob die aufgegangenen Zimtschnecken in Toms Backofen. Mit gewaltigem Widerstreben duschte ich und zog ein blaues Kostüm an, dann rief ich im Büro des Sheriffs an. Ohne Tom, der mich dort auf dem laufenden hielt, kam mir die Countyzentrale der Gesetzeshüter wie ein Außenposten in einem fremden Land vor. Boyd war nicht am Platz. Ich hinterließ eine Nachricht, in der ich darum bat, über den neuesten Stand der Ermittlungen informiert zu werden und nannte die Nummer meines Privatanschlusses.

In großer Eile drückte ich wieder auf die Tasten meines Geschäftstelefons und wählte Toms Anrufbeantworter an. Der Klang seiner vollen, tiefen Stimme auf dem Band war Nektar. Ich hörte ihr zu, während sich Scout an meinen Beinen rieb, um mich daran zu erinnern, daß es Zeit für sein Futter war. Ich hörte ihr zu, während ich eine Nachricht für Julian und Arch schrieb und den üppigen Geruch der fertigen Zimtschnecken einatmete, bei dem mir das Wasser im Mund zusammenlief. Ich hörte der Stimme wieder zu, während ich die Zutaten für Mohnmuffins zusammenstellte, die ich zwischen den Gottesdiensten in der Kirchenküche backen wollte, weil die Zimtschnecken nur für den ersten Gottesdienst reichen würden. Endlich zeigte die Uhr halb acht. Als ich die warmen Zimtschnecken mit dem Guß überzog, klingelte mein Geschäftstelefon. Ich packte den Hörer.

»Goldy, hier ist Frances Markasian vom *Mountain Journal* –«

»Nein.« Ich konnte mir gut vorstellen, wie Frances Markasian mit dem dünnen, langen Haar aggressiv auf dem Schreibtisch hockte, eine Zigarette mit viel Asche rauchte und Diät-Pepsi mit Vivarin in sich hineinkippte. Die Frau schlief nie.

»Goldy, bitte, es tut mir so leid –«

»Von wegen, zum Kuckuck noch mal.« Ich verfluchte mich, weil ich Helen Keenes Rat nicht beherzigt hatte. Ich hätte auflegen sollen, sobald ich Frances' Stimme hörte.

»Wir wissen Bescheid über Olson und Schulz«, fuhr Frances fort, als hätte ich nichts gesagt. »Wir wissen, daß Mitchell Hartley ein Verdächtiger ist. Aber als ich heute morgen an Ihrem Haus vorbeigefahren bin, habe ich ein Riesending mit einem Herzen darauf auf Ihrer Veranda hängen gesehen und ein Foto gemacht –«

Meiner Kinderstube zum Trotz legte ich auf. Es klingelte an der Haustür; das war Boyd. Sein schwarze Bürstenschnitt glitzerte in der Morgensonne; eine abgewetzte Fliegerjacke aus Leder bedeckte seinen birnenförmigen Körper nicht ganz. Er kaute heftig auf einem Streichholz herum und sah nicht glücklich aus.

»Wir haben ihn noch nicht«, sagte er unvermittelt, als ich die Tür aufmachte, ohne meine Frage abzuwarten. Das Uniformhemd, das er unter der Fliegerjacke trug, war völlig zerknittert. Offensichtlich war er die ganze Nacht aufgewesen. »Aber ich muß mit Ihnen reden.«

»Ich wollte eben in die Kirche –«

»Ich komme mit. Glauben Sie, daß ich mich so sehen lassen kann?«

»Sie sehen ordentlich aus. Aber Sie wollen mit in die Kirche? Das muß ein Witz sein.« Ich sah ihn mitfühlend an. »Sie sehen erschöpft aus.«

»Mir fehlt nichts. Und es ist kein Witz.«

Boyd wollte in meinem Lieferwagen mitfahren, damit wir unterwegs miteinander reden konnten. Ich bat ihn, die Schnecken auf den Schoß zu nehmen. Er tat mir den Gefallen, und wir fuhren ab.

»Fahren Sie den längsten Weg«, trug er mir auf, »ganz gleich, welcher das ist. Ich muß ein paar Dinge wissen, ehe wir hinkommen. Was wissen Sie darüber, daß Olson der Protegé eines Pfarrers namens Kanonikus George Montgomery gewesen sein soll?«

Ich bog auf der Main Street pflichtschuldig nach rechts statt nach links ab. Unsere Fahrt zur Kirche würde zehn statt fünf Minuten dauern. »Montgomery ist der theologische Kanonikus und einer der eingefleischtesten Konservativen in der Diözese. Er ist nicht der Typ, der Ärger bekäme, weil er die alten Choräle abschaffen will. Ich meine, dieser Mann träumt davon, sich beim Einschlafen in das Grabtuch von Turin zu wickeln. Er war früher Pfarrer einer großen Gemeinde in Pine Creek, aber jetzt lebt er im Ruhestand. Montgomery gehört zum theologischen –«

»Ja«, sagte Boyd, »zum theologischen Prüfungsausschuß, das wissen wir. Er hat vor ein paar Jahren gemeinsam mit Olson an der Kathedrale Dienst getan, als Montgomery Dekan war. Sie waren dicke Freunde, bis es zu einer heftigen geistlichen Meinungsverschiedenheit kam, so ähnlich wie die Kräche in Ihrer Kirchengemeinde, von denen Sie mir erzählt haben. Sind die beiden im Ausschuß miteinander ausgekommen?«

Ich erinnerte mich daran, daß sich Montgomery bei einer unserer Sitzungen bitter darüber beschwert hatte, wie ein Kandidat das Gebet definierte. »Bei der einzigen Meinungsverschiedenheit, an die ich mich erinnern kann, hat Montgomery darauf bestanden, beim Gebet gehe es um eine *Beziehung*, nicht darum, *Kokosnüsse wachsen zu lassen.* Bei der nächsten Sitzung hat Olson eine riesige Kokosnuß mitgebracht. Montgomery fand das überhaupt nicht komisch. Das ist der einzige Konflikt zwischen den beiden, an den ich mich erinnern kann.«

»Gestern nacht«, sagte Boyd mit schleppender Stimme, »hat Mitchell Hartley uns erzählt, daß sich Kanonikus Montgomery und Pfarrer Olson wieder gestritten haben. Das war letzte Woche bei irgendeiner Sitzung. Es ging um die Frage, ob sich in Ihrer Kirche Wunder abspielen. Hartley sagt, es war durch die Türen des Konferenzraums im Diözesanzentrum zu hören.«

»Darüber weiß ich nichts«, sagte ich. Aber ich fügte nicht hinzu: *Nichts könnte mich überraschen, Streit ist in der*

Kirche an der Tagesordnung. Das hatte ich Boyd schon gestern deutlich erklärt. »Glauben Sie, daß die Feindseligkeit zwischen den beiden wirklich stark war? Stark genug zum Morden? Denn falls Sie das glauben, Vikar Doug Ramsey hat gestern erwähnt, daß Montgomery in St. Luke war und darauf gewartet hat, daß unsere Trauung anfängt.«

»Ramsey. Der Typ, der für alles eine windige Erklärung hat. Er hat gesagt, daß Montgomery in der Kirche war?«

Ich nickte und bog um eine Kurve. Vielleicht fuhr ich zu schnell. Ich nahm den Fuß vom Gas. »Ich habe alle Kirchenmitglieder eingeladen und den ganzen Ausschuß. Zwanzig Minuten, bevor die Trauung anfangen sollte, hat Ramsey gesagt: ›Der ganze Ausschuß ist hier.‹ Niemand, der in der Kirche war, hätte es in dieser Zeit zu Olsons Haus und wieder zurück schaffen können.«

»Eigentlich beschäftigt uns das nicht. Dieser Hartley sagt –«

»Hartley war im Diözesanzentrum, als er den Streit zwischen Pfarrer Olson und Montgomery gehört hat? Was hat er dort gemacht?«

»Er sagt, er arbeitet im Büro für Gemeindegottesdienste und bekommt manches zu hören. Hat es wegen dieser Wundergeschichten Ärger oder Wut gegeben? Bei irgendeinem Gemeindemitglied? Vielleicht wollte jemand geheilt werden, und es wurde nichts daraus?«

Ich schüttelte schläfrig den Kopf. »Tut mir leid, darüber habe ich nichts gehört. Aber vielleicht weiß meine Freundin Marla etwas. Sie hat viel mehr mit den verschiedenen Gruppierungen zu tun als ich. Und übrigens, heute morgen hat mich eine Reporterin angerufen und gesagt, Hartley sei ein Verdächtiger. Stimmt das?«

»Im Augenblick ist jeder verdächtig, Goldy. Das ist unsere Taktik, bis wir es genauer wissen.«

Boyd verlagerte die Schnecken auf seinem Schoß und schien eine neue Frage zu formulieren. Armer Boyd, dachte ich. Das war nicht gerade die wunderbarste Methode, jemanden mit dem Kirchenleben bekannt zu machen. Ich verlangsamte hinter einem Abgase ausspuckenden Lastwagen.

»Gut. Sie haben mir von etlichen Leuten erzählt. Aber Sie haben mir nicht gesagt, warum die alte Garde Olson gehaßt hat. Ich meine, mal abgesehen von der Tatsache, daß sie in Sachen Musik einen verschiedenen Geschmack hatten.«

Ich fuhr den Lieferwagen auf einen schlammigen Randstreifen, eine Kreuzung von der Kirche entfernt. Ich stellte den Motor ab und schaute zu Boyd hinüber. »Es geht um das, was er verkörpert. Verkörpert hat. In den letzten zwei Jahrzehnten hat sich in unserer Kirche viel verändert. Die alte Garde haßt die liturgischen Neuerungen in den letzten zwanzig Jahren, vor allem den Friedensgruß, bei dem sich die Gemeinde umarmt.«

Boyd gluckste. »Leute über sechzig und siebzig, die Körperkontakt mit Fremden nicht mögen? Das überrascht mich nicht. Jetzt erklären Sie mir in aller Kürze, was sie an der Musik hassen.«

»Zelda und die alte Garde verabscheuen das neue Gesangbuch. Von ganzem Herzen.« Ich erklärte Boyd, bei der Revision des episkopalischen Gesangbuchs 1982 sei uns »Des Königs Fahne tritt hervor« verlorengegangen, weil der Choral als zu militaristisch eingeschätzt worden sei, »Allen Menschen, allen Völkern«, weil damit angeblich die theologische Tradition untergraben werde und »Dem Himmelskönig Dank und Ehr«, weil in dem Choral unter anderem Dank für »der Hündlein lächelnd Angesicht« abgestattet werde. Das mit den Hündlein habe mich jedoch nie gestört. Man könne doch auch Dank abstatten für »der Katzen Unergründlichkeit«.

Boyd warf einen Blick auf die Uhr. »Kommen Sie zur Sache, Goldy. Der Gottesdienst fängt in einer Viertelstunde an.«

»Am allergischsten sind die älteren Gemeindemitglieder gegen die Hefte mit modernen Kirchenliedern, die Pfarrer Olson in jeder Kirchenbank verteilt hatte. Die alte Garde wollte mit den neuen Liedern nichts zu tun haben. Schließlich wurde das Dilemma in St. Luke dadurch gelöst, daß der Frühgottesdienst auf traditionelle Weise gehalten wird und der zweite Gottesdienst für die Charismatiker. Für die Konservativen sind die Klänge von Gitarre und Tamburin bloß ein Gott nicht gefälliger Krach, der sich so anhört, als werde von Jesus gesungen wie von ›Paff dem Zauberdrachen‹.«

»Hm«, murmelte Boyd. »Ich merke, daß wir jetzt auf ein wichtiges Thema kommen.« Er befingerte etwas in seiner Brusttasche, das einem Päckchen Zigaretten verdächtig ähnelte. Dann warf er einen sehnsüchtigen Blick auf die dicken Zimtschnecken in seinem Schoß. Ich griff wortlos in meine Zubehörtasche und nahm ein Messer, einen Pappteller und eine Papierserviette heraus.

»Bitte, nehmen Sie eine«, insistierte ich, während ich den klebrigen braunen Zuckersirup durchschnitt, der die Schnecken aneinanderheftete. Ich hob eine dunkle, tropfende Spirale heraus, manövrierte sie auf den Teller und reichte sie ihm. Er ächzte vor Wonne.

»Reden Sie weiter über die Musik.«

»Okay. Obwohl im ersten Gottesdienst, den die alte Garde besucht, traditionelle Musik gespielt wird und die Erneuerungsmusik nur im zweiten Gottesdienst, wollte die alte Garde sie in St. Luke überhaupt nicht dulden«, erklärte ich, während ich wieder auf die Straße einbog. »Für sie war das wie eine Unterwanderung durch den Kommunismus, erinnern Sie sich noch daran? Wie auch immer, die alte Garde hat schließlich eine Petition verfaßt. Sie nannten sie ›Schluß mit dem Gedudel‹ und sammelten einen Haufen Unterschriften. Lucille Boatwright war eben durch Rotation Leiterin der Altargilde geworden, und sie hatte vor, Olson die Petition vorzulegen. Die alte Garde glaubte, dadurch könnten sie ihn zwingen, die neue Musik aufzugeben. Das ist das letzte, was ich gehört habe.« Ich bog auf den Kirchenparkplatz ein.

Boyd kaute nachdenklich. Schließlich sagte er: »Ich muß noch mit Ihnen über die Prestons sprechen.«

»Wenn Sie von Anfang an dabeisein wollen, müssen wir jetzt hineingehen. Wenn Sie aber lieber reden wollen –?« Boyd schüttelte den Kopf, faltete den leeren Pappteller zusammen und wollte die Beifahrertür aufmachen. Ich nahm seinen Teller, steckte ihn in den Abfallsack im Lieferwagen und sagte: »Warten Sie. Gehen Sie nicht mit mir hinein. Setzen Sie sich nicht neben mich, lassen Sie sich nicht anmerken, daß wir uns kennen. Bitte.«

»Könnten Sie mir erklären, warum?«

Ich nahm ihm die Schnecken ab und zog die Klarsichtfolie wieder vorsichtig darüber. »Aus zwei Gründen. Wenn die Leute Sie in der Polizeiuniform sehen, erzählen sie mir überhaupt nichts mehr. Andererseits erzählen Sie *Ihnen* vielleicht etwas, was sie mir nicht anvertrauen würden.«

»Ach ja? Und was ist der zweite Grund?«

»Die Leute werden reden«, sagte ich schlicht. Ich bedachte ihn mit einem ruhigen Blick. »Sie werden sagen, daß Tom Schulz mich verlassen hat, weil ich mit Ihnen ein Verhältnis habe. Und ich weiß nicht einmal Ihren Vornamen.«

»Horace. Und jetzt wissen Sie, warum mir Boyd lieber ist. Und da ist doch überhaupt nichts Wahres dran –«

»Na und? Horace. Boyd. *Bitte.* Ich gehe zuerst hinein, Sie schließen den Lieferwagen ab und kommen nach.«

Er stöhnte. »Ich hab' mir vorgestellt, die Leute freuen sich riesig, wenn ich komme.«

»Willkommen in der Kirche, Horace.«

Als ich durch die schwere Holztür ins Paradies kam, begriff ich sofort, daß Palmsonntag war, eine liturgische Tatsache, die durch die Katastrophen in den letzten vierundzwanzig Stunden meinem Gedächtnis ganz entfallen war. Mein Blumenschmuck für die Hochzeit war verschwunden. Er war ersetzt worden durch die kunstvoll geschmückten Palmwedel, die Jesu Einzug in Jerusalem und in die Kirche symbolisierten, den Beginn der heiligen Woche. Uns trennte nur noch eine Woche von Ostern, dem höchsten Fest des Kirchenjahres, trotz des ganzen Rummels um Osterhasen und Eierkörbe. Ich wußte nicht, ob Boyd darüber Bescheid wußte oder ob er sich überhaupt dafür interessierte.

Wie auch immer, der Palmsonntag zog immer mehr Leute an, als während der Fastenzeit üblich war. In der Kirchenküche herrschte fieberhafte Aktivität. Ich wollte das Blech mit den Zimtschnecken lediglich abstellen, damit sie nach dem Gottesdienst zusammen mit dem anderen Gebäck verteilt wurden. Als ich am Backofen auftauchte, brach die ganze Aktivität jedoch sofort ab. Sechs Frauen, darunter eine erstaunlich unentwegte Lucille Boatwright, musterten mich mit einer Mischung aus Überraschung, Mitleid und einem enervierend beredten Schweigen.

»Zum Verteilen nach dem Gottesdienst«, sagte ich lahm. Ich stellte das Blech ab.

Ein Chor aus »Es tut uns ja so furchtbar leid«, »Ist es nicht einfach grauenhaft?« und »Sie Arme, Sie hätten sich keine solche Mühe machen sollen« scheuchte mich ins Paradies zurück. Dort begrüßte mich ein erregter Vikar Ramsey.

»Doug«, unterbrach ich ihn sachlich, ehe er weiter auf mich einredete, »wir müssen miteinander sprechen. Es geht um Pfarrer Olson. Und den Bischof.« Aus dem Augenwinkel sah ich Boyd, der aussah, als wäre ihm äußerst unbehaglich zumute und in den Traktätchen am Eingang blätterte.

Doug Ramsey schlug erschrocken die dunklen Augen auf. »Oh, Goldy, wie geht es Ihnen denn? Ich habe mir solche Sorgen gemacht, aber in dem ganzen Betrieb, bei der Planung der Beerdigung und den Sitzungen ... ehrlich, es war zuviel! Wie kommen Sie zurecht? Ist das Essen gekommen?« Sein schwarzer Klerikeranzug war zerknittert und voller Schuppen, als hätte er auch in den Kleidern geschlafen. Ich fragte mich, warum er kein Meßgewand trug. Sein Blick huschte an mir vorbei, registrierte, wer zur Kirchentür hereinkam. »Tut mir leid, ich kann jetzt nicht mit Ihnen sprechen«, sagte er. »Es hat ein *unglaubliches* Durcheinander gegeben. Haben Sie sich schon entschieden, ob Sie das Essen zur Ausschußsitzung liefern?« Als ich nicht sofort antwortete, setzte er wieder eine mitfühlende Miene auf und sprach leise und ernst. »Haben Sie etwas gehört von dem ... von Ihrem ...?« Ich schüttelte den Kopf. Doug Ramsey verrenkte sich den Hals im weißen Klerikerkragen und schüttelte die schlaffen dunklen Locken. »Ah, hören Sie, ich *muß* mich jetzt um ein paar Probleme kümmern, die im letzten Augenblick aufgetaucht sind. Sie wissen doch, der Frauenkreis will Perlencolliers verlosen und den Gewinn spenden. Ich habe gedacht, es ist längst abgemacht, wie das Geld verwendet werden soll. *Jetzt* stellt sich heraus, daß ein Drittel es der Hungerhilfe für Afrika geben will, ein Drittel will Steine für das Kolumbarium dafür kaufen, und das letzte Drittel will es in Perlen für nächstes Jahr investieren. *Ich* soll der Schiedsrichter sein, was heißt, daß mich zwei Drittel hassen werden ... Dann ist Zelda heute morgen angekommen und wollte ihren alten Posten wiederhaben, und Kanonikus Montgomery wollte ein guter Seelsorger sein, also hat er ja gesagt –«

»Montgomery? Er ist schon hier? Ich habe gedacht, Sie übernehmen wenigstens eine Zeitlang die Vertretung.«

»Ja, das habe ich auch gedacht.« Ramsey räusperte sich lautstark und fuhr sich mit den Fingern einer Hand durch das Haar, brachte seine Locken in Unordnung. »Jedenfalls, ah, dann hat *Zelda* gesagt, sie hat *immer* die Choräle für den Palmsonntag herausgesucht, und Montgomery hatte den Liedplan schon gemacht, und dann ist der *neue* Organist gekommen! Und das alles nach dem, was Olson passiert ist ... Du meine Güte. Der neue Organist ist also wütend aus der Sakristei gerannt, und eine vom Frauenkreis hat geglaubt, er sei der Mann, der einen Voranschlag für die Kolumbariumsteine abgeben wollte, und die Gruppe, die in Perlen investieren will, hätte ihn verjagt. Und dann, falls Sie sich das vorstellen können –«

Das konnte ich nicht. Und ich hielt den Partyservice für aufreibend.

»– als ich eben das Fiasko mit dem Organisten ausgebügelt habe, schneit Mitchell Hartley herein und fragt nach der mündlichen Prüfung der Kandidaten für die Ordination! Die Prüfung fängt überhaupt erst am *Dienstag* an! Jetzt muß ich unbedingt eine King-James-Fassung der Bibel für Kanonikus Montgomery auftreiben, während er sich, äh, um die Musik kümmert. Natürlich ganz davon zu schweigen, daß ich mich irgendwann in den nächsten fünf Minuten ankleiden muß.«

»Doug, hören Sie. Ich muß mit Ihnen über meinen Verlobten sprechen. Es würde mir helfen, wenn ich Ihnen ein paar Fragen stellen könnte.«

»Hat das denn nicht Zeit bis zur Kaffeepause? *Bitte?*« Er fuhr herum und rannte hinter dem neuen Organisten her, der krachend die Hintertür der Kirche aufgerissen hatte, um sich einen dramatischen Abgang zu sichern. Ich drehte mich verzweifelt nach Boyd um und sah George Montgomery, den Stummel mit dem rotbraunen Gesicht, in voller Gottesdienstkleidung, als er das Paradies betrat. Lucille Boatwright marschierte hinter ihm her und packte ihn am Meßgewand. Kanonikus Montgomery stolperte und konnte nur mit Mühe verhindern, daß er umkippte.

»Pfarrer Montgomery, ich muß nach dem Gottesdienst unbedingt mit Ihnen über die Drainage unseres Kolumbariumprojekts sprechen!« hechelte Lucille. Montgomery erholte sich von dem Schock und antwortete nicht sofort. Er wurde Lucilles Säuretest unterzogen: »Kanonikus Montgomery, haben Sie Pfarrer Tyler Pinckney gekannt?« Als Montgomery murmelte, er habe Pfarrer Pinckney nicht besonders gut gekannt, trat ich neben ihn und bedachte ihn mit einem Begrüßungslächeln. Lucille machte brüsk auf den Pumpsabsätzen kehrt und stolzierte davon.

»Ich danke Ihnen, ich danke Ihnen aus dem Grund meines Herzens«, sagte Montgomery. Seine Stimme stockte, als hätte er geweint. Sein fleckiges Gesicht war in den zwei Jahren seit meinem Kurs als Kindergottesdiensthelferin sehr gealtert. Sein Haar kam mir weißer und dünner vor, als ich es in Erinnerung hatte, und seine Augen waren blutunterlaufen.

»Fehlt Ihnen etwas?« fragte ich impulsiv.

Er legte den Kopf schief und hob die buschigen weißen Augenbrauen. »Ich habe Schweres hinter mir. Olson war in der Kathedrale meine rechte Hand. Ich hatte ihn sehr gern. Ständig spreche ich mit Trauernden, aber es geht mir –« Ihm versagte die Stimme.

»Ja. Ich ... es tut mir leid.« Ich wußte nicht, was ich sagen sollte. Man umarmte den theologischen Kanonikus nicht, nicht einmal, wenn man dem gleichen Ausschuß angehörte. Montgomerys Pflicht bestand darin, die Theologie für die Diözese in Worte zu kleiden, die in unserem Fall alle Episkopalkirchen in Colorado umfaßte. Liebevolle Zuwendung gehörte nicht zu seinen Pflichten. Weil es mir peinlich war, sein schlaffes Gesicht anzustarren, betrachtete ich statt dessen sein Meßgewand. Montgomery trug eine kunstvoll bestickte rote Stola.

»Das ist Pfarrer Olsons ... Sie tragen seine ...«

»Ich weiß.« Montgomerys verhärmte Züge warfen Falten. Er hob die schweren, perfekt gesäumten Stolenzipfel. »Ich bin etwas spät hergerufen worden, und alle meine Stolen sind weggepackt. Außerdem stehe ich immer noch unter Schock –« Er bedachte mich mit einem Blick aus seinen engstehenden, gütigen braunen Augen und seinem herzlichen, zögerlichen, leicht schiefen Lächeln. Er tätschelte sich das weiße Haar mit dem exakten Mittelscheitel. »Vikar Ramsey hat mir gesagt, daß auch Sie schwer betroffen sind.«

Daß er so förmlich über Ramsey sprach, überraschte mich nicht. »Ja, wie Doug ... Vikar Ramsey weiß, sucht die Polizei das ganze County ab. Sie hält mich auf dem laufenden.«

Montgomery nickte und streckte die Hand aus, um mir über den Arm zu streichen, dann zog er sie hastig zurück, als sich Doug Ramsey näherte, mit einem sommersprossigen, rothaarigen jungen Mann, der mit langen, angriffslustigen Schritten neben ihm herging. »Kennen Sie Mitchell Hartley?« fragte mich Montgomery im Flüsterton.

»Nicht besonders gut«, erwiderte ich, gleichermaßen verschwörerisch.

»Die Wirklichkeit ist viel schlimmer als alles, was Sie gehört haben könnten«, sagte Montgomery freundlich zu mir. Er wandte sich Hartley zu und ergänzte steif: »Ich habe nicht gewußt, daß Sie ein Mitglied dieser Gemeinde sind.«

»Es überrascht mich nicht, daß Sie das vergessen haben«, knurrte Mitchell Hartley, der vermutlich Ende zwanzig war und einen dichten, orangeroten Haarschopf hatte, zu einer übertriebenen Tolle nach oben gekämmt. *Heiliger Elvis.* Er hatte heidelbeerblaue Augen und ein breites, trotzig vorgeschobenes Kinn. Doug Ramsey murmelte, er müsse sich ankleiden und huschte weg. Hartley und seine rote Haarflut näherten sich mir. Er ging zu einem herablassenden, pastoralen Ton über. »Ich habe mit Bedauern von dem traurigen Vorfall erfahren, Golda. Ich bete für Sie.«

»Ah«, sagte ich verlegen. »Vielen Dank.«

Kanonikus Montgomery zog das Kinn ein und wich vor Mitchell Hartley zurück, als wäre er plötzlich mit einer besonders giftigen Pflanze in Berührung gekommen. Mitchell Hartley wandte sich mir zu und zog eine orangerote Augenbraue hoch.

»Ich heiße Goldy Bear«, sagte ich bekommen. »Ich glaube nicht, daß wir uns kennen. Ich besuche meistens diesen Gottesdienst, nicht den –«

»Ja«, sagte er ungeduldig. »Das weiß ich.«

»Angenehm«, brachte ich stockend heraus. »Jetzt möchte ich mich gern verabschieden –«

»Sie sind die Frau, die *Partylieferantin*«, sagte Mitchell Hartley mit einem bitteren Lächeln, »die Theodore Olson in den Ausschuß berufen hat. Und Sie haben eben diesen tragischen Verlust erlitten ...«

»Ah, ja, das stimmt.«

Kanonikus Montgomery räusperte sich und blähte die Brust. »Miss Bear ist ein hochgeachtetes Mitglied unserer Gemeinde. Sie vertritt die Frauen aus der Basis, sozusagen. Ich habe sie in einem meiner Seminare für Kindergottesdiensthelferinnen unterrichtet. Aber vermutlich kann sie an unseren Sitzungen in der nächsten Woche nicht teilnehmen, denn sie steckt in einer Krise.«

Mitchell Hartley schnaubte, reckte das breite Kinn und kniff die leuchtendblauen Augen zusammen, als er mich ansah. »Das ist jammerschade. So gutaussehende Prüfer haben wir selten.«

Weil wir in der Kirche waren, unterließ ich eine unflätige Bemerkung. Allmählich ging mir auf, warum Pfarrer Olson Mitchell Hartley im letzten Jahr hatte durchfallen lassen. Und langsam dämmerte mir, daß es vielleicht nicht gerade ein Vergnügen war, dem Prüfungsausschuß anzugehören.

Während wir uns unterhielten, strömten Gemeindemitglieder durch die Tür herein und sahen sich erwartungsvoll um. Als sie einen ins Gespräch vertieften Pfarrer im Meßgewand erblickten, wirkten sie beruhigt und setzten sich auf die Kirchenbänke. Doug Ramsey tauchte aufgeregt, aber angekleidet auf, während der Teenager, der als Kreuzträger fungierte, mit dem viktorianischen Kreuz herumfuchtelte. Wie aufs Stichwort ertönten die ersten Orgelklänge – die vertrauten Akkorde von »Allen Menschen, allen Völkern«.

»Wo ist das Vorspiel geblieben?« kreischte Doug Ramsey.

»Wo ist ›Lobt Gott, den Herrn der Herrlichkeit‹ geblieben?« fragte Kanonikus Montgomery. Seine weißen Augenbrauen furchten sich in jähem Zorn. »Was wird in St. Luke denn eigentlich gespielt?«

»Sie beide haben offenbar in dieser Gemeinde nicht viel zu sagen«, murmelte Mitchell Hartley. Seine Augen glitzerten.

Ich entfernte mich unauffällig.

Sobald ich in einer Kirchenbank saß, sah ich mich nach Boyd um. Er saß hinten, den Blick auf den Altar gerichtet. Kanonikus Montgomery übernahm würdig die Rolle des Zelebranten, obwohl die Verärgerung über seinen Mangel an Autorität unter seinem gelassenen Äußeren zu brodeln schien. Wenn er Musik wünschte, nickte er Zelda an der Orgel streng zu. Es war klar, daß er nicht riskieren wollte, einen umstrittenen Choral anzukündigen. Der neu eingestellte Organist ließ sich nicht wieder blicken.

Während des Gottesdiensts kämpfte ich gegen die wachsende Sorge um Tom an. Ich stellte mir vor, er habe Schmerzen; ich sah ihn im Sarg. Ich schüttelte den Kopf, räusperte mich und versuchte zu singen. Das erwies sich als unmöglich. Ich blätterte wahllos im Gesangbuch. Beim Rascheln der Seiten drehten sich Leute stirnrunzelnd nach mir um. Ich griff schnell nach vorn, wollte das Gesangbuch in die Halterung zurückstellen. Es klatschte auf den Steinboden, was mir weitere mißbilligende Blicke einbrachte, darunter auch die finstere Miene Montgomerys.

Montgomery zog mit einem kurzen, theatralischen Schweigen vor der Predigt meine Aufmerksamkeit wieder auf sich. »Ich weiß, daß etliche unter Ihnen gekommen sind, um sich an den ... Versen zu erfreuen, die ich gelegentlich verfasse, deshalb gestatte ich mir, Ihnen einige Proben vorzutragen.« Er räusperte sich, tätschelte sich den Mittelscheitel und blähte wieder die Brust. Ich preßte die Lippen zusammen.

»Oh Herr!« intonierte Montgomery. »Wie in Ekstase wir geraten/gedenkend deiner Wundertaten!« Er machte eine Pause und hob dann die Stimme zu einem Donnern. »Doch wahrhaft kehrst du bei uns ein/erscheinst du uns in Brot und Wein!/Drum bitten wir dich allermeist/um Vater, Sohn und Heilgen Geist!«

Es muß am Streß gelegen haben. Ein unwiderstehlicher Lachreiz schüttelte mich. Montgomery stürmte durch das Kirchenschiff, die Schultern starr vor Wut.

»Sind Sie *immer* so respektlos?« brüllte er. Sein fleckiges Gesicht war jetzt zu ungesunder Scharlachröte angelaufen und kam meinem bebend nahe.

Ich sagte leise: »Nein. Entschuldigen Sie.«

Montgomerys Gesicht wich langsam von meinem zurück. Er erinnerte mich unwillkürlich an eine riesige, wütende Schildkröte, die unvermittelt beschlossen hat, sich in ihren würdigen Panzer zurückzuziehen. Der Panzer war im Augenblick das eindrucksvoll wallende rote Meßgewand des Kanonikus – eigentlich das Pfarrer Olsons. Montgomery machte kehrt und schien sich zur Selbstbeherrschung zu zwingen. Im lang anhaltenden Schweigen marschierte er majestätisch mit wehendem scharlachroten Meßgewand und steifen Schultern zur Kanzel zurück. *Hey!* hätte ich ihm am liebsten nachgerufen. *Ich habe gedacht, Sie mögen mich!*

Ich fragte mich, was Boyd über seine Einführung in die Episkopalkirche dachte. Die ergrauenden Köpfe in der Gemeinde wandten sich einander zu, verwirrt über das Ausbleiben von Anweisungen. Etliche bedachten mich mit Seitenblicken. Ich ignorierte sie. Kanonikus Montgomery stand unverwandt vor dem Altar, mit dem Rücken zu uns. Doug Ramsey räusperte sich verzweifelt, sah Montgomery an, auf Anweisungen wartend, bekam keine und fing widerstrebend mit den Fürbitten an. Ich war mit den Gedanken woanders. Noch nie war ich von einem Pfarrer angeschrien worden, nur von meinem gewalttätigen Exmann.

In Demut bitten wir dich, o Herr, tröste in deiner Güte alle, und stehe ihnen bei, die in diesem vergänglichen Leben Not erleiden, Trauer, Krankheit und Bedrängnis.

Tom Schulz hatte an dem Abend der ersten Nacht, in der wir miteinander geschlafen hatten, eine wunderbare Schokoladentorte mit Himbeeren für mich gebacken.

»Tom!« sagte ich mit einem leisen Stöhnen, dann lief

ich rot an, als mich weitere mißbilligende Blicke musterten. Wieder bereute ich, daß ich zu diesem Gottesdienst gekommen war.

Herr, gedenke auch deiner Diener und Dienerinnen, die uns mit dem Zeichen des Glaubens vorangegangen und in Frieden entschlafen sind; wir bitten dich, o Herr, gedenke deines Dieners Theodore Olson. Viele Gemeindemitglieder schnüffelten und hüstelten. George Montgomery bekreuzigte sich langsam. Lucille Boatwright kniete, steif und mit steinernem Gesicht.

Dann waren die Fürbitten abgeschlossen, und die Ministranten eilten mit den Opfertellern herbei. Zelda Preston warf einen Blick hinter der Orgel hervor und kündigte den Opferungschoral an. Montgomery, endlich in die Wirklichkeit zurückgerissen, sprach die Darbietungsworte, während Zelda ihr Orgelsolo anstimmte und Marla neben mich in die vorletzte Kirchenbank schlüpfte. Eine Parfümwolke mit Rosenduft hüllte sie ein.

»Gütiger Gott! Hat der Kanonikus den Verstand verloren oder was?« zischte sie mit gesenkter Stimme. »Wie auch immer, *ich* glaube, Episkopalier bitten allermeist/um Frühstück, Vater, Sohn und Geist. Meinst du nicht auch?«

»Bitte, lass' das.« Mir war schwindlig. »Ich hab' gedacht, du kommst in den späteren Gottesdienst.«

»Meistens mach' ich das auch, nicht weil ich eine Charismatikerin wäre und an die Gaben des Geistes und so weiter glaubte. Tatsächlich glaube ich an die Gabe des Schlafes. Aber ich bin früh aufgewacht und hab' bei dir zu Hause angerufen, um zu hören, ob es was Neues gibt. Arch hat gesagt, du bist in der Kirche, und ich hab' mir Sorgen um dich gemacht, deshalb bin ich gekommen.

Und die Sorgen um dich hab' ich mir mit Recht gemacht. Ich bin hereingekommen, als dieses Maschinengewehr Gottes dir ins Gesicht gebrüllt hat. Ich hab' drauf gebrannt, daß dieser Bulle hinter dir seine Waffe zieht oder sonst was unternimmt, aber eben hab' ich gehört, wie sein Pieper losgegangen ist, und jetzt ist er fort –«

Ehe sie aussprechen konnte, quetschte ich mich an ihr vorbei aus der Kirchenbank und rannte durch das Kirchenschiff. Ich lief an den Kindergottesdiensträumen vorbei zum Chorraum. Die Tür ging eben zu; mit einem Satz war ich dort und zog sie auf.

Boyd sprach schon in den Hörer. Er hob einen Finger, als ich den Mund aufmachte und fragen wollte, was los sei. Dann schüttelte er den Kopf.

»Okay«, sagte er. »Bob Preston, verstanden. Wie schnell können Sie mir einen Wagen zur Kirche schicken? Hervorragend.«

Boyd legte den Hörer auf. Mein Herz pochte wild.

»Machen Sie sich nur keine zu großen Hoffnungen«, sagte er zu mir, als er mein Gesicht sah. Mein Herz rutschte auf einen neuen Tiefpunkt. »Wir glauben, daß Schulz am Leben ist. Wir haben das Auto gefunden, mit dem er weggefahren ist. Es steckt in einem Straßengraben in der Nähe des Deer Creek Canyon.«

»O Gott –«

Boyd seufzte schwer und kratzte sich den dunklen Bürstenschnitt. »Es ist ein Nissan mit Vierradantrieb, kein Lieferwagen. Mit LW muß er die Buchstaben auf dem Nummernschild gemeint haben. Das Fahrzeug gehört der Diözese Colorado.«

9

Ich packte die Stange mit den Kleiderbügeln für die Chorgewänder. »Sie wissen nicht, wo er ist?«

»Noch nicht. Vom Auto weg führen keine erkennbaren Fußspuren. Der Entführer muß ein weiteres Fahrzeug dort geparkt gehabt haben.«

Schmerz stach in meinen Kopf, und in meinem Hals bildete sich ein riesengroßer Kloß. Ich konnte die Fakten nicht akzeptieren, von Boyd mit der Sachlichkeit vorgetragen, die ich inzwischen hätte gewöhnt sein müssen. Ich sagte: »Das Fahrzeug gehört der *Diözese Colorado*? Wissen Sie, wer es gefahren hat? Ist das Fahrzeug gestohlen worden? Woher wissen Sie, daß Tom –«

Boyd schob sich ein Streichholz in den Mund und lehnte sich an die Wand. Er schickte sich an, die Fakten an den Fingern abzuzählen. »Erstens glauben wir, daß Schulz im Fahrzeug war, weil wir wieder Sachen von ihm gefunden haben.«

»Sachen von ihm? Was war es diesmal?«

Boyd verlagerte das Gewicht und sah skeptisch aus.

»Bitte«, flehte ich, »sagen Sie es mir.«

»Na ja, wir glauben, daß wir unter dem Vordersitz seine Socken gefunden haben.«

»*Was?*« Schließlich war Boyd kein Witzbold.

»Hören Sie, Goldy, es war genauso wie am Bachufer. Schulz ist hingefallen, wurde gestoßen, hat sich verletzt, war voller Schlamm. Aber gleichzeitig hat er Sachen verstreut, damit wir einen Anhaltspunkt haben, hat versucht, eine Spur zu legen, wie das in solchen Situationen von uns erwartet wird. Stellen Sie sich jetzt also vor, er sitzt in dem Nissan. Auf dem Rücksitz, gefesselt.« Beim Gedanken daran, daß Tom gefesselt und vielleicht auch geknebelt worden war, stieg ein Stöhnen in mir auf, das ich aber unterdrückte. »Er kann die Füße bewegen, also streift er die Schuhe und die Socken ab, schiebt die Socken unter den Vordersitz und schlüpft wieder in die Schuhe, damit die Person, die ihn entführt hat, nichts merkt.«

»Woher wissen Sie, daß es seine Socken sind?«

Boyd kaute auf dem Streichholz herum und verschränkte die Arme. »Weil er außerdem seinen Collegering zwischen die Rücksitze geschoben hat. University of Colorado, mit seinen Initialen und dem Datum. Hören Sie, ich muß weg.«

»Aber … er trägt diesen Ring so gut wie nie. Und Sie haben doch gesagt, daß er verletzt war, daß er gehumpelt hat oder so, wie konnte er da …?«

»Sieht danach aus, als wäre auf einem Socken Blut gewesen. Und ich vermute, er hat den Ring wegen der Hochzeit getragen.« Er zuckte die Achseln.

Es war zu viel. Ich starrte aus dem Chorraumfenster in den kalten Morgenhimmel. Die Wolkenfetzen vom frühen Morgen waren dichter geworden und hatten den Himmel zugezogen. Die Sonne war verschwunden.

Er sagte: »Ich muß nach draußen und auf den Streifenwagen warten. Die haben mich bei Ihnen zu Hause abgesetzt, und jetzt heißt es, sie brauchen mich und holen mich ab.«

»Gut, gehen wir«, sagte ich und führte ihn durch die Tür hinaus, durch die Marla mich am Vortag hinausgeschleust hatte, als wir dem Chaos meiner geplatzten Hochzeit entkommen wollten.

Als wir draußen waren, sagte er: »Wissen Sie noch, daß ich sie nach Agatha Preston fragen wollte?«

»Ja, Entschuldigung, sie hat mich gestern angerufen, völlig hysterisch. Wollte wissen, ob ich ihn gesehen hätte.«

Boyd zog seinen treuen Notizblock aus der Hosentasche. »Sprechen Sie weiter«, kommandierte er, als wir auf den verschneiten Parkplatz zugingen. »Ob Sie wen gesehen haben?«

»Passen Sie auf«, sagte ich, als wir uns der Baustelle des Kolumbariums näherten. »Wir müssen um die Gräben herumgehen.«

Wir zogen unter dem niedrigen Vorsprung des Kirchendachs die Köpfe ein und quetschten uns nacheinander durch den schmalen Durchgang zwischen den Sägeböcken und der Kirchenecke. Die Gräben, für die Aufnahme von Urnen bestimmt, hatten sich mit an den Rändern vereisten Tümpeln gefüllt; es sah danach aus, als wäre der ungenehmigte Bau unerwartet auf Grundwasser gestoßen. Boyd fragte angespannt: »Agatha wollte wissen, ob Sie wen gesehen hätten?«

»Aber das weiß ich eben nicht«, protestierte ich. »Ich habe keine Ahnung, ob sie Tom oder Pfarrer Olson meinte, und dann hat ihr Mann ihr den Hörer weggenommen und mitten im Gespräch mit mir aufgelegt.«

»Ihr Mann hat mitten im Gespräch mit Ihnen aufgelegt? Bob Preston?« Als ich nickte, sagte Boyd: »Er leitet den Diözesanausschuß für Ferienlager und Konferenzen. Angeblich hat er Zugang zu den Schlüsseln für diesen Nissan. Das Auto stand in der Garage auf der anderen Straßenseite –«

»Moment.« Natürlich kannte ich das Auto; ich hatte es oft in der Garage neben dem Hymnal House gesehen, als ich im Sommer das Essen für eine Konferenz von Kirchenmusikern geliefert hatte. »Gestern morgen. Die Schlüssel zum Konferenzzentrum waren verschwunden, als wir das Büfett für den Hochzeitsempfang aufbauen wollten. Es ist ein Riesenschlüsselbund. Vielleicht hingen die Autoschlüssel ja dran.«

Boyds Stimme klang jetzt entnervt. »Ich habe gedacht, *diese* Schlüssel hatte die Altargilde, und die Autoschlüssel hatte Preston.«

»Sie haben die Gelegenheit, Bob Preston danach zu fragen. Hier kommt er.« Ich deutete auf einen schimmernden, goldfarbenen Audi, der eben neben dem Bach hielt. Im selben Augenblick flog die Kirchentür krachend auf. Lucille Boatwright kam heraus, erpicht auf ihre Beute. Leider war ihre Beute dieses Mal Officer Boyd. Die schwere Holztür fiel krachend zu, als Lucille auf ihn zusegelte und den Ärmel seiner Lederjacke wie mit einer Kneifzange packte.

»Warum haben Sie den Gottesdienst vorzeitig verlassen?« wollte sie schrill wissen. Hinter ihr schob sich Mitchell Hartley durch die Kirchentür und kam rasch herüber zu Boyd und Lucille. Boyd befreite sich aus Lucilles Umklammerung und steckte den Notizblock ein. Lucilles Stimme wurde lauter. »Was haben Sie herausgefunden?«

Boyd fing an: »Die Ermittlungen sind Sache der Polizei –«

»Ach, nehmen Sie Lucille gar nicht zur Kenntnis«, mischte Mitchell sich ein, halb im Scherz, halb abfällig. »Ihr ist ganz gleich, wer angeblich bei irgendeiner Sache das Sagen hat, denn mit der Zeit ist sie sowieso der Boß. Habe ich etwa nicht recht?«

Langsam wandte sich Lucille Boatwright Mitchell Hartley zu. Ich konnte spüren, wie die Lava hochstieg. Weil der Gottesdienst zu Ende war, kamen andere Gemeindemitglieder heraus. Etliche trugen schiefe Pappteller, allesamt beladen mit den Zimtschnecken, die ich mitgebracht hatte. Die Leute musterten Boyd, Lucille, Mitchell und mich, während sie so taten, als stocherten sie mit winzigen Plastikgabeln an den Schnecken herum. Kanonikus Montgomery kam als letzter aus der Kirche und schritt wichtigtuerisch auf uns zu.

»Vielleicht fragen Sie sich, Mitchell Hartley«, fing Lucille in einem derart eisigen Ton an, daß ich spüren konnte, wie mir der kalte Schweiß ausbrach, »*warum* es Ihnen nicht gelungen ist, Pfarrer zu werden, aber Sie haben genau deshalb versagt, weil Sie sich immer so aufführen wie gerade eben. Wer würde Sie schon zum Pfarrer haben wollen? *Ich* ganz bestimmt nicht.«

Mitchell Hartley beugte sich über Lucille. Sein Gesicht war kreideweiß, und seine leuchtendblauen Augen glänzten unheilverkündend. Er sagte laut: »Sie würden *Jesus* nicht zum Pfarrer haben wollen.«

Lucille Boatwright blieb der Mund offenstehen. In gebieterischem Ton erkundigte sich Montgomery: »Mitchell, sollten Sie sich nicht auf die Prüfung vorbereiten?«

In diesem Augenblick bemerkte ich, daß Officer Boyd das Zellophan von einem unangebrochenen Päckchen

Zigaretten abriß. Während Lucille Boatwright, Kanonikus Montgomery und Mitchell Hartley sich gegenseitig wütend anstarrten, zündete sich Boyd eine Zigarette an und inhalierte tief. Neben ihm hüstelte der eben eingetroffene Bob Preston leicht. Er war nach der für Aspen Meadow typischen Mode gekleidet: Der große Mann, der mich wie immer an einen Gockel erinnerte, trug eine Fransenlederjacke, ein kariertes Flanellhemd mit einer Navajo-Bolokrawatte und maßgefertigte Cowboystiefel. Agatha stand in einem langen schwarzen Mantel stumm neben ihm.

Mitchell Hartley spuckte förmlich, als er mit Lucille sprach. »In dieser Gemeinde ist Jesus der Boß, Lucille, nicht *Sie.*« Den Kanonikus knurrte Mitchell an: »Der Herr wird mir bei den Prüfungen beistehen, George.«

»Für Sie immer noch Kanonikus Montgomery, junger Mann, wenn ich bitten darf.« Montgomerys Haut hatte eine ungesunde Röte angenommen.

»Herrje«, sagte Marla, die plötzlich neben mir aufgetaucht war. »Wird auf dem Parkplatz der Episkopalkirche ein bißchen Krieg gespielt? Die Erwählten des Herrn liegen im Streit, vor den Augen der Welt?«

»Geh doch hin und bring sie zur Vernunft«, sagte ich verzweifelt zu ihr. Die Feindseligkeit zwischen Lucille, Montgomery und Hartley war inzwischen hochexplosiv. »Ich muß mit Boyd sprechen.«

»Soll das ein Witz sein?« rief sie in gespieltem Entsetzen. »Lucille hat mich schon gebeten, für Olsons Beerdigung morgen fünfhundert Plätzchen zu backen. Ich habe nein gesagt, also hab' ich bei ihr verschissen.«

»Marla!«

»Ich hab' ganz vergessen, daß wir vor der Kirche stehen.«

Ein Streifenwagen vom Büro des Sheriffs hielt an der Einfahrt zum Parkplatz hinter den Reihen anderer Autos und stand wartend dort herum. Boyd nahm einen letzten Zug an der Zigarette und warf sie zu Boden.

»Ich muß mit Ihnen sprechen«, sagte er zu Bob Preston, »sobald ich etwas anderes erledigt habe. Verlassen Sie die Kirche nicht.«

Bob Preston riß verständnislos die Augen auf, als Boyd schnell auf das Polizeiauto zuging. Ich rannte hinter ihm her.

»Bitte«, flehte ich, als ich ihn eingeholt hatte, »sagen Sie mehr darüber, wo Toms Spur gefunden worden ist. Sieht es danach aus, als könnte er schwer verletzt worden sein? Was könnte passiert sein?«

Boyd hielt den Blick auf den Streifenwagen gerichtet, während er eilig ausschritt. »Sie haben mir gesagt, im Auto war eine kleine Menge Blut, die Vinylsitze hatten ein paar Dellen und Risse, was auf einen Kampf hindeuten könnte. Ich will mir das jetzt gleich mal ansehen. Wie es aussieht, ist Schulz noch am Leben. Wir wissen nur nicht, warum.«

»Erklären Sie mir, was Sie damit meinen«, bettelte ich.

Boyd schlängelte sich durch die erste Autoreihe; ich folgte ihm. Er sagte: »Jemand bringt einen Pfarrer um. Ehe der Pfarrer stirbt, gibt er einem Polizisten gegenüber eine Erklärung ab. Falls das Opfer in einer solchen Erklärung den Mörder identifiziert, hat das vor Gericht Bestand. Dann wird Schulz von dem Mörder entführt. Warum? Warum bringt der Mörder Schulz nicht auch einfach um? Er ist der einzige lebende Mensch, der ihn identifizieren kann.«

»Ich habe nicht die geringste Ahnung«, sagte ich hilflos.

»Ich vermute, daß Schulz etwas weiß«, sagte Boyd, während er den Bauch einzog, um sich an einem geparkten Volvo vorbeizuquetschen. »Oder zu etwas Zugang hat. Zu etwas, was der Mörder will. Es könnte einfach Schulz' Notizblock sein. Es könnte der Verbleib der verschwundenen Perlen sein. Der Graben, in dem wir das Auto gefunden haben, liegt in der Nähe einer nicht einsehbaren Kurve im Deer Creek Canyon. Es sieht so aus, als hätte Olsons Mörder die Tat gut geplant. Natürlich bis auf die Tatsache, daß Schulz dazugekommen ist. Vielleicht hat der Mörder das Kirchenauto benützt, weil er Angst hatte, sein eigenes Auto könnte erkannt werden. Weil das Auto der Diözese gehört, müssen wir davon ausgehen, daß die Person, nach der wir suchen, mit der Kirche in Verbindung steht. Okay. Schulz ist also gestern unerwartet bei Olson aufgetaucht, und gehen wir einmal davon aus, daß der Täter ihn nicht auf dem Grundstück des Pfarrers umbringen wollte, warum hat er Schulz dann nicht später umgebracht und einfach in den Canyon geworfen? Warum hat er ihn am Leben gelassen?«

»Warum?« echote ich, als ich einen Mercedes streifte und mein Kostüm mit Schlamm beschmierte.

»Hören Sie, was auch der Grund sein mag, beten Sie lieber, daß Schulz weiß, wie er den Mörder in Schach halten kann. Sobald der Täter hat, was er will, ist die Uhr für uns alle abgelaufen – für Sie, mich, das Büro und für Schulz.«

Wir erreichten das Polizeiauto. Der Motor lief auf Hochtouren.

»Ich muß weg«, sagte Boyd, als er die Tür aufmachte. Er blieb stehen und salutierte mir. »Wir bleiben in Kontakt.«

Diese Worte, ein halbes Versprechen, ein halber Befehl, hingen in der eisigen Luft, als der Streifenwagen abgefahren war. Boyd war meine einzige Verbindung zu Tom Schulz, und es war mir gar nicht recht, daß er wegfuhr. Ich wollte, daß der ernsthafte, birnenförmige Ermittler in der Suche nach Tom aufging und nicht von neurotischen Gemeindemitgliedern und ihren idiotischen Streitereien dazu getrieben wurde, wieder mit dem Rauchen anzufangen.

Ich stand vor den Autoreihen. Auf keinen Fall wollte ich zurück zum Kircheneingang und den vielen Leuten mit ihren forschenden Blicken und neugierigen Fragen gegenübertreten. Ich wirbelte herum und ging um die Rückseite der Kirche zum Pfarrbüro von St. Luke. Nach wenigen Augenblicken starrte ich das gelbe Band an, das die Polizei vor dem verwüsteten Büro angebracht hatte. Ich wollte unbedingt in Olsons Büro und mich umschauen, aber ich wußte, daß Boyd einen Wutanfall bekommen hätte. Außerdem war es illegal.

Na schön, sollte er doch einen Wutanfall bekommen. Ich rannte die Treppe hinauf, kroch unter dem gelben Band durch und rüttelte heftig an der morschen Tür, bis sie offen war. Ich ging schnell durch zu Olsons Büro. Auf der Schreibtischunterlage steckte ein Stapel Briefe und Zettel auf einem Dorn. Ich unterdrückte meine Gewissensbisse und ging die Papiere durch. Rechnungen und Reklame, gedruckte Gemeindebriefe, eine Liste von Telefonnummern, zwei Briefe an Olson von Freunden. Ob hier ein Terminkalender sein mochte, in dem stand, mit wem sich der Pfarrer am Samstag vor der Trauung hatte treffen wollen? Dann fiel mir wieder ein, was Tom Schulz zu mir gesagt hatte, als er an einem Mordfall arbeitete: daß die Ermittler sich im Büro eines Opfers umschauten, um Beweismaterial zu sammeln und daß sie vor allem nach dem Terminkalender des Opfers suchten. Falls der Kalender hier gewesen sein sollte, war er es jetzt nicht mehr. Die Polizei hatte ihn bestimmt mitgenommen.

Moment. Hatte ich etwas gehört? Ich stand reglos da und hielt den Atem an. Die Waschbären? Nein. Kam jemand? Die Augenblicke verstrichen, während meine Angst wuchs. Ich sah aus dem Fenster. Da war niemand.

Mit klammen Händen durchstöberte ich den Aktenstapel, den der Vandale auf den Boden geworfen hatte. Nirgends ein Aufkleber mit der Aufschrift P.R.A.Y. Ich nahm den Ordner hoch, auf dem *Diözese* stand.

Der Pfarrer, der alles aufhob, hatte es nicht für nötig gehalten, irgend etwas aus den dicken, vollgestopften Ordnern wegzuwerfen; das galt auch für den hier. Er war bis zum Bersten angefüllt mit bischöflichen Rundschreiben aus den letzten drei Jahren. Er enthielt außerdem Benachrichtigungen über Konferenzen und Sitzungen, Rücktrittserklärungen von Pfarrern und andere kirchliche Verlautbarungen, die auf den ersten Blick nichtssagend für mich waren. Ich konnte nicht feststellen, ob etwas entfernt worden war, zum Beispiel etwas im Zusammenhang mit der Petition *Schluß mit dem Gedudel.* Im Augenblick konnte ich mir nicht mehr als eine flüchtige Durchsicht gestatten, denn es wäre nicht gerade angenehm gewesen, wenn ich beim Durchstöbern der verwüsteten Akten unseres ermordeten Pfarrers erwischt worden wäre. Wieder lauschte ich – ob Türen aufgingen, ob jemand näherkam –, aber dieses Mal begrüßte mich nur bedrückende Stille.

Ich steckte die Briefe und Zettel vom Schreibtisch in den dickleibigen Aktenordner mit der Aufschrift *Diözese* und legte ihn beiseite. Ich ging einen Stapel nach dem anderen durch, bis ich auf die Akte *Theologischer Prüfungsausschuß* stieß, die ich aufhob. Pfarrer Hamster Olson war der Leiter des Ausschusses gewesen, und die Akte war dementsprechend schwer. Sie enthielt alte Prüfungsarbeiten, Ankündigungen von Sitzungen mit Tagesordnungen, Prüflingslisten aus vergangenen Jahren, Olsons Brief an den Bischof, in dem er ihn von meiner Berufung in den Ausschuß unterrichtete, und als letztes eine kurze Aktennotiz der Diözese über die Panne beim Fotokopieren der Prüfungsarbeiten in der letzten Woche. Olson werde vom Diözesanbüro Bescheid bekommen, versprach die Aktennotiz, sobald die Prüfungsarbeiten zur Verfügung stünden.

Ich schlug den Aktendeckel zu. Durch das staubige Fenster sah ich, wie die Gemeinde sich auflöste, ehrfurchtsvoll hellgrüne Palmwedel in den Händen. Sie hatten die Leckereien vertilgt, die zum Kaffeeklatsch angeboten wurden, und gingen zu ihren Autos. Der Acht-Uhr-Gottesdienst war vorüber, und ich hatte nicht das geringste herausgefunden.

Jemand, der in Verbindung zur Kirche steht.

Ich schob die Aktendeckel *Diözese* und *Theologischer Prüfungsausschuß* in zwei Bücher Olsons: in eine dicke Bibel und einen großformatigen Band über kirchliche Feiertage. Mit den schweren Büchern beladen, schloß ich lautlos die Tür des kleinen Gebäudes und ging zurück, wie ich gekommen war, um die Rückseite der Kirche herum zum Parkplatz. Mit etwas Glück würde ich die Bücher unbemerkt in meinem Lieferwagen verstauen können. Meine Finger fuhren über die abgewetzten Ledereinbände. Ich fragte mich, ob ich verdächtig aussähe. Schließlich ist es kein alltäglicher Anblick, daß Partylieferantinnen dickleibige religiöse Schwarten mit sich herumschleppen.

Draußen mischten sich die kühle Brise und die plätschernde Strömung des vom Schnee angeschwollenen Cottonwood Creek mit dem Brummen abfahrender Autos. Ehe ich meinen Lieferwagen erreichte, rief jemand hinter mir: »Huhu! Goldy? Die Frau aus der *Basis*?« Im selben Augenblick ertönte von der Straße her ein donnernder Lärm. Ich fuchtelte wild mit den Armen und ließ das Buch über die kirchlichen Feiertage fallen. Papiere zerstreuten sich über den Boden. Mit einer schnellen, linkischen Pirouette gelang es mir, die Bibel festzuhalten, weil ich abergläubisch befürchtete, es bringe Unglück, wenn sie den Boden berühre, wie beim Schwenken der Flagge. Mitchell Hartley sprang aus seinem Versteck und hätte mir fast den Blick auf die näherkommende Kavalkade dröhnender Motorräder versperrt. Ich sah Hartley wütend an, dessen bleiches Gesicht einen krassen Kontrast zu seiner roten Haartolle zu bilden schien. Dann warf ich einen finsteren Blick auf die überall im Schlamm zu meinen Füßen verstreuten Papiere. Zum Teufel mit Hartley. Zornig ging ich in die Knie und versuchte unbeholfen, die Papiere aufzuheben.

»Helfen Sie mir nicht«, sagte ich böse, obwohl er gar keinen Versuch unternahm, mir behilflich zu sein. »Das ist alles streng vertraulich.«

Ich schaute auf, um mich zu vergewissern, daß er sich nicht einprägte, was für Papiere ich aus Pfarrer Olsons Büro entwendet hatte. Aber Mitchell Hartley blickte hinüber zu der lauten Parade auf der Straße am Bach. Die Rocker waren unterwegs zum Grizzly Saloon in der Main Street. Das gehörte zu einem Frühlingsritual und hätte mich eigentlich nicht überraschen dürfen. *Das ist das Ausschwärmen der Harley-Davidsons,* hatte sich Tom Schulz begeistert darüber geäußert. *Sobald das Wetter warm ist, wird Aspen Meadow der Sammelpunkt ganzer Schwärme von kräftigen Burschen in schwarzem Leder, mit verspiegelten Sonnenbrillen, Stirnbändern, Pferdeschwänzen und einzelnen Ohrringen. Die machen einen solchen Krach, daß man Knallkörper abschießen könnte, ohne daß jemand es merkt.* Leider schien die einzige Teilnahmebedingung für die Motorräder darin zu bestehen, daß alle Auspüffe entfernt wurden, ehe sie nach Aspen Meadow aufbrachen.

»Wow! Es haut mich immer völlig um, wenn in unserem Bergkaff so was los ist! Wie auf einer Rollbahn für Jets!« brüllte Mitchell Hartley über mir. Ich schlug das Buch über die Feiertage auf, schob schnell die letzten feuchten, dreckigen Papiere zwischen trockene, stopfte alles in das Buch und stand wacklig auf. Die Sonne kam hinter den Wolken hervor. Im plötzlich strahlenden Licht glänzte Mitchell Hartleys auffälliges orangerotes Haar; seine dunkelblauen Augen musterten erst die Bücher in meinen Händen und dann mein Gesicht. »Gibt's was Neues?« fragte er, zu fröhlich für meinen Geschmack.

Ich hob über das Donnern der Motorräder hinweg die Stimme. »Entschuldigung. Mitchell, warum haben Sie nach mir gerufen?«

Als er lächelte, erinnerten mich seine schiefen, weit auseinanderstehenden Zähne an etwas, was Tom mir gesagt hatte, als er mir erklärte, wie er Verdächtige abschätzte. *Menschen, die arm aufwachsen, haben schlechte Zähne, Zähne, die entweder schief sind, weil sich kein Zahnarzt darum gekümmert hat, oder die wegen schlechter Pflege ganz fehlen.*

»Ich bin zum Lernen zeitig in das Konferenzzentrum gekommen«, erwiderte Hartley mit noch unechterer Munterkeit. »Ich wohne neben einem Hundezwinger, Sie können sich den Krach dort nicht vorstellen. Ich weiche ins Hymnal House aus.« Er deutete vage in die Richtung des Konferenzzentrums von Aspen Meadow. »Dort ist es jetzt ruhig, ehe alle Welt hinkommt.«

Seine Verlegenheit in meiner Gegenwart äußerte sich abwechselnd als Arroganz oder als übertriebene Vertraulichkeit. Die Anstrengung, sich höflich zu geben, machte ihn nervös. Es war, als wartete er darauf, daß ich ihm sagte, er sei mir sympathisch, dieses Mal werde er die Prüfung bestehen, weil er Gott auf seiner Seite habe, alles werde bestens laufen. Aber sein Ärger wegen meiner von ihm unterstellten Macht über seine Karriere drang ihm durch jede Pore. Fast wäre aus mir herausgebrochen, ich sei wegen meines kulinarischen Sachverstands und nicht etwa wegen meiner Theologiekenntnisse in den Ausschuß berufen worden. Aber da war noch etwas.

Die Rocker donnerten weiter an uns vorbei. »Mitchell, wie sind Sie denn überhaupt ins Hymnal House hineingekommen? Gestern morgen, als wir versucht haben, wegen des Empfangs hineinzukommen, war es abgeschlossen, und –« Die Motorräder übertönten mich. Ich verstummte.

»Das Haus war offen«, verteidigte er sich. »Was für ein Empfang war das?«

Das letzte Motorrad dröhnte vorbei. Ich hatte Hartley wie alle Gemeindemitglieder zu unserer Hochzeit eingeladen. Aber weil er geantwortet hatte, er könne nicht kommen, faßte ich kurz zusammen, daß die Zeremonie gestern wegen des Mords an Olson verschoben worden war. Und daß Tom verschwunden sei. Aber das wisse er doch alles. Hartley teilte mir mit, jemand habe die Neuigkeiten über Schulz an die Gebetskette der Gemeinde und der Diözese weitergeleitet.

Er zog die Stirn in Falten; die rote Tolle bebte unheilverkündend. Er ging schnell in einen pastoralen Ton über und sagte: »Goldy, haben Sie die Suche nach Ihrem Verlobten in die Hände des Herrn gelegt?«

Ich erwiderte gelassen: »Ich habe die Suche in die Hände der Polizei gelegt.« Sein Zusammenzucken hätte mich fast zum Lachen gebracht. »Mitchell. Wer hat dafür gesorgt, daß Sie ins Hymnal House konnten? War das, bevor Sie das mit Pfarrer Olson erfahren haben, oder nachher? Es wirkt einfach so unheimlich«, fügte ich nachdenklich hinzu, mit gleichermaßen in Falten gelegter, gleichermaßen pastoraler Stirn.

Mitchell Hartley berichtete, wie er vom Mord an Olson erfahren hatte: Gestern abend hatte er bei Olson angerufen, um zu hören, wann die Prüfungen anfingen, aber es hatte sich niemand gemeldet. Enttäuscht rief er daraufhin Montgomery an, Olsons Stellvertreter als Leiter des theologischen Prüfungsausschusses. Montgomery teilte ihm unter Tränen mit, was er vom Bischof erfahren hatte: daß Olson von einem Eindringling erschossen worden war. Selbstverständlich, fuhr Hartley fort, sei er ungeheuer betrübt über Pfarrer Olsons tragisches Ableben, obwohl es ihn andererseits mit Freude erfülle, daß Olson jetzt beim Herrn sei. Aber, gab Mitchell mit besorgter Stimme zu bedenken, als Kandidat für die Ordination müsse er außerdem unbedingt wissen, ob die Prüfung trotzdem stattfinde. Deshalb war er wie geplant – falls ich das wolle, könne ich das im Diözesanbüro nachprüfen – gestern abend ins Hymnal

House gekommen. Wie es meiner Erfahrung beim Liefern von Essen dorthin entsprach, hatte er keinen Augenblick lang daran gedacht, das Gebäude könne nicht offen sein, und offen sei es auch gewesen, weil jemand ein Fenster eingeworfen hatte.

»Ich habe ein Stück Pappe über die kaputte Scheibe geklemmt und das Haus verriegelt, als ich zu Bett gegangen bin«, sagte er zu seiner Verteidigung. »Aber heute habe ich nicht abgeschlossen, weil ich keinen Schlüssel habe.« Er zuckte die Achseln.

»Die Polizei ist auf dem Weg hierher«, sagte ich. Ich erwähnte nichts von dem stehengelassenen Diözesanfahrzeug, das gefunden worden war. »Vergessen Sie nicht, der Polizei zu sagen, daß Sie im Hymnal House wohnen.« Ich hatte die volle Absicht, Boyd selbst über Mitchell Hartleys unorthodoxe Einquartierung gegenüber der Kirche ins Bild zu setzen. Außerdem würde ich die Polizei darum bitten, beim Diözesanbüro zu überprüfen, ob er die Genehmigung dazu hatte. Als Hartley keine Anstalten zum Gehen machte, fügte ich hinzu: »Mitchell, ich bin völlig fertig von allem, was passiert ist, und ich muß nach Hause, nach meinem Sohn sehen und mich um das Essen kümmern –«

»Ich bin seit zehn Jahren in dieser Diözese.« Er kam näher an mich heran. Seine Stimme war plötzlich heiser vor Zorn.

»Vermutlich nimmt die Vorbereitung auf die Ordination viel Zeit in Anspruch …«

»Viel Zeit? Viel Zeit?« Die blauen Augen flammten. »Manche Leute sind nach drei Jahren ordiniert. So ist das in anderen Diözesen. Aber nicht in Colorado. Denen scheint es geradezu Spaß zu machen, die Leute warten zu lassen. Jedenfalls *bestimmte* Leute.«

Ich wollte unbedingt die Bücher mit den entwendeten Akten in meinem Lieferwagen verstauen, noch sehnlicher wünschte ich mir, dieses Gespräch zu beenden. Ich versuchte, ein verdrossenes Gesicht zu machen und die versetzte Braut zu spielen.

Ich sagte: »Ich muß jetzt los.« Er verstand den Wink nicht. Ich fügte hinzu: »Ich halte nichts davon, Leute warten zu lassen.«

Er reckte das Kinn und warf mir einen mißtrauischen Blick zu. »Ach ja?«

Ich wich zu meinem Lieferwagen zurück. Mitchell Hartley folgte mir hartnäckig. Ich hätte ihn am liebsten gefragt: *Haben Sie Ihre Wartezeit in die Hände des Herrn gelegt?* Aber ich wollte die Antwort nicht hören. Statt dessen trat ich den Rückzug eiliger an. Hartley, stets darauf erpicht, Eindruck zu schinden, hielt erbarmungslos mit mir Schritt. »Ich weiß, das Warten macht einen angeblich stärker«, sagte ich unverbindlich, »aber das hängt davon ab, auf wen oder auf was man wartet, nicht wahr? Wie heißt es in dem Psalm? ›Ich harrte des Herrn, und er neigte sich zu mir und hörte mein Schreien.‹ So etwa.«

Hartley hielt mühelos mit mir Schritt und warf einen Blick auf die Bücher in meinen Händen. Er schüttelte kaum wahrnehmlich den Kopf: Diese Frau legt die Psalmen falsch aus und hat die Suche nach ihrem Verlobten nicht in die Hände des Herrn gelegt. In einem bekümmerten, herablassenden Ton sagte er: »Selbstverständlich kenne ich den Psalm.« Wir hatten meinen Lieferwagen erreicht. Er lehnte sich gegen die Tür, damit ich nicht aufschließen konnte.

Ich holte tief Luft. »Ich habe gehört, daß es letztes Jahr nicht so gut für Sie gelaufen ist. Bei der Prüfung, meine ich.«

»Manche Fragen waren völlig entlegen«, erwiderte er gleichmütig. »Übrigens habe ich mich gefragt, mit welchen Fragen von Ihnen ich rechnen müßte. Das heißt, falls Sie kommen.«

Hmm. »Wie wär's«, sagte ich nachdenklich, »mit Eschatologie?« Vielleicht hatte Hartley einzigartige Erkenntnisse zu *Bis daß der Tod uns scheidet.*

»Über welchen Aspekt?«

»Über jeden.«

»Das ist nicht gerade eine große Hilfe.« Sein Blick war eisig geworden.

»Mitchell, bitte. Ich muß wirklich weg –«

»Hören Sie, Goldy, das mit Ihrem Polizisten tut mir wirklich leid. Ich möchte ja nur – ich will Ihnen etwas erzählen. Aber sagen Sie nicht weiter, daß Sie es von mir haben, okay?« Natürlich war ich sofort gespannt. »Was soll ich nicht weitersagen?«

»Ted Olson hat eine Art Doppelleben geführt. Er ... na ja, ich habe ihn in einem Restaurant in Denver gesehen, in der Nähe des Diözesanzentrums. Er war mit einer Frau dort. Ich wußte, daß er es sein mußte, weil sein schicker Mercedes da war, mit dem er immer herumgefahren ist. Dann habe ich gehört, daß er ein Verhältnis hat, daß der Bischof ihn abmahnen wollte. Sie hatten Briefe gefunden oder sonst was Belastendes.«

War das der Mitchell Hartley, der Boyd eifrig von einem hitzigen Streit zwischen Pfarrer Olson und Kanonikus Montgomery erzählt hatte? Was führte er jetzt im Schilde? Ich fragte: »Mit wem hatte Olson ein Verhältnis? Hat Ihr Informant das gewußt? Wie sah die Frau aus? Es verstößt nicht gegen das Gesetz, mit jemandem zu Mittag zu essen. Nicht einmal, wenn es sich um eine Frau handelt.«

Er ignorierte meine Schnodderigkeit. »Sie trug ein Kopftuch und eine Sonnenbrille. Das ist alles, woran ich mich erinnern kann. Ich habe einmal versucht, mit Ted darüber zu reden.«

»Und was hat er gesagt?«

»Er hat sich benommen, als ob ich ihn geschlagen hätte.«

»Sie haben nicht versucht, mit ihm über seine Prüfungsfragen zu sprechen, oder? Ich meine, weil er Sie schon einmal hat durchfallen lassen.«

Mitchell Hartleys blaue Augen verfinsterten sich; er kratzte mit einem langen, abgewetzten Schuh über den Schotter und machte zum Gehen kehrt. Über die Schulter weg sagte er schroff: »Ich habe geglaubt, daß ich mich auf Ted Olson verlassen kann. Aber mir wurde offenbart, daß das nicht stimmt.«

10

Ich hievte die gestohlenen Bücher und Akten in meinen Lieferwagen. Boyd glaubte, Schulz wisse etwas über den Verbleib von etwas, von etwas, was vielleicht Pfarrer Olson gehört hatte, ein *Etwas*, das der Mörder unbedingt brauchte. Und jetzt erhob dieser Musterkandidat für das Pfarramt, Mitchell Hartley, weitere Anschuldigungen, sprach über ein unerlaubtes Verhältnis, über gewisse Briefe und Dinge, die Gott ihm eingegeben hatte. Ich blieb einen Augenblick lang im Lieferwagen sitzen und versuchte nachzudenken. Wonach hätte Tom gefragt? Was wäre, wenn man einen Brief oder mehrere hätte oder unbedingt wissen müßte, wo etwas war? Wem hätte es etwas genützt, dieses Etwas in die Hände zu bekommen? Ich stellte mir plötzlich vor, wie Tom verhört wurde und dachte an Boyds Verdacht, da stecke noch etwas anderes dahinter. *Deshalb hat ihn der Mörder am Leben gelassen.*

Als ich in die Kirche zurückging, waren Zelda Preston und Lucille Boatwright in ein angeregtes Gespräch vertieft, das unvermittelt abbrach, als ich auftauchte. Ehe ich mir einen Grund ausdenken konnte, die beiden nach den Schlüsseln zum Hymnal House zu fragen, war Marla neben mir. Auf dem Parkplatz war mir nicht aufgefallen, daß ihr Haar wieder in seinen widerspenstigen, chaotischen Normalzustand zurückgekehrt war, trotz der Tatsache, daß es an etlichen Stellen von Spangen gehalten wurde, besetzt mit winzigen Blümchen aus grüner und rosa Seide. Außerhalb der Kirchenbank hatte ich jetzt auch Gelegenheit, ihr modisches Chiffonkleid mit Blumendruck zu bewundern, das sich in dünnen Falten an ihren üppigen Körper schmiegte. Schmale Borten aus rosa Blumen schmückten den Ausschnitt und den Saum. Marla zog sich stets zur Jahreszeit passend an. Das hier war offenbar ihr modischer Beitrag zum Frühling.

»Und?« wollte sie halblaut wissen. Sie kniff mich in den Unterarm. In ihren Ringen glitzerten rosa Diamanten und blaßgrüne Smaragde. »Was hat Boyd gesagt? Haben sie ihn gefunden? Haben sie rausgekriegt, was das auf dem Zettel heißen soll?«

»Nichts Neues. Sie haben das Auto gefunden, in dem er weggebracht worden ist.« Ich sagte ihr nicht, daß das Auto der Diözese gehörte. »Hör mal, Marla«, sagte ich ernst, »du hast doch niemandem von dem Zettel erzählt, den Schulz zurückgelassen hat, oder? Ich glaube nicht, daß es Boyd recht wäre, wenn noch jemand darüber Bescheid wüßte.«

Sie machte den Mund auf und wollte protestieren, aber ehe sie etwas sagen konnte, stolzierte Bob Preston heran und musterte uns abschätzend. Mit Mühe schob er die Hände in die doppelt genähten Jeanstaschen und wiegte sich auf den Absätzen der Cowboystiefel. Es war deutlich, daß die Kirche zu Bobs Domänen gehörte.

»Ich habe so ein schlechtes Gefühl, weil ich gestern

mitten im Gespräch mit Ihnen aufgelegt habe, Goldy! Zur Entschädigung möchten Agatha und ich die hübscheste Partylieferantin der Stadt zum Brunch ausführen. Nach dem Zehn-Uhr-Gottesdienst.«

»Mensch, Bob«, sagte Marla, »lassen Sie sich von mir nur nicht stören.«

Er dachte nicht daran. Ich konsultierte meine Uhr. Viertel nach neun. Seltsam, wie beliebt ich wurde. Bob Preston wußte entweder nicht, daß die Polizei nach Aspen Meadow zurückkommen wollte, um ihm Fragen zu stellen, oder er machte sich deswegen keine Sorgen. Marla murmelte warnend »Oha«, doch ehe ich antworten konnte, näherten sich uns Zelda Preston und Lucille Boatwright.

»Wie geht es Ihnen, Goldy?« fragte Zelda. Ihre Stimme war voller Sorge. »Sie Arme. Haben Sie den Auflauf bekommen?« Im Gegensatz zu Lucille trug Zelda keine dezente, teure Kleidung. Ihr verschossenes türkises Strickkleid mit den hängenden Schultern und der Rocklänge, die vor zehn Jahren Mode gewesen war, schrie förmlich *Trödelladen.* Ihren Hals schmückte eine einreihige Kette aus nicht gerade antiken Glasperlen. Ihr Gesicht war ein faltiges Sorgengebirge. »Sie haben den Auflauf noch gar nicht erwähnt.«

»Ich ... komme einigermaßen zurecht«, sagte ich zu ihr, »vielen Dank. Und außerdem vielen Dank für die himmlische orangerote Wolldecke. So aufmerksam von Ihnen, jetzt, wo es noch so kalt ist –«

Ihre Sorge wich der Verwirrung. »Eine Wolldecke? Ich benütze Heizdecken. Du meine Güte! Aber wenigstens ist meine Lasagne gut angekommen.« Ihr Blick bohrte sich in die Gitarristen, die zum zweiten Gottesdienst eintrafen. »Ich sollte jetzt wohl gehen.«

»Oh«, flehte ich hastig, »bitte, bleiben Sie. Ich möchte so gern mit Ihnen sprechen, über ...« Wie sollte ich ihr sagen, daß ich mit ihr darüber sprechen wollte, ob sie die Schlüssel zum Hymnal House und für das Auto hatte? Oder über die Petition wegen der Gitarrenmusik, über die sie sich mit unserem ermordeten Pfarrer gestritten hatte? »Über ... Lasagne. Und über die Petition *Schluß mit dem Gedudel.*«

Marla schnaubte.

Lucille Boatwright musterte mich mit einem zusammengekniffenen steinblauen Auge. Weil ich geschieden war, weil ich so etwas Gewöhnliches war wie eine Essenslieferantin und vermutlich, weil ich überhaupt existierte, konnte Lucille mich nicht leiden. Sie hätte mir immer noch mißtraut, wenn Mutter Teresa mir einen Kuß gegeben hätte. Jetzt versteifte sie sich in ihrem dunkelgrauen, zweireihigen Wollkostüm mit einem Arsenal aus winzigen, verschnörkelten Goldknöpfen. Ich glaubte, sie überlegte sich vermutlich immer noch, wohin Schulz geflohen sein mochte, nachdem er mich vor dem Altar versetzt hatte. Nach Tahiti. Nach Borneo. Aber statt dessen erklärte sie: »Wir hatten fünfzig Unterschriften, aber Pfarrer Olson hat sich nicht dafür interessiert. Deshalb haben wir sie dem Bischof vorgelegt.«

Marla kicherte. Mir blieb vor Staunen die Luft weg. »Was haben Sie getan?« Diese beiden pflichtbewußten Frauen in den Sechzigern hatten ihren Gemeindepfarrer übergangen und ihre Petition direkt dem Bischof vorgelegt? Ein solcher Verstoß gegen die Autorität wäre zu Pfarrer Pinckneys Zeiten undenkbar gewesen. »Was ist dann passiert?«

»Das wissen wir eben nicht«, erwiderte Lucille trotzig,

als täte es ihr geradezu weh, wie begriffsstutzig ich war. »Im Büro des Bischofs heißt es, unsere Petition, die Gitarrenmusik einzustellen, sei offiziell beantwortet worden. Aber natürlich haben wir von Olson nie etwas darüber erfahren. Wissen Sie, dieser Mann hätte sogar seinen Steuerbescheid verschlampt. Vermutlich hat er nicht einmal Belege abgelegt, und jetzt, nach seinem Tod, wird das Finanzamt eine Prüfung durchführen, und die Kirche wird zahlen müssen –«

»Ah, Lucille«, unterbrach Zelda zuckersüß, »du darfst dich beim Reden über die Musik nicht wieder so aufregen –«

Hinter uns schnaubte Bob Preston.

»Hören Sie«, sagte ich verzweifelt, »bleiben Sie doch hier, dann können wir uns nach dem nächsten Gottesdienst weiter darüber unterhalten.« Dann fiel mir ein, daß ich Bob und Agatha zum Brunch zugesagt hatte, weil ich den beiden ebenfalls Informationen entlocken wollte. »Zelda, ich würde Sie wirklich so gern wieder Orgel spielen hören –«

»Ha!« rief Zelda. Ihre Nasenflügel blähten sich. Sie sah aus wie ein Pudel, der nicht mag, was ihm im Napf vorgesetzt wird. Sie gestikulierte bedeutungsschwer in Richtung der Musiker, die ihre Tamburine überprüften. »Es ist völlig ausgeschlossen, daß ich diesen Schrott im nächsten Gottesdienst spiele, den sie Musik nennen. Ich bin ein Profi.«

Marla, die mit einem bemerkenswerten Mangel an Erfolg gegen einen weiteren Lachreiz ankämpfte, strich übereifrig die Falten des Kleids in Grün und Rosa glatt und erklärte: »*Ich* unterhalte mich gern mit dir über Lasagne, Goldy. Wenn es um Pasta geht, bin *ich* ein Profi. Ich backe nicht nur Plätzchen.«

Ich warf ihr einen entnervten Blick zu und faßte Zelda leicht am Arm. »Bitte ... warten Sie. Hat mir jemand von der Altargilde die Wolldecke gebracht?«

Zelda starrte mich an, den knittrigen Mund zu verkniffenen Falten verzogen. »Oh, arme Goldy, woher soll ich das wissen?« Sie tätschelte mir die Hand und wandte sich Lucille zu. »Die Leute glauben, ich weiß *alles* über die Kirchengemeinde, und ich bin immer die Letzte, die etwas erfährt. Komm jetzt, Lucille, du mußt nach Hause und dich ausruhen.«

Lucille reckte das Grübchenkinn in meine Richtung. »Weiß die Polizei, was Ihrem Verlobten zugestoßen ist?« wollte sie schroff wissen. Ich erinnerte mich daran, wie mißtrauisch sie erst Arch und dann Boyd verhört hatte, preßte die Lippen zusammen und schüttelte den Kopf.

Ich sagte: »Wir hoffen alle, daß es bald eine gute Nachricht gibt.«

»Ich verstehe.« Lucille zog eine bleistiftdünne weiße Augenbraue hoch. »Hat die Polizei herausbekommen, was die Nachricht, die er hinterlassen hat, bedeutet? Wir haben die Gebetskette darauf angesetzt, wissen Sie, daß die Polizei in der Lage ist, die Nachricht zu entschlüsseln. Wir wollen morgen in der Gebetsgruppe darüber sprechen.«

Ich drehte mich giftig nach Marla um, die in gespieltem Entsetzen zurückwich. Sie hielt sich die molligen, juwelengeschmückten Finger schützend vors Gesicht. Bob Preston blieb der Mund offenstehen. »Du hättest es genausogut in der *Post* drucken lassen können.«

Ich versuchte, den Zorn aus meiner Stimme herauszuhalten und fragte Lucille, wann sich die Gebetsgruppe treffe. An dieser Sitzung mußte ich unbedingt teilnehmen, schon damit ich alle anderen dazu brachte, den Mund zu halten. Aber ich hoffte, daß es nicht nötig sein würde, daß Tom bis dahin gefunden worden war.

»Aber, aber, Goldy«, warnte Lucille, »Sie wissen, wie ernst wir unsere Gebete nehmen.«

»Ich nehme sie auch ernst. Und ich habe mich gefragt, ob wir für jemanden mit den Initialen V. M. beten? Oder ist damit Virgin Mary oder so gemeint? Ich meine, wenn Sie schon wissen, was auf Toms Zettel stand, haben Sie sich dann auch gründlich damit beschäftigt?«

»Die Jungfrau Maria? Was in aller Welt –«

»Gut, also Initialen. Beten Sie für jemanden namens V. M.?«

Lucille sagte beleidigt: »Das weiß ich nicht, abgesehen von Victor Mancuso. Vielleicht wäre es gut, wenn Sie kämen, meine Liebe, Sie könnten uns daran erinnern, danach zu fragen.« Sie faßte sich an die Silberlocken, dann schien sie eine Inspiration zu haben. »Möchten Sie etwas zu essen mitbringen? Nur für etwa acht Personen. Das können Sie so gut! Und das wird Sie von Ihren Sorgen ablenken. Natürlich Fisch, wegen der Fastenzeit. Haben Sie welchen da?«

»Fisch?«

»Nein? Wie wäre es dann mit Shrimps?« schlug Lucille vor.

Ich sagte: »Oh, sicher«, in einem sarkastischen Ton, der eindeutig an sie verschwendet war, ehe sie mit Zelda abrauschte. Immerhin war ich tüchtig gewesen. Nach dem Gottesdienst würde ich mit den Prestons zum Brunch ausgehen; morgen würde ich das Mittagessen für die gesamte Gebetsgruppe zubereiten. Gegen Angstzustände war Essen allemal das beste Mittel.

»Jetzt sei mir doch nicht gleich böse«, fing Marla an, sich zu verteidigen. Sie sprach mit gesenkter Stimme.

Bob Preston war weitergegangen, aber noch in der Nähe, er redete auf einen Kollegen vom Kiwanis-Club ein. »Du hast mir nicht gesagt, daß der Zettel ein Geheimnis bleiben sollte.«

»Schon gut, schon gut«, räumte ich ein. »Hör mal, ich weiß, wie du es wieder gutmachen kannst.«

»Aber ich habe doch überhaupt nichts getan.«

»Es wird dir gefallen, das verspreche ich dir. Es liegt auf deiner Linie. Ich muß rausbekommen, ob Pfarrer Olson ein Verhältnis hatte. Bitte, es ist wichtig.«

Als Marla sich von ihrer Überraschung erholt hatte und murmelte, es sei ihr ein Vergnügen, bemerkte ich aus dem Augenwinkel Vikar Ramsey. Ich ließ Marla stehen und schob mich unauffällig in die Richtung des Assistenten unseres verstorbenen Pfarrers, dem unterstellt wurde, er sei ein Geheimagent der Kirche.

»Ich muß unbedingt mit Ihnen reden, Vikar D.«

Leider erschreckte ich ihn; sein erster vorsichtiger Schluck vom heißen Kaffee ergoß sich über seine weiße Albe und die Stola.

»Du meine Güte, das tut mir aber leid«, log ich.

Sein zartes, dreieckiges Gesicht drückte mehr Bedauern aus als seine Stimme. »Machen Sie sich deswegen keine Sorgen«, sagte er unsicher. »Die Flecken krieg' ich schon wieder raus.«

Ich sagte, ich wolle zwischen den Gottesdiensten Muffins backen; vielleicht könnten wir die Flecken in der Küche auswaschen und uns dort unterhalten? Es gebe etliches, worüber ich mir Gedanken machte; Dinge, die ich von der Polizei über ihn und den Bischof erfahren hätte.

Doug Ramsey antwortete nicht sofort. Seine trauervollen braunen Augen streiften verängstigt durch den Raum. Ich folgte seinem Blick und sah Mitchell Hartley in einem versöhnlichen Gespräch mit Kanonikus Montgomery, während Bob Preston Neuankömmlinge unterhielt. Agatha schloß ihre Schwiegermutter Zelda beim Abschied zögernd in die Arme, dann blieb sie unbehaglich neben ihrem Mann stehen. Sie hatte den tristen schwarzen Mantel abgelegt und trug ein Kleid in einem hellen Orangeton, in der Farbe eines Fruchteislutschers. Ich wußte, daß die Prestons zum charismatischen Flügel gehörten, und daß sie so früh zum zweiten Gottesdienst kamen, gab Bob die Gelegenheit, Leute für seine Projekte anzuwerben. Das Paradies war fast leer, und der Gottesdienst sollte erst in einer halben Stunde anfangen. Trotzdem wirkte Vikar Unsensibel Ramsey merkwürdig nervös. Interessant.

»Wo wollen Sie mit mir reden?« fragte er leise.

»In der Küche«, flüsterte ich zurück. »Niemand wird Verdacht schöpfen. Wenn wir nach draußen gehen, werden sich die Leute fragen, was für Geheimnisse wir miteinander haben.«

»Herr im Himmel, das möchte ich auf keinen Fall«, sagte er und schluckte schwer.

Ich lächelte ihn an. »Wenn wir in die Küche gehen, werden die Leute glauben, daß wir das Geschirr abwaschen. Sie werden uns meiden wie die Plagen, die Ägypten heimgesucht haben.«

Ohne weitere Umstände ging ich zielstrebig in die leere Küche. Doug Ramsey folgte widerstrebend. Ich hielt ihm schweigend einen sauberen, feuchten Schwamm hin, und er rieb an seiner Albe herum.

Dann packte ich die Eier aus, die Kondensmilch, das Öl und das abgewogene Mehl und sagte: »Vor allem frage ich mich, wer Zugang zu den Schlüsseln zum Hymnal House und für das Diözesanfahrzeug hat.«

Er setzte eine finstere Miene auf. »Das will die Polizei über den Bischof wissen? Gütiger Gott! Im Winter werden die Schlüssel im Diözesanbüro aufbewahrt. Bei besonderen Anlässen holt jemand aus der Kirchengemeinde sie dort ab. Warum in aller Welt wollen Sie wissen –?« Er sah sich wieder ängstlich um. »Meinen Sie nicht auch, ich sollte hier in der Küche etwas tun? Damit es nicht verdächtig wirkt.«

»Schaffen Sie es, Papierförmchen in Muffinbleche zu stecken?« Ich schob ihm eine Packung Papierförmchen zu und zeigte auf die Muffinbleche.

»Äh –«

»Okay«, fuhr ich forsch fort, »warum hält Sie die Polizei für den Spion des Bischofs?«

»O je!« Sein Gesicht lief knallrot an. Ausnahmsweise war er nicht in der Lage, sich lange Sätze auszudenken, mit denen er seine Antwort hätte ausschmücken können. »Na ja, ich –«, fing er schließlich an, machte die Packung auf und schüttelte einen Turm aus pastellfarbenen Förmchen heraus. Er verstummte und musterte die Förmchen, als wären es Kakerlaken. »Sie wissen, daß Pfarrer Olson mich eingestellt hat –«

»Hören Sie auf mit dem Unsinn, Doug. Warum hat Sie der Bischof für die Stelle empfohlen?«

Er faßte mit den Spitzen von Daumen und Zeigefinger ein Förmchen an. Nach kurzem Zögern senkte er es in die Vertiefung des Backblechs, inspizierte es und wiederholte den Vorgang erst mit einem grünen Förmchen, dann mit einem rosafarbenen. Bei diesem Tempo würde er es bis Sonnenuntergang schaffen, die Bleche mit Förmchen zu füllen. Er sagte: »Woher wissen Sie, daß der Bischof mich empfohlen hat?«

Glaubte dieser aufgeblasene Trottel etwa, in der Ge-

Mandelmuffins mit Mohn

4 große Eier
400 g Zucker
400 ml Kondensmilch
60 ml Milch
½ Liter Pflanzenöl
3 ½ Teelöffel Backpulver
½ Teelöffel Salz
500 g Mehl
1 Teelöffel Vanilleextrakt
1 Teelöffel Mandelextrakt
100 g Mohn

Den Backofen auf 160 Grad vorheizen. Papierförmchen in 30 Muffinformen (oder Muffinbleche) setzen. In einer großen Schüssel Eier, Zucker, Kondensmilch, Milch und Pflanzenöl verrühren. Backpulver, Salz und Mehl sieben. Die Mehlmischung nach und nach zu der Eiermischung geben, rühren, bis alles gut vermischt ist. Die Extrakte und den Mohn hinzugeben und in den Teig rühren. Den Teig mit einem 100-ml-Maßlöffel in die Muffinförmchen gießen. 25 bis 30 Minuten backen, bis an einem in die Mitte eines Muffins gesteckten Zahnstocher nichts hängenbleibt.

Ergibt 30 Muffins

meinde werde gerade über ihn nicht geredet? Statt etwas zu erklären, ließ ich lediglich den elektrischen Mixstab durch die Eier, das Öl, die Milch und den Zucker laufen und wartete auf eine Antwort.

»Wissen Sie, Goldy« – noch ein Förmchen, dann ein zweites –, »äh, in dieser Gemeinde tun sich seltsame Dinge, haben sich seltsame Dinge getan, und Pfarrer Olson« – wieder ein Förmchen und noch ein zweites –, »Ted war dem Bischofsbüro gegenüber nie besonders gesprächsbereit. Ich meine, er ist nicht einmal zu den *Dekanats*sitzungen gegangen, und als dann die Diözesankonferenz bevorstand –«

Er verstummte unvermittelt, als Bob Preston in die Küche kam. Preston zog sich hastig zurück, als er sah, daß wir mit Hausarbeit beschäftigt waren.

»Doug, geht das nicht ein bißchen schneller?« fragte ich locker. »Warum hat der Bischof einen Spion gebraucht?« erkundigte ich mich schroff, als Bob Preston außer Hörweite war. »In zwanzig Minuten fängt der Gottesdienst an! Wollen Sie es mir erzählen oder lieber der Polizei und Reportern von vier Zeitungen? ›Vikar zum Verhör über Geheimaufgaben in Kirchengemeinde von der Polizei festgenommen‹ sollte sich in der *Denver Post* gut machen, vom *Rocky Mountain Episcopalian* ganz zu schweigen.« Ich siebte zornig das Mehl, das Backpulver und das Salz in den Teig und rührte wütend. »Für den Mann, den ich heiraten will, kommt es im Augenblick auf jede Minute an. Aber weil ich jetzt, nachdem er entführt worden ist, sowieso nicht viel zu tun habe, werde ich bestimmt jede Zeitung selbst anrufen.«

Doug Ramsey bedachte mich mit einer hilflosen Miene, dann steckte er wieder Papierförmchen in das

Blech. »Goldy, drohen Sie mir nicht. Sie wissen, daß ich an die Weisungen des Bischofs gebunden bin –«

Ich rührte den Vanille- und den Mandelextrakt in den Teig, die ihn golden färbten und wunderbar dufteten, danach den Mohn, durch den der Teig gesprenkelt und appetitlich aussah. »Wozu braucht der Bischof einen Geistlichen, der ihm über St. Luke in Aspen Meadow Bericht erstattet? Wovor hatte er Angst?«

»Davor, daß die Leute Olson anbeten!«

»*Was?*« Ich schaltete den Mixstab aus und starrte Ramsey mit offenem Mund an.

»Sie haben mich gut verstanden.« Er bebte vor Entrüstung. Die Muffinförmchen fielen ihm aus den Händen und auf die Arbeitsplatte, als eben die Sonne hinter einer Wolke hervorkam und durch die Fenster schien. Dougs Albe erstrahlte blendend weiß. Sein Zorn kochte unter dem Gewand.

»Wie ihn anbeten?« wollte ich wissen.

Doug funkelte mich böse an. Er sagte knapp: »Pfarrer Theodore Olson gehörte der Gesellschaft Chads an, genau wie ich, wie Wickham und Montgomery und zwanzig weitere Geistliche in dieser Diözese.« Er holte heftig Luft. »Sie glauben vermutlich, die Gesellschaft Chads habe irgend etwas mit der Hungerhilfe für Afrika zu tun.«

Mein Glück, daß ich den Kurs bei Kanonikus Montgomery belegt hatte. Ich griff nach der Schüssel und löffelte Teig in die wenigen Muffinförmchen, die Ramsey in das Blech gesteckt hatte. »Englischer Bischof im siebten Jahrhundert, durchwanderte seine Diözese zu Fuß. Starb an der Pest. Was ist mit ihm? Und würden Sie bitte den Backofen auf hundertsechzig Grad vorheizen?«

»Wir treten dafür ein, die apostolische Tradition am

Leben zu erhalten, wie es Chad getan hat«, erwiderte Vikar Doug gekränkt und drehte am Backofenschalter. »Und dieses Jahr haben wir uns als Studiengebiet Wunderheilungen ausgesucht. Natürlich nur, soweit sie mit den Sakramenten vereinbar sind.«

»Ich kann Ihnen nicht folgen, Doug.« Ich setzte seine unterbrochene Arbeit fort und stellte die Papierförmchen in die restlichen Muffinvertiefungen.

»Na ja, es ist *eine* Sache, über Lourdes und Medugorge zu reden«, sagte er aufgebracht. »Aber plötzlich behauptet eine Kindergottesdiensthelferin in unserer Gemeinde, sie habe keine Rückenschmerzen mehr! Schön, das könnte daran liegen, daß wir die meisten uralten Stühle in den Kindergottesdiensträumen durch neue ersetzt haben. Und das Kind, das vor einem Monat angeblich blind zur Welt gekommen ist? Es gibt widersprüchliche Berichte darüber, ob die Reflexe überhaupt überprüft worden waren, als diese Geschichte von der Wunderheilung herumerzählt worden ist!«

»Lourdes und Medugorge«, soufflierte ich ihm.

»Ja! Es ist etwas ganz anderes, wenn wilde Gerüchte ausgestreut werden, Olson habe einem todkranken Gemeindemitglied von St. Luke im Lutheran-Hospital die Hände aufgelegt, und die hundertprozentig tödliche myeloische Leukämie sei einfach verschwunden! Ich meine, ich *bitte* Sie.«

»Aber im Grunde weiß niemand, wie das mit Roger Bampton wirklich war, ist es nicht so? Das klingt alles überhaupt nicht nach der Episkopalkirche, Doug.« Ich schabte den Teigrest in ein Papierförmchen und schob die Bleche in den Ofen. Ich sah auf die Uhr: 9.45. Ich würde während des Gottesdienstes in die Küche schleichen müssen, um die fertigen Muffins aus dem Ofen zu nehmen.

»Oh, *mir* brauchen Sie nicht zu sagen, daß das nicht nach der Episkopalkirche klingt. Ob Sie es wissen oder nicht, Goldy, unser Glaube beinhaltet nichts, was Wunder … bestätigt. Und niemand hat die Blutwerte des Gemeindemitglieds tatsächlich *gesehen.* Oh, was für ein Theater um diese Blutwerte gemacht wird! Als hätte ich nicht schon genug darüber gehört … Aber kurz nach dem Vorfall mit Bampton hat eine andere Kindergottesdiensthelferin behauptet, sie sei von Lupus geheilt worden, nachdem ihr Pfarrer Olson die Hände aufgelegt hatte. Jemand hat erzählt, bei einem anderen Gemeindemitglied sei die Gürtelrose verschwunden. Die Geschichten sprechen sich immer mehr herum, und unsere Gebetsliste ist plötzlich so umfangreich wie das Telefonbuch. Das Geld fließt uns nicht nur zu, es strömt geradezu.« Ganz zu schweigen, fügte ich im Geist hinzu, von den Scharen todkranker Leute, die Kindergottesdiensthelfer werden wollen. »Und wer dämmt das ein?« schäumte Doug. »Wer überprüft es anhand der Lehre unserer Kirche und ihrer Erfahrung? Es ist, als wären *Marsmenschen* gelandet! Kommt nach Aspen Meadow und werft vor den Augen der ganzen anglikanischen Welt eure Krücken weg! Mir brauchen Sie über Schlagzeilen nichts zu erzählen! Wir haben jeden Augenblick damit gerechnet, daß der *National Enquirer* hier auftaucht! Wenn Olson wenigstens zu einer einzigen Dekanatssitzung gekommen wäre –«

»Wer ist wir? Für wen hätte das eine Bedrohung sein können, vom Bischof abgesehen? Für jemanden wie Mitchell Hartley?«

Doug Ramsey verzog angewidert das Gesicht. »Mitchell Hartley gehört zu den Anführern, die solchem Denken Vorschub leisten! Da ist überhaupt nichts dran, das können Sie mir glauben! Es ist nur Geschwätz – ›Jesus ist mein Kumpel, der Heilige Geist ist mein Voodoo.‹ Diese Leute *ruinieren* die Kirche. Natürlich haben wir alle gedacht, Olson sei im orthodoxen Glauben verwurzelt –«

»Sie sagen immer wieder ›wir‹.«

»Damit meine ich natürlich alle in der Hierarchie. Wir sprechen hier über die apostolische Tradition, Goldy –«

»Doug! Was ist mit sexuellem Fehlverhalten?«

Er wich von mir zurück und lief wieder dunkelrot an. »*Wie* bitte?«

Etliche Kirchgänger, die zeitig zum zweiten Gottesdienst gekommen waren, steckten die Köpfe herein, angelockt vom köstlichen Duft nach Vanille und Mandeln, der aus dem Backofen kam, und wollten sehen, was da gebacken wurde. Vikar Doug Ramsey und ich machten uns eilig daran, die Rührschüssel und die Geräte abzuwaschen. Enttäuscht zogen sich die neugierigen Kirchgänger zurück.

Über das Rauschen des heißen Wassers hinweg, das ins Spülbecken lief, murmelte ich: »Ich habe das Gerücht gehört, Olson habe zu jemandem eine romantische Beziehung gehabt. Ein Verhältnis. Wie steht die Episkopalkirche zu so etwas?«

Doug spritzte etwa fünfmal soviel Spülmittel wie nötig in das Becken. »Goldy, er hätte Beziehungen zu *zehn* Frauen haben können, ich meine, der Mann hätte einen *Harem* haben können, so waren sie alle hinter ihm her. Eine hat ihm bei der Sitzung unserer Gesellschaft Chads an der Tür aufgelauert! Wir haben Olson nur noch den Magier genannt. Frauen und Wunder, was kann man mehr verlangen? Montgomery hat um seine Entlassung aus der Gesellschaft gebeten, aber natürlich ist sie nicht genehmigt worden. Dann hat mich der Bischof zu sich bestellt und gesagt: ›Finden Sie heraus, was Olson macht. Bei dem vielen Geld, das er für die Gemeinde einnimmt, muß etwas dran sein.‹ Herr im Himmel!« Er schwenkte die Spülmittelflasche. »Und deshalb muß ich also den Speichellecker in Aspen Meadow spielen und *beten*, daß seine Machenschaften ruchbar werden!«

»Doug, das ist genug Spülmittel.« Er zog die Flasche zurück und machte ein niedergeschlagenes Gesicht. Ich stellte das Wasser ab. »Tut mir leid, ich weiß, daß Sie furchtbar aufgeregt sind. Sagen Sie mir nur eins, wer war die Frau, die bei der Sitzung vor der Tür auf ihn gewartet hat?«

Er knallte die Spülmittelflasche auf die Platte und zog die Albe um sich, als wäre sie eine Decke. Seine Augen flammten. »Ich kann mich nicht daran erinnern. Und Sie brauchen Ihr Mitleid nicht an *mich* zu vergeuden. Ich bleibe auf dem Posten, wie ich es immer getan habe. Übermorgen werde ich als Prüfer amtieren, mit klarem Kopf, bestens organisiert und in dem Bewußtsein – nein, in der *Gewißheit*, daß der orthodoxe Glaube den Sieg davontragen wird –«

»Doug, das war mein Ernst. Ich merke doch, wie aufgeregt Sie sind. Bitte, helfen Sie mir. Ich versuche doch nur, Ermittler Tom Schulz zu finden. Und ich weiß nicht, wer etwas gegen Olson hatte. Wissen Sie, wer seine schlimmsten Feinde waren?«

Doug Ramsey ließ die Albe los und beugte sich zu mir. Er zischte: »Olsons schlimmster Feind war er selbst.«

11

Bei der Eucharistiefeier um zehn, derjenigen, die von den Charismatikern und Leuten, die Kinder mitbrachten (was von der alten Garde aus tiefstem Herzen verabscheut wurde, ganz gleich, was Jesus zu dem Thema zu sagen gehabt hatte), bevorzugt wurde, hielt Montgomery die gleiche Predigt. Dieses Mal ignorierte er mich jedoch so gründlich wie ich ihn. Erst war er freundlich gewesen, dann hatte er mich angebrüllt, und jetzt war er gleichgültig. Trauer kann Menschen auf seltsame Weise verändern.

Der zweite Gottesdienst war ganz anders als der erste. Wenn der Acht-Uhr-Gottesdienst in liturgischer Hinsicht das Gegenstück einer Golfpartie war, dann war der um zehn ein Fußballspiel. Vielleicht lag es an den drei Frauen und dem einen Mann, die begeistert in die Saiten der Gitarren griffen und neben dem Altar Schlagzeug und Tamburin spielten. Oder vielleicht lag es auch an der Gemeinde, die sich in den Kirchenbänken drängte, die Hände in die Luft reckte und die Choräle schwungvoll mitsang. Die Charismatiker legten nicht nur großen Wert auf eine persönliche Beziehung zum

Herrn, sondern auch auf das Lob Gottes durch Gesang. Lautstarken Gesang. Und natürlich hätte sich die Wildheit auch der Vielzahl von Kindern zuschreiben lassen, die entweder plapperten, schluchzten, Bücher fallenließen oder über die Holzbänke kletterten. Als wir zu den Fürbitten kamen, war ich darauf gefaßt, daß jemand die Schiedsrichterpfeife ertönen ließ. Statt dessen erhob sich Bob Preston, ein Gebetbuch und einen gelben Notizblock in den Händen. Seine wenigen Haarsträhnen schimmerten im Licht des elektrischen Kronleuchters. Durch die eingefallenen Wangen sah er auf gespenstische Weise wie Zelda aus. Mir fiel zum ersten Mal eine Ähnlichkeit zwischen Mutter und Sohn auf.

»Sicher ist es inzwischen allgemein bekannt, daß Pfarrer Olson gestern auf tragische Weise ums Leben gekommen ist.« Bob Preston machte eine Pause, um sich zu vergewissern, daß alle ihn gehört hatten. Sein Blick streifte durch den Raum. In der jähen Stille bildete das Klappern der Silberzipfel seiner Bolo-Krawatte das einzige Geräusch. »Wir haben einen Anschlag mit der Nachricht an allen Telefonleitungsmasten angebracht ...« Er legte den Kopf schief und hob die Stimme. »Die Beerdigung findet am Dienstag vormittag um zehn statt.« Beim ersten Gottesdienst hatten winzige, diskrete Schnüffellaute diese Ankündigung begleitet. Jetzt wuchs das Geschnüffel zu einem Klagegeheul an, das schnell zu einem Crescendo anschwoll. Die Leute klammerten sich aneinander; sie klopften sich gegenseitig auf den Rücken und boten sich Papiertaschentücher an. Schließlich war Olson einer von ihnen gewesen.

»Wir glauben, daß er nicht umsonst gestorben ist.« Bob Prestons Stimme erhob sich über das Geschluchze. »Wir glauben, daß er nicht umsonst gestorben ist!«

»Amen! Ja, beim Herrn!« lautete der Kommentar zu dieser Erklärung.

Vikar Doug Ramsey riß die Augen weit auf und legte den Kopf schief, um Kanonikus Montgomery auf sich aufmerksam zu machen und ihn mit einem Blick zu bedenken, der besagte: Habe ich Ihnen das nicht gleich gesagt? Ich fragte mich, ob Kanonikus Montgomery das alles für besser oder für schlimmer hielt als Gelächter über seine Reimereien. Ich sah mich in der Gemeinde nach Mitchell Hartley um. Er saß in der Kirchenbank gegenüber von mir am Gang. Seine rote Haartolle bebte, während er Bob Preston beizupflichten schien.

»Wie ihr wißt«, donnerte Bob Preston, »hätte Pfarrer Olson gewollt, daß wir mit der Gebetsliste fortfahren. Wir müssen für Victor Mancuso beten. Pfarrer Olson hat ihm im Krankenhaus die Hände aufgelegt, und wir warten auf das Untersuchungsergebnis. Wir müssen weiter für Roger Bampton beten, der nach wie vor keinerlei Krankheitssymptome hat!«

Noch unter Tränen brach die Gemeinde in Beifall aus. Montgomery preßte die Lippen zusammen und verzog den Mund. Doug Ramsey schlug die Hände vors Gesicht. Ich wagte nicht, wieder zu Mitchell Hartley hinüberzusehen. Bob Preston ging die restlichen Namen auf der Liste durch und gab bei jedem einzelnen Bemerkungen über Fortschritte oder mangelnde Fortschritte ab. Ich wand mich, als wir den Teil der Liste erreichten, die »Menschen in schwierigen Beziehungen« galt. Meine Ängste wurden bestätigt, als wir von Hal und Marie erfuhren: Marie trinke immer noch und wir müßten um Kraft für Hal beten. Aber das Schlimmste sollte noch kommen.

Bob Preston hob den rechten Zeigefinger. Ihn

schmückte ein Silberring mit einem Türkis von der Größe eines Kieselsteins. Erst glaubte ich, er wolle etwas über die Schmuckversteigerung vermelden, aber als er in meine Richtung in die Luft stach, wurde mir ganz elend zumute. »Wir müssen für jemanden beten, der im allgemeinen nicht in diesen Gottesdienst kommt. Wir müssen für Goldy beten, die dort hinten sitzt«, donnerte er wehmutsvoll.

Alle Blicke wandten sich mir zu. Ich hatte das Gefühl, mir würde gleich schlecht werden.

»... Wie ihr vermutlich gehört habt, ist Pfarrer Olson vor Goldys Trauung gestorben. Goldys Verlobter«, Bob konsultierte wichtigtuerisch den gelben Block, »Mordermittler Tom Schulz, hat den armen Ted Olson in seinen letzten Augenblicken auf Erden angetroffen. Aber dann ist Tom Schulz etwas zugestoßen; was, das weiß niemand. Die Polizei glaubt, er könne entführt worden sein. Aber er hat vor seiner Überwältigung noch eine Nachricht hinterlassen.« Er hielt inne und holte tief Luft. »Darum, Herr Jesus«, intonierte er und kniff die Augen fest zu, als wollte er die Kerzen auf einer Geburtstagstorte ausblasen, »bitten wir dich um Kraft für die arme Goldy und darum, daß das Büro des Sheriffs den üblen Verbrecher findet, der das getan hat!«

»AMEN!«

Mir schnürte sich die Kehle zu. Meine Haut war klamm geworden. *Ich muß hier raus.* Als Montgomery schließlich die Eröffnungsworte der Gemeindebeichte sprach, schlüpfte ich in die Küche, nahm die Muffins aus dem Backofen, stellte sie zum Abkühlen auf die Küchenplatte und wankte dann zu meinem Auto hinaus. Ich wußte aus Montgomerys Kurs noch, daß die Beichte in deer Palmsonntagsliturgie meistens ausgelassen wurde, was ins Belieben des Zelebranten gestellt war – in diesem Fall in das von Montgomery selbst. Aber der Kanonikus hatte eindeutig das Gefühl, die Leute im späteren Gottesdienst könnten eine Dosis gemeinschaftlicher Buße brauchen. Ich dagegen hatte nicht das Bedürfnis, irgend etwas zu beichten. Ich schaute nicht zurück in die Vergangenheit.

Zehn Minuten später saß ich in Carls Stagecoach Stop, einem Restaurant in der Main Street von Aspen Meadow, vor einer riesigen Isolierkanne mit schlechtem Kaffee. Das Stagecoach Stop war ein Restaurant im reinen Cowboystil gewesen, bevor Carl, ein Gastwirt aus Zürich, es vor einem Jahr gekauft und versucht hatte, es schweizerisch zu gestalten.

»Das Geschäft wird zurückgehen«, hatte Tom erklärt, als wir zur Feier unserer Verlobung hier gefrühstückt hatten. »Carl muß wieder auf die Karte setzen, was alle mögen. *Müsli mit Obst* hat auf die Dauer keine Chance ohne *Stagecoach Steak mit Eiern.*«

Natürlich hatte er recht gehabt. Als Tom und ich vor zwei Monaten dem Lokal wieder einen Besuch abgestattet hatten, war die Speisekarte umgemodelt worden, und die Kellnerinnen trugen neue Trachten, eine Art Mischung aus Cowgirl und Heidi. »Hör dir das an«, hatte Tom gesagt und auf einen Lautsprecher gezeigt. Es war nicht mehr die schmetternde deutsche Volksmusik. Aber Carl war auch nicht zur puren Country Music zurückgekehrt. Tom hatte die buschigen Augenbrauen hochgezogen und kommentiert: »Waylon Jennings spielt Polka.«

»Sei unversehrt«, beschwor ich das Bild von Tom Schulz vor meinem geistigen Auge. Es würde mindestens noch eine halbe Stunde dauern, bis die Prestons zum Brunch eintrafen. Um mich vor Leuten zu schützen, die mich möglicherweise in meiner Einsamkeit stören wollten, baute ich Pfarrer Olsons Bibel und den Wälzer über die Feiertage vor mir auf. Mit nicht ganz ruhiger Hand goß ich mir etwas Kaffee ein – besser als Carls Cappuccino, der wie milchiges Motoröl schmeckte – und schlug die Bibel auf, um über Judas nachzulesen.

Ich überflog die einander ähnelnden Erzählungen des Verrats bei Matthäus, Markus, Lukas und Johannes. Alle hatten gemeinsam, daß Judas den Hohenpriestern anbot, Jesus für Geld zu verraten, daß Jesus beim Abendmahl wußte, was geschehen würde und Judas zur Rede stellte, der daraufhin den Raum verließ. Später, im Garten Gethsemane, kam Judas mit einer bewaffneten Schar an. Judas verriet Jesus den Soldaten, indem er ihn küßte. Nachdem er die dreißig Silberlinge bekommen hatte, entwickelten sich die Dinge für Judas nicht gerade günstig. Der Geschichte nach erhängte er sich nach der Kreuzigung.

Ich las die Geschichten noch einmal. Was konnte Olson nur gemeint haben, als er sterbend keuchte: *B. – Lesen – Judas*? Hatte Tom enträtseln können, was mit diesem Auftrag gemeint war? Wer war *B.*? Und was über Judas sollte er lesen?

Ich legte die Bibel weg und griff nach dem Buch über die Feiertage, um Chad nachzuschlagen. Nicht den Tschad in Afrika, nicht die Hälfte des Gesangsduos Chad und Jeremy. Ein unscharfes Foto zeigte Litchfield in England, wo Chad 672 nach Christus beigesetzt worden war. Bischof Chad, erzogen in der keltischen christlichen Tradition, war demütig und fromm gewesen. Mir fiel das Wahrzeichen der Gesellschaft Chads auf, zwei verschlungene Schlangen, die eindeutig keltisch aussahen, ähnlich wie die Miniaturen in der Evangelienhandschrift von Lindisfarne. Ich begriff nicht, wieso *diese Leute, die unsere Kirche ruinieren*, eine Nemesis für eine nach Chad benannte Gesellschaft hätten sein können. Aber der Gedanke, mich mit Doug Ramsey noch einmal über *diese Leute* zu unterhalten, erfüllte mich nicht gerade mit Begeisterung.

»Entschuldigung? Goldy?«

Ich schaute auf und sah eine Agatha Preston mit verhärmtem Gesicht vor mir. Durch den Pullover, den Rock und das Stirnband in Aprikosenfarbe sah ihre Haut gelbsüchtig aus. Über einem breiten Spitzenkragen, auf absurde Weise mädchenhaft, war ihr einziger Schmuck eine lange, teuer aussehende zweireihige Kette aus Jadeperlen. Das Haar mit den gefärbten Strähnen war zu zwei schmalen Zöpfen geflochten.

»Ja, Agatha. Hallo.«

»Hallo. Als allererstes möchte ich mich für den Anruf von gestern entschuldigen.« Sie sah sich um in der bunten Mischung aus Rockern, Kirchgängern und Yuppies in Cordanzügen und fügte hinzu: »Ich war so durcheinander, irgendwie hab' ich durchgedreht.« Ihre zarten Finger spielten mit den Jadeperlen. »Bob konnte nicht mitkommen, das heißt, vielleicht kommt er später nach, er mußte in der Kirche bleiben, weil die Polizei mit ihm sprechen wollte ... über Hymnal House.« Sie warf einen Blick auf das Buch in meinen Händen. »Entschuldigung. Habe ich Sie beim Lesen gestört?« Ohne eine Antwort abzuwarten, sah sie sich nach einer Kellnerin um. »Ich habe Hunger. Sie nicht?«

Sie machte mich nervös. »Setzen Sie sich doch, Agatha.«

»Oh, selbstverständlich.« Sie rückte sich einen Stuhl im Schweizer Stil mit herzförmiger Lehne zurecht. Eine Kellnerin in einer Rüschenbluse, einem mit Kunstlederfransen besetzten Rock und Cowgirlstiefeln kam mit klackenden Absätzen an den Tisch.

»Ich weiß schon, was ich nehme«, sagte ich. Für europäische Kost habe ich ohnehin ein Faible; deshalb bestellte ich Müsli mit Joghurt und Heidelbeeren, während Agatha stammelte, es sich zweimal anders überlegte und sich schließlich halbherzig für ein Käseomelett entschied. Die Kellnerin schlug den Bestellblock zu und stöckelte davon.

»Fangen Sie mit dem Anruf von gestern an«, kommandierte ich mit einem Lächeln.

Ihre blauen Augen wurden riesig. »Eigentlich fängt es viel früher an.« Sie zögerte. »Sehen Sie, Sie arbeiten, oder vielleicht sollte ich sagen, Sie arbeiten auch außer Haus, deshalb haben Sie zur Kirche eine andere Beziehung.« Farbe flutete in ihr teigiges Gesicht.

»Meine Beziehung zu *wem* in der Kirche ist anders? Anders als *wessen* Beziehung?«

»Ihre Beziehung zu den anderen Frauen. Von den anderen Frauen aus gesehen. Sie erwarten ... einfach etwas anderes von Ihnen. Sie werden respektiert. Ich meine, ich wollte schon immer ehrenamtlich mitarbeiten, vor allem, weil ich geglaubt habe, das könnte Zelda helfen ... Sie wissen schon ... ihr eine Stütze sein. Sie hat soviel durchgemacht.«

»Und hat es Zelda geholfen?«

Ihr Lachen war trocken und unfroh, ein Lachen, das besagte: Das soll wohl ein Witz sein. »Ich bin das kleine Schoßhündchen. Für sie und Lucille.« Sie hob die Stimme. »Komm her, Agatha! Geh sechzehnmal am Tag ans Telefon! Besorg dies! Tüte die Briefe hier ein! Bring die Basareinladungen zur Post! Und was du auch tust, es darf dir auf keinen Fall Spaß machen! Du tust es für die Kirche!« Sie musterte mich gründlich. »Die Leute reden dauernd vom Himmel, aber wissen Sie, was so unheimlich ist? Ich denke viel an die *Hölle*. Und wen ich gern dort sähe.« Sie lächelte verschwörerisch. »Denken Sie manchmal auch daran?«

»Lassen Sie mich überlegen.« Ich trank einen Schluck Kaffee und versuchte nachzudenken. »Ich habe den IMAX-Film über die Antarktis gesehen. Da habe ich gedacht, das wäre der richtige Ort, an dem mein Exmann die Ewigkeit verbringen sollte.«

»Oh.« Sie kicherte und wickelte einen gesträhnten Zopf um den Zeigefinger.

»Wie ist das mit Ihrem Mann? Macht ihm das Gemeindeleben Freude oder gehört er zu den Leuten, die es zur Hölle wünschen?«

Agatha warf den Kopf zurück und kicherte noch lauter, als hätte ich jetzt etwas wirklich Schamloses gesagt. »Oh, Bob, na ja, Sie wissen schon. Er spielt gern den Boß, und jetzt hat er die Zeit dazu. Im Frühling und im Sommer kümmert er sich um Bauprojekte für ›Habitat für die Menschheit‹, im Herbst zieht er mit den ›Jägern gegen den Hunger‹ los, und die haben einen Heidenspaß, wenn sie mit ihren Remingtons die armen, unschuldigen Elche abknallen –«

»Wurde Pfarrer Olson respektiert?«

Wieder lief sie über dem kindischen Spitzenkragen rot an. Ich hatte das Gefühl, als hätte ich zu einer spießig erzogenen Siebtkläßlerin »Unterhosen!« gesagt. »Ach«, sagte sie, »im Grunde weiß ich das nicht. Ich müßte wohl nein sagen.«

»Woher haben Sie also gewußt, daß es ihm an Respekt mangelte? Durch Ihre freiwillige Arbeit?«

»Ja, schon. Zelda und Lucille haben mir erklärt, es wäre jetzt an der Zeit, daß ich Leiterin des episkopalischen Frauenkreises werde.« Sie blickte stirnrunzelnd auf etwas über meiner Schulter. »Pfarrer Olson hat mich außerdem ... ins Vertrauen gezogen. Wissen Sie«, fügte sie hinzu, plötzlich ernst, »er hätte jede Gemeinde haben können. Alle haben ihn geliebt. Das heißt, fast alle ...«

»Haben Sie ihn geliebt?« fragte ich impulsiv.

Sie wurde wieder rot und zwirbelte den Zopf so heftig, daß ich glaubte, sie werde ihn sich ausreißen. »Nein, ich glaube nicht, ich meine, ich habe ihn nur bewundert, aber dann habe ich in *Unheimliche Geschichten* gehört, daß Menschen Seelenverwandte sein können, wissen Sie? Deshalb habe ich mich gefragt, ob Sie ihn gesehen haben, seine Leiche, wissen Sie? War da viel ... Blut? Hat er gelitten?« Ihr Blick forschte in meinem Gesicht.

Herr im Himmel. Ich sagte: »Als Sie angerufen haben, habe ich nicht gewußt, daß Sie Olson meinten.« Plötzlich war mir etwas schwindlig im Kopf, vermutlich eine Nebenwirkung des Gesprächs mit einer unterschätzten Frau, die behauptete, sie mache sich Sorgen um mich und gleichzeitig große Stücke von *Unheimliche Geschichten* hielt. »Ich glaube nicht, daß er sehr gelitten hat«, improvisierte ich. »Wer hat Pfarrer Olson nicht geliebt?«

Agatha zog die Nase kraus und spielte geistesabwesend mit den milchig grünen Perlen. »Oh, wissen Sie, manche Leute haben geglaubt, er fährt nur aus Angabe mit einem tollen Auto herum, spielt den reichen Mann, aber so war es nicht, er hat das Auto einfach gebraucht!

Ted hat sich nichts aus Geld gemacht. Ted hat nur an *Liebe* geglaubt, das wissen Sie doch, nicht wahr?«

Statt einer Antwort schenkte ich uns beiden Kaffee nach. Sie sah die Tasse stirnrunzelnd an.

»Liebe Zeit, ich hätte Tee bestellen sollen. Ich trinke immer Tee, aber in letzter Zeit war es nicht kalt genug dazu, aber für Eistee war es nicht warm genug –«

»Agatha!«

Die leeren Augen hatten plötzlich einen erschrockenen Ausdruck. »Was?« Sie schob ihre winzigen Zähne im Unterkiefer nach vorn und legte die Stirn in Falten.

»Wo war Ihr Mann gestern?«

»Gestern? Sie meinen am Samstag?«

»Ja. Wo war Bob den ganzen Tag?«

»Liebe Zeit. Äh. Im transzendentalen Sinn, meinen Sie?«

»Ich meine, ob er im Haushaltswarengeschäft war, beim Friseur oder was?«

Agathas jugendliches Gesicht sah weiterhin verwirrt aus. Aber als die Lautsprecher das nächste Stück fröhlicher alpiner Squaredance-Musik anstimmten, hellte sich ihre Miene auf. »Bei den Kiwanis von Aspen Meadow. Ja, Sie wissen schon. Die bauen für ›Habitat für die Menschheit‹ ein Haus auf dem leeren Grundstück neben der Main Street, da wo letztes Jahr das Haus abgebrannt ist. Und der Mann, dem es gehörte, war in Saudi-Arabien oder so, also hat er es den Kiwanis fast umsonst verkauft. Das Grundstück, meine ich –«

»Und Bob war den ganzen Tag dort.«

»Fast den ganzen Tag, nehme ich an. Er kam furchtbar erschöpft nach Hause, und ich war so durcheinander wegen Pfarrer Olson und habe mit Ihnen telefoniert ... Warum?«

»Agatha, war Bob«, ich beugte mich näher zu ihr heran, »*eifersüchtig* auf Ihre Beziehung zu Pfarrer Olson?«

»Nur an den Tagen, wenn ich im Haus nicht saubergemacht habe, weil Ted und ich mit der psychologischen Beratung beschäftigt waren –« Sie brach unvermittelt ab und sah leidend aus.

»Haben Sie je bei P.R.A.Y. mitgearbeitet?«

»Bei was?«

Die Kellnerin kam mit unserem Essen. Das Müsli mit Joghurt und Heidelbeeren schwappte über einen tiefen Porzellanteller. Ich probierte. Sahnejoghurt überzog die süßen, saftigen Heidelbeeren und das knusprige Müsli nach Schweizer Art. Ich war plötzlich heißhungrig. Ich fühlte mich, als wären Jahre verstrichen, seit ich etwas gegessen hatte. Aus Agathas dampfendem Omelett lief geschmolzener Käse. Sie murmelte: »Lecker, lecker«, als sie kräftig zulangte.

»Agatha«, wagte ich mich nach einem Augenblick vor, »haben Sie eine Ahnung, wer Pfarrer Olson am liebsten etwas angetan hätte? Jemand, der ihn umgebracht haben könnte? Jemand, der vielleicht ein Verräter war?«

»Wer, ich? Ob ich eine Ahnung habe? Nein.« Sie kaute nachdenklich an einem riesigen Bissen Omelett. »Nein, wirklich nicht. Aber hören Sie, ich habe mir solche Sorgen um *Sie* gemacht, nach dem, was mit Ihrem Verlobten passiert ist und so –«

»Was wissen Sie über Victor Mancuso?«

»Vic –? Oh. Nichts.« Ihre Miene heiterte sich wieder auf. »Ist er nicht bei den Fürbitten genannt worden? Das mit Roger Bampton weiß ich. Er hatte Leukämie, und dann ist er wieder gesund geworden, nachdem Ted ... Pfarrer Olson ihm die Hände aufgelegt hatte. Glauben

Sie wirklich an Wunder? Oder meinen Sie, wir bilden uns das alles nur ein. In *Unheimliche Geschichten* –«

»Ich werde wohl mit Roger reden müssen. Mit seinem Arzt oder so.«

»Ich habe Roger gesehen. Als er krank war.« Sie legte die Gabel weg und verzog das Gesicht. »Er sah entsetzlich aus. Sein Gesicht hatte die Farbe von Wildkot, wenn er nicht mehr ganz frisch ist, wissen Sie –«

»Agatha, ich versuche, mein Müsli zu essen.«

»Oh, Entschuldigung. Wie auch immer, ich gehöre nicht zu den Leuten, die verlangen, die Blutwerte zu sehen, vorher und nachher.«

»Wer verlangt das?«

»Oh, Goldy, ich weiß es nicht.«

Ich fragte mich, ob je jemand versucht hatte, diese Frau einem Test mit dem Lügendetektor zu unterziehen. Ob sie ihn wohl bestanden hätte? Oder hätte sie einfach die Fragen nicht verstanden? Ich sagte: »War Ted Olson selbst sein schlimmster Feind?«

Sie legte die Gabel wieder weg und seufzte. »Die Leute wollten dauernd etwas von Ted, das versuche ich Ihnen zu sagen, niemand hat ihn respektiert. Ich meine, als *Menschen.* Alle wollten ein Stück von ihm abbekommen, als ob er ein ausgestopftes Tier wäre oder so was. Es wäre ja keinem aufgefallen, wenn ein bißchen was vom Ausstopfmaterial gefehlt hätte. Wissen Sie, was ich meine?«

»Eigentlich nicht.«

Sie kippte Milchpulver in ihren Kaffee und verzog mißbilligend den Mund. »Sie wollten, daß er sich *um sie kümmert.* Sie wollten, daß er *für sie betet.* Sie wollten mit ihm über Gemeindeangelegenheiten sprechen, und meistens wollten Sie, daß er Soundso dazu bringt, etwas zu tun. Oder daß er ihn an irgendetwas hindert.«

»Ist es vorgekommen, daß jemand etwas Bestimmtes von ihm wollte und er es nicht getan hat?«

»Aber hören Sie.« Sie trank einen kleinen Schluck Kaffee, war damit zufrieden und trank einen größeren Schluck. »Er konnte doch nicht alles machen. Der Montag sollte sein freier Tag sein, wissen Sie.«

»Und hatte er montags frei?«

»O nein. Die Leute haben pausenlos angerufen, den ganzen Tag lang. Einmal ist er einfach nicht ans Telefon gegangen. Das war, als es das Riesentheater wegen der Musik gab. Zelda wollte herausfinden, ob er was vom Bischof gehört hatte, und als er nicht ans Telefon gegangen ist, da ist sie den ganzen Weg bis zu seinem Haus gefahren und hat gegen die Tür gehämmert.«

»Und hat er aufgemacht?«

»Natürlich nicht! Aber dann ist sie ums Haus herum gegangen!« Agatha war entrüstet. »Hat in die Fenster geschaut, um zu sehen, was sich tut! Dann hat sie die Hintertür aufgemacht und gekreischt: ›Ich hab' doch gewußt, daß Sie zu Hause sind! Ihr Auto steht in der Einfahrt!‹. Die Frau ist unmöglich. Ich sage das, obwohl sie meine Schwiegermutter ist.« Ich löffelte Müsli und überlegte, wie ich die nächste Frage formulieren sollte.

»Hat Ted Ihnen das alles erzählt, Agatha?«

Sie trank wieder einen Schluck Kaffee. »Als das passiert ist, war er mein Berater.«

»Er war Ihr Berater und hat mit Ihnen über *seine* Probleme gesprochen? War er an jenem Tag in seinem Haus Ihr Berater?«

Sie sah auf. Ein Schatten ging über ihr Gesicht. »Oh, Bob, Liebling, wir haben dich gar nicht kommen sehen.«

12

Bob Preston warf einen Blick auf unsere Teller, dann sah er sich im Restaurant um. Er setzte sich zögernd und sah stirnrunzelnd auf die Lampe im Westernstil, die über unserem Tisch hing.

»Furchtbar hell«, erklärte er. »Man kann ja kaum was sehen.« Er machte sich daran, die Glühbirne herauszuschrauben. Leider war sie zu heiß. Bob jaulte und tauchte die Finger in das Eiswasser seiner Frau, wischte sie sorgfältig an der sauberen Serviette auf dem Gedeck vor ihm ab und drehte dann weiter an der Birne, tauchte wieder die Finger ein, trocknete sie ab und drehte weiter. Schließlich hatte er die Glühbirne herausgeschraubt. Er legte sie äußerst behutsam auf den leeren Stuhl an unserem Vierertisch.

Agatha konzentrierte sich mit schiefgelegtem Kopf auf das kleine Drama. »Armer Bob«, murmelte sie mitfühlend, als er die Glühbirne beseitigt hatte. »Er kann grelles Licht nicht ertragen.«

»Ahhh«, sagte Bob, als die Mischung aus Heidi und Cowgirl herangestürzt kam. Aber ehe sie seine Bestellung aufnahm, warf sie einen verwirrten Blick auf unsere Lampe. »Machen Sie sich darüber keine Sorgen«, versicherte ihr Bob mit einem Wedeln der geröteten Finger. »Jetzt brauchen Sie bloß noch den verdammten Lärm abzustellen.«

»Was?«

»Stellen Sie die Polka ab!« brüllte er. Etliche Rocker drehten die unrasierten Gesichter in Bobs Richtung, aber er erwiderte die Blicke finster. »Hören Sie, ich will einen Teller Bratkartoffeln, zwei pochierte Eier auf einem separaten Teller und einen dritten Teller mit Obstscheiben – ohne Honigmelone, okay? Begriffen, Schätzchen?« Die Kellnerin stellte das Gekritzel ein, nickte einmal und zog ab.

»Bob«, fing ich an, »wir haben uns schon gefragt, wo Sie bleiben. Ist in der Kirche alles in Ordnung?«

Er ächzte. »Im Grunde schon. Wenn man nichts dagegen hat, Montgomery zuzuhören. Allmächtiger, ist das ein *Langweiler*. Und nach allem, was die Gemeinde durchgemacht hat, sollte man doch meinen, die Diözese schickt uns jemanden, der predigen kann. Und was kriegen wir? Einen Kerl mit einem Froschgesicht, der mieses Gereime von der Kanzel brüllt. Und dann auch noch dieser widerliche Seminarist, wie heißt er doch gleich, Hartley? Der Knabe treibt mich zum Wahnsinn. Er sieht, wie ich in mein Auto steige, einen Audi, den ich mir mit harter Arbeit verdient habe, vielen Dank, und er hält mir eine Predigt über die Übel des Geldes.«

Agatha hatte seit der Ankunft ihres Mannes eine erstaunliche Persönlichkeitsveränderung durchgemacht. Sie war jetzt nicht mehr geistig weggetreten, sie war ernst und gesetzt. Sie lächelte ausdruckslos.

Ich fragte: »Was wird denn Ihrer Meinung nach aus der Gemeinde werden?«

Bob Preston blähte sich auf. »Wenn der Herr will –«

Ich sagte: »Jetzt machen Sie aber einen Punkt, Bob.« Agatha musterte mich in entsetztem Schweigen; ihr Mann zuckte lediglich die Achseln. Ich fuhr sanft fort: »Setzen wir die Anwesenheit des Herrn doch als gegeben voraus, okay? Was werden Ihrer Meinung nach die Leute machen?«

Er schüttelte den Kopf und zog das Kinn ein, nahm die enttäuschte Miene eines Mannes im Ölgeschäft an, der an der falschen Stelle gebohrt hat. »Ich weiß nicht, ob wir von Gottes Gegenwart ausgehen können, Goldy. So haben sie es zu Pfarrer Pinckneys Zeiten gehalten, und die Kirche war so tot wie eine überfahrene Katze, das können Sie mir glauben.«

Ich schob den Teller mit dem nicht aufgegessenen Müsli beiseite. »Und Ihrer Meinung nach ist die Kirche unter Pfarrer Theodore Olson zum Leben erwacht?«

Die Kellnerin kam mit Bobs Bestellung. Sie sah mich fragend an, zögerte dann wegen des schlechten Lichts und weil sie, wie ich glaubte, keine weiteren Unhöflichkeiten von Bob riskieren wollte. Dann sagte sie: »Sie sind doch die Partylieferantin. Goldy. Ich hab' gehört, was passiert ist. Es tut mir leid.«

Ich murmelte ein Danke. Bob Preston probierte einen Bissen von einem der Teller und meckerte: »Die Kartoffeln sind kalt.« Die Kellnerin sah mich an, verdrehte die Augen – *anspruchsvolle Kundschaft!* – und nahm die anstößigen Bratkartoffeln weg.

»Ja«, sagte Bob und knüpfte dort wieder an, wo wir aufgehört hatten, »unter Olson ist die Kirche zum Leben erwacht. Hatten Sie nicht auch den Eindruck, daß der Herr für ihn mehr im Mittelpunkt stand als für Pinckney und die alte Garde?«

»Ich habe Pfarrer Olson für sehr nett gehalten.« Ich hielt meinen Blick auf Agatha gerichtet. »Er wirkte auf Gemeindemitglieder sehr ... anziehend.« Sie sah weg. Ich fuhr fort: »Ich hatte nicht denselben Zugang zum Glauben wie Olson, aber als Gesprächspartner von Schulz und mir war er großartig. Arch hatte bei ihm Konfirmandenunterricht und hielt ihn für wunderbar. Wenn die Polizei nur herausfinden könnte, warum –«

»Das ist schließlich deren Job, nicht wahr?« unterbrach Bob mich schroff. Er verrenkte sich den Hals, vermutlich auf der Suche nach der unglücklichen Kellnerin. »Was hat Schulz auf diesem Zettel hinterlassen?«

Mir prickelte die Haut. Ich atmete aus und zuckte unverbindlich die Achseln. »Ich habe nicht die leiseste Ahnung. Es war Polizistensteno. Olson war noch am Leben, Olson war tot. Was wollte die Polizei von Ihnen?«

Mit der rechten Hand beschrieb Bob in der Luft eine Bewegung wie mit einem Lasso. Er verzog das Gesicht. »Sie haben gesagt, daß sie ein Diözesanfahrzeug gefunden haben. Jetzt wollten sie wissen, wer Zugang zu den Schlüsseln hatte, zu dem Auto, zum Hymnal House –«

Unsere Kellnerin kam mit Bob Prestons frischen Kartoffeln zurück. Ich preßte die Lippen zusammen. *Wer hatte Zugang zum Hymnal House und zum Brio Barn*? Ich dachte an das alte Konferenzzentrum, in dem ich den Kurs für Kindergottesdiensthelfer besucht und oft Essen serviert hatte. Zum Konferenzzentrum gehörten viele Räume, die jetzt geschlossen waren. Außerdem enthielt es zahlreiche abgesperrte Lagerräume. Hmm.

»Bob und Agatha«, erklärte ich, als ich aufstand, »vielen Dank für einen himmlischen Brunch. Ich muß nach Hause, am Telefon bleiben und mich um Arch kümmern. Auf bald, hoffe ich«, fügte ich unaufrichtig hinzu.

Bob Preston zuckte leicht zusammen. Er furchte die Stirn. Dann, weil er nicht der Typ war, der dampfendheiße Bratkartoffeln kalt werden ließ, verabschiedete er mich mit einem knappen Winken.

»Ich bringe Goldy zur Tür«, sagte Agatha hastig. Bob zuckte mit vollem Mund die Achseln. Agatha stand eilig auf und brachte ihren Stuhl im Schweizer Stil ins Schleudern. Das trug uns weitere interessierte Blicke von den Rockern ein. Sie liebten Streitereien, selbst beim Brunch. Um jeden Krawall im Keim zu ersticken, gingen Agatha und ich mit gemessenen Schritten zum Eingang.

»Bitte, sagen Sie es mir«, fing sie in einem leisen, flehenden Ton an. »Ich habe mir solche Sorgen um Sie gemacht und um Schulz, aber hat Ted – Pfarrer Olson – zu Schulz irgend etwas gesagt über … über etwas von mir?«

»Etwas von Ihnen? Zum Beispiel Briefe? Sprechen Sie schnell, er sieht zu Ihnen her.«

Sie warf einen nervösen Blick in die Richtung ihres Mannes und wedelte halbherzig mit den Fingern. »Ich habe mich von Ted beraten lassen, weil ich glaubte, daß Bob mich verlassen will«, brach es im gleichen Beichtstuhlflüstern aus ihr heraus. »Von unserem Girokonto war Geld verschwunden, und ich wußte nicht, wo es geblieben war. Ich habe geglaubt, Bob versteckt es irgendwo und bereitet sich darauf vor, die Scheidung einzureichen. Nach den ersten Monaten konnte ich es einfach nicht mehr ertragen, Ted nur einmal in der Woche zu sehen. Ich hatte soviel auf dem Herzen. Also habe ich ihm geschrieben … über alles, was ich durchmachte und empfand … jeden Tag. Und ich habe mir eine Lebensversicherung auszahlen lassen, die mein

Vater für mich abgeschlossen hatte, und habe das Geld beiseite gebracht. Pfarrer ... Ted war der einzige, der über meine finanziellen Vorkehrungen Bescheid wußte. Ich war so glücklich, daß ich jemanden hatte, dem ich schreiben konnte, was ich mit dem Geld machen wollte. Jetzt habe ich einfach furchtbare Angst, daß Ted die Briefe irgendwo aufgehoben haben könnte und daß Bob sie in die Finger bekommt ... und gegen mich benützt.« In ihren Augen schwammen Tränen.

»Waren Sie in Ted verliebt?«

»Was spielt das schon für eine Rolle?« zischte sie. Sie fuhr sich hastig über die Augen, schüttelte die Zöpfe und schnüffelte. »Hat er etwas über die Briefe gesagt oder nicht?« Wir sahen beide zu Bob hinüber, der auf den Teller mit den pochierten Eiern zeigte und der Kellnerin wiederum ausführliche Anweisungen erteilte.

»Agatha, sagen Sie es mir«, drängte ich, »das mit Ted. Und ob Ihr Mann es gewußt hat.«

Sie trat neben eine Kuckucksuhr und eine Schweizer Fahne. Ihr Gesicht war aschfahl. »Warum? Warum wollen Sie das wissen? Ted ist tot.«

»Weil es mir hilft«, sagte ich verzweifelt, »falls der Mann, den ich heiraten will, noch am Leben ist. Können Sie mir nicht einfach sagen, was sich abgespielt hat und ob Ihr Mann eifersüchtig war?«

»Ted hat mich *geliebt*«, beteuerte sie. »Ich weiß es genau. Er hätte auf mich gewartet.«

»Auf Sie gewartet, bis Sie was getan hätten?«

»Bis ich Geld zusammengehabt und mich von Bob getrennt hätte.«

»Agatha, haben Sie das der Polizei gesagt?«

Sie zog eine Grimasse. »Natürlich nicht! Ich bin die verheiratete Leiterin des episkopalischen Frauenkreises. Unser Pfarrer war Junggeselle. Was hätte ich sagen sollen: ›Ich war in unseren Pfarrer verliebt und habe in den letzten fünf Jahren heimlich Geld gehamstert? Bitte, sagen Sie meinem Mann nichts davon?‹«

»Wo ist das Geld?«

»Das sage ich Ihnen nicht. Außer mir geht das niemand etwas an.« Zorn brodelte in ihrer Stimme.

»Sie waren in Olsons Haus, als Ihre Schwiegermutter an jenem Tag wegen der Musik zu ihm kam, nicht wahr?«

Sie schluckte schwer und strich sich den aprikosenfarbenen Rock glatt. »Helfen Sie mir«, bettelte sie. »Helfen Sie mir, meine Briefe zu finden, dann sage ich es Ihnen.«

Ihr Jammer rührte mich. »Ich tue, was ich kann.«

Sie flüsterte: »Als Zelda zum Haus kam, habe ich mich im Bad versteckt.« Unvermittelt drehte sie sich um und huschte an den Tisch zurück, wo ihr Mann saß und die Kellnerin beschimpfte.

Ich steuerte den Lieferwagen zwei Kreuzungen weit die Main Street entlang, bog links in meine Straße ein und gab bergauf Gas. Ich raste an der Baustelle vorbei, wo das Gerüst des Hauses von ›Habitat für die Menschheit‹ das Wochenende über verlassen herumstand. Ich war heftig versucht, fünf Minuten länger bis zum Konferenzzentrum von Aspen Meadow zu fahren, aber ich überlegte mir, daß ich Werkzeug brauchte, für alle Fälle. Sobald ich im Haus war, rief ich nach Arch, der eilig die Treppe herunterkam.

»Mensch, Mom, wieso warst du so lange weg?« Er trug immer noch den Jogginganzug, den er gestern nach meiner geplatzten Hochzeit angezogen hatte. Er schob sich die Brille die Nase hoch und sah an mir vorbei zur Haustür. Kein Tom Schulz. »Was ist denn los? War das heute morgen an der Tür Ermittler Boyd? Ich habe das Polizeiauto von meinem Fenster aus gesehen, aber ich hab' gedacht, du hättest es mir gesagt, wenn sie ihn gefunden hätten.« Sein junges Gesicht war angespannt vor Sorge. »Ich hab' gedacht, bis jetzt haben sie bestimmt ein paar Anhaltspunkte.«

Ich nahm ihn in die Arme. »Sie haben etwas gefunden, Arch. Das Auto, von dem sie glauben, daß Tom damit von Pfarrer Olsons Haus weggebracht worden ist.«

»Aber nicht –«

»Nein. Noch nicht. Wo ist Julian? Hast du gefrühstückt?«

»Er ist im Lebensmittelladen. Er sagt, jemand hat tatsächlich einen Nudelauflauf mit Thunfisch geschickt, deshalb kauft er Zutaten für eine mexikanische Pizza, die er heute abend backen will. Und ja, ich hab' eine von den Zimtschnecken gegessen, die du dagelassen hast.«

»Prima. Hör mal, Schatz, ich fahre jetzt zum Konferenzzentrum –«

»Aber ... was ist, wenn Ermittler Boyd anruft?« Seine sherryfarbenen Augen waren hinter den Brillengläsern riesig vor Kummer. »Was willst du dort? Willst du mich hierlassen, damit ich ans Telefon gehe? *Warum* fährst du zum Konferenzzentrum?«

Kinder. Soweit ich mich zurückerinnern konnte, war Arch immer wißbegierig gewesen. Nicht nur bei philosophischen Fragen wie: *Was passiert nach dem Tod?* Arch wollte Antworten auf alles hören. *Was machen die mit meinen Mandeln, wenn sie sie rausgenommen haben? Warum mußt du die Plätzchen verkaufen, die du bäckst?* Bei Todd zu Hause durften sie die Hafermehlplätzchen behalten, die *seine* Mutter buk. Und die schwierigste Frage von allen: *Warum läßt Gott die Menschen leiden?* Natürlich hatte ich geglaubt, wer eine gute Mutter sein wolle, müsse alles erklären oder es wenigstens versuchen. *Sie werfen die Mandeln weg. Wir leben davon, Plätzchen zu verkaufen. Gott steht uns bei in unserem Schmerz.*

»Ich will nach dem kaputten Fenster sehen«, log ich.

»Du haßt Glasscherben. Du erlaubst nicht, daß ich sie anfasse.«

»Ich fahre hin, weil ich hinfahre, deshalb!«

Er verkniff das Gesicht zu einer anklagenden Miene und zeigte mit dem Finger auf mich. »Es hat etwas mit der Kirche zu tun, nicht wahr? Und mit Pfarrer Olson. Du fährst zu dem alten Konferenzzentrum, weil ...« Er brach ab und musterte mich abschätzend. »Weil du glaubst, daß jemand Schulz dort versteckt hat. Das stimmt, nicht wahr? Du versuchst, ihn ganz allein zu finden. Ich komme mit.«

»Zum Kuckuck, nein, Freundchen.«

»Wenn du mich nicht mitnimmst, fahre ich mit dem Rad hin. Vielleicht kriegt der Killer uns dann alle beide.«

»Oh, um Himmels willen, dann ruf' ich lieber die Polizei an.«

Ich rief Boyd an und stellte mich dem Mann vor, der sich meldete. Ich bat darum, daß das Büro des Sheriffs einen Wagen zum Konferenzzentrum von Aspen Meadow schickte, weil mir eingefallen sei, daß Tom Schulz dort sein könnte.

»Dort waren sie schon«, sagte der Polizist. »Aber wenn Ihnen wegen Schulz noch etwas eingefallen ist, schicken wir sie noch mal hin. Höchstens fünfundzwanzig Minuten«, sagte er und legte auf.

»Okay, Arch, die Polizei ist unterwegs.«

Er bedachte mich mit einem traurigen Blick. »Mir fehlt Tom auch, weißt du.«

»Schon gut, schon gut, wir fahren hin und treffen uns dort mit der Polizei. Aber ich muß ein paar Werkzeuge zusammensuchen und meine chemische Keule, falls ...« Ich dachte den Gedanken nicht zu Ende. »Hol deinen Mantel, Schatz. Es ist kalt.«

Er rannte die Treppe hinauf und erklärte sonor über die Schulter hinweg: »Mom – wir brauchen *mindestens* zwei Taschenlampen.«

13

Kurz darauf heulte mein Lieferwagen den Meadow Drive entlang zum Hymnal House. Für einen frühen Nachmittag im April in Colorado war die Luft ungewöhnlich frostig, und ein düsterer Himmel drohte Schnee an. Als der Lieferwagen knirschend über den Schotter der langen Einfahrt zum Konferenzzentrum fuhr, waren keinerlei Gesetzeshüter eingetroffen. Ich geißelte mich stumm, weil ich damit einverstanden gewesen war, Arch in eine möglicherweise gefährliche Lage zu bringen. Ich dachte daran zurückzufahren. Im Rückspiegel sah ich einen Jogger. Ich stieß zurück und ließ das Fenster herunter. Ja, teilte er mir keuchend mit, die Polizei sei hiergewesen. Es sei eine Weile her, etwa eine halbe Stunde.

Ich schwor mir, keines der Gebäude zu betreten, ehe die Polizei zurückkam. Ich wollte Arch nicht in Gefahr bringen.

Ich parkte den Lieferwagen neben dem Zaun am Brio Barn. Wir sprangen am Rand der Anhöhe mit Blick auf die Main Street, den Cottonwood Creek und St. Luke auf das durch den Frost rutschige Gras. Am anderen

Bachufer standen zwei Autos auf dem Kirchenparkplatz. Aber er war menschenleer. Auch im Konferenzzentrum war niemand zu sehen. Die beiden sechzig Jahre alten Tagungsgebäude unterschieden sich vom heutigen Baustil durch dunkle Zedernholzverschalung, rote Dächer und durch den allgemeinen Eindruck leichter Vernachlässigung. Von den Fensterrahmen bröckelte der rote Anstrich ab, und auf den Fenstersimsen bildeten Kiefernnadeln zufällige Muster. Das Zentrum sah aus wie ein viktorianisches Sommerlager, das außerhalb der Saison geschlossen war.

Ein Stück bergaufwärts, neben dem Hymnal House, stand die alte Garage. Es war ein einstöckiges Gebäude, ursprünglich für drei Pferdekutschen gedacht. Jetzt stand die Tür klaffend weit offen. Arch und ich gingen langsam hinauf. Den Gedanken, Tom könne irgendwo im Zentrum versteckt sein, hielt ich abwechselnd für genial und für schwachsinnig. Ich sah mich in der leeren Garage um, mit den alten Heckenscheren und verrosteten Motoren, mit der Werkbank, auf der Werkzeuge herumlagen und sich schiefe Stapel aus Winterreifen türmten. War Tom hier drin gewesen? Die Staubschicht, die alles überzog, ließ nicht auf die Anwesenheit von Menschen schließen.

»Was glaubst du, wann kommt die Polizei her?« fragte Arch ungeduldig, als wir zum Lieferwagen zurückkehrten und ich die Seitentür aufschob.

»Jeden Augenblick«, versicherte ich ihm mit mehr Zuversicht, als ich empfand.

»Ich hab' ganz vergessen, dir was auszurichten«, sagte Arch, während er auf die Knöpfe der Taschenlampen drückte, um die Batterien zu testen. »Ein Typ namens Kanonikus Montgomery hat angerufen. Hat gesagt, er will sich für seinen kleinen Ausbruch entschuldigen. Und daß er sich vor den Prüfungen mit dir treffen will. Was für ein Ausbruch? Was für Prüfungen?«

Kanonikus Montgomery hatte also angerufen. Falls er tatsächlich in reuiger Stimmung war, konnte ich sein schlechtes Gewissen vielleicht ausnützen und ihn dazu bewegen, mit mir über die Frau zu sprechen, die bei der Sitzung der Gesellschaft Chads auf Ted Olson gewartet hatte. »Du weißt doch«, erwiderte ich, »die Prüfungen der Kandidaten für die Ordination. Sie fangen am Dienstag abend an ...«

Aber Arch hörte nicht zu. »Was ist denn das für Zeug?« fragte er. Er beleuchtete mit den Taschenlampen die Ecke des Lieferwagens mit den Akten und den beiden dicken Büchern, die ich aus Olsons Büro entwendet hatte.

»Ach, das ist nur –« Ich verstummte, erschreckt vom näherkommenden Geheul eines Automotors. Einen Augenblick lang lähmte uns der Anblick des kleinen ausländischen Autos, das auf das Konferenzzentrum zufuhr.

»Mom«, sagte Arch, »das sieht ganz aus wie –«

»Das brauchst du mir nicht zu sagen. Schnell, renn hinauf zum Hymnal House. Wir müssen uns verstecken.«

Ich schlug die Schiebetür des Lieferwagens zu. Und wir rannten. Aber die Treppe war verschneit, und Arch wußte nicht genau, welchen Weg er einschlagen sollte. Wir waren nicht so schnell, daß wir Frances Markasian entkommen konnten. Die Reporterin des *Mountain Journal* sprang aus ihrem Fiat, warf sich ihre voluminöse Tasche über die Schulter und nahm hitzig die Verfolgung auf. Auf dem gefliesten Vorplatz vor der Flügeltür zum

Hymnal House holte sie uns keuchend ein. Wir standen außer Atem höchstens einen halben Meter von dem schief in den Angeln hängenden Fenster entfernt, das Julian eingeschlagen und Mitchell mit Pappe vernagelt hatte.

Ich hielt mir die Seite und stellte fest, daß die Schuhe, die es Frances ermöglicht hatten, im Sprint die Treppe hinaufzueilen, mit Klebeband geflickte Turnschuhe waren. Darüber trug sie den viel zu großen schwarzen Trenchcoat, der entweder eine journalistische Marotte oder das einzige Oberbekleidungsstück war, das sie bei der Trödelauktion, von der auch die Turnschuhe stammten, hatte ergattern können. Die Rezession hatte in Aspen Meadow deutliche Spuren hinterlassen. Frances ließ die riesige Umhängetasche auf die Steinplatten fallen und schüttelte wild das strähnige dunkle Haar, während sie sich auf die Brust klopfte und heftig hustete.

»Mensch, Goldy, wo wollen Sie denn so eilig hin? Ich hätte Ihretwegen fast einen Herzinfarkt gekriegt.« Als wollte sie sich davon erholen, lehnte sie sich gegen einen Stapel aus metallenen Liegestühlen auf dem Vorplatz, bückte sich nach der Tasche und wühlte darin herum. Nach kurzer Suche brachte sie ein Päckchen Zigaretten und ein Streichholzbriefchen zum Vorschein. Sie schüttelte eine Zigarette heraus und musterte uns von oben bis unten. »Was haben Sie denn mit den Taschenlampen vor? Suchen Sie was?«

»Wir wollen hinein und ein paar Töpfe suchen, die mir gehören«, sagte ich lakonisch. »Ich weiß, daß die Feuerwehr im Umkreis von drei Metern um die Konferenzgebäude herum das Rauchen verboten hat.«

»So ein Pech«, sagte Frances. Sie zündete die Zigarette an und inhalierte gierig. Mit der Hand, in der sie die Zigarette hielt, schob sie sich das Haar aus dem Gesicht, damit sie etwas sehen konnte. Mit der anderen Hand fegte sie den Schnee von einem Liegestuhl, einem rostigen grünen Gestell, das aussah, als wäre es aus der *Titanic* geborgen worden. Sie atmete einen dünnen Rauchfaden aus und zerrte den Liegestuhl zu der kurzen Steinbrüstung am Ende des Vorplatzes. Fünfzehn Meter unter uns fuhren Autos die Main Street entlang. Ohne der Aussicht auch nur einen flüchtigen Blick zu schenken, sank Frances in den nassen Liegestuhl und legte die Füße auf die Brüstung. »Wenn ich beim Rauchen den Sicherheitsabstand einhalte, dann kann ich Ihnen auch nicht erzählen, was ich über Ihre Kirchengemeinde rausgekriegt habe.«

Arch zog eine dünne, strohblonde Augenbraue über den Rand des Brillengestells hoch. Ich fluchte innerlich. Aber das Fleisch ist schwach. Ich fegte Schnee und Eis von zwei weiteren Liegestühlen.

»Darf Arch es auch hören?« wollte ich wissen, während ich die beiden Liegestühle kratzend über die Steinplatten zur Brüstung zerrte.

»Du brauchst mich nicht zu beschützen, Mom«, sagte mein Sohn tapfer. »Ich werde nächste Woche dreizehn, falls du's vergessen hast.«

Frances tat das mit einem Wedeln der Hand ab und legte die Zigarette vorsichtig auf die Brüstung, ehe sie wieder in ihre Tasche griff. Sie holte eine Coladose heraus, schüttelte sie leicht, riß dann den Deckel ab und schluckte den Schaum.

Arch sah zu, mit vor Staunen offenem Mund. Er sagte: »Mensch, ist das cool!«

Frances griff wieder nach der Zigarette und lächelte glückselig. »Was, das Cola oder die Zigarette?«

»Die Colamarke! Ich darf das Zeug nicht trinken. *Dreimal* soviel Koffein wie im normalen Cola? Sind Sie beknackt? Mann! Sie müssen ja total auf dem Trip sein!«

»Äh, darf ich mal stören?« mischte ich mich sanft ein. »Keine Diät-Pepsi mit Vivarin mehr?«

»Das ist nur für morgens.« Sie stellte die Büchse auf die Brüstung und zog an der Zigarette, als wäre sie ein Sauerstoffgerät. »Das hier ist für nachmittags. Hören Sie. Bob Preston ist p-l-e-i-t-e.«

»Im Ernst?« Ich sah vom Vorplatz hinunter auf die Wipfel der Kiefern, die auf dem steilen Abhang wuchsen. Eine Schlange aus Oldtimern fuhr in gemessenem Tempo unten auf der Straße vorbei. Der Model-T-Club kam bei einer seiner Ausflugsfahrten oft durch unser Städtchen. Das war besser als die Motorräder. Hinter den tuckernden Autos glich das A-förmige Dach von St. Luke einem riesigen Zelt.

»Total pleite«, fügte Frances hinzu. »Am Ende. Und bis über die scheinheiligen Ohren verschuldet.«

»Ich hab' gedacht, er hätte Einnahmen aus Ölquellen oder so.«

Sie kippte noch mehr Cola in sich hinein und schmatzte befriedigt mit den Lippen. »Deshalb bin ich Reporterin, und Sie sind Partylieferantin.«

»Geben Sie nicht so an, Frances. Was haben Sie da gesagt? Und woher haben Sie diese finanzielle Information?«

Ich versuchte, sie mit meinem Blick einzuschüchtern. Leider verdeckte das dunkle, strähnige Haar, das aussah, als wäre es eben erst von Rastazöpfen befreit worden, ihre Augen fast ganz. »Bobs Quelle«, intonierte Frances mit einem Griff in ihr Haar, »ist versiegt. Übertragen wie wörtlich. Aber andererseits schwimmen irgendwo Perlen im Wert von vierzigtausend Dollar herum.« Sie rieb die Zigarette zwischen den Fingern und grinste dreckig. »Vierzigtausend Muscheln – oder sind es Austern? – sind vielleicht kein ausreichender Grund für einen Mord, aber irgend jemand hätte damit ein ganz hübsches Startkapital in der Hand. Und jetzt zu Agatha und Ihrem Pfarrer, Olson –« Frances musterte gierig mein Gesicht. Weil ich keine Rastazöpfe hatte, hinter denen ich mich hätte verstecken können, setzte ich eine völlig ausdruckslose Miene auf. Frances sprach weiter. »Ich hab' gehört, sie war auf ihn viel versessener als er auf sie.«

»Wirklich? Wer hat Ihnen das erzählt? Bitte, Frances, ich muß im Konferenzzentrum nach meinen Sachen suchen. Die Polizei war hier und kommt bald zurück.«

»Weshalb haben Sie es so eilig?« Sie warf über die Schulter einen Blick auf die eingeschlagene Scheibe. »Was haben Sie hier vergessen, Töpfe? Die sind vermutlich inzwischen gestohlen worden, falls jemand auf die Idee gekommen ist, hier zu suchen.«

Falls jemand auf die Idee gekommen ist, hier zu suchen. Die Frau trieb mich zum Wahnsinn. Ich zuckte die Achseln. Wenn ich ihr verraten hätte, daß ich auf die Polizei wartete, damit wir nach Tom Schulz suchen konnten, wäre ich sie nie los geworden.

Frances kippte wieder das starke Cola in sich hinein. »Was ist das für ein Gefühl, daß Ihr Verlobter entführt worden ist?«

»Noch eine persönliche Frage, und ich fahre nach Hause.«

»Okay, versuchen wir's mal damit. Glauben Sie, Ihr Bischof hätte es geduldet, daß einer seiner Pfarrer ein Verhältnis hat?«

Meine Kirchengemeinde, mein Pfarrer, mein Bischof. Wenn das so weiterging, würde mir bald die anglikanische Kirche auf der ganzen Welt gehören. »Nein, Frances, natürlich glaube ich nicht, daß er es geduldet hätte.« Im ganzen Land hatten weibliche Gemeindemitglieder Diözesen verklagt, sich auf psychische Schäden berufen, weil ihre Liebhaber Pfarrer der Episkopalkirche waren. Die Kirche hatte davon erst etwas gemerkt, als die Frauen die Prozesse gewannen und ein paar Millionen Dollar flöten gegangen waren.

Ich sagte: »Sie meinen, wir sehen einem Rechtsstreit entgegen? Oder hätten einem entgegengesehen?«

Sie blies zu Archs verzückter Bewunderung Rauchringe. »Ich meine, wir hätten vielleicht einer *Erpressung* entgegensehen können.«

»Erpressung durch wen?« wollte ich wissen. »Agatha Preston? Und wo hätte da Olson ins Bild gepaßt?«

»Sagen wir mal, der Pfarrer genießt einen kleinen unerlaubten Kitzel im Bett oder fürchtet sich davor, daß die Leute glauben könnten, er tut's.« Archs Stirn legte sich in Falten, und ich konnte mir vorstellen, wie es in seinem Kopf arbeitete: *Wer wird gekitzelt?* Frances fuhr fort: »Meinen Sie nicht, Bob Preston hätte Olson erpressen können mit dem, was er wußte? Vielleicht, um herauszubekommen, wo die Perlen waren?«

»Und hätte ihn anschließend erschossen? Es wäre doch einfacher gewesen, ihn zu verklagen und dabei eine Menge Geld herauszuschlagen.«

Frances inhalierte lautstark und erwärmte sich für ihr Thema. »Sagen wir mal, der Pfarrer weigert sich, ihm die Informationen zu geben, über die Perlen, über seine Frau oder sonst etwas. Oder«, fügte sie nachdenklich hinzu, »vielleicht nimmt sich der theologische Kanonikus seinen geliebten ehemaligen Schüler Olson mal zur Brust. Dabei werden die beiden laut, und jede Menge Leute im Diözesanzentrum hören mit an, wie sie sich anschreien.« Sie machte eine Pause. »Vielleicht sagt die Diözese zu Olson, mach Schluß mit der schönen Agatha, sonst setzt's was.«

»Sonst läßt die *Diözese* ihn umbringen?«

Sie streckte die Arme aus und zuckte dramatisch die Achseln. Der weite Trenchcoat sackte zusammen wie ein abstürzender schwarzer Drachen. »Hören Sie, Goldy, ich versuch' doch nur, mir einen Reim auf diese Geschichte zu machen. Mehr will ich doch gar nicht«, winselte sie mit einer Naivität, die nicht überzeugte. »Da ist noch was. Sie kennen das Habitat-Haus, das in Ihrer Nähe gebaut wird?« Ich nickte. »Falls Sie noch nichts davon wissen sollten, dagegen läuft ein Protest der Nachbarn. Die haben eben durchgesetzt, daß das Projekt gestoppt wird. Sie behaupten, es verstößt gegen die Bauauflagen in der Gegend, weil es zu klein sei. Die Nachbarn haben Olson als Vermittler mit dem Habitat-Komitee berufen, in dem Bob Preston der dicke alte Hecht im Karpfenteich ist. Wissen Sie was darüber? Diese Woche bringen wir einen Artikel über das Thema.«

Ich sagte nein und fragte mich, ob Arch dem allen folgen könne. Zu meinem Verdruß starrte er Frances Markasian mit offenem Mund an. Ich war mir nicht sicher, aber mir war, als läge ehrfürchtiges Staunen in seinem Blick.

Sie bedachte mich mit einem skeptischen Blick, ehe sie sich an der Glut der letzten Zigarette die nächste anzündete. »Was hat sich Ihrer Meinung nach also zwischen der Leiterin des episkopalischen Frauenkreises und Ihrem Pfarrer abgespielt?« Die erste Zigarette landete zu ihren Füßen.

»Du liebe Zeit, Frances, das müssen Sie schon die Leiterin des episkopalischen Frauenkreises fragen.« Ich drückte die Zigarettenkippe mit dem Absatz aus und stand auf, um zu signalisieren, das Gespräch sei beendet.

Frances nahm einen tiefen Zug, sah auf das Dach von St. Luke auf der anderen Straßenseite hinüber und blies Rauch aus. »Was wissen Sie über Roger Bampton?« fragte sie.

»Nichts, was nicht in der ganzen Stadt bekannt wäre. Wieviel davon wahr ist, das ist eine ganz andere Frage.«

»Glauben Sie, daß seine Heilung ein Wunder war?«

»Glauben Sie das?«

Sie hievte sich auf die beturnschuhten Füße und warf sich die Tasche über die Schulter. »Ich glaube nur an die Macht der Presse. Dort wohnt die Wahrheit. Jedenfalls für mich.« Sie bedachte mich mit einem gutmütigen Händedruck und einem halben Lächeln um die Zigarette im Mundwinkel herum. »Schön, Sie stilles Wasser, wenn Sie was Neues hören, vergessen Sie ja nicht, beim *Mountain Journal* Laut zu geben.«

»Es wird mir ein Vergnügen sein«, log ich.

»Komm mal bei mir im Büro vorbei, Arch. Ich hab' in der Redaktion den ganzen Kühlschrank voll mit Powercola.«

Archs Gesicht nahm einen Moment lang einen frohlockenden Ausdruck an, bis er meinen bösen Blick auffing, der ihm sagte: *Schlag dir das lieber gleich aus dem Kopf.* Als Frances die Steintreppe von Hymnal House hinuntergehüpft und in dem qualmenden Fiat davongedonnert war, hoben Arch und ich die Taschenlampen auf und wollten zur Einfahrt zurück, um dort zu warten. Als wir zum Eingang von Brio Barn kamen, hörten wir etwas. Es klang wie eine Schublade oder eine Tür beim Zuknallen. Oder wie ein Metallstuhl, der über den Boden geschoben wird. Arch warf mir einen Blick zu.

»Was war das?«

»Schatz, das weiß ich nicht.«

»Wir müssen hineingehen, Mom.«

»Vergiß es.« Meinen Worten zum Trotz faßte ich die Scheunentür ins Auge.

»Das könnte er sein! Vielleicht versucht er, herauszukommen! Mom! Hörst du mir überhaupt zu? Vielleicht versucht er, ein Signal zu geben ... Aber vielleicht wird er gleich ohnmächtig oder ... Ganz egal, wir müssen es rauskriegen!« Er deutete mit einer ausholenden Geste auf die Häuser in der Nähe des Konferenzzentrums, auf die alten Autos, die durch Aspen Meadow schnauften. »Das hier ist eine ganz normale Gegend. Hier wird uns niemand mitten am Tag was tun. Aber wenn du sagst, es geht nicht, dann ist er vermutlich bewußtlos, bis die Polizei kommt, und wir finden ihn erst, wenn –«

Er verstummte, als das Kratzgeräusch wieder in unsere Ohren drang.

»Okay, sehen wir nach.« Meine Stimme bebte. Arch ging schon die alte Steintreppe zum Schuppen hinunter. »Ruf nicht, um zu hören, ob jemand da ist, bis wir drin sind und auf der Bühne, unter der Bühne, in den Lagerräumen und so weiter nachgeschaut haben. Willst du die chemische Keule?«

Archs Stimme sagte entschieden: »Okay. Ich kenn' mich da drin überhaupt nicht aus.«

»Ich habe hier so oft Essen serviert, daß ich alles in- und auswendig kenne.« Ich sprach mit mehr Selbstvertrauen, als ich empfand.

Das Vorhängeschloß, das die Flügeltür zur Scheune sicherte, stand offen. Ich fragte mich nicht, warum, als ich die rostigen Metallschlingen von den Türgriffen löste. Wir machten die knarrenden Flügeltüren weit auf, die in den höhlenähnlichen, finsteren Bau führten, und wurden sofort von einer Strömung eisiger, abgestandener Luft begrüßt. *Was zum Teufel habe ich hier verloren?* wollte meine innere Stimme wissen. Ich tastete nach dem Schalter für das Deckenlicht, von dem ich wußte, daß es vorhanden war. Als ich auf den Schalter drückte, tat sich nichts. Natürlich. Obwohl der Winter dem Kalender nach vorüber war, würde der Strom abgestellt bleiben, bis die Sommerkonferenzen anfingen. Das hieß, daß es bis auf das Hymnal House nirgends Strom gab und daß jeder, der hier festgehalten wurde, furchtbar frieren mußte. Ich dachte an Tom, wie er vor Unterkühlung zitterte.

»Mach die Taschenlampe an.« Meine Stimme klang wie Schotter. Wir richteten schwache Lichtstrahlen in den Innenraum. Er glich einem Theater und wurde vor allem für Proben, für Chorkonzerte und Liturgiefeiern während der Konferenzen benützt. Vor uns stand auf der anderen Seite des Holzbodens die alte Pfeifenorgel wie ein gespenstisches Museumsstück. Weil sie anfällig gegen Kälte war, wurde sie hier nicht benützt, nur aufbewahrt. Die Bühne befand sich rechts von uns; an den Wänden standen wahllos gestapelte Stühle. Der Geruch nach altem, morschem Holz war stark. Ich wollte die Taschenlampe nicht nach oben richten. Der Gedanke, daß Tiere über die Dachbalken huschen könnten, war viel zu unerfreulich. Mir lief eine Gänsehaut über die Arme. Ich betrat an einem wolkenverhangenen Nachmittag auf der Suche nach Tom Schulz ein kaltes, leerstehendes, verdunkeltes Gebäude. Ich wußte nicht, was schlimmer war, die Furcht, die mir in den Ohren gellte, oder der wiederkehrende Gedanke, ich müsse den Verstand verloren haben. Am schlimmsten war jedoch die Angst, Tom könne etwas Schlimmeres zugestoßen sein als Bewußtlosigkeit.

»Du weißt doch, daß ich am nächsten Sonntag Geburtstag habe«, sagte Arch mit leiser Stimme.

Nur ein Kind konnte unter solchen Umständen von einem Geburtstag reden. Und dabei konnte das Sprechen über etwas völlig anderes durchaus die Angst lindern. Wo blieb eigentlich die Polizei?

»Ja«, sagte ich, als ich zögernd in den Raum hineinging. Meine Stimme kam zu laut heraus und hallte gemeinsam mit meinen Schritten wider. »Normalerweise fällt er nicht auf Ostern, aber dieses Jahr ist es so.«

»Ich glaube, wenn ich erwachsen bin«, sagte Arch mutig, als er sich von mir trennte und Richtung Bühne ging, »werde ich Steuerberater. Dann habe ich jedes Jahr vier Tage nach dem Steuerabgabetermin Geburtstag. Und ich kann immer ein Riesenfest feiern, obwohl ich erwachsen bin.« Er zögerte, dann zischte er: »Sollten wir nicht wenigstens seinen Namen rufen? Es sieht doch nicht so aus, als ob jemand hier wäre. Wenn er in einem Lagerraum ist, kann er sich dann vielleicht bemerkbar machen ...«

Gute Idee. »Tom!« rief ich schwach. Meine Stimme hallte von den kalten Holzwänden wider. »Tom!«

Nichts.

Ich ging weiter in das Halbdunkel, richtete die Taschenlampe auf den staubigen Holzboden einen Meter vor meinen Schuhen. Alle paar Schritte ließ ich den Strahl auf die alte Orgel scheinen. Die stumpfen Metallpfeifen reckten sich zur Decke wie Gitterstäbe in einem Gefängnis. Einmal schwenkte ich das Licht bis hinauf zur pechschwarzen Decke. Von den Dachbalken der Scheune hingen keine Fledermäuse, sondern verstaubte, bestickte Banner von Kirchengemeinden, deren Organisten vor vielen Jahren an einer hiesigen Musikerkonferenz teilgenommen hatten. Weil ich in diesem Raum häufig Tee serviert hatte, wußte ich, daß sich hinter der Orgel ein Schrank befand, in dem Noten und Unterrichtsmaterial aufbewahrt wurden. Der Schrank wurde im Juli und im August bei den Konferenzen der Chorleiter und Kindergottesdiensthelfer benützt. Wenn ich im Schrank nachgeschaut hatte, würden wir in den muffigen Steinkeller unter der Bühne gehen, in dem alte Kirchenakten gelagert wurden. Beides kam mir nicht besonders lustig vor.

»Mom?« Der Strahl von Archs Taschenlampe leuchtete schwach in meine Richtung.

»Ich bin hier. Du hast darüber geredet, wie du deinen Geburtstag feiern willst, wenn du erwachsen bist.«

»Okay. Ich gehe jetzt auf die Bühne.« Der Strahl seiner Taschenlampe verschwand.

»Machst du dir Sorgen, daß deine Party dieses Jahr ausfallen könnte?« fragte ich eine Spur lauter.

»Manchmal glaube ich, für so was bin ich zu alt.« Seine Stimme klang gedämpft. Das verfinsterte, wandernde Licht seiner Taschenlampe sagte mir, daß er hinter den schweren Samtvorhängen der Bühne nachschaute. »Aber eine Torte hätte ich trotzdem gern«, erklärte er, als er wieder auftauchte. Seine kleine Stimme hallte wider. »Vielleicht ein kleines Familienfest. Sind da hinten Garderoben oder so was, wo Tom sein könnte? Vielleicht ist er geknebelt.«

Ich blieb stehen. »Leuchte an der Wand entlang.« Er tat es, und außer verstaubter Holzvertäfelung war nichts zu sehen. Mit unechter Munterkeit sagte ich: »Was wünschst du dir zum Geburtstag?«

Seine Stimme war ernst und wütend zugleich. »Ich will Tom Schulz wiederhaben, Mom, was hast du denn gedacht? Hast du hinter der Orgel nachgeschaut?«

»Das mach' ich gleich.« Ich schluckte, ignorierte das Hämmern in meinen Ohren und ging schnell zur Orgel. Es machte mir angst, hinter ein großes Instrument zu gehen, an einen dunklen Ort, wo alles mögliche lauern konnte. Spinnweben überzogen die Tasten und Pfeifen. Ich war einmal von einer Giftspinne gestochen worden. Ich erschauerte und ging um die Pfeifen herum. Vor der Schranktür stand ein Stapel Stühle. Ich preßte die Schulter gegen die Mitte des Stapels und strengte mich an, ihn beiseite zu schieben. Die Stühle rührten sich nicht. Ich holte tief Luft und versuchte es wieder. Das scharrende Geräusch war gespenstisch. Außerdem gaben die Stühle ein paar Zentimeter nach.

»Mensch, Mom«, rief Arch entsetzt. »Was *machst* du da?«

Ich preßte die Schulter wieder gegen den Stuhlstapel und schob. Falls Tom Schulz in diesem Schrank war, mußte derjenige, der ihn dort eingesperrt hatte, ungeheuer stark sein. Ich schob wieder, hielt dann zum Ausruhen inne. Ich zog die Orgelbank heran, um sie als Hebel einzusetzen. Ich ächzte und hielt mit meinem ganzen Gewicht dagegen. Einen Augenblick später beschrieben Bank und Stuhlstapel einen Bogen und gaben die Tür frei. Der Gedanke, Tom könne in dem Schrank eingesperrt sein, gab mir die Kraft, die Orgelbank aufzuheben und den Türknauf damit einzuschlagen. Dabei ging beides zu Bruch. Wenn Arch und ich mit der Scheune fertig waren, würde die Gemeinde für die Renovierung staatliche Subventionen brauchen.

Ich packte die Taschenlampe mit einer Hand, steckte die Finger der anderen Hand durch das Loch, das der Türknauf hinterlassen hatte, und riß die Tür auf. Ich holte tief Luft, atmete Staub ein und richtete die Lampe in den fensterlosen Schrank.

Regale vom Boden bis zur Decke säumten die Wände, überfüllt mit vergilbten Papieren und Broschüren. Der Geruch nach Moder war grauenhaft. Bis auf Staubwolken und kunstvolle Spinnennetze in den Ecken war der Schrank leer. Enttäuschung gerann in meiner Brust zu einem schweren Klumpen. »Ich will dir sagen, was für eine Torte ich mir wünsche«, sagte Archs ferne Stimme. Als ich aus dem Schrank kam, sah ich gerade noch, wie seine Taschenlampe riesig und scharlachrot hinter dem rechten Bühnenvorhang leuchtete.

»Was für eine?« Ich richtete den Lichtstrahl meiner Lampe auf die Bühne, als Archs Umriß eben hinter dem Vorhang auftauchte. Seine Schritte hallten auf dem Holz wider. »Pfeffer*minz*!« Sein Lichtstrahl schwankte an der Decke. »*Au!*« Ein lautes Knacken, wie von splitterndem Holz. Vor Schreck rutschte mir die Taschenlampe kurz aus der Hand. Ich richtete sie zitternd wieder auf die Stelle, wo Arch war. Vielmehr gewesen war. Der Bühnenboden brach unter ihm zusammen.

»Hilfe!« rief mein Sohn.

»Oh! Herr, hilf uns!« rief eine Frauenstimme von unten.

14

Mein Körper fühlte sich unglaublich schwerfällig an, als ich ihn zur Bühne schleppte. Ich sprang drei Stufen hinauf, stolperte und kroch dann auf allen vieren zu der Stelle, wo die Bretter nachgegeben hatten. Arch war hindurchgefallen. Ich wußte, daß er am Leben war, weil ich seine überraschte Stimme hören könnte, halb redend, halb weinend. Ich richtete den Lichtstrahl nach unten und sah durch die gesplitterten Bretter einen weißgetünchten Kellerraum, den graue Aktenschränke säumten. Arch strampelte, ein Knäuel aus dunklem Jogginganzug und langen Beinen, auf Lucille Boatwright herum, einer breiten, unbeholfenen Erscheinung in teuer aussehenden dunklen Hosen mit passendem Pullover. Sie stöhnte, und die Wälzerei auf dem staubigen Boden ruinierte ihre Kleidung. Ich spekulierte wild. Hatte sich Arch das Rückgrat gebrochen? War das Telefon im Hymnal House angeschlossen? Ob der Rettungsdienst bereit war, an zwei Tagen hintereinander einen Notarztwagen für Lucille Boatwright zu schicken?

»Arch! Fehlt dir auch nichts? Ich bin hier oben. Hast

du dich verletzt? Beweg dich nicht, wenn du das Gefühl hast, daß etwas gebrochen sein könnte!«

»Ich hasse diesen Schuppen, Mom!« schrie er. Als er antwortete, war ich so erleichtert, daß mir der kalte Schweiß über den Körper lief. »Der ganze Schuppen ist so furchtbar alt!«

Der arme Junge. Er war verlegen und versuchte, das mit Zorn zu überspielen. Mit einer gewaltigen Anstrengung löste er sich von Lucille. Anklagende Fragen drängten sich in meinem Kopf. Hatte Lucille denn nicht gehört, daß wir in der Scheune waren? Warum hatte sie uns nicht wissen lassen, daß sie im Aktenkeller war? Würden die Nachbarn angerannt kommen, wenn sie den Tumult hörten?

Während ich hilflos von oben aus zuschaute, gewöhnten sich meine Augen allmählich an die Tatsache, daß es im Keller heller war als oben in der Scheune. Ein verschwommener, trüber Streifen des wolkenverhangenen Nachmittagshimmels war durch die kleine Kellertür zu sehen, die Lucille offengelassen hatte. Auf dem Tisch stand eine zinnfarbene, batteriebetriebene Campinglampe, die zu neu und zu teuer aussah, als daß sie zum Konferenzzentrum hätte gehören können. Sie warf einen metallischen Schein auf die Steinmauern, die einmal weiß gewesen waren, und auf die aneinandergepferchten Aktenschränke. Mit hochgezogenen Knien lehnte sich Arch gegen einen Schrank und rieb sich heftig die Schienbeine. Ein Schubfach im Schrank daneben stand offen. Auf einem massiven Eichentisch lag ein kleiner, sauberer Stapel aus Aktendeckeln in tristen Farben. Ächzend rollte Lucille sich auf die Seite. Sie packte das Tischbein und zog sich mühsam in eine Sitzhaltung hoch. Ich kannte die Frau immerhin so gut, daß ich wußte, sobald sie wieder stehen konnte, würde sie damit anfangen, Arch auszuschimpfen. Ich mußte ihm helfen, hier herauszukommen; ich mußte ihn beschützen. Ich kletterte von der Bühne herunter und ging durch die Scheunentür hinaus. Ich rutschte auf den nassen Kiefernnadeln aus und schlitterte den kleinen Abhang hinunter, bis zur Tür des kleinen Lagerraums. Die beiden saßen immer noch auf dem dreckigen Boden; sie sahen benommen aus.

Ich beugte mich über Archs Gesicht, das völlig vom Staub verdreckt war. Seine Brille saß schief. »Kannst du dich bewegen? Bist du in Ordnung? Oh, Schatz, sprich mit mir.«

»Mir fehlt gar *nichts*, Mom. Lass' mich bitte in Ruhe, okay?

»O Herr des Himmels, sieh darein«, grollte Lucille. Sie versuchte ihrer Verstörung Herr zu werden, indem sie wirkungslos an der verdreckten grünen Kleidung herumbürstete. Ihr Silberhaar war in Unordnung; Staub überzog sie von Kopf bis Fuß. Durch den Schock des Sturzes wirkte sie älter, und sie hatte einen wilden Ausdruck in den Augen. Die chemische Keule. Gütiger Gott. Ich reichte ihr die Hand. Sie nahm sie ohne Gewissensbisse und kam wacklig und schwer atmend auf die Beine.

Arch tastete nach seiner Brille, um sie geradezurücken. Seine Finger glitten über den Boden. Er hob die Sprühdose mit der chemischen Keule auf und danach etwas Kleines und Rundes, das er sich dicht an die Brillengläser hielt. »Ist Ihnen auch nichts passiert, Mrs. Boatwright? Hab' ich Sie mit der chemischen Keule getroffen?« Er gab einen Würglaut von sich, und ich befürchtete, er müsse sich übergeben. »Sieht danach aus, als hätte ich Ihre Halskette kaputtgemacht.«

»Arch, bitte, Schatz, steh auf.« Er umklammerte beide Fundstücke, ließ sich wieder nicht von mir hochhelfen und kam mühsam neben mir auf die Beine. Seine Wange war zerkratzt, und seinen Jogginganzug überzogen breite Staubstreifen. Aber zum Glück blutete er nicht.

»Hat Sie das Sprühgas verletzt?« fragte ich Lucille. Ich brachte nicht ganz den Mut auf, sie zu fragen: *Was zum Teufel haben Sie hier verloren?*

»Nein, aber das Zeug ist gefährlich, das weiß der Himmel. Jetzt zu Ihrem Sohn. Wie geht es ihm?«

Wir sahen beide Arch an, der unserem Blick auswich. Es war ihm entsetzlich peinlich, aber er hatte keine Schmerzen. Er hatte sich furchtbar erschreckt, und vermutlich hätte ich ihm Aspirin geben und ihn für den Rest des Tages ins Bett stecken sollen. Natürlich war beides nicht möglich. Ich sah hinauf zur durchgebrochenen Decke. Offenbar war das Holz völlig morsch. Die Scheune hatte eine Renovierung dringender nötig als das Pfarrbüro.

»Lucille? Haben Sie sich verletzt? Es tut mir so leid, daß das passiert ist. Es ist nicht zu fassen, daß niemand im Konferenzzentrum nach den Fußböden sieht, ehe sie völlig morsch sind!«

»Na ja, meine Liebe ... Ehrlich! Eben noch stehe ich dort«, sie deutete hilflos mit einem zitternden Finger auf den Aktenschrank, »und dann – oh, ich habe geglaubt, die ganze Scheune stürzt ein –« Sie schluckte. »Wir sollten wohl jemandem Bescheid sagen. Und dann sollten wir selbstverständlich gehen. Hier ist es gefährlich, das ist kein Ort für ein Kind –«

»Ich schaue erst nach, ob die Polizei eingetroffen ist«, unterbrach ich sie. »Wenn Sie sicher sind, daß Ihnen nichts fehlt –«

Aber ihr fehlte doch etwas. Sie tat einen Schritt und schrie vor Schmerz auf. Ihr aristokratisches Gesicht verzerrte sich. »Das Sprühgas hat mich nicht getroffen, aber ich habe mir den Knöchel verstaucht.«

»Bleib bei Mrs. Boatwright«, trug ich Arch ruhig auf.

Er nickte verdrossen. Ich lief hinauf zum Scheunentor. Keine Spur von der Polizei, weder drinnen noch draußen. Als ich in den Lagerraum zurückkam, reichte Arch Lucille Boatwright, die sich gesetzt hatte, die letzten Perlen der gerissenen Kette, die sie in einem zerknüllten Stück Papier in der Hand hielt. Sie faltete das Papier linkisch zusammen und steckte es in ihre Handtasche, die neben dem sauberen Stapel aus Aktendeckeln auf ihrem Schoß lag. In meiner Abwesenheit war es ihr gelungen, sich das Haar und die Kleidung glattzustreichen. Wegen des verletzten Knöchels fühlte ich mich zu dem Vorschlag verpflichtet, sie im Lieferwagen nach Hause zu fahren, ehe ich abschloß, weshalb ich gekommen war. Sie bestand darauf, daß wir mit zu ihr nach Hause kamen, um uns zu säubern. Ich erklärte ihr, ich müsse beim Konferenzzentrum bleiben, um mich umzusehen.

»Nach was?« wollte Lucille in ihrem üblichen gebieterischen Ton wissen. »Hier ist doch nichts.« Sie bedachte mich mit einem Blick, der sagte: Ich habe immer recht, und mir wird selten widersprochen. Ich warf einen Blick auf die Aktendeckel in ihrem Schoß. Eine schwache Röte stieg ihr in die Wangen.

»Wenn wir bei mir zu Hause sind, erzähle ich Ihnen von den Ablageproblemen der Kirche«, sagte sie forsch zu ihrer Verteidigung. »Aber mein Knöchel ist verstaucht. Auto fahren kann ich, aber ich kann nicht zum Auto gehen. Ich muß *hingebracht* werden.« Sie preßte die

Lippen zusammen und fügte ein »Bitte« hinzu, das ihr mangels Übung nicht leicht über die Lippen kam.

In diesem Augenblick steckte Ermittler Boyd den Kopf durch die Tür zum Lagerraum. Sein Blick nahm die durchgebrochene Decke zur Kenntnis, das Chaos auf dem Fußboden und unser trostloses Trio. Er fluchte leise.

»Was ist hier los? Seid ihr drei in Ordnung?«

Die gleichzeitige Kakophonie aus Beteuerungen, die unsere Antwort auf seine Frage war, schien ihn zufriedenzustellen.

»Wir durchsuchen das Konferenzzentrum«, sagte Boyd. Er wedelte mit einem Finger nach mir. »Wir haben die Genehmigung. Das heißt, wir, nicht *Sie*, haben die Genehmigung bekommen.«

»Aye, aye«, sagte ich liebenswürdig. »Lucille, lassen Sie mir und Arch ein paar Augenblicke Zeit, im Lieferwagen Platz für Sie zu schaffen.«

Entmutigt packte Arch die Taschenlampen in den Lieferwagen, während ich versuchte, den Motor anzulassen.

»Arch, dir ist doch klar, daß die Geräusche, die wir gehört haben, vermutlich von Mrs. Boatwright stammten, als sie die Aktenschränke öffnete, nicht wahr?«

»Ja, schon.« Er machte eine Pause. »Du hast mir nicht gesagt, was das da hinten für Zeug ist«, sagte er schmollend. Papiere raschelten. »Mensch, Mom, gehören diese Akten nicht Pfarrer Olson oder der Kirche oder so? Hast du noch nie was von ›Du sollst nicht stehlen‹ gehört?«

»Sei friedlich, Freundchen.« Der Motor wollte nicht anspringen. Ich drehte den Schlüssel wieder im Schloß und gab Gas. »Officer Boyd hat mir gesagt, ich soll alles durchgehen, was dabei helfen könnte, die Notizen auf dem Zettel zu entschlüsseln, und das hier ist alles, was ich habe. Du willst Tom doch auch finden, oder?«

Das widerstrebende Geheul des Motors kommentierte er mit einem mißbilligenden *ts, ts.* Einen Augenblick später meiner er: »Pfarrer Olson hat immer gesagt: ›Ihr müßt euch in euren Glauben einwickeln wie in eine Decke.‹ Ich glaube, er hat gesagt, das stammt von irgendeinem berühmten Mann.«

Der Motor wäre fast angesprungen und ging dann wieder aus. Ich lehnte mich zurück, unendlich frustriert, und ließ mir Archs Bemerkung durch den Kopf gehen. Ich sagte: »Klingt nach Linus. Und ich brauche keine Decke, ich will, daß mein Lieferwagen anspringt.«

»Ja, ich hab' auch keine Decke gebraucht. Also hab' ich ihn gefragt, ob es wie eine Decke wäre, wenn ich fest daran glaube, daß die gemeinen Kinder in der Schule aufhören, mich zu hänseln. Und er hat gesagt, man hat nur Einfluß auf das eigene Verhalten.«

Ich drehte den Schlüssel um, und der Motor sprang an. Vielleicht war die einzige Form von Energie, die man beeinflussen konnte, die eigene; was die Autoindustrie herstellte, war Schicksalssache. Wie auch immer, Olson war zweifellos in der Lage gewesen, die richtigen Antworten zum Thema Verhalten zu geben. Zumindest für andere. »Klingt so, als hätte Pfarrer Olson dich jedenfalls dazu gebracht, über den Glauben nachzudenken.«

Arch schnaubte. »Ich sag's dir ungern, Mom, aber ich denke über Powercola nach, und das heißt noch lange nicht, daß ich welches habe.«

»Arch!«

»War doch bloß ein Scherz.«

Ich gab auf. Der Lieferwagen schlitterte lautstark über den nassen Schotter bei der Bank im Freien, auf der Lucille Boatwright züchtig mit den Aktendeckeln und der Handtasche saß. Ich legte den Kopf auf das Lenkrad und murmelte Arch zu: »Deck das Zeug hinten zu und hilf Mrs. Boatwright in den Lieferwagen, sei so gut, ja?«

Arch maulte: »Hast du noch nie was von Watergate gehört?« Aber ehe ich etwas erwidern konnte, hörte ich sein Geraschel, dann kletterte er vorsichtig aus dem Lieferwagen. Wir fuhren Lucille zu ihrem silbernen Auto, einem makellosen, schnittigen Buick, auf dem Kirchenparkplatz. Sie bestand darauf, daß sie fahren könne, auch mit einem verstauchten linken Knöchel. Weil ich unbedingt wissen wollte, warum sie das Gefühl gehabt hatte, an einem Sonntag nachmittag in Kirchenakten herumstöbern zu müssen und warum sie auf dem Kirchenparkplatz geparkt hatte statt vor dem Brio Barn, gab ich ihrem Drängen nach, eine Weile zu ihr ins Haus zu kommen. Mein Lieferwagen fuhr stotternd und ruckelnd hinter dem Buick her zu Lucilles Haus im Tudorstil in der Gegend des Country Club von Aspen Meadow. Sie lehnte Hilfe ab und humpelte vor uns her in die Marmordiele, vorbei an polierten Büfetts und Tischchen aus Kirschbaum und einer prächtigen Etagere mit Tierfigurinen aus Elfenbein. Arch gab die angemessenen bewundernden Laute von sich, bis ihn Lucille am Ellbogen nahm und zum Säubern ins Bad führte. Sie selbst verschwand ebenfalls kurz und tauchte wieder auf, nachdem sie sich den Staub von der grünen Kleidung gebürstet hatte.

»Ich habe Arch mit einer Limonade vor den Fernseher gesetzt«, sagte Lucille mit dem typischen Recken des diktatorischen Kinns. »Ich wollte nicht, daß er hört, wie schlecht organisiert die Kirche ist.« Sie führte mich in ihre Küche, einen ultrasauberen Raum mit gewölbter Decke, hohen Schränken aus hellblauem Resopal und einem ziegelrot gefliesten Fußboden. Mir kam eine jähe Erkenntnis, die mich blendete: Lucille wollte Arch, wie ich es Frances Markasian gegenüber gewollt hatte, davor beschützen, daß er erfuhr, wie die Kirche in Wahrheit war.

Ich wartete, während Lucille Kakao und Zucker in ihre Porzellanteekanne löffelte und beides mit Sahne vermischte. Während sie mit der freien Hand rührte, goß sie fachmännisch kochende Milch in die Kanne und stellte sie beiseite. Ich fragte mich, was sie mit den Aktendeckeln gemacht hatte. Überaus ordentlich wie üblich brachte sie langsam zwei Tassen, Untertassen, Löffel, Würfelzucker in einer Waterford-Schale, Sahne in einem passenden Kännchen an den Küchentisch aus Kirschbaum und schließlich ein Tellerchen mit schottischen Butterkeksen. Als sie den heißen Kakao einschenkte, überfiel mich ein anderer, schmerzlicherer Gedanke: Mir wurde bewußt, wie Schulz es genossen hätte, mit Lucille über englisches Knochenporzellan, Elfenbeinfigurinen, Kirschbaummöbel im Stil Queen Anne und die Unvergleichlichkeit von schottischem Shortbread zu plaudern.

»Wenn Arch das Fernsehprogramm nicht gefällt, kommt er her und will wissen, was wir machen«, warnte ich. »Es tut mir leid, daß Sie sich verletzt haben, Lucille, aber ist es für Sie nicht gefährlich, sich in dem Lagerraum im Brio Barn aufzuhalten? Ich meine, die Scheune ist so baufällig!«

Sie schüttelte die Silberlocken und bedeutete mir, ich solle den Kakao trinken. Solange er heiß ist, schien sie sagen zu wollen. »Ich habe im Aktenlagerraum nachgesehen, weil dieser Olson so ein *Schwein* war. Ich meine,

Pfarrer Pinckney hätte nie –« Ich stieß einen winzigen, ungeduldigen Räusperlaut aus. Lucille kam zur Sache. »Das begreifen Sie einfach nicht, Goldy. Olson hat unsere Kirche ruiniert. Er hat sie in eine Richtung geführt, ich meine, mit diesen Charismatikern –«

»Moment mal, Lucille!« Ich stellte die Tasse ab. »Wir haben über Akten gesprochen, und Sie reden über den Ruin der Kirche. Bitte erklären Sie mir, wie Sie vom einen auf das andere gekommen sind.«

Lucille wollte sich über den Nacken streichen und merkte mit einem jähen Rucken der breiten, altersfleckigen Hand, daß ihre Halskette nicht da war. Sie trank einen Schluck heißen Kakao und schien sich mühsam zu überlegen, wo sie mit ihrer Geschichte anfangen sollte.

»Früher waren wir eine Familie. Unsere Gemeinde, wissen Sie. Vielleicht hat manches nicht funktioniert, zum Beispiel das Spendenaufkommen, aber wir sind alle miteinander ausgekommen. Es war tragisch, daß Pfarrer Pinckney in den Ruhestand gehen mußte. Er hat alle geliebt; Sie wissen, daß das wahr ist.«

Tatsächlich wußte ich, daß es nicht wahr gewesen war. Pinckney hatte lediglich seine kleine Clique seelsorgerisch betreut; der wahre Seelsorger für alle war Ted Olson gewesen. Aber Diskussionen über solche Meinungsverschiedenheiten würden mich nicht zu Lucilles Motiv dafür führen, daß sie an einem Sonntag nachmittag im Aktenlager herumgestöbert hatte.

Ihre Stimme wurde lauter. »Jetzt ist es, als ob wir zwei getrennte Kirchen wären«, äußerte sie schrill. »Die Charismatiker treten die alten Traditionen mit Füßen, zerstören alles mit ihrer Gitarrenmusik und der Küsserei, wollen alles an sich reißen, sogar die Altargilde. Wissen

Sie, wie wir Olson genannt haben?« Als ich den Kopf schüttelte, sagte sie triumphierend: »Pfarrer Kußmaul. Und natürlich hat ihm nur an den Charismatikern etwas gelegen, das wissen Sie.«

Wieder war ich mir da nicht so sicher. Aber zu meinem Glück hatte ich Psychologie im Hauptfach studiert und konnte die Gesprächstherapie von Carl Rogers bei Bedarf jederzeit abrufen. Ich sagte: »Sie hatten das Gefühl, daß ihm an Ihnen nichts lag.«

Sie trank einen Schluck Kakao, schüttelte den Kopf und sah meine Tasse an. »Trinken Sie ihn, solange er heiß ist, Goldy, Sie wissen, daß er nicht ewig warm bleibt.«

Lucille war nicht fähig, mehr als zwei Sätze zu sprechen, ohne einen Befehl zu erteilen. Aber ich gehorchte trotzdem. Der Kakao war wunderbar heiß und sahnig. Und er roch herrlich. Ich stellte die Tasse behutsam ab und bemerkte: »Sie hatten das Gefühl, er wisse Sie nicht zu schätzen.«

»Natürlich wußte er mich nicht zu schätzen! Bei allem, was ich für die Kirche getan habe, glauben Sie, daß er auch nur eine Kleinigkeit zu schätzen wußte? Oh! Ich könnte Ihnen viel erzählen über die Trauungen, die ich organisiert habe, über die Stunden, die ich am Telefon verbracht habe! Über das Geld, das ich gesammelt habe ... und dieser Olson hatte an allem etwas auszusetzen. Immer war er anderer Meinung als ich und hat es schwierig für mich gemacht, mit den verzweifelten Eltern umzugehen, die versucht haben, die Trauung ihrer Kinder zu organisieren. Ich will nicht schlecht über Tote reden, aber Sie wissen schon. Wir hatten einen furchtbaren Streit über die Verwaltung des Pfarrbüros, dann gab es Konflikte über die Spendenbeschaffung –«

»Sie haben also die Akten geholt. Warum?«

»Augenblick, haben Sie etwas Geduld. Ich werde es Ihnen sagen. Wo soll ich anfangen?« Sie preßte die Lippen zusammen. »Gut, hören Sie zu. Zelda Preston war seit vielen Jahren die Organistin von St. Luke. Sie wissen, daß sie am Northwestern ausgebildet worden ist, und zwar jahrelang. Doch Olson hat sie nie zu schätzen gewußt. Und sie ist St. Luke gegenüber äußerst loyal gewesen. Ich weiß, daß sie im Lauf der Jahre Tausende von Dollar gespendet hat, Tausende, viel mehr, als dieser Pöbel, den Pfarrer Olson in unsere Gemeinde gebracht hat, je zu schätzen wüßte.«

Ich begriff, worum es bei der Meinungsverschiedenheit zwischen Olson und Lucille wegen der Verwaltung des Pfarrbüros gegangen sein mußte. Alle Spenden, alle Einzelheiten über die Kirchenpflege sollten streng vertraulich behandelt werden. Aber wenn die Polizei hatte herausfinden können, was für Geldmengen der Kirche zuflossen, war es kein weit hergeholter Gedanke, daß Lucille Boatwright schon viel früher darüber Bescheid gewußt hatte. Ich wäre jede Wette darauf eingegangen, daß Zelda mit ihren Klamotten aus dem Trödelladen auf keinen Fall so *viel* Geld herausgerückt hatte.

»Und als Olson Zelda dann hinausgeworfen hat«, schäumte Lucille, »nach so vielen Jahren treuer Dienste, nachdem sie die Choräle ausgesucht, mit dem Chor geprobt und so vieles getan hatte, wieviel, weiß der Herr allein, da habe ich mich an die Petition erinnert. Der Bischof wollte uns wegen der Gitarrenmusik schreiben. Im Diözesanbüro haben sie uns immer wieder versprochen, ich weiß nicht, wie oft, daß wir Antwort bekommen, daß die Antwort unterwegs sei. Wir wollten das Gedudel verbieten lassen, verstehen Sie das nicht? Und weil

Olson – bei seiner miserablen Organisation! – uns nichts von der Antwort gesagt hatte, ganz gleich, wie sie lautete, habe ich gedacht, ich suche danach –« Sie hielt inne und trank einen Schluck Kakao, gestikulierte mit der freien Hand, damit ich die naheliegende Schlußfolgerung zog. Die gar nicht so naheliegend war. Ich wußte, daß Lucille log.

Ich sagte: »Sie haben nach der Antwort des Bischofs auf die Petition gesucht, weil Sie geglaubt haben, sie könnte Ihnen jetzt helfen? Was für eine Rolle spielt sie denn nach Ted Olsons Tod? Sollten Sie jetzt nicht eigentlich seine Beerdigung planen?«

Sie wedelte wieder mit der Hand, als wollte sie sagen: unwesentlich, völlig unwesentlich. »Damit wir uns diese Musik nicht mehr anhören müssen, was glauben Sie denn? Wie kann ich eine Beerdigung planen, wenn die Charismatiker dort auftauchen und ihre Gitarren schwenken? Und wenn wir einen Brief vom Bischof vorweisen können, dann wird der Neue, ganz gleich, wer es ist, von Anfang an die richtige Richtung einschlagen müssen.«

»Ich meine nur, dafür ist es ... noch ein bißchen früh.«

»Hören Sie«, sagte sie unvermittelt. Ihre Augen glänzten. »Ich möchte mit Ihnen über das Mittagessen morgen sprechen. Ich will Ihnen alle Zutaten bezahlen. Glauben Sie mir, ich weiß, wie teuer heutzutage das Essen ist! Schicken Sie mir also eine Rechnung, ja? Sagen Sie Zelda und den anderen Frauen nichts davon, wir wollen nicht, daß sie sich deshalb Sorgen machen.«

Eine Art Nebel legte sich über meinen Verstand, was sie vermutlich beabsichtigt hatte. Ich kann entweder über das Geschäft reden oder über etwas anderes. Aber ich bin unfähig, Geschäftliches und Nichtgeschäftliches im selben Gespräch zu vermischen. Arch war nicht zu uns gestoßen. Vermutlich hatte er einen Kabelkanal gefunden. Ich wußte nicht, was ich wegen des Mittagessens sagen sollte. Je länger es dauerte, desto unbehaglicher wurde das Schweigen zwischen Lucille und mir.

»Erzählen Sie mir«, sagte ich mit geheuchelter Ahnungslosigkeit, »von der Perlentombola.«

»Oh! Wissen Sie, die Frauen wollen jetzt nicht mehr in der Kirche mitarbeiten. Sie sind alle *berufstätig.*« *Bis auf die arme Agatha,* dachte ich. »Wir mußten sogar unsere jährliche Besuchsrunde durch die Häuser der Gemeindemitglieder ausfallen lassen, weil wir nicht genug Frauen als Aufsichtspersonen finden konnten! Würden Sie Ihr luxuriöses Zuhause der Kirche einen Tag lang zur Verfügung stellen, wenn nicht genug Aufsichtspersonen vorhanden wären? Ich bitte Sie!«

»Aber Sie haben geglaubt, mit den Halsketten ...«

Sie bot mir den Teller mit Shortbread an. Ich lehnte ab. »In den letzten beiden Jahren war das eine einfache Methode, Geld einzunehmen. Dieses Jahr wollten wir natürlich den Bau des Kolumbariums abschließen. Bob Preston – Zeldas Sohn, aber das wissen Sie ja – hatte aus seiner Zeit im Ölgeschäft einen Freund im Fernen Osten. Er hat einen Lieferanten in Hongkong gefunden. Trotz der Zollgebühren hätten wir fünfhundert Dollar pro Kette verdienen können, und etliche hätten wir für Frauen, die sich keine kaufen können, verlost. Wir haben fest damit gerechnet, daß Frauen aus der Gemeinde, der Stadt und aus dem Club sich eine Kette oder wenigstens ein Tombolalos kaufen möchten. Dadurch hätten wir nicht versuchen müssen, Frauen, die einfach nicht dazu bereit sind, zur Arbeit für die Kirche zu überreden. Sie müssen die Ankündigung doch mit der Post erhalten haben, Goldy. Was ist denn nur mit Ihnen los?«

»Ich habe versucht, eine Hochzeit zu planen«, gab ich tonlos zurück.

Lucille Boatwright erschauerte leicht, als wollte sie sagen, selbst wenn sie mit der Planung von einem Dutzend Trauungen beschäftigt gewesen wäre, hätte sie niemals ein kirchliches Rundschreiben übersehen. »Der Basar sollte in der Woche nach Ostern stattfinden. Natürlich wollten wir ihn nicht in der Fastenzeit veranstalten, obwohl etliche Frauen gesagt haben, falls sie die Perlen gewinnen, würden sie die Kette gern an Ostern in der Kirche tragen. Ehrlich gesagt, das konnte ich verstehen, aber an der Fastenzeit ist nun einmal nicht zu rütteln.«

»Ah. Und warum hat Pfarrer Olson die Perlen aufbewahrt?«

Ihr Gesicht nahm eine traurige Miene an, die ausdrücken sollte: Ich habe Ihnen doch gleich gesagt, daß auf den Mann kein Verlaß war. »Er hielt sein Haus für sicher. Aber *wo* in seinem Haus hat er sie versteckt? Das scheint niemand zu wissen, und natürlich erlaubt die Polizei uns nicht, nach den Perlen zu suchen. Gott sei Dank habe ich sie durch eine Zusatzklausel versichern lassen, sonst hätte die Kirche einen Haufen Geld verloren. Wir mußten Bob Preston die Perlen gleich nach der Lieferung bezahlen. *Warum* Olson darauf bestanden hat, sie bei sich aufzubewahren, weiß ich auch nicht«, schloß sie entnervt.

Einen langen Moment sahen wir uns in die Augen. Ich sagte leise: »Sie haben das Gefühl, er hatte den Tod verdient.«

»Selbstverständlich nicht. Das ist ja absurd.« Aber das aristokratische Kinn bebte.

Ich trank einen Schluck abgekühlten Kakao und dachte nach. »Lucille, Sie haben mir nie auch nur die geringsten Einzelheiten über die Verwaltung der Kirchengemeinde erzählt –«

»Sie haben mich auch nie danach gefragt«, unterbrach sie mich.

»– aber jetzt haben Sie mich in Ihr Haus eingeladen und mir angeboten, das morgige Mittagessen zu bezahlen. Vielen Dank, aber ich hätte dem Frauenkreis sowieso eine Rechnung geschickt. Sie waren wirklich ganz reizend zu mir und haben mir alles mögliche erzählt. Ich möchte nur gern wissen, warum?«

Sie sah auf ihre Hand hinunter, mit der sie langsam über die Kirschbaumplatte strich.

»Ich glaube«, ließ ich nicht locker, »daß Sie vor etwas Angst haben.« Ich dachte zurück: die Perlen, die Petition, das Aktenlager. Die Akten. »Es ging nicht nur darum, im Konferenzzentrum aufzuräumen.«

Sie wich meinem Blick aus und sah hinüber in ihr Wohnzimmer. Auf ihre Sessel im Stil Queen Anne mit dem strengen Blumenmuster auf glänzendem Baumwolldamast. Auf ihr gestreiftes Sofa in denselben gedämpften Farben. Auf die schön polierte Stieffel-Lampe neben dem Arrangement aus getrocknetem Eukalyptus in einem Kupferkrug. Ihr Blick galt ihrem Geld, ihrer vertrauten Ordnung, ihrer Sicherheit.

Ich erinnerte mich an den Samstag morgen, und mir ging allmählich ein Licht auf. Ich dachte an den Moment, bevor meine Trauung hatte anfangen sollen, an den neuen Organisten, der die triumphalen Eröffnungsakkorde von Jeremiah Clarkes Trompetensolo spielte. Und dann an Zeldas Worte: *Ich bin ein Profi.* Wovor hatte ein Profi am meisten Angst? Davor, als Profi in Verruf zu geraten. Davor, kein Profi mehr sein zu können.

Ich sagte sanft: »Sie haben nach einem Brief vom Bischof gesucht, weil Sie glauben, daß Zelda ihn braucht. Ist es nicht so? Sie glauben aus einem bestimmten Grund, daß sie den Brief braucht.« Lucille fuhr behutsam mit den Fingern über den Rand der Porzellantasse und schwieg verstockt. »Sie glauben, daß Zelda den Brief von Olson haben wollte, damit sie das Gesicht wahren konnte. Und vielleicht eine andere Organistenstelle finden konnte.« Langsam rollte eine Träne über eine der gepflegten, gepuderten Wangen Lucilles. »Lucille. Sie glauben, daß Zelda ihn umgebracht hat, nicht wahr?«

15

Sie schniefte und stand auf. »Auf keinen Fall. Wie kommen Sie dazu, so etwas zu sagen? Ich glaube, es wird Zeit, daß Sie gehen.«

»Sie müssen die Polizei anrufen. Sofort, von hier aus. Falls Zelda Tom Schulz –« Ich konnte den Satz nicht beenden. »Wo war sie gestern morgen?«

Lucille zwang sich zu einem Lächeln. »Das weiß ich nicht! Warum sind Sie so hartnäckig?« Sie ging zur Küchentür. »Ich bin froh, daß Ihr Sohn sich besser fühlt. Ich rufe ihn herunter. Der Frauenkreis muß die Beerdigung planen, und ich muß um fünf bei einer Besprechung sein.«

Sie schlüpfte adrett hinaus. Mein dringender Wunsch, sie auszuhorchen, hatte ihre ganze Selbstbeherrschung wiederhergestellt. Ich sah ihrem breiten Körper beim Abgang nach, ihren Silberlocken, die wie ein Schutzschild aus Metall schimmerten. Zur Hölle damit.

In der Küchenecke entdeckte ich ein hellblaues Wandtelefon, fast unsichtbar, weil es farblich genau zu den Schränken paßte. Ich packte den Hörer und wählte 911. Nachdem ich mich vorgestellt hatte, sagte ich, ich müsse eine dringende Nachricht für Boyd hinterlassen, ich hätte etliches über den Mord an Olson herausgefunden und er solle Zelda Preston verhören. Ich schluckte und fügte hinzu, Zelda sei kräftig, eine Schwimmerin, vielleicht habe sie Tom Schulz entführt. Als ich auflegte und mich umdrehte, stand Lucille Boatwright mit dem Arm um Archs Schulter auf der Schwelle zur Küche.

»Wir freunden uns eben allerbestens an«, sagte sie zu mir und meinte damit vermutlich ihre Beziehung zu meinem Sohn.

Arch sagte: »Hä?«

Ich sagte: »Entschuldigen Sie. Wir müssen gehen.«

»Arch«, sagte Lucille, »ich muß noch kurz mit deiner Mutter reden.«

Arch bedachte mich mit einem fragenden Blick. »Soll ich in den Lieferwagen steigen oder wieder nach oben ins Fernsehzimmer gehen? Sprecht ihr wieder über die Kirche? Vermutlich willst du mich bloß loswerden.«

Ich sagte gelassen: »Bleib, wo du bist.«

Lucilles Wangen liefen rot an. Sie sagte zornig: »Das Problem besteht darin, daß sie mir nicht sagen will, wo sie gestern morgen war. Wenn sie mir das nur sagen würde. Mehr verlange ich ja gar nicht.«

»Wohnt Zelda hier in der Nähe?«

Lucille machte den Mund auf und wollte etwas sagen, aber nichts kam heraus – das erste Mal, daß ich das je erlebt hatte. Arch seufzte tief, den Seufzer, den er immer ausstieß, wenn er mit jeder Menge von langweiligen Aufträgen konfrontiert wurde. »Mom«, bettelte er, »können wir nicht nach Hause fahren? Niemand weiß, wo wir sind, vielleicht hat jemand angerufen, und Julian macht sich bestimmt Sorgen –«

Ich sagte: »Ja, gleich. Wo wohnt Zelda?«

»Entschuldigen Sie«, stammelte Lucille. »Ich hätte es Ihnen gestern schon sagen sollen, Ihnen oder der Polizei.« Sie riß sich zusammen und wedelte mit einem Finger. »Sie dürfen ihr keinen Schreck einjagen.« Als ich einen ungeduldigen Laut ausstieß, fuhr sie fort: »Ein einstöckiges weißes Backsteinhaus an der Golf Course Lane. Keine zwei Kreuzungen von hier, auf der linken Straßenseite. Vielleicht schwimmt sie gerade. Ihr Rücken plagt sie, und sie hat gemeint, vielleicht hilft es, wenn sie ein paar Bahnen mehr als üblich schwimmt.«

Ich antwortete nicht. Wir gingen auf dem Weg zum Lieferwagen eilig durch die Marmordiele. Arch trabte vor mir her. Bei seiner Abneigung gegen jede Form von Sport war das ein sicheres Zeichen dafür, daß er es eilig hatte, hier wegzukommen. Ich empfand das Bedürfnis, es mir nicht ganz mit Lucille zu verderben, für den Fall, daß Zelda nichts über den Mord an Olson und Schulz' Verschwinden wußte. Keine Menschenseele kannte die innerkirchlichen Vorgänge und die finsteren Geheimnisse der Gemeinde besser als diese elegante Frau, die mich aus ihrem Haus hinausbegleitete. Und schließlich hatte sie sich entschuldigt.

»Könnte sie gestern beim Arzt gewesen sein? Wegen der Rückenschmerzen?« fragte ich.

»Darüber sprechen wir nicht«, sagte Lucille, ohne mich anzusehen. Sie fuhr sich wieder mit der Hand an den Hals. Keine Perlenkette. »Wenn man in unser Alter kommt, sind Gespräche über Wehwehchen und Schmerzen zu deprimierend. Dann würden wir über nichts anderes mehr reden. Obwohl sich natürlich im Grunde niemand dafür interessiert. Die Leute wollen nichts über das Altwerden hören.«

Wir traten aus ihrer glänzenden Haustür und blieben auf der Steintreppe stehen. Die Luft des Aprilnachmittags war nicht mehr frostig, sondern bitterkalt. Ich sagte: »Aber mir ist das nicht gleichgültig –«

Sie tat das abwinkend ab. »Und wenn man niemanden hat, der sich um einen kümmert, muß man es eben selbst tun. Oder es so halten wie Zelda und ich und sich umeinander kümmern. Ted Olson«, fügte sie heftig hinzu, »hat sich den feuchten Kehricht für uns interessiert. Ich glaube, er wäre sogar froh über unseren Tod gewesen.«

»Oh, Lucille, das kann nicht Ihr Ernst sein.«

»Meine Liebe, das ist mein völliger Ernst.«

Dieser Ausbruch persönlicher Bitterkeit bedeutete entweder, daß Lucille das Visier herunterließ oder auf äußerst überzeugende Weise so tat. Trotz meiner Wut, weil sie sich weigerte, mir zu helfen, und meines Verlangens, hier wegzukommen, empfand ich einen starken Stich des Mitgefühls für sie. Ich wußte genau, wie es war, von einem Mann nicht zur Kenntnis genommen zu werden, nach dessen Wertschätzung und Zuneigung man sich sehnte. Ich hatte sieben Jahre mit dem Versuch vergeudet, von dem Kotzbrocken zu bekommen, was er keinem Menschen geben konnte. Ich griff nach der pergamentähnlichen Haut auf Lucilles Unterarm. Vielleicht konnte ich auch überzeugend schauspielern.

Ich sagte: »Ich weiß, wie es ist, wenn man sich selbst um sich kümmern muß; ich habe das fast ein Jahrzehnt lang getan.« Lucille schüttelte meine Hand ab; wir gingen weiter. »Wenn Zelda so starke Schmerzen hat«, wagte ich mich vor, »warum hat sie dann nicht ... mit Olson darüber gesprochen, auch wenn sie ihn nicht leiden konnte. Ich meine, nach allem, was ich in letzter Zeit gehört habe, zum Beispiel die Geschichte mit der

Kindergottesdiensthelferin und dann das mit Roger Bampton –«

Lucilles jähes Gelächter war roh und schockierend derb. »Dieses Gewäsch! Das ist doch einfach totaler Schwachsinn! Das glauben Sie doch nicht etwa im Ernst, oder, Goldy? Falls Sie das glauben, sind Sie noch unintelligenter, als ich Sie eingeschätzt habe.«

Wir hatten die Tür meines Lieferwagens erreicht. Ich ließ ihre Meinung über meinen IQ unkommentiert durchgehen. »Sie glauben also nicht, daß Roger von der Leukämie genesen ist?« fragte ich mit einem Stirnrunzeln, von dem ich hoffte, daß es unschuldig wirkte. Arch, der schon auf dem Beifahrersitz saß, gestikulierte ungeduldig, ich solle mich beeilen.

»Die ganze Geschichte war erstunken und erlogen!« Lucille sah mir ins Gesicht; ihre eisblauen Augen glitzerten vor Entrüstung. Ihre faltigen Hände beschrieben eine abfällige Geste. »Völlig aus der Luft gegriffen! Roger Bampton ist ein Säufer. Er soll zum Arzt gegangen sein, weil er sich schlecht gefühlt hat? Ich bitte Sie. Vermutlich hat er geglaubt, bei der Chemotherapie wird ihm Jack Daniels in die Arterien gejagt. Natürlich hat Pfarrer Pinckney versucht, Roger zu einer Entziehungskur zu bewegen, aber daran erinnert sich niemand mehr.«

»Sie erinnern sich daran.«

Dieses Mal war ihr Lachen leiser, eher selbstironisch. »Ich gehöre zu den wenigen, die sich daran erinnern, meine Liebe. Aber das spielt ja keine Rolle.« Sie zögerte, dann erwiderte sie meine freundschaftliche Geste und drückte die Finger in meinen Arm. Weicher grüner Kaschmir streifte meine Haut. »Zelda ist mir eine sehr liebe Freundin«, sagte sie ernst. »Sie dürfen sie nicht aufregen. Lassen Sie nicht zu, daß die Polizei ihr angst macht. Sie ist so verletzlich – Sie wissen ja, was sie durchgemacht hat, als ihr Sohn gestorben ist. Bestimmt wissen Sie auch, daß sie auf die Art, wie Olson sie behandelt hat, nicht gut reagiert hat.«

Ich hätte sie gern umarmt, erinnerte mich aber rechtzeitig an ihre Einwände gegen das Zurschaustellen von Zuneigung. Außerdem war mir am wichtigsten, dieses perfekte Tudorhaus hinter mich zu lassen, mit den perfekten Zimmern und dem perfekt gestalteten Garten. »Hören Sie, Lucille. Vermutlich stellt sich heraus, daß an der Sache überhaupt nichts dran ist. Vielleicht findet sich im Büro des Bischofs eine Kopie seines Briefes in der Ablage, vielleicht stellt sich heraus, daß er Olson überhaupt nicht geschrieben hat.« Obwohl ich hoffte, dem sei nicht so. O Gott, wie ich mir wünschte, daß Tom Schulz in Zeldas Haus war, wie ich mir wünschte, daß Zelda in einem Wutanfall Olson umgebracht hatte, wie ich mir wünschte, daß das alles vorüber war.

»Rufen Sie mich an?« bat Lucille ernst, als ich in den Lieferwagen gestiegen war und das Fenster herunterließ.

»Ich habe gedacht, Sie haben eine Besprechung.« Als sie mich mit einem verständnislosen Blick bedachte, fügte ich hinzu: »Haben Sie einen Anrufbeantworter?«

»Selbstverständlich nicht. Ich hasse diese Höllenmaschinen.« Ihr autoritäres Kinn bebte unheilverkündend. »Bringen Sie Zelda nicht durcheinander«, warnte sie mit dem Kommandoton und mit dem gehobenen Zeigefinger, die ich von den Anweisungen vor der Hochzeit her kannte. Sie trat schnell vor meinen Lieferwagen. »Und rufen Sie mich an, sobald Sie etwas wissen. Versprechen Sie es mir!«

»Ja, Lucille!« Ich ließ den Motor an und verwünschte sie insgeheim, weil sie mir das Gefühl gab, eine pflichtbewußte zwölfjährige Tochter zu sein. »Danke für den Kakao.« Als sie sich nicht vom Fleck rührte, legte ich den Rückwärtsgang ein und stieß rückwärts aus ihrer Einfahrt zurück. Wie durch ein Wunder blieben die Spaliere aus Gebüsch und Espen unversehrt.

»Sie hat keinen Anrufbeantworter!« rief Arch, als ich anhielt, um ein Straßenschild zu lesen. »Mann! Sie hat keinen Kabelanschluß! Sie hat keine Fernbedienung! Ganz davon zu schweigen, daß sie kein einziges Videospiel hat. Wo hat die Frau in den letzten fünfzig Jahren gelebt? Mannomann!«

Ich bekam schließlich heraus, wie ich zu Zelda Prestons einstöckigem weißen Backsteinhaus an der Golf Club Lane kam. Unterwegs dachte ich darüber nach, daß Lucille und Zelda liebend gern die Uhr zurückgestellt hätten, sowohl in kirchlicher als auch technischer Hinsicht.

»Mann, Mom.« Arch war immer noch angewidert. »Ich weiß nicht, warum du in der Kirche bleibst. Wenn ich in so eine Kirche gehen würde, wo alle so mies sind, dann würde ich austreten.«

Ich stöhnte. »Ich bin so erzogen worden, Schatz. Und nicht alle sind mies.«

Vor Zelda Prestons Haus waren schon zwei Polizeiautos eingetroffen. Seit ich von Lucille aus angerufen hatte, war keine Viertelstunde vergangen. Wenn sie nach einem Polizeikollegen suchten, konnten sie sich wirklich beeilen. Kein Blaulicht blitzte; ich hatte keine Sirene gehört. Ich erinnerte mich an Toms Worte: *Beim Versuch, jemanden zu erwischen, kommen wir ohne großes Trara an.* Ein Polizist, der mich erkannte, hielt mich an.

»Der Umkreis wird abgeriegelt.«

»Bitte, lassen Sie mich mit Ihren Kollegen hinein«, bettelte ich. »Ich muß wissen, ob Tom da drin ist.«

Seine ausdruckslose Miene verwandelte sich in Stein. »Sie haben nicht die geringste Chance, näher an dieses Haus heranzukommen.«

Bullen.

Im selben Augenblick tauchte eine sehr verwirrt aussehende Zelda Preston, dem Anschein nach in einen Bademantel gekleidet, an der Haustür auf. Sie betrachtete mit zusammengekniffenen Augen die Polizisten auf ihrer Treppe, die Polizeiautos und meinen Lieferwagen, der auf dem Rasen neben ihrer Einfahrt stand. Sie machte sofort die Haustür auf und ließ die Polizisten ein. Mir wurde ganz flau im Magen. Falls sie Tom im Haus festgehalten hätte, wäre das nicht ganz ohne Widerstand abgegangen.

Zehn Minuten später kamen Boyd und Armstrong zusammen heraus. Boyd schleppte seine rundliche Gestalt die Einfahrt entlang, während Armstrong, groß und schlaksig, neben ihm ausschritt. Ich warf einen Blick zum Himmel, der sich jetzt unheilverkündend verfinstert hatte und für den Abend Schnee verhieß. Ich wußte nicht, ob mir die Zähne wegen der Kälte klapperten oder vor Nervosität wegen der Neuigkeiten, die mir bevorstanden. Als wollte er mich vorbereiten, schüttelte Boyd den Kopf. Ich verschränkte die Arme und sackte gegen den Lieferwagen.

»Diese Preston ist außer sich«, fing er an. »Sie will, daß wir ihr Haus durchsuchen, damit sie über jeden Verdacht erhaben ist. Hat sie wörtlich gesagt. Wir haben uns kurz umgeschaut. Kein Schulz. Wie sind Sie nur auf die Idee gekommen –«

»Fangen Sie gar nicht erst an«, warnte ich mit bebender Stimme. »Sie haben mir gesagt, daß ich anrufen soll, und das habe ich getan. Wo war sie gestern?«

Armstrong, der uns überragte, räusperte sich und antwortete für Boyd. »Bei einem Vorstellungsgespräch für die Organistenstelle an der katholischen Kirche. Sie will aber nicht, daß die Leute in Ihrem Laden das erfahren.«

Meine Lider fühlten sich an wie Schmirgelpapier. Mein Gehirn hatte die Konsistenz von Mull angenommen.

»Hören Sie, Goldy«, sagte Boyd. Sein Ton war mitfühlend, aber unbestreitbar ungeduldig. »Ich habe Ihnen gesagt, daß wir Sie auf dem laufenden halten. Ich habe Ihnen Fragen nach Ihrer Kirchengemeinde gestellt, sicher. Aber es ist ein Unterschied, ob Sie Fragen beantworten oder versuchen, unsere Arbeit zu machen, okay? Jetzt habe ich heute schon zum zweiten Mal auf einen verzweifelten Anruf von Ihnen reagiert, in dem Sie behauptet haben, Sie wüßten, wo Schulz ist.«

»Haben Sie denn gar nichts gefunden?« Ich verabscheute das Flehen in meiner Stimme, aber ich wollte unbedingt jede Neuigkeit erfahren, die mir auch nur einen Funken Hoffnung gab.

Boyd kaute auf jedem Wort heraum. »Ich kann überhaupt nichts finden, wenn Sie mich ständig auf Schnitzeljagden schicken!« Er schüttelte den Kopf. »Ich rufe Sie an.«

Als ich den Motor des Lieferwagens anließ und an Zeldas Haus vorbeirollte, murmelte Arch: »Mensch! War der Typ sauer oder was?«

»Sie versuchen nur, Tom zu finden, das weißt du doch, Schatz.«

Aber der Mangel an Fortschritten machte mich depressiv. Vielleicht lag es auch am Ende des Tages, der Zeit, in der es am schwersten ist, an die Trennung von einem geliebten Menschen erinnert zu werden. Im Westen war kein flammender Sonnenuntergang zu sehen, nur eine noch tiefere Verfinsterung des Himmels, weil die Sonne hinter den Wolken und hinter den Bergen verschwunden war. Die Temperatur war um mindestens zehn Grad gesunken. Als wir auf dem Heimweg um den Aspen Meadow Lake herumfuhren, fielen große, nasse Schneeflocken auf die Windschutzscheibe. Vor dem Lieferwagen wirbelte der Wind die Flocken zu einem dichten Schneegestöber auf. Frühlingsschnee: gut für die Saat, das erzählten sie uns jedenfalls dauernd im Radio. Aber schlecht für einen Entführten, der wahrscheinlich an einem unvertrauten, unbeheizten Ort war. Als ich schließlich vor dem Haus hielt, hatte ich das Gefühl, als hätte alle Energie meinen Körper verlassen.

»Komm schon, Mom«, sagte Arch. »Werd' munter.« Er zeigte auf den Jaguar, der in einem gefährlichen Winkel neben dem Trottoir parkte. »Schau nur, Marla ist da.«

Und das war sie auch, machte sich in der Küche zu schaffen, deckte den Tisch und trat zurück, um den Korb mit dem riesigen Blumenarrangement zu bewundern, den sie mitgebracht hatte. Julian ignorierte sie, während er Springformen mit Pizzateig auslegte. Als wir hereinkamen, starrten beide unsere trostlosen Gesichter an.

»Goldy?« Julian machte große Augen. »Gibt es etwas Neues?«

Ich schüttelte grimmig den Kopf. Ich traute meiner Stimme nicht.

»Zum Abendessen gibt es mexikanische Pizza«, kündigte er an und wandte sich ab, damit ich die Verzweiflung in seinem Gesicht nicht sehen konnte. »In einer Viertelstunde.«

Ich sank schwerfällig auf einen Küchenstuhl. »Sag mir, wie es dir geht«, sagte ich zu Julian. »Ich habe es satt, mich ständig auf die eigenen Probleme zu konzentrieren.«

Er sah von seiner Arbeit auf. »Mir?« Er hatte sich nicht rasiert; durch die Ringe unter den Augen sah er verhärmt aus. Die Collegezulassung. Diese Woche sollte er erfahren, ob er angenommen war, und er hatte sich von seinen Sorgen nichts anmerken lassen. Er zuckte die Achseln und wischte sich die Hände an der weißen Schürze ab, die er über einem verwaschenen schwarzen Sweatshirt mit ausgefransten Ärmeln trug. Seine ausgebeulten schwarzen Hosen hatten den Flicken über dem Knie verloren. Es waren Sachen, die Julian im Secondhand-Laden von Aspen Meadow geschnorrt hatte. Er goß vorsichtig pikante Sauce über den Teig in den Formen und sagte auf seine typische, lässige Art: »Mach dir um mich keine Sorgen.«

»Ich mach mir aber welche«, sagte ich mit erstickter Stimme. Ich spürte, wie ein Schluchzer aufstieg, der erste seit vierundzwanzig Stunden. »Ich mache mir Sorgen um dich«, rief ich. Unwillkürlich flossen die Tränen.

»Komm, Goldy«, kommandierte Marla. »Raus aus der Küche. Ins Wohnzimmer. Arch, weißt du, was Sherry ist?«

»Der kommt aus Spanien, stimmt's? Eine Flasche in einem Sackbeutel? Mom benützt ihn zum Kochen.«

»Schon gut, im Augenblick wird ihn Mom für ihre Psyche benützen. Könntest du ihn auftreiben und mit zwei kleinen Gläsern ins Wohnzimmer bringen? Bitte! Und Julian«, fügte Marla hinzu, »beeil dich mit der Pizza. Ich könnte wetten, daß sie auch seit einer Ewigkeit nichts mehr gegessen hat.«

Julian nickte grimmig, während er handvollweise Chesterkäse über seine Kreation streute. Im Wohnzimmer setzte Marla mich auf die Couch, ließ sich auf dem Kissen daneben nieder und zog ein Papiertaschentuch heraus.

»Brauchst du eine Umarmung?« fragte sie, als der Tränenausbruch vorüber war und ich nur noch schniefte. Sie deutete mit der Hand auf die Flasche Dry Sack, die Arch hereingebracht hatte. »Oder brauchst du nur Sherry?«

»Beides.«

Sie bedachte mich mit beidem. Der Sherry wärmte mir die Kehle. Arch, der mich nervös vom Kamin aus beobachtet hatte, machte sich daran, Scheite aus Espenholz, Kiefer und Ölweide aufzuschichten.

Ich sagte zu Marla: »Sag mir, warum das alles passiert.«

Sie sah in die ersten Flammen, die am Kaminholz leckten. »Wie wär's damit – weil die Kirche ein seltsamer Verein ist?«

»Unsere Kirche im besonderen oder die Kirche im allgemeinen?«

Sie zog die Mundwinkel nach unten. »Ach, sehen wir's mal nicht so eng. Ein großes Krankenhaus für die Sünder. Bloß werden darin nicht alle gesund.« Sie hob das Glas, um den Sherry auszutrinken.

»Aber du hast Pfarrer Olson gekannt«, insistierte ich. Vom Weinen klang meine Stimme dünn und schluchzend. »Ich meine, du bist ein paarmal mit ihm ausgegangen, nicht war? War er wirklich so übel? Warum hat ihn jemand so gehaßt? Ich meine, er war nun einmal ein Anhänger der charismatischen Richtung. Na und? Bloß weil jemand anderer Meinung ist, bringt man ihn doch nicht gleich um.«

Marlas Miene war voller Traurigkeit und Zuneigung. »Das kommt wohl auf den Grad der Meinungsverschiedenheit an.« Sie lächelte und sah auf ihre Rolex. »Die Viertelstunde ist um! Komm, Goldy, wenn du was gegessen hast, wirst du dich besser fühlen.« Wie aufs Stichwort schwebte Julian mit einem Tablett ins Wohnzimmer, brachte Teller und dampfende Pizza. Nachdem sie ein paar Happen gegessen und die angemessenen lobenden Geräusche von sich gegeben hatte, sagte Marla nachdenklich: »Weißt du, eigentlich kann man nicht sagen, ich sei mit Ted Olson ausgegangen. Ich war ledig, er war ledig, wir haben zweimal gemeinsam zu Abend gegessen. Ich habe immer geglaubt, er interessiert sich mehr für meinen Nettowert als für meinen Leib und meine Seele.« Sie kicherte und aß den letzten Bissen Pizza auf. »Nicht unbedingt in dieser Reihenfolge. Außerdem hab' ich dir ja gesagt, daß der Typ was von einem Eichhörnchen an sich hatte.«

Arch zog sich mit jähem Interesse ein Stück Kruste aus dem Mund. »Du meinst doch nicht, wie ein *Nagetier*, oder?«

»Natürlich nicht«, sagte Marla und ließ sich von Julian lächelnd ein zweites großes Stück Pizza auftun. »Das ist mein letztes Stück, ich schwöre es.« Sie biß ein Stückchen ab. »Ich meine, er hat zum Beispiel gesagt: ›Hinterlassen Sie keine Nachricht auf dem Anrufbeantworter im Pfarrbüro, sonst glauben die Frauen, wir hätten ein Verhältnis.‹ Na und, wollte ich wissen? Verleiht dem frommen Mann doch einen geheimnisvollen

Mexikanische Pizza

2 Briefchen Trockenhefe à 7 g
½ Liter warmes Wasser
1 Teelöffel Zucker
1 Teelöffel Salz
4 Teelöffel Olivenöl
600 bis 750 g Weizenmehl Typ 405
Olivenöl und Maismehl für die Formen
300 ml pikante Sauce
600 g Chesterkäse, gerieben

Die Hefe in einer großen Rührschüssel über das warme Wasser streuen. Den Zucker hinzugeben, umrühren und 10 Minuten beiseite stellen, bis die Mischung Blasen wirft. Salz und Olivenöl unterrühren. 600 g Mehl hinzugeben und verrühren, dann soviel zusätzliches Mehl zugeben, daß der Teig nicht zu klebrig zum Kneten wird. Auf einer bemehlten Oberfläche kneten, bis der Teig glatt und geschmeidig ist, 5 bis 10 Minuten. (Oder den Teig in der Rührschüssel der Küchenmaschine mit dem Knethaken bearbeiten, bis der Teig sich von der Schüssel löst, etwa 5 Minuten.) Den Teig in eine eingeölte Schüssel legen, umdrehen und die Oberfläche mit Öl bestreichen, mit einem Küchentuch zudecken und an einem

warmen Ort bis zur doppelten Höhe gehen lassen, etwa 1 Stunde.
Den Backofen auf 230 Grad vorheizen. 4 Springformen (Durchmesser 20–25cm) mit Olivenöl auspinseln. Die eingeölten Formen mit Maismehl bestreuen. Den Teig nach unten drücken und vierteln. Jedes Teigstück auf dem Boden der Form verteilen, einen kleinen Rand stehenlassen. 75 ml pikante Sauce pro Form über den Teig gießen; je 150 g Chester darüber streuen. 10 bis 20 Minuten backen, bis der Teig durchgebacken und der Käse völlig geschmolzen ist.

Ergibt 4 Pizzas

Anstrich. Den hat er ja sowieso bekommen, als Roger Bampton erst mal seine große Klappe aufgerissen hat.«

»Und in welcher Hinsicht war er sonst noch wie ein Eichhörnchen?« fragte ich. Ich biß in die Pizza und empfand einen Schauer des Entzückens: Heißer geschmolzener Käse ergoß sich um eine würzige, pikante Sauce herum, und die dünne Kruste hatte Biß. Julian war ein Künstler.

»Na ja«, fuhr Marla fort, »als ich letztes Jahr den Schmuckbasar geleitet hab', gab's einen fürchterlichen Krach darüber, wer die Goldketten aufbewahren sollte. Lucille besteht immer auf einer Zusatzklausel in der Versicherung, weißt du, und ich habe einen Safe bei mir zu Hause. Beides wäre besser gewesen, als daß Ted Olson die Ketten in seinem ungesicherten Haus draußen in der Pampa aufbewahrt. Aber nein. Er hat darauf bestanden, er sei der Hüter der Ketten, hat behauptet, er könne jeden Dieb übertölpeln und er müsse für etwas derart Wertvolles die Verantwortung übernehmen.«

Ich hörte auf zu essen und beugte mich zu ihr. »Weißt du, wo er sie aufbewahrt hat?«

»Warum siehst du mich so an? Ich weiß es nicht. Als ich zu ihm gefahren bin, um die Ketten zu holen, hat er mich bloß mit diesem Blick wie ein Backenhörnchen bedacht – Entschuldigung – und mir ein Päckchen überreicht. Es war eine in Geschenkpapier eingewickelte Schachtel, stell dir vor, aber auf der Schachtel stand ›Kirchenweihrauch‹. Als ich sie aufgemacht habe, hat er gesagt: ›Tut mir leid, Myrrhe gibt es heute nicht.‹ Dann hat er gelacht, als wäre er ein biblischer Witzbold, der im Fernsehen auftreten sollte. Ich meine, der Typ hatte so was an sich.« Mit diesen Worten lächelte sie Julian breit an und nahm sich noch ein Stück Pizza.

»Er war ein guter Konfirmandenlehrer«, sagte Arch.
»Er war seltsam«, sagte Julian.

Als Marla gegangen war und Arch widerwillig seine Hausaufgaben gemacht hatte, rumorte Julian immer noch in der Küche herum und machte sauber. Er hatte darauf bestanden. Ich nahm zum zweiten Mal an diesem Tag eine Dusche und beschloß, etwas zu schlafen. Nach dem Essen war ich so müde gewesen, daß ich zweimal mit geschlossenen Augen nach vorn kippte. Falls sich irgend etwas ergab, würde das Büro des Sheriffs anrufen. Als mein Kopf auf das Kissen fiel, erinnerte ich mich zu spät daran, daß ich versprochen hatte, Lucille Boatwright anzurufen. Zweifellos hatte Zelda das schon getan und hatte mit vielen Ausschmückungen berichtet, wie die Polizei zur Unzeit bei ihr vor der Tür erschienen war. Ich fragte mich, ob sie auch das Einstellungsgespräch bei der katholischen Kirche erwähnt hatte.

Ich schloß die Augen und versuchte zu schlafen. Ich stellte mir den Ozean an einem windstillen Tag vor. Ich sah Arch als Baby vor mir, lachend. Ich stellte mir das Wiedersehen mit Tom Schulz vor, was ich sagen würde, wie ich ihn festhalten und nicht mehr loslassen würde. Ich schickte ihm eine stumme Botschaft, er solle durchhalten.

Alles umsonst: Die Angst ließ mich nicht zur Ruhe kommen. Die Spülmaschine war mit dem Waschgang fertig. Das ferne Gedudel aus Julians Radio legte sich. Schnee trieb gegen das Haus. Als ich spürte, daß Panik in meiner Brust aufstieg, machte ich das Fenster auf, atmete die frostige, feuchte Luft ein und stieß Dampf aus. Weil in der Stadt nur wenig Verkehr herrschte, war das

Plätschern des angeschwollenen Cottonwood Creek ungewöhnlich laut. Ich machte das Fenster zu und setzte mich auf das Bett. An Schlaf war nicht zu denken.

Ich starrte die Wand an. Das einzige, was sich beim Beruf einer Partylieferantin mit Sicherheit voraussagen läßt, ist die Kocherei ohne Ende. Die Arbeit geht nie aus, es sei denn, man verläßt die Stadt. Mit einem lautstarken Seufzer ging ich nach unten in die Küche und fing damit an, das Mittagessen für den Frauenkreis vorzubereiten.

Ich machte mir einen Espresso und zog Toms Rezeptkartei heraus. Sofort fühlte ich mich besser, als verströmten die Karten seine Präsenz. In der Kirche hatte Lucille um ein Fischgericht gebeten. Weil Fastenzeit sei, hatte sie gesagt. Ich hatte genickt, als sie eine Augenbraue hochzog und fragte: Shrimps haben Sie wohl nicht? Oh, sicher, hatte ich zu ihr gesagt. Soviel zum Thema Fasten.

Toms Sammlung enthielt eine Kreation aus Shrimps und Pasta, die ideal für den Frauenkreis war. Mit einer Sauce auf Käsebasis würde sich das Gericht in einer Warmhalteschüssel gut halten; das Dunkelgrün der Erbsen neben dem Rosa der Shrimps sah wunderschön aus; und wenn ich anstelle von Spaghetti wagenradförmige Pasta nahm, würde nichts peinlich über das Kinn der Esserinnen tropfen können. Weil Shrimps immer erst im allerletzten Augenblick zubereitet werden dürfen, legte ich das Rezept auf die Küchenplatte und wandte mich mit Eifer der Abteilung Nachtisch zu.

Ich überging Toms Rezepte für Apfelkuchen mit Quark und Käsesahnetorte mit Schokoladentrüffeln. Ich hatte vor langer Zeit herausgefunden, daß sich aus zwei Gründen Plätzchen besser als Nachtisch für ein Damenessen eignen. Wer Diät hält, kann sich wenig nehmen, ohne sich um den Nachtisch betrogen zu fühlen. Während es als unfein gilt, in der Öffentlichkeit mehr als ein Stück Torte zu essen, können Frauen, die nicht Diät halten, von Plätzchen jede Menge essen, ohne daß es auffällt. Ich würde zwei Sorten anbieten, überlegte ich, eine mit Schokolade und eine ohne. Ich entschied mich, als Sorte mit Schokolade Canterburyplätzchen zu backen, die Schokoflocken und Nüsse enthielten und deren Name so herrlich anglikanisch war, daß die Frauen sich schon deshalb verpflichtet fühlen würden, sie zu essen. Ich bereitete den Teig dafür zu, stellte ihn in den Küchlschrank und blätterte dann in Toms Rezepten, bis ich auf Butterkekse mit Zitrone stieß. An den Rand der Karte hatte Tom geschrieben: *B. – Abendessen – Captain.*

Wieder das *B. B.* wofür? *B. – lesen – Judas.* Im Zusammenhang mit einem Abendessen sah das B. weniger nach einem Namen aus. Backen? Britisch? Bringen? Ich hatte keine Ahnung.

Wie auch immer, die Zutaten für Butterkekse mit Zitronen hatte ich vorrätig, deshalb ließ ich Süßrahmbutter weich werden und fuhr mit dem Zestenschneider über dicke Zitronen. Ein feiner Dunst duftenden Zitronenöls beschlug mein Gesicht. Ich machte die Küchentür zu, um Arch und Julian nicht zu wecken, zerkleinerte dann in einer kleinen Elektromühle die Mandeln und vermischte die Zutaten sorgfältig. Ich buk probehalber ein paar Stück: Der erste Keks war butterzart, knusprig und hatte den Zitronengeschmack von Meringuentorte. Er zerging mir auf der Zunge. Ich stellte den restlichen Teig in den Kühlschrank und dankte Tom im Geist für sein kulinarisches Können. Der Frau-

Canterburyplätzchen

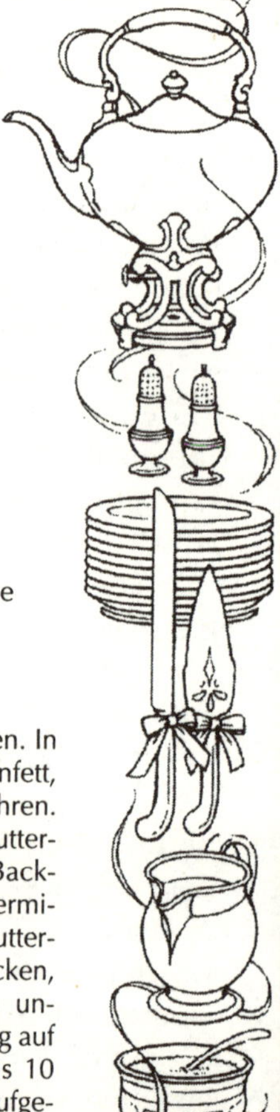

100 g Pflanzenbackfett
100 g Süßrahmbutter
400 g brauner Zucker
2 große Eier
1/8 l Buttermilch
2 Teelöffel Vanilleextrakt
450 g Mehl
1 Teelöffel Backpulver
1 Teelöffel Salz
200 g süße Kokosnußflocken
200 g grob gehackte Macadamianüsse (oder Haselnüsse)
150 g Rosinen
200 g zartbittere Schokoflocken

Den Backofen auf 200 Grad vorheizen. In einer großen Rührschüssel Pflanzenfett, Butter und braunen Zucker glatt verrühren. Die Eier hineinrühren, danach die Buttermilch und den Vanilleextrakt. Mehl, Backpulver und Salz in einer Schüssel vermischen; die Mehlmischung mit der Buttermischung verrühren. Kokosnußflocken, Nüsse, Rosinen und Schokoflocken unterrühren. Je einen halben Eßlöffel Teig auf ein gefettetes Backblech geben. 7 bis 10 Minuten backen, bis die Plätzchen aufge-

gangen und leicht gebräunt sind. Auf einem Gitter abkühlen lassen. Die Plätzchen bleiben in einer verschlossenen Keksdose lange frisch.

Ergibt 11 Dutzend

Butterkekse mit Zitrone

150 g Süßrahmbutter
200 g Zucker
2 große Eier
150 g gesiebtes Mehl
2 Eßlöffel fein gemahlene Zitronenschale (s. Anmerkung)
100 g gemahlene Mandeln (s. Anmerkung)

In der Backschüssel der Küchenmaschine die Butter glatt schlagen und den Zucker hinzugeben, weiter schlagen, bis die Mischung cremig ist. Die Eier einrühren, die Schüsselwände abschaben. Das Mehl hinzugeben, gut vermischen. Die Zitronenschale und die Mandeln hinzugeben, gut unterrühren. Die Schüssel mit Plastikfolie zudecken und mindestens 3 Stunden zum Abkühlen in den Kühlschrank stellen.

Den Backofen auf 180 Grad vorheizen. Ein Backblech (vorzugsweise teflonbeschichtet) einfetten. Je einen halben Eßlöffel abgekühlten Teig auf das Backblech geben, in Abständen von etwa 8 Zentimetern. 10 Minuten backen, bis die Kekse am Rand leicht gebräunt sind. Auf einem Gitter abkühlen lassen.

Anmerkung: Mandeln und Zitronenschale geraten am besten, wenn sie in einer kleinen Elektromühle, in der auch Kaffee gemahlen werden kann, zerkleinert werden. Die Kekse in einer Dose mit Deckel aufbewahren.

Ergibt 64 Stück

Variante: Einen Keks mit Himbeermarmelade bester Qualität (ohne Kerne) bestreichen, dann einen zweiten Keks darauf setzen.

Ergibt 32 Stück

enkreis würde glauben, der Nachtisch sei ein Himmelsgeschenk.

Es war zwei Uhr. Ich sagte mir, ich würde nicht schlafen gehen, sondern mich nur eine Weile auf der Wohnzimmercouch ausruhen. Kaum hatte ich mich auf den unbequemen Kissen ausgestreckt, fiel ich in den Schlaf, wie man auf Eis stürzt: unsanft. Als ich vor dem Morgengrauen aufwachte, benebelte mir ein nicht abgeschlossener Alptraum den Kopf, von einem rennenden Schwein. Oder war es ein Keiler?

Und eure Perlen sollt ihr nicht vor die Säue werfen …

Gütiger Gott. Ich kam mühsam hoch: fünf Uhr. Um diese Jahreszeit hieß das, daß es bis zum Tagesanbruch noch eine Stunde dauern würde. Ich rieb mir den steifen Nacken und sah aus dem Panoramafenster. Jenseits der Veranda hatte es aufgehört zu schneien, und der Mond schien hell auf eine frühmorgendliche Landschaft aus fluoreszierendem Grau. Ich schlüpfte zum Schrank in der Diele und zog eine Skijacke und Schneestiefel an.

Ich mußte zu Olsons Haus fahren.

16

Ich fütterte Scout, der beim Anblick eines zeitigen Frühstücks glücklich miaute, und hinterließ den Jungen einen Zettel: *Bin zu Pfarrer Olsons Haus gefahren; komme um acht zurück.* Zweifellos waren die Absperrbänder der Polizei noch dort; ob das gut oder schlecht sein mochte, war eine unbekannte Größe. Schließlich war ich unter dem Absperrband vor dem Pfarrbüro auch schon hindurchgeschlüpft. Ich meinte, es sei gut, wenn kein Polizist an Olsons Haus stationiert war und dafür sorgte, daß das Band nicht überquert wurde; schlecht sei es dagegen, wenn einer dort war und mich zurückwies. Zu Boyd hätte ich gesagt, ich suchte nur nach Perlen. Er hätte geantwortet: Ach ja? Versuchen Sie's doch bei einem Juwelier. Ich verscheuchte diesen Gedanken und füllte schnell Wasser und Kaffee in die Espressomaschine. Während die Maschine lief, stöberte ich im Dielenschrank und fand eine der Taschenlampen, die Arch und ich zum Konferenzzentrum mitgenommen hatten. Als die dunkle Flüssigkeit in meinen hitzebeständigen Becher lief, zeigte die Uhr 5.15.

Falls ich die Perlen finden konnte, zum Beispiel in einem Versteck, das etwas mit einer Bibelstelle zu tun hatte, würde ich vielleicht damit das finden, was der Mörder gesucht hatte. Ich dachte an das, was ich zu Boyd gesagt hatte: *Olson hatte den reinsten Hamsterinstinkt. Bei ihm werden Sie nur etwas finden, wenn Sie genau wissen, wo Sie suchen müssen.* Und ich hatte jetzt eine Idee, wo man nachsehen konnte. Das Pfarrbüro war verwüstet worden, vielleicht, als jemand nach den Perlen oder etwas anderem gesucht hatte. *Wenn du das Motiv findest, hast du auch den Täter,* sagte Tom gern. Ich trank den starken Espresso und beschloß, den Weg zu nehmen, den auch der Eindringling gefahren war; über den Feldweg zum Upper Cottonwood Creek und zum Hintereingang von Olsons Haus. Ich konnte dabei nicht auf den Vierradantrieb verzichten, zumal es mir gestern solche Schwierigkeiten gemacht hatte, meinen Lieferwagen in Gang zu bringen. Ich nahm die Schlüssel von Julians Fahrzeug, einem Range Rover, den er von unseren reichen ehemaligen Arbeitgebern geerbt hatte. *Entschuldige, daß ich Dein Auto nehme,* schrieb ich hastig, *ich verspreche, daß ich wiederkomme!* Und dann griff ich nach dem Isolierbecher mit Espresso und schlüpfte leise hinaus.

Aspen Meadow ist im sogenannten Frühling etwa so einladend wie eine Schneehöhle, vor allem dann, wenn uns tägliche Fernsehbilder von Azaleen und Kirschblüten an den April im Rest der Welt erinnern. Das Lenkrad des Rover fühlte sich eisig an; der Motor stotterte widerwillig. Ich hatte immer den vagen Gedanken gehegt, T. S. Eliot habe im Hochland gelebt, als er schrieb, der April sei der grausamste Monat. Dieser finstere Morgen versprach auf keinen Fall freundliches Wetter.

Der Rover heulte im ersten Gang meine Straße entlang, vorbei an der Baustelle von »Habitat für die Menschheit«. Über dem Fundament dräute das vereiste Gerüst unheilverkündend im hellen Mondlicht. Keine rote Fahne war zu sehen; ich fragte mich, ob der Bau tatsächlich gestoppt worden sei. Als die Reifen des Rover bei Rot über eine Ampel rutschten, war ich sofort wieder hellwach; trügerisches schwarzes Eis überzog den Asphalt. Sobald ich in die Main Street eingebogen war, erfaßten die Scheinwerfer des Rover Eiszapfen wie Stalaktiten an den Ladenfassaden. Das Thermometer an der Bank zeigte ein Grad unter Null. Ich ließ nicht zu, daß die unerträgliche Morgenkälte mir bis ins Mark kroch, sondern stellte mir den Kokon aus Wärme vor, den Toms Körper bildete, wenn ich mich an ihn schmiegte. Ich fragte mich, was der Frauenkreis zu der Tatsache gesagt hätte, daß Tom und ich seit unserer Verlobung vor fünf Monaten miteinander geschlafen hatten. Zu meinem Glück scherte ich mich nicht um die Meinung der Kirche.

Kurz vor der Abzweigung zu Olsons Haus huschte ein Fuchs unter einen Zaun. Achthundert Meter weiter bog ich links auf den Feldweg ein, der über eine Brücke führte, und holperte dann über Fahrrinnen in einem weiten Bogen zum anderen Ufer des Cottonwood Creek. Ich parkte zwischen Ponderosakiefern, die so groß und unheilschwanger wirkten wie erstarrte Riesen. Als ich aus dem Rover sprang, bildete mein Atem Dunstwolken im Mondschein. Ich fummelte an der Taschenlampe herum und verwünschte die Kälte. Als ich schließlich etwas sehen konnte, ging ich zum Bachufer. Meine Stiefel knirschten im frischen Schnee. Hin und wieder brachen sie durch dünn mit Eis überzogene Schlammpfützen.

Ich gehe zu Olsons Haus, wenn niemand dort ist, sagte ich mir energisch, weil Boyd mir erklärt hat, ich solle die Polizei ihre Arbeit tun lassen. Mit anderen Worten, ich sollte nicht jedesmal anrufen, wenn mir etwas einfiel. Außerdem hatte die Polizei Olsons Haus schon durchsucht. Wonach ich suchte, und das war tatsächlich eine wilde Vermutung, waren die Perlen in einem ungewöhnlichen Versteck, an einem Ort, an dem ein Mann mit dem Instinkt eines Eichhörnchens, der lachend eine mit Geschenkpapier eingewickelte Weihrauchschachtel mit Goldketten darin an die Leiterin des Basarkomitees übergab, sie möglicherweise versteckt hätte. Perlen kamen in der Bibel vor: Eure Perlen sollt ihr nicht vor die Säue werfen; und da er eine köstliche Perle fand, ging er hin und verkaufte alles, was er hatte, und kaufte sie. Es gab vermutlich noch mehr Stellen; sie fielen mir im Augenblick nicht ein. Unter Judas hatte ich schon nachgeschlagen; er hatte nur etwas mit Silberlingen zu tun gehabt.

Ich versuchte, mich darauf zu konzentrieren, was Tom von diesem verrückten Ausflug gehalten hätte. Über mir rauschte der Wind durch die verschneiten Zweige und übersäte mein Gesicht mit dünnen, kalten Flocken. *Ich suche immer nach dem Entlegenen, nicht nur nach dem, was dort ist, wo es hingehört, sondern auch nach dem, was dort eigentlich nicht hingehört,* konnte ich Tom sagen hören. Ich machte einen Schritt über einen verschneiten Baumstamm hinweg und versuchte, mir Olsons Haus so vor Augen zu führen, wie ich es bei dem Abendessen für den Kirchengemeinderat gesehen hatte: die Stickley-Couch, Holzböden, abgetretene Kirmanläufer, Bücherregale, religiöses Kunsthandwerk und Nippes, die Pflanzen, die Teekannen und die Tabletts. Das war das Problem bei einem Hamster. Inmitten des ganzen Krempels war es schwierig, sich daran zu erinnern, was Olson besessen hatte.

Du wirst dich aber daran erinnern müssen. Schulz' Stimme mit dem unverkennbaren Glucksen drang in meine Gedanken. In diesem Augenblick empfand ich eine starke Welle der Zuneigung zu ihm, und ich wußte nicht, ob der Seufzer, den ich hörte, von mir kam oder vom Wind, der durch die Pyramidenpappeln am Bachufer fuhr. Ich blieb an der abschüssigen Böschung stehen und sah im strömenden Wasser zwei Meter unter mir ein Stück vom Spiegelbild des Mondes. Hier hatte sich Tom zum anderen Ufer geschleppt oder war dazu gezwungen worden. Ich stellte den rechten Stiefel quer und ging vorsichtig ein paar Schritte die schlammige, verschneite Böschung hinunter.

Meine Füße patschten durch den Schlamm, während ich mich darauf konzentrierte, Olsons Zimmer vor mir zu sehen: Regale voller Bibeln in mehreren Übersetzungen, Bibelkommentare, in Leder gebundene Heiligenbiographien, großformatige Kunstbände über Chartres, Canterbury und andere Kathedralen. Im Bereich des religiösen Kunsthandwerks stellte ich mir die Radierungen an den Wänden von Olsons Wohnzimmer und Eßzimmer vor. Nach meinem Collegekurs in Kunstgeschichte hielt ich sie für mittelalterlich. Und dann seine Patene und sein Kelch aus gehämmertem Silber für die Austeilung der Sakramente auf einem Regalbrett und sein Ziborium, ein Gefäß aus gehämmerter Bronze mit Silberrand zur Aufbewahrung der geweihten Hostien. Ein Kasten aus massivem Kirschbaumholz in seinem Arbeitszimmer enthielt sein Besteck aus Sterlingsilber. Als ich die vielen Warmhalteschüsseln in Olsons

Arbeitszimmer abgestellt hatte, ehe der Kirchengemeinderat eintraf, war mir auf dem Schreibtisch und auf dem Fußboden eine schwindelerregende Unmenge von unordentlichen Papierstapeln aufgefallen: das wahre Kennzeichen eines Chaoten. Weil bei ihm zu Hause keine Sekretärin für die Ablage sorgte, hatte Ted Olson zweifellos das vage Bedürfnis, irgendwann einmal Ordnung in seiner Korrespondenz zu schaffen. Aber als ich ihn gefragt hatte, wo ich die Schüssel mit Schweinemettklößchen abstellen solle, hatte er sie mir aus den Händen genommen und schief auf einen Stapel gestellt, der einigermaßen haltbar aussah. Mir war klar geworden, daß Olson nicht die Absicht hatte, dieses Papierchaos zu sichten, ganz davon zu schweigen, daß er je etwas weggeworfen hätte. Nach dem Essen hatte er das Silber selbst in den Besteckkasten zurückgelegt und ihn auf dem unbenützten Bett im Arbeitszimmer hinterlassen.

Ich wandte meine Aufmerksamkeit wieder dem Bach zu. Die Steine, die über die Oberfläche des schäumenden, eiskalten Wassers ragten, sahen naß und schlüpfrig aus. Hier hatte Schulz das Kästchen mit meinem Trauring fallenlassen. *Denk nicht darüber nach.* Ich hüpfte leichtfüßig über die Steine. Schwer atmend umklammerte ich die Taschenlampe und kletterte die Böschung am anderen Ufer hinauf. Als ich die weiß verschneite Wiese unterhalb von Olsons Haus erreichte, sah es danach aus, als werde der Himmel allmählich hell. Vielleicht war es auch nur Wunschdenken nach den dunklen Schatten am Bachbett.

Unwillkürlich wanderte mein Blick zu der Stelle, an der die Polizei Pfarrer Olsons Leiche gefunden hatte. Sie war nicht glatt wie der Rest der Wiese, sondern vertieft. Seltsam. Ich holte tief Luft und ging zu der Stelle hinüber.

Meine Taschenlampe beleuchtete das flache Rechteck. Jemand hatte sorgfältig mit dem Spaten gearbeitet und an der Stelle, an der Pfarrer Olson gelegen hatte, die Erde ausgehoben. Die Grube war verschneit, und am Rand hatte jemand ein unbeholfenes Kreuz aus zusammengebundenen Zweigen aufgestellt. Das konnte unmöglich die Polizei gewesen sein, überlegte ich. Möglicherweise untersuchte sie Erdproben von einer Stelle, an der eine Leiche gelegen hatte, aber sie hinterließ kein Kreuz. *Du mußt Boyd anrufen und ihm das sagen.* Ich konnte Tom Schulz' Stimme in meinem Kopf so deutlich hören, als stünde er neben mir. Boyd würde nicht begeistert sein. Der Neuschnee auf der rechteckigen Grube, die ein Irrer ausgehoben haben mußte, deutete darauf hin, daß es nicht im Verlauf der letzten Stunden geschehen war. Wenigstens etwas. Es hätte mir gerade noch gefehlt, von einem Wahnsinnigen mit einem Spaten einen Schlag auf den Kopf zu bekommen.

Ich schwenkte die Taschenlampe im Kreis um die Grube herum und sah deutliche Spuren: den Umriß von Fußspuren, die zu der Stelle führten, an der ich stand, und von ihr weg. Beim weiteren Schwenken der Taschenlampe waren flachere Fußabdrücke um die ausgehobene Stelle herum zu sehen. Ich vermutete, daß sie von den Polizisten stammten, die am Sonntag nachmittag hier gewesen waren. Noch flacher mußten natürlich die Fußspuren sein, die Tom Schulz und der Täter hinterlassen hatten. Darüber wollte ich jedoch nicht nachdenken.

Es war Zeit, zum Haus hinaufzugehen und nach den Perlen zu suchen. Vielleicht hatte Olson eine innen hohle Bibel. *Vielleicht funktioniert sein Telefon, und du kannst Boyd anrufen.* Ich ignorierte den säuerlichen Geschmack in meinem Mund, wich vorsichtig der Fußspur aus und ging zu der Holztreppe, zu Olsons Haus hinauf.

An der Rückseite war kein gelbes Absperrband der Polizei, jedenfalls sah ich keins. Ich stieg die Treppe hinauf und griff nach der Klinke der Hintertür. Zu meiner Überraschung stand die Tür schon einen Spalt offen, und ich fiel krachend gegen einen Küchenschrank. Meine Brust erschauerte schmerzhaft. Ich rieb mir die Hüfte, die das meiste abbekommen hatte. Mit der freien Hand fuhr ich an der Wand entlang und schaltete die Küchenlampe ein.

Das war etwas mehr als Unordnung, dachte ich, als ich offene Schränke sah, herausgerissene und zu Boden geworfene Töpfe, verschüttetes Maismehl und Mehl. Durch ein eingeschlagenes Fenster war Neuschnee in die Küche geweht worden und lag wie Puderzucker auf den verschütteten Nahrungsmitteln. Die Küche war verwüstet worden, und nicht erst in den letzten Stunden.

»Zur Hölle damit«, sagte ich laut und sah mich nach dem Telefon um. Ein schwarzer Wandapparat, herausgerissen. Soviel zum Thema Fingerabdrücke, dachte ich, als ich den Apparat aufhob und das Kabel untersuchte. Ich stöpselte es wieder ein, hörte zu meiner Verblüffung das Freizeichen und wählte 911. Boyd würde mich anschreien, und ich hatte es verdient. Ich sagte der Telefonistin, wo ich war und daß das Haus verwüstet worden sei. Nein, sagte ich, ich glaubte nicht, daß ich in Gefahr sei. Sie wollte, daß ich am Apparat blieb, aber das konnte ich nicht. Es blieb noch jede Menge Zeit für Beschuldigungen und Rechtfertigungen, wenn die Polizei hier auftauchte.

Ich machte einen Schritt über einen umgekippten Küchenstuhl hinweg und richtete die Taschenlampe auf das Chaos im Wohnzimmer. Ich schaltete die Messinglampe an der Decke ein. Der Anrufbeantworter war in zwei Stücke zerhackt worden. Die dunklen Karokissen der Stickley-Couch waren aufgeschlitzt und ausgeleert worden; Daunen und Federn ergossen sich über die Trümmer auf dem Fußboden. Von den Kirmans war nichts zu sehen. Berge aus Büchern lagen neben umgekippten Messinglampen, herausgerissenen Topfpflanzen und den Resten der gerahmten Radierungen. Sie waren von der Wand gerissen und zerschlagen worden. In den Trümmern glitzerten Glasscherben.

Ich war so wütend, daß ich am liebsten laut gebrüllt hätte. Erst das Pfarrbüro, jetzt Olsons Haus. Kam ich denn immer erst, wenn alles zerstört war? Hatte der Eindringling die Perlen gefunden? Oder sonst etwas, etwas anderes? Boyd hatte gesagt, wer auch immer Tom Schulz festhielt, brauche *vielleicht* etwas Bestimmtes, dessen Aufbewahrungsort der sterbende Olson *vielleicht* dem Polizisten anvertraut hatte, von dem er gefunden worden war. Ein Jammer, daß Toms Zettel das nicht in einer Form erwähnte, die wir *vielleicht* hätten entschlüsseln können.

»Ich hoffe, du hast es nicht gefunden«, sagte ich laut in das verwüstete Zimmer hinein. Meine Stiefel knirschten über die Glasscherben und Federhaufen. Aber im selben Augenblick fiel mein Blick auf die Regalbretter, auf denen Olson seine Kirchengefäße aufbewahrt hatte. Kein Kelch, keine Patene, kein Ziborium. Vielleicht war das Mordmotiv doch Raub gewesen. Der Verbrecher hatte beim ersten Mal nur nicht alles mitnehmen können.

Ich ging zögernd den Flur entlang zum Arbeitszimmer. Ich trat über Mäntel, Mützen, Handschuhe und Kleiderbügel, die aus dem Dielenschrank geworfen worden waren. Wer auch immer das getan hat, er ist fort, rief ich mir ins Gedächtnis, als ich das Zimmer betrat; die ganze Küche liegt voller Schnee.

Ich schaltete die Deckenlampe im Arbeitszimmer an, ein quadratisches Ding aus Milchglas, das ursprünglich der Lampentyp für das ganze Haus gewesen sein mußte. Sie warf ein trübes Licht auf die Papierstapel. Der Inhalt der Schubladen lag verstreut auf den Stapeln, die schon vorher dagewesen waren. Es sah danach aus, als wären alle Papiere durchgesehen worden. Aber der Eindringling hatte sie nicht in einem chaotischen Haufen hinterlassen wie die Dinge im Wohnzimmer, sondern er hatte sie säuberlich wieder aufgeschichtet und an den Wänden aufgestapelt. Was hatte es für einen Sinn, das Haus zu verwüsten, aber die Papiere zu ordnen? *Das Silber*, sagte Schulz' Stimme scharf in meinem Kopf, *wo ist es*? Das in einem Arbeitszimmer unpassend wirkende Bett verschwand unter Papierstapeln. Ich ging vorsichtig um das Bett herum und sah den Besteckkasten aus Kirschbaumholz. Er war ausgeleert worden. Im schwachen Licht glitzerten überall verstreut Messer, Gabeln, Löffel und Zubehör des Bestecks, wie ein Mikadospiel, das zu Boden geworfen worden war. Entweder war das Motiv für dieses Vandalenwerk kein Raub gewesen, oder es handelte sich um einen unglaublich blöden Dieb.

Ich hob den Besteckkasten auf und zog die kleine Schublade am Boden auf. Ein schmales Bündel Briefe war hinten hineingestopft. Die schräge, feminine Handschrift wies den Absender als A. Preston aus. Wer auch immer das Haus verwüstet haben mochte, hatte die

Briefe entweder nicht gefunden oder sich nicht für sie interessiert. Ich steckte sie in die Parkatasche. Vielleicht hatte Toms rätselhafte Notiz – *B. – lesen – Judas* – etwas mit Bob Preston und seiner Frau zu tun. Verdammt noch mal. Noch mehr Ideen für Boyd.

Noch zwei Räume, in denen ich nachsehen mußte: Olsons Schlafzimmer und das Bad. Ich wußte, daß es nur ein Bad gab und daß das Arbeitszimmer das einzige Schlafzimmer außer dem Olsons gewesen war. Olson hatte das alte Haus günstig gekauft, weil es nur über ein Bad und insgesamt vier Zimmer verfügte. Nicht viel Platz für Familien von heute. Ich fragte mich, ob der Kirchengemeinderat bereit gewesen wäre, ihm eine Villa zur Verfügung zu stellen, wenn er die Kircheneinnahmen in diesem Jahr auf eine halbe Million gesteigert hätte.

Konzentrier dich, mahnte Tom Schulz' Stimme in meinem Kopf. Ich fragte mich, ob ich halluzinierte. Passiert so etwas, wenn man jemanden stark vermißt? Oder war das Hören von Stimmen eine Nebenwirkung des Schlafmangels?

Ich spürte einen Stich der Traurigkeit; vielleicht war es auch das schlechte Gewissen wegen meines Eindringens, als ich in Olsons Schlafzimmer das Licht einschaltete. Die Decken und das Laken waren heruntergerissen worden und lagen als Haufen auf dem Boden. Die Matratze lehnte in einem steilen Winkel am Sprungfederrost. Bettdecke und Matratze waren aufgeschlitzt worden. Olsons Kommodenschubladen standen offen; ihr Inhalt – Socken, Unterwäsche, dunkle Kleidungsstücke – stapelte sich auf dem Fußboden. Auf einem bemalten Tablett auf der Kommode häuften sich diverse Schlüssel, Quittungen und Klerikerkragen.

Ich blieb wie angewurzelt stehen, als mein Blick auf einen Wandbehang fiel. Dunkelbraun mit einem purpurroten Herzen in der Mitte. Eine Wolldecke. Bis auf die Farben glich sie genau derjenigen, die auf meiner Veranda gehangen hatte.

Übelkeit überkam mich. Ich stolperte auf dem Weg aus dem Zimmer und prallte gegen das Bettgestell. Ich zwang mich zum Aufstehen und schwankte den Flur entlang ins Wohnzimmer zurück, wo ich mich wenigstens auf einen Sessel setzen konnte.

Komm schon, Miss G., reiß dich zusammen. Ich ließ Tom Schulz' liebevollen Befehl von meinem Kopf in meinen Körper strömen, der kalt war, sehr kalt, weil das Haus nicht geheizt war. Trotzdem drängte sich mir die Überlegung auf, ob die vor meinem Haus hinterlassene Wolldecke eine Art Zeichen sein sollte. Etwas in der Richtung: *Sie sind die nächste.*

Mir ging der absurde Gedanke durch den Kopf, wenn Boyd mich ohnehin ausschimpfen werde, könne ich ebensogut die Heizung anstellen. Ich sah mich im Wohnzimmer nach einem Thermostat um und entdeckte ihn an der Wand gegenüber, neben den leeren Regalen. Die Erschöpfung lähmte mich. Ich würde die Heizung nicht anstellen, obwohl es unglaublich war, wie stark die Temperatur in den letzten vierundzwanzig Stunden gefallen war. Der zerhackte Anrufbeantworter lag auf dem Tisch. Es war ein Modell mit integriertem Telefon, und ich fragte mich, ob mich Tom von hier aus in der Kirche angerufen hatte.

Ich legte die Arme um mich und schaukelte vor und zurück, um warm zu werden. Wo blieb eigentlich die Polizei? Seit meinem Anruf schien eine Ewigkeit vergangen zu sein. Natürlich gab es in Olsons Haus keine funktionierende Uhr mehr. Vor seinem Wohnzimmerfenster mit Blick auf eine Terrasse und den Bach deutete das allmähliche Hellerwerden zwischen den Bäumen an, daß die Sonne sich endlich blicken ließ. Obwohl ich keine Perlen gefunden hatte, wurde es Zeit, daß ich ging; an einem so eiskalten Morgen brauchten Julian und Arch ein warmes Frühstück.

Ich saß wie angeklebt auf dem Sessel. Als wir das letzte Mal miteinander geredet hatten, war Tom hier gewesen. Er hatte mich in der Kirche angerufen, als ich von hoffnungsvoller Vorfreude erfüllt gewesen war. Ich schloß die Augen und spürte, wie einen Augenblick lang der Schlaf hinter dem Bewußtsein lauerte. Am Samstag morgen, als Tom von hier aus angerufen hatte, war es wärmer gewesen. Durch ein offenes Fenster im Hintergrund hatte ich sogar Windglöckchen gehört.

Windglöckchen?

Mit einem Ruck wurde ich wach. Im Licht der Taschenlampe hatte ich keinerlei Windglöckchen gesehen. Das ist nicht wichtig, insistierte mein erschöpfter Kopf. Fahr doch nach Hause. Was hatte Tom gesagt, als er im Pfarrbüro angerufen hatte? Er hatte mir das mit Olson gesagt und daß die Hochzeit ausfalle. Dann hatte es in der Ferne geklimpert, und er hatte gesagt, ich solle dranbleiben. Er hatte nichts gefunden, sonst hätte er es mir gesagt, oder? Es war so unerheblich, daß ich sogar vergessen hatte, es Boyd und Armstrong zu erzählen.

Ich hievte mich aus dem Sessel und ging zur Hintertür. Im Hintergrund war ein klimperndes Geräusch wie von Glas gewesen. Ich hatte es für Windglöckchen gehalten. Aber in Colorado wurden die Windglöckchen meistens bis zum Juni eingelagert. Stürme und unerwarteter Frost hätten die Glöckchen in einen Scherbenhaufen verwandeln können. *Aber der Mann hat seine Krocketsachen in der Garage aufbewahrt,* sagte Schulz' Stimme ganz hinten in meinem Kopf. Vielleicht hatte er nicht gewußt, daß Windglöckchen eingelagert werden sollten.

Ich verliere den Verstand, dachte ich wehmütig, als ich mich auf die Terrasse vor Olsons Küche schleppte. Am östlichen Horizont dämmerte Licht. Der Strahl meiner Taschenlampe wanderte über die Terrasse. Keine Windglöckchen. Ich schob mich die kurze hölzerne Außentreppe aus Holz hinunter, achtete darauf, der Mitte jeder Stufe auszuweichen, wo unter der Schicht aus Neuschnee zweifellos eine dünne Decke aus dunklen Eiskristallen lag. Am Fuß der Treppe war ein Verschlag, den Pfarrer Hamster Olson als Lagerraum benützt hatte. Meine Lampe zeigte einen Rasenmäher mit abgeblätterter Farbe, der zum Mähen nicht mehr tauglich war, mindestens ein Dutzend Strohkörbe mit modernder Blumenerde und ein Durcheinander aus Kartons mit einem Stempel der Möbelspedition, die Olsons Umzug hierher durchgeführt hatte. Ein Karton war umgekippt; sein Inhalt lag verstreut herum. Es waren hohe Eisteegläser aus einem hellgrünen, durchsichtigen Material, Muscheln ähnelnd.

Das Material, aus dem Windglöckchen hergestellt wurden.

Das war der Polizei bestimmt nicht aufgefallen. Wie hätte es ihr auch auffallen sollen? Ich hatte vergessen, ihr von dem Hintergrundgeräusch während des Telefongesprächs mit Schulz zu erzählen. Ich ging in die Knie, beugte mich vor und leuchtete mit der Taschenlampe in den Karton. Etliche Gläser waren zerbrochen, etliche heil. Ich holte tief Luft, kippte den gesamten Inhalt auf den Boden und hörte dasselbe Geräusch, das ich beim Telefonieren im Hintergrund gehört hatte, nur lauter. Es war nicht der Klang von Windglöckchen gewesen – es war das Geräusch beim Umkippen dieses Kartons oder einer ähnlichen Schachtel gewesen. Deshalb hatte Schulz zu mir gesagt, ich solle warten. Er hatte es gehört und hatte nachgeschaut. Der Mörder hatte sich in dem Verschlag unter dem Haus versteckt.

Ich leuchtete mit der Taschenlampe über die Unordnung am Boden. In der Dunkelheit konnte ich schlecht sehen. Aber in dem Haufen aus Glasscherben waren keine Halsketten und auch sonst kein Schmuck. Als ich den Karton aufrichtete, klebte an der Seite ein nasses Stück Papier. Ich zog mir mit den Zähnen den rechten Handschuh aus und löste das feuchte Papier vorsichtig von der Schachtel.

Es war ein Blatt Papier im Standardformat, maschinebeschrieben und fotokopiert. Ein Name stand nicht darauf, aber in der linken Ecke standen vier kurze Zeilen:

92-492
Abteilung 1
Teil A
Seite 25

Es war die letzte Seite einer Examensarbeit, vom Bundesprüfungsausschuß schon gelesen, demnächst auch von unserem theologischen Prüfungsausschuß der Diözese. 92-492 war die Codenummer des Verfassers. Die getippte Seite fing so an: *solche Handlungen können nur falschen Propheten zugeschrieben werden, deren Tun die wahre Mission der Kirche untergräbt.* Und es ging weiter, aber ich hatte nicht vor, es jetzt zu lesen; ich wollte nach Hause.

Ich horchte, ob sich ein Polizeifahrzeug näherte, aber Fehlanzeige. *Wenn ein Einbruch nicht eben erst stattgefunden hat und niemand in Gefahr ist, hat er für uns nicht die höchste Dringlichkeitsstufe,* hatte Schulz zu mir gesagt. Es war völlig offen, wann mit der Polizei zu rechnen war. Ich mußte Arch und Julian wecken. Außerdem ging mir die Kälte durch Mark und Bein. Ich hob das Blatt Papier vorsichtig auf, schlüpfte aus dem Verschlag und ging schnell durch die Bäume zum Bach. Sobald ich zu Hause war, konnte ich die Nummer des Kandidaten auf dem Beiblatt in dem verschlossenen Umschlag entschlüsseln, den ich eigentlich erst öffnen durfte, wenn ich alle Examensarbeiten gelesen hatte. Dieser Kandidat hätte die letzte Seite einer Prüfungsarbeit nicht in dem Verschlag unter Olsons Haus hinterlassen sollen.

Auf der weiten Wiese verschmolz der helle Mondschein mit den schwachen Sonnenstrahlen, die an den Abhängen rings herum die bereiften Baumwipfel streiften. Rosafarbenes Licht lag in der Luft und brachte den Schnee zum Erglühen. Auf einem Hügel in der Nähe fing ein Hund zu bellen an. Ich konnte es nicht erwarten, nach Hause zu kommen. Hinter mir fuhr eine morgendliche Brise durch die Bäume.

Als ich zum Bachufer kam, hörte ich ein leises Knacken und fuhr herum.

»Boyd?« Als keine Antwort kam, hob ich die Stimme. »Jemand vom Büro des Sheriffs?«

In der jähen Stille glaubte ich, ich hätte mich getäuscht. *Tom?* rief ich innerlich. Als ob er mein Gesicht behutsam mit seinen kräftigen Händen lenkte, wandte ich mich langsam dem Bach zu. Genau hier war die Stelle, an der er ans andere Ufer gezerrt oder gestoßen worden war. Im Schnee am Bachufer entlang sah ich nicht nur meine Fußabdrücke, sondern eine zweite Fußspur. Gebannt starrte ich die Fußabdrücke an. *Schnell weg hier,* hörte ich Schulz' Stimme sagen.

Im selben Augenblick zischte hinter mir etwas durch die Luft. In einem Moment, der blitzschnell vorbei war, traf mich ein harter Schlag ins Kreuz. Ich hörte, wie ich die Luft ausstieß, spürte, wie der Schmerz in meinem Rückgrat explodierte. Ich stürzte auf die Knie. Schwärze umfing mich. Unvermutet sah ich Arch als Baby vor mir, dann als Kleinkind. Ich sterbe, dachte ich. Mein Leben läuft vor mir ab. Mein Gesicht fiel in den Schnee, und ich spürte den Luftzug, als mir jemand das Blatt Papier aus der Hand riß und dann wegrannte. *Ich will dir doch nur helfen,* rief mein Bewußtsein Tom zu, der plötzlich weit, sehr weit weg zu sein schien. Ehe ich ohnmächtig wurde, konnte ich ganz schwach seine Antwort hören.

Das tust du auch.

17

»Goldy! Gol-*dy!*«

Irgendwo über mir und weit weg riefen Stimmen. Lauter und hartnäckiger war der bohrende Schmerz in meinem Kreuz. Ich atmete frostige, feuchte Luft ein. Ertrank ich? Oder war ich wegen eines Leidens, von dem ich nichts gewußt hatte, operiert worden und kämpfte jetzt mühsam gegen die Nachwirkungen der Narkose an? Die Stimmen kamen näher.

»Fassen Sie sie nicht an«, warnte eine Stimme, die einer Frau. »Warten Sie ab, ob sie sich bewegen kann.«

Ich öffnete die Augen. Mit unendlicher Langsamkeit und einem starken Schmerz im Rückgrat versuchte ich, mich auf die Seite zu drehen. »Hilfe.« Meine Stimme war so schwach, daß ich sie kaum hören konnte.

Die verschwommenen Gesichter von zwei Menschen wurden sichtbar. Ich kannte diesen Mann und diese Frau. Ich kam nur nicht auf ihre Namen.

»Ich bin's, Helen«, soufflierte die Frauenstimme. »Erinnern Sie sich an mich? Ich habe den Notarztwagen gerufen.«

»Nein.« Ich versuchte, den Kopf zu heben und sank

hilflos zurück. »Ich brauche ihn nicht«, fügte ich wenig überzeugend hinzu. Als ich mir die Szene vor meinem Haus vorstellte, wenn ich in einem Notarztwagen ankam, ging eine Welle der Übelkeit über mich hinweg. Julian und Arch würden durchdrehen. »Keine Bahre. Keine Sanitäter. Bitte«, flehte ich. Das Sprechen war unglaublich beschwerlich. Jedesmal, wenn ich atmete, brachte die Anstrengung meinen Körper zum Aufschreien.

»Zum Kuckuck mit dem, was Sie sagen«, äußerte eine Männerstimme.

Ich kniff die Augen zusammen. Der Himmel war hell geworden, ohne daß ich es gemerkt hatte, und meine Kleidung war eisig und durchnäßt. »Was für ein Tag ist heute? Wie spät ist es?« krächzte ich.

Der Mann und die Frau sahen sich an, und ich fühlte mich unvermittelt an meine Eltern vor meinem Kinderbett erinnert. Aber diese beiden waren nicht mit mir verwandt; es waren Officer Horace Boyd vom Büro des Sheriffs und Opferbetreuerin Helen Keene. Und ich mußte ihnen etwas sagen, aber der quälende Schraubstock, in dem mein Rückgrat steckte, machte das Denken unmöglich. Ich bewegte mühsam die Beine, wollte sehen, ob mein Körper funktionierte. Mit einer Riesenanstrengung zog ich die Knie an die Brust und schob mich dann in die Hocke hoch. Mein Rückgrat erschauerte vor Schmerz.

»Bewegen Sie sich nicht, wenn es weh tut«, befahl Boyds Stimme.

»Ich stehe auf«, erklärte ich und kam zitternd auf die Knie.

»Bitte, warten Sie«, sagte Helen leise, zu spät.

In der Ferne konnte ich eine Sirene heulen hören.

Der Notarztwagen. Eine Bahre. Arch und Julian, die einen Anfall bekamen. Ich schrie auf, als ich auf dem eisigen Boden aufstand. Meine Knie wankten, und der Boden schien mir entgegenzukommen.

»Herr und Heiland«, murmelte Boyd, als er mich an der Schulter und unter dem Arm packte und mich hochzog, bis ich das Gleichgewicht wiedererlangt hatte.

»Ich bin überfallen worden«, sagte ich schwach. »Jemand hat mich geschlagen. Das Blatt Papier.« Ich sah mich auf dem Boden um. Schnee und Schlamm verschwammen mir vor den Augen. »Wo ist es?«

Aber es war fort. Boyd und Helen glaubten, ich hätte Halluzinationen und wollte etwas aufschreiben. Ich bat sie, mir beim Gehen zu helfen. Sie sagten, ich solle abwarten, ob etwas gebrochen sei. Ich erkärte ihnen, das sei nicht der Fall. Ich mußte mich bewegen; wenn ich reglos liegen bliebe, würde ich mir ernsthafte Erfrierungen zuziehen. Boyd und Helen gingen widerstrebend neben mir her, als ich unsicher über die Wiese wankte, und dabei brachten wir Licht in die Geschichte. Mein Anruf war auf die Warteliste gesetzt worden. Als jemand in der Zentrale merkte, daß der Einbruchsort das Haus des Mordopfers Olson war, hatte er Boyd informiert. Als Boyd wissen wollte, wer angerufen habe und von der Zentrale meinen Namen erfuhr, hatte er geflucht und Helen angerufen. Ich deutete auf die Grube mit dem Kreuz und berichtete den beiden von den verschwundenen Sakralgefäßen: Kelch, Patene und Ziborium.

»Ziborium?« sagte Boyd. »Hat das was mit Zibeben zu tun?«

»Das ist eine Art kleiner Tabernakel, in dem das geweihte Brot aufbewahrt wird. Steht häufig in einem eingebauten Fach hinter dem Altar.«

»Ich bin froh, daß wir wenigstens das geklärt haben.«

Ich erzählte Boyd von den Gerüchten in der Stadt, Olson sei mit Agatha Preston liiert gewesen, dann gab ich ihm Agathas Briefe, die ich aus Olsons Besteckkasten genommen hatte. Boyd schüttelte den Kopf, nahm das Bündel aber an sich. Ich erwähnte außerdem die Decke, die der bei mir hinterlassenen ähnelte. Ich fügte wehmütig hinzu, wer auch immer mich überfallen habe, habe eine Seite aus einer Examensarbeit mitgenommen. Sie gehöre zu den Prüfungsarbeiten, die im Augenblick vom theologischen Prüfungsausschuß gelesen würden.

»Leider ist die Seite weg«, sagte ich, als wir zum Ausruhen neben einer kahlen Pyramidenpappel stehenblieben. Ich atmete flach und erschauerte. Als ich versuchte, tief einzuatmen, brandete eine Schmerzwelle quer über meinen Rücken. »Aber ich erinnere mich an die Nummer. 1492. Kolumbus. Bloß mit dem Unterschied, daß die Nummer 92-492 war.«

Aus den Bäumen am Rand der Wiese tauchten Sanitäter mit Decken und einer Bahre auf. Im Geiste beschwor ich sie, rückwärts zu gehen, als ließe ich einen Film rückwärts laufen. Aber sie kamen näher, angespornt von Boyds ungeduldigen Gesten. Helen blieb besorgt in meiner Nähe. Ich kam mir völlig besiegt vor. Ich war so nahe daran gewesen, und jetzt –

Ich wandte mich wieder dem Bach zu. Mit bitterer Enttäuschung sah ich Julians Range Rover, der zwischen den Bäumen am anderen Ufer parkte. Er hätte genausogut in Afrika sein können. Obwohl der Schmerz entsetzlich war, wollte ich nichts lieber, als selbst nach Hause fahren. Außerdem fiel mir ein, daß ich heute ein Mittagessen für die Gebetsgruppe ausrichten mußte. Es war besser, wenn ich das Boyd und Helen gegenüber nicht erwähnte. Ich konnte Boyd jetzt schon hören: *Vergessen Sie das verdammte Mittagessen!* Sicher, damit ich vom Frauenkreis nie wieder einen Auftrag bekam. Oder damit sie, was noch schlimmer gewesen wäre, in der ganzen Stadt herumerzählten, ich sei eine unzuverlässige Essenslieferantin. Außerdem wollte ich herausfinden, um was oder für wen sie beteten.

»Haben Sie was über die verschwundenen Perlen rausgekriegt?« fragte ich. »Ich habe sie irgendwo vor meinem geistigen Auge gesehen, mir vorgestellt, wie sie versteckt worden sind –«

Boyd kaute auf einem neuen Streichholz herum. Wenigstens hatte er nicht wieder mit dem Rauchen angefangen. Sein breites Gesicht wurde grimmig. »Goldy, Sie stehen unter Schock. Sie haben Visionen.«

»Ich könnte wetten, daß die Perlen etwas mit dem Mord an Olson zu tun haben.« Meine Stimme bebte. »Noch etwas. Ich konnte Toms Stimme im Kopf hören.«

»Akustische Halluzinationen also auch noch«, folgerte Boyd. Er winkte zwei Sanitäter heran. Ich spürte, wie meine Selbstbeherrschung ins Wanken kam.

»Hören Sie«, sagte Boyd. Er kam ganz dicht an mich heran. Zu seiner Ehre muß ich sagen, daß er sich bemühte, seine Stimme mitfühlend klingen zu lassen. »Ich will niemanden von der Suche nach Schulz abziehen. Wir können keinen Polizisten erübrigen, der auf Sie aufpaßt. Okay? Wenn die Typen da Sie also zur Untersuchung gebracht haben, will ich, daß Sie mit Ihrer Freundin zu Hause bleiben. Mit der hübschen Dicken. Marla. Das heißt, ich sage ihr, daß Sie ab sofort bei Ihnen wohnen soll, und ich rufe sie von hier aus an.«

Ich brachte mühsam Marlas Nummer heraus. Tränen

liefen mir unkontrolliert aus den Augen, als die Sanitäter mir sanft auf die Bahre halfen. Helen Keene hielt die ganze Zeit meine Hand, durch den Wald, der stark nach schmelzendem Schnee auf welkem Espenlaub roch, um Olsons Haus herum, das vor meinen Augen tanzte, bis zur Einfahrt, in der Tom Schulz' dunkler Chrysler immer noch stand, von Eis überzogen.

Mein Rücken fühlte sich gebrochen an, obwohl ich wußte, daß er nur üble Prellungen abbekommen hatte. Es ist unmöglich, es sich auf einer Bahre bequem zu machen. Als die beiden Sanitäter die Bahre über eine Rampe in den Notarztwagen manövrierten, verschwand Helen kurz. Sie kam mit einer weiteren Opferbetreuungsdecke über dem Arm zurück. Die hier war eine rosa und grün gestreifte Steppdecke von der Art, wie man sie in einem Vorschulkindergarten zu sehen bekommt. Aber ich ließ brav zu, daß Helen die Decke um mich herum feststopfte, dann bat ich sie, Julian und Arch zu informieren, ihnen zu sagen, daß ich bald nach Hause kommen würde. Die beiden Sanitäter wechselten einen Blick, der das stark in Frage stellte. Ich ignorierte sie.

Weil es in Aspen Meadow kein Krankenhaus gibt, bestand bei einem Notfall tagsüber die Vorgehensweise darin, das Opfer, falls es nicht blutete, kein Fieber hatte und bei vollem Bewußtsein war, zu einem Arzt in der Gegend zu bringen, der dann den medizinischen Befund feststellte. Die Sanitäter brachten mich zur Praxis von Dr. Hodges, der bei uns in der Stadt den Spitznamen Stodgy Hodge hatte. Hodges war Ende siebzig, flink auf den Beinen, hatte hängende Schultern und war der beste Diagnostiker, den ich je gekannt hatte. Im Gegensatz zu den meisten Ärzten seiner Generation hatte Hodges den Übergang zu Computern, Datenvernetzungen und anderen modernen Geräten mühelos bewältigt. Aber außerdem verstand er sich darauf, seine Patienten zum Lachen zu bringen, was häufig die beste Medizin ist. Als ich vor vierzehn Jahren zum ersten Mal zu ihm gegangen war und ihm gesagt hatte, ich wolle schwanger werden, hatte er wie aus der Pistole geschossen geantwortet: »Meine Liebe, ich bin zu alt für Sie.«

Jetzt wartete ein ernster Stodgy Hodge, den der Rettungsdienst angerufen hatte, in seiner Praxis; pflichtschuldig machte er die Tür weit auf, damit die Bahre hineingerollt werden konnte. Nachdem er behutsam herumgestochert und mich auf eine Nierenverletzung untersucht hatte – den Nieren war nichts passiert –, schloß Dr. Hodges aus der Beule an meinem Rücken, ich sei heftig mit einer langen Waffe geschlagen worden. Mit seinen Worten, während er mich über den Rand seiner verschmierten Halbbrille hinweg mit seinem wäßrigen Blick bedachte: »Jemand hat versucht, mit Ihrem Körper Baseball zu spielen, aber er hat ihn ins Aus geschlagen.«

Ob ich gehen könne, wollte er wissen. Das könne ich, sagte ich mit mehr Zuversicht, als mein schmerzender Körper hergab. Er kniff spektisch die Augen zusammen, dann verordnete er mir Bettruhe zu Hause, bis ich mich besser fühlte. Keinerlei Anstrengung. Ich lächelte unverbindlich, als er wegschlüpfte, um telefonisch Schmerztabletten für mich zu bestellen. Helen benützte die zweite Leitung für einen Anruf bei mir zu Hause, wo sie Marla an den Apparat bekam, die eben eingetroffen war und sich mit Freuden bereit erklärte, mich abzuholen. Ich sah auf die Uhr: 7.30. Montag morgen. Tom Schulz war seit noch nicht einmal achtundvierzig Stunden verschwunden. Es schien Jahrzehnte her zu sein, daß ich mein Haus verlassen hatte, um bei Olson herumzuschnüffeln. Wenn ich mich ganz langsam bewegte und Marla mir half, konnte ich das Mittagessen für die Gebetsgruppe liefern. Berichtigung: Ich *würde* das Mittagessen liefern.

Weder Stodgy Hodge noch Boyd, nicht einmal Helen Keene konnte ich sagen, daß ich außerdem nicht die Absicht hatte, Däumchen zu drehen, bis die Polizei Tom Schulz gefunden hatte.

Nachdem ich es irgendwie geschafft hatte, mich anzuziehen, in das Wartezimmer schlurfte und mich neben Helen Keene setzte, ging mir durch den Kopf, daß Roger Bampton vielleicht auch ein Patient von Hodges war. Als der Arzt mit dem Ärztemuster eines Schmerzmittels zurückkam, das ich zu Hause einnehmen sollte, beschloß ich, es herauszufinden.

»Ein Nachbar von mir hat myeloische Leukämie«, sagte ich. Das Sprechen war immer noch schwierig. Ich versuchte, das Zittern in meiner Stimme zu unterdrücken. Helen Keene tätschelte mir den Arm. »Was genau bedeutet das?«

Stodgy Hodge schwieg und nahm die Halbbrille ab. Er musterte mißbilligend die Fingerabdrücke auf den Gläsern. »Das bedeutet, daß Ihr Nachbar nicht mehr zu retten ist.«

»Ja, aber ...« Ich versuchte vergeblich, es mir bequem zu machen, indem ich das Gewicht auf dem harten Stuhl verlagerte. »Wenn Sie einen solchen Fall hätten, woran würden Sie es erkennen? Ich meine, wie käme die Diagnose zustande?«

Der Arzt kratzte sich am makellos rasierten Kinn und setzte die Brille wieder auf, ohne sie zu putzen. »Einmal ist ein Mann zu mir in die Praxis gekommen, der aussah, als wäre er tot und wieder aufgewärmt. Eingefallen, mit Zahnschmerzen. Er hatte seit drei Tagen Fieber. Ich habe alle Blutwerte untersuchen lassen. Das Ergebnis waren siebenundachtzigtausend weiße Zellen und jede Menge anomale Myelozyten. Blutzellen«, fügte er hilfsbereit hinzu.

»Daraus schlossen Sie also, daß er diese Form der Leukämie hatte.«

»Ja, aber nicht so schnell.« Er hob eine knotige Hand. »Ich habe ihn am selben Tag ins Krankenhaus geschickt. Es stellte sich heraus, daß er einen Rektalabzeß hatte. Daher kam das Fieber. Außerdem ist das eine der gravierendsten Komplikationen bei myeloischer Leukämie.«

Ich hielt den Atem an und stieß ihn wieder aus. »Und was geschah dann?«

Er zuckte mit den hängenden Schultern. »Er hat im Krankenhaus mit einer Chemotherapie angefangen. Aber die Krankheit verläuft in neunundneunzig Prozent der Fälle tödlich.« Er seufzte. »Ich hoffe, Ihr Nachbar hat sein Testament gemacht.«

»Ist Ihr Patient gestorben?«

Dr. Hodges' grimmige Miene veränderte sich. »Ehrlich gesagt, das war der seltsamste Fall, den ich in meiner vierzigjährigen medizinischen Praxis je erlebt habe. Zehn Tage später ging es dem Mann besser. Man hat die Blutwerte erneut untersucht. Sein Anteil an weißen Zellen war normal. Unter zwölftausend.«

»Oh, Moment mal«, sagte ich und war mir bewußt, daß Helen mich fixierte. Sie wunderte sich bestimmt, warum ich mir zu einem solchen Zeitpunkt, während mein Verlobter verschwunden und mein Körper von einem brutalen Überfall angeschlagen war, Sorgen um die Gesundheit eines Nachbarn machte. »Davon habe ich gehört. Das war Roger Bampton aus unserer Kirchengemeinde, stimmt's?«

»Sie haben davon gehört? Das sollte mich eigentlich nicht überraschen. In unserer Stadt spricht sich alles schnell herum.«

»Ja. Aber ich habe es nicht recht glauben können.« Das Praxistelefon klingelte, und meine nächsten Worte kamen überstürzt heraus. »Halten Sie es für ein Wunder?«

Ein trockenes Lachen kam aus der Kehle von Stodgy Hodge. Er überließ das Telefongespräch dem Anrufbeantworter. »Ich habe gute Menschen sterben sehen, und ich habe gesehen, daß schlechte Menschen überlebt haben«, sagte er, als ich ihn erwartungsvoll ansah. »Sagen wir mal, es war ... unerklärlich. Warten wir ab, wie lange er ohne einen Rückfall am Leben bleibt.«

»Aber woran würden Sie denn überhaupt merken, daß es sich um ein Wunder handelt?« hakte ich nach. »Etliche Leute aus der Kirchengemeinde sagen, Roger hat sich erholt, weil ihm Pfarrer Olson die Hände aufgelegt hat.«

Er zuckte die Achseln. »Vielleicht stimmt das.«

»Doktor Hodges!« rief ich. »Entweder ist es wahr oder nicht!«

Draußen fuhr ein Auto mit dröhnendem Motor an den Straßenrand und hielt. Eine Autotür schlug zu.

»Bitte«, flehte ich, weil ich wußte, daß meine Zeit knapp bemessen war, »Sie haben Roger Bampton gesehen. Was halten Sie davon?«

Er gluckste. »Ich weiß, daß er Kopien seiner Blutwerte für Pfarrer Olson rahmen ließ.« Als ich ihn böse anfunkelte, fuhr er fort: »Ich weiß außerdem, daß unsere Kirche nicht der harmonischste Ort im Universum ist. Warum sollte Gott sich für ein solches Werk ausgerechnet uns aussuchen? Die Leute von St. Luke können sich nicht einmal über den Durchmesser der Rohre bei der Installationsrenovierung einigen. Womit sollten sie eine Wunderheilung erklären?«

Mein Blick fragte ihn weiter aus.

Stodgy Hodge, der beste Diagnostiker, den ich je gekannt hatte, zuckte die Achseln. Er sagte: »Schon gut, die Heilung von Roger Bampton muß wohl ein Wunder gewesen sein.«

»Goldy!« kreischte Marla, als sie durch die Praxistür hereinplatzte. Sie trug einen überweiten weißen Regenmantel über einem leuchtendgelben Jogginganzug. Sie sah wie ein riesiges, wütendes Ei aus. Das ungekämmte braune Haar stand ihr in wilden Büscheln vom Kopf ab. Sie blieb stehen, warf einen Blick auf Dr. Hodges und auf Helen Keene und unterzog dann mich und meine nasse Kleidung einer gründlichen Musterung. »Wir sind wohl am frühen Morgen zum Schwimmen gegangen, was?«

»Fang gar nicht erst an.«

»Nein, Moment mal«, sagte sie, zwinkerte Helen Keene zu und warf der Wirkung halber die braune Mähne zurück, »der Frauenkreis wollte Fisch, deshalb hast du im Aspen Meadow Lake geangelt. Was Partylieferanten alles für ihre Kunden tun! Aber dann bist du ins Wasser gefallen –«

»Marla –«

»Schimpf nicht mit der Frau, die gekommen ist, um dich zu pflegen.« Sie legte den fülligen Arm um mich, half mir hoch und führte mich zur Tür. »Ich hab' sogar eine Deckeltasse mit frischem Cappuccino für dich draußen im Jaguar.«

Helen Keene verabschiedete sich von mir, und Stodgy Hodge drückte mir das Ärztemuster Schmerztabletten in die Hand. Beide wußten, daß ich in guten Händen war.

»Die Polizei hat mir gesagt, daß du furchtbar, furchtbar unartig gewesen bist«, schimpfte Marla, sobald sie mich auf den Beifahrersitz des Jaguar gesetzt hatte. Ich machte den Deckel der Tasse mit dem heißen, sahnigen Kaffee auf, den sie mir mitgebracht hatte, und versuchte, den Schaum zu trinken, während sie über die vereisten Straßen raste. »Was hast du denn so Wichtiges bei Olson gesucht? Sado-Maso-Pornos?«

»Ich hab' die verdammten Perlen gesucht, die für den Schmuckbasar bestimmt waren. Du hast gesagt, er hat Sachen an seltsamen Orten versteckt, deshalb hab' ich gemeint –«

»Oh, Entschuldigung, *ich* hab' gesagt, daß er Sachen an seltsamen Orten versteckt hat? Das ist also *meine* Schuld? Du hältst Raub für das Motiv. Und wegen dieser Theorie hast du riskiert, *umgebracht* zu werden? Falls Diebstahl das Motiv war und der Diebstahl danebengegangen ist, meinst du nicht, daß die Polizei die Perlen dann bei der ersten Durchsuchung gefunden hätte, nach Olsons Tod?«

Ich antwortete nicht. Wir hielten am Straßenrand vor meinem Haus.

»Was soll denn das sein?« wollte Marla wissen.

Mein Blick folgte ihrem Zeigefinger. An einem Dachbalken meiner Vorveranda schaukelte sanft eine weitere Wolldecke. Die hier war grün mit einem weißen Kreuz in der Mitte.

»Oh, Herr im Himmel, warum –«

Aber mein Ausruf wurde unterbrochen. Julian und Arch stürzten aus der Haustür. Ihre Gesichter, erfüllt von Neugier und Sorge, schnitten mir ins Herz. Die letzten Tage waren für die beiden so schwer gewesen.

»Ich begreife immer noch nicht, warum du noch vor Sonnenaufgang zu Olsons Haus gefahren bist«, sagte Marla mit einem entnervten Lachen. »Ich habe jede Menge Perlen, falls du dir welche ausleihen willst.«

»Dauernd sag ich dir, du sollst es lassen, aber du fängst immer wieder damit an.«

Julian und Arch bestanden darauf, alles zu erfahren, was sich zugetragen hatte. Ich berichtete kurz ein paar Einzelheiten und schloß damit, daß ich Tom Schulz nicht gefunden hatte. Außerdem hätte ich mich bei dem Unternehmen leicht verletzt. Marla packte mich mit einem elektrischen Heizkissen im Rücken und einer Tasse Cappuccino in einen Sessel – ich weigerte mich, zu Bett zu gehen. Sie nahm die neu gespendete Wolldecke ab, während ich pflichtschuldig mit einem Glas Wasser eine Schmerztablette schluckte. Es handelte sich um ein mildes Muskelrelaxans, von dem ich wußte, daß es mich nicht lahmlegen würde, schon gar nicht nach der doppelten Dosis Koffein, die Marla mir eben verpaßt hatte.

Sie sagte: »Ich bringe Julian zum Rover, damit die Jungs in die Schule fahren können. Kann ich mich auf dich verlassen?« Ihr Blick forderte meinen Widerstand heraus. Ich war mir nicht sicher, ob ich die Kraft dazu hatte.

»Ich bleibe bei ihr«, meldete sich Arch zu Wort. »Ich hab' bei den Pfadfindern einen Kurs in Wiederbelebung gemacht.« Er bedachte mich mit einem seiner bebrillten Blicke und einem breiten, wohlwollenden Grinsen.

Marla lachte, während Julian mich stumm und verängstigt wie eine Geistererscheinung anstarrte. Offenbar konnte er es nicht fassen, daß ich noch am Leben war. Ich war schlau genug, es zu unterlassen, ihm in seiner augenblicklichen emotionalen Verfassung meine Beweggründe zu erklären.

»Was soll denn der gestrickte Fetzen auf der Veranda?« wollte er wissen. »Ich find's ganz schön abartig, daß dauernd jemand Sachen für dich abliefert, ohne daß du überhaupt weißt, wer's ist.«

»Jemand aus der Kirchengemeinde«, sagte ich beiläufig. Ich wurde etwas munterer. »Wenn ihr wiederkommt, steh' ich vermutlich nicht auf. Alles Gutes für den heutigen Unterricht.« Und dann fiel mir wieder ein, wie wichtig diese Woche für Julian war. Ob die Zulassung zum College oder die Ablehnung heute eintreffen würde? Die eigene Krise hatte mich so in Anspruch genommen, daß ich nicht besonders mitfühlend gewesen war. »Viel Glück«, fügte ich lahm hinzu.

»Mach dir um mich keine Sorgen«, kommandierte er ungeduldig und stürmte dann mit Marla hinaus. »In vierzig Minuten hole ich dich ab«, ermahnte er Arch über die Schulter hinweg.

Arch rührte sich nicht vom Küchentisch weg. »Heute morgen ist nur ein Anruf für dich gekommen«, erklärte er mir, als ahnte er meine erste Frage. »Sie wollen, daß du gegen halb zwölf in der Kirche servierst. Soll ich anrufen und sagen, du kannst nicht kommen?«

»Nein, ich muß hin. Vielleicht könntest du Nudelwasser zum Kochen aufstellen. Und wenn's dir nichts ausmacht, könntest du dann die Plätzchen herausnehmen. Ich habe zwei Sorten gebacken. Nach Rezepten von Tom.«

Er bedachte mich mit einem pflichteifrigen Blick und holte dann den Nudeltopf. »Am Haus von Pfarrer Olson«, sagte er im Konversationston, »war's da richtig zum Fürchten? Wenn ich bloß wüßte, wer dich niedergeschlagen hat. Das ist echt ein starkes Stück.«

»Es ging so schnell, daß ich gar keine Zeit hatte, mich zu fürchten. Aber könntest du mir bitte mal den Stapel Prüfungsarbeiten von da drüben herbringen?« Ich rückte das Heizkissen zurecht und spürte, wie die Wirkung des Medikaments einsetzte. Mir wurde leicht im Kopf, und die stechenden Schmerzen in meinem Rücken verebbten zu einem dumpfen Pochen, als ich in den Seiten blätterte, die mir das Diözesanbüro zum Lesen geschickt hatte.

»Hat der Räuber viel mitgehen lassen?« fragte Arch, während Wasser in den Topf schoß. Er wuchtete ihn mit einem Minimum an Spritzerei auf den Herd.

»Moment mal.« Ich riß den Umschlag auf, der die Kennziffern der Kanidatennamen enthielt. Mein Verdacht bestätigte sich: Kandidat Nummer 92-492 war Mitchell Hartley. Ich hinterließ eine Nachricht auf Boyds Anrufbeantworter; nach dem Fiasko in Brio Barn und in Zeldas Haus wollte ich auf keinen Fall, daß sich die Cops Hartley vorknöpften. Außerdem hatte die Polizei im Konferenzzentrum, wo Hartley im Augenblick wohnte, schon nach Tom gesucht. Als ich den Hörer auflegte, sah Arch mich fragend an.

»Was hast du mich eben gefragt? Oh. Was der Einbrecher gestohlen hat. Ein paar Kirchengefäße. Sonst nicht viel mehr, soweit ich weiß. Aus einem unerfindlichen Grund hat der Einbrecher oder sonst jemand dort, wo Olsons Leiche gelegen hat, eine Grube ausgehoben und ein Kreuz aufgestellt.«

»Wirklich? Wow. Über so was hab' ich in *Unheimliche Geschichten* mal was gehört.«

»Über was?« Normalerweise waren die Dinge, die Arch am *Unheimlichen* faszinierten, Statistiken über UFOs, außerirdische Erklärungen für Stonehenge und metaphysische Theorien über das Verschwinden von Jimmy Hoffa, keine Themen, die das FBI zu einer Ermittlung veranlaßt hätten. Von Chimayó natürlich ganz zu schweigen. Ich sagte: »Du hast was über Einbrecher gehört, die Gruben ausheben?«

»O nein«, erwiderte er in dem Ton, der besagte: Du bist ja so schrecklich ungebildet. »Okay, hör zu. Wenn das Blut eines Märtyrers an einer bestimmten Stelle den Boden tränkt, glauben die Menschen, daß man die blutige Erde ausheben muß ... 'tschuldigung, Mom«, fügte er hinzu, als er meine Miene sah. Er gestikulierte ausladend. »Dann gießen sie Weihwasser, vielleicht auch bloß gewöhnliches Wasser, auf die Erde, und das schmutzige, blutige Wasser, das herausläuft, hat magische Heilkräfte.«

»Oh, bitte –«

»Ich hab's dir doch bloß erzählt.«

»Danke. Der Plätzchenteig ist in zwei zugedeckten Schüsseln im Kühlschrank. Neben den Shrimps.«

Er runzelte angesichts meiner Ungläubigkeit die Stirn und kam aus dem begehbaren Kühlschrank zurück, die in Pergamentpapier eingeschlagenen Shrimps balancierte er auf einer der Schüsseln. Ich machte einen Handel mit mir: Ich würde sitzen bleiben und versuchen zu arbeiten. Falls die Schmerzen unerträglich wurden, würde ich das Essen in die Kirche bringen lassen und zu Bett gehen.

Mit unendlicher Vorsicht beugte ich mich hinüber,

um Toms Backofen vorzuheizen. Ein Schmerz schoß wie ein Pfeil mein Rückgrat entlang: Ich folgerte, ich könne damit leben. Arch holte Meßlöffel heraus, und gemeinsam häuften wir Kegel aus Teig, der zum Anbeißen aussah, auf die gebutterten Backbleche. Diese Zusammenarbeit mit Arch erinnerte mich an das letzte Mal, als wir gemeinsam gekocht hatten, als Tom, Julian, Arch und ich lachend seidige *foccaccia* mit Knoblauch und Pinienkernen angerichtet hatten. Denk nicht daran, befahl ich mir.

Arch schob die Bleche in Toms Backofen und goß die Wagenradpasta ab. Bald duftete die Küche so köstlich wie ein Landgasthaus. Ich atmete das himmlische Aroma tief ein: Es war ein weiteres Geschenk von Tom, eine Erinnerung an ihn, sein Rezept. Toms Plätzchen kamen als goldene, an den Rändern leicht gebräunte weiche Kreise aus dem Ofen; Arch und ich probierten beide eins. Wie beim ersten Mal zerging der buttrige Zitronengeschmack über den knusprigen Mandeln auf der Zunge. Die Plätzchen waren nicht von dieser Welt.

»Dieser Frauenkreis hat ein unverschämtes Glück«, sagte Arch mit unverhohlenem Neid. Draußen kündigte das Geheul von Marlas und Julians Autos die Rückkehr der beiden an.

»Probier ein Canterburyplätzchen.«

Er griff sich eins, klopfte mir auf die Schulter, griff dann nach seiner Schultasche und trottete hinaus. Ich warf einen Blick auf die Uhr: 8.50. Die Jungen würden nicht zu spät in die Schule kommen. Während ich die Scheidung vom Kotzbrocken durchmachte, hatte ein Therapeut mir gesagt, in Krisenzeiten sei es ungeheuer wichtig, daß der normale Tagesablauf eines Kindes unverändert blieb. Wenn er die Schule versäumte, sich die

Essenszeiten verzögerten und er zu spät ins Bett kam, würde das alles für Arch bedeuten, daß seine Welt auseinanderbrach. Ich wollte auf keinen Fall, daß mein Sohn das Gefühl bekam, das Chaos sei ausgebrochen. Obwohl es mir so vorkam.

Marla kam herein, warf einen Blick auf meine gequälte Miene und steckte sich ein warmes Plätzchen in den Mund. Ich tat es ihr nach, kostete den warmen Schokoladenguß auf den knusprigen Macadamianüssen und den süßen, köstlichen Rosinen und Kokosnußflocken mit Biß. Marla zog beim Anblick der auf der Küchenplatte aufgebauten Zutaten eine Augenbraue hoch. »Erklär' mir, wie die Shrimps zubereitet werden«, sagte sie niedergeschlagen und versuchte dabei ohne Erfolg, ihre Abneigung gegen das Kochen zu verbergen. Es war nicht das erste Mal, daß ich daran erinnert wurde, was für eine gute Freundin sie war, aber mir brannten Tränen in den Augen, während ich damit anfing, ihr zu erklären, wie sie die Shrimps kochen sollte.

Anderthalb Stunden später, nachdem sie ihre linkischen kulinarischen Aktivitäten immer wieder unterbrochen hatte, um mir den Rücken zu massieren, war Marla mit dem Mittagessen für den Frauenkreis fertig. Die Mischung aus saftigen Shrimps, süßen Erbsen und zarter Pasta lag unter einer Decke aus Käsesauce mit Wein und mußte nur noch in einer meiner großen Hotelservierschüsseln, wie sie Partylieferanten benützen, aufgewärmt werden. Eine einladende Schüssel mit lila Radicchio, dunkelgrünem Eichenblattsalat, hellem Chicoree und Römersalat glitzerte neben einem Krug mit frisch angerührter Balsamicovinaigrette unter einer Klarsichtfolie. Die Plätzchen waren auf einer Silberplatte angeordnet. Zum Hauptgericht hatte Marla selbstgebackene italienische Brotstäbchen aus meinem Tiefkühler aufgetaut. Als sie mühselig alles in den Lieferwagen gepackt hatte, holte sie einen Kleidersack aus ihrem Jaguar. Zehn Minuten später kam sie aus meinem Schlafzimmer zurück, in einem wunderschönen Wollkleid in der Farbe, die meine Mutter Altrosa nannte. Mit einem Riesenseufzer ließ sie sich auf einen Küchenstuhl fallen.

»Verdammt noch mal! Ein Partyservice ist ja Schwerarbeit!«

Ich sagte: »Fahren wir los. Mit mir ist alles in Ordnung.« Ich beugte mich hinüber und umarmte sie ungelenk. »Ohne dich hätte dieses Mittagessen ausfallen müssen.«

»Werd' mir gegenüber bloß nicht sentimental«, sagte sie und stöpselte das Heizkissen aus. Ich schlich ins Bad und zog das vorn durchgeknöpfte schwarze Kleid an, das Marla ausgesucht hatte. Der Schmerz in meinem Rücken war spürbar, aber nicht unerträglich. Stehen tat weher als Gehen. Als ich in die Küche zurückkam, trug Marla schon eine Schürze mit dem Aufdruck *Goldilocks' Partyservice*; sie zog mir eine über und band sie hinten zu.

»Im Ernst, Goldy, diese Arbeit ist zu schwer. Ich hoffe, du zweigst Geld für deine Rente ab. Falls nicht, muß ich dich mit meinem Anlageberater bekannt machen.«

Es tat weh, als ich lachte. »Ganz ehrlich gesagt, in letzter Zeit habe ich nicht daran gedacht, mich zur Ruhe zu setzen. Falls du meinst, es wäre an der Zeit, mein Leben grundlegend zu ändern, würde ich lieber heiraten.«

Sie war damit fertig, mir die Schürze zuzubinden, und ich drehte mich um. Die liebe, fröhliche Marla, die mit

Schnodderigkeit und Schwung alle Schwierigkeiten meisterte, hatte einen derart traurigen und enttäuschten Ausdruck im Gesicht, daß ich wußte, das konnte nur eines bedeuten, etwas, was sie niemals ausgesprochen hätte. Sie glaubte, Tom Schulz sei tot.

Shrimps auf Wagenrädern

150 g Wagenradpasta (Rotelle)
Salz zum Abschmecken
1 l Wasser
1 Eßlöffel Gewürz für Schalentiere
340 g rohe Shrimps
100 g Butter
2 Eßlöffel gehackte Schalotten
2 Eßlöffel Mehl
1 Eßlöffel gekörnte Hühnerbrühe, aufgelöst in 1/8 l kochendem Wasser
1/4 l Milch
1/8 l trockener Weißwein (vorzugsweise Wermut)
2 Eßlöffel hochwertige Mayonnaise (am besten selbstgemacht)
1 Teelöffel Dijonsenf
110 g Chester, gerieben
100 g Tiefkühlerbsen

Den Backofen auf 180 Grad vorheizen. Eine Auflaufform mit Deckel mit Butter einfetten; beiseite stellen.

Die Pasta in einem großen Topf Salzwasser in 10 bis 12 Minuten al dente kochen. Abgießen; beiseite stellen.

Den Liter Wasser in einer großen Bratpfanne zum Kochen bringen und das Gewürz für Schalentiere hinzufügen. Die

Shrimps hineingeben, kochen lassen, bis sie rosa sind (ca. 1 Minute) und sofort mit einem Schaumlöffel herausheben und auf einem Sieb abtropfen lassen. Nicht zu lange kochen lassen. Schälen, den Darm und den Kopf entfernen und beiseite stellen.

In einer zweiten großen Bratpfanne die Butter bei schwacher Hitze schmelzen lassen und die Schalotten mehrere Minuten lang darin dünsten, bis sie glasig, aber nicht braun sind. Das Mehl über die Schalotten streuen und 1 bis 2 Minuten lang bei schwacher Hitze köcheln lassen, bis die Mischung Blasen wirft. Unter ständigem Rühren langsam Hühnerbrühe, Milch und Wein hinzugeben, rühren bis zum Andicken.

In einer kleinen Schüssel die Mayonnaise mit dem Senf verrühren. Etwas Sauce zu der Senfmayonnaise geben und glatt verrühren, diese Mischung dann zur Sauce geben. Rühren, bis alles warm ist. Den Käse hinzugeben und rühren, bis er schmilzt. Die Pasta, die Shrimps und die Erbsen hinzugeben und alles gut verrühren. Die Mischung in die gebutterte Auflaufform geben und zugedeckt etwa 15 Minuten in den Backofen stellen.

Ergibt 4 Portionen

18

Wir fuhren schweigend zur Kirche. Die Luft war immer noch kalt, und graue Lämmerschwanzwolken trieben am Rand der Berge. Mehrere ältere Frauen waren zeitig auf dem Kirchenparkplatz angekommen. Sie beobachteten mit gierigem Interesse, wie Marla und ich eintrafen. Als ich versuchte, Marla beim Ausladen der Kisten zu helfen, fuhr mir ein rasiermesserscharfer Schmerz durch den Rücken. Marla sah, daß ich zusammenzuckte; prompt schickte sie mich in die Kirche.

»Außerdem«, erklärte sie, »kommt hier Bob Preston, und ich weiß genau, wie erpicht er darauf ist, mir beim Ausladen zu helfen.«

Preston, der eindeutig in seinem frisch polierten goldfarbigen Auto nur angefahren gekommen war, um Agatha abzuliefern, fügte sich Marlas Befehlen, nachdem sie mit den beringten Fingern laut gegen sein Autofenster geklopft und ihn durch die Scheibe angebrüllt hatte. Verlegen trennte er sich von dem schimmernden Auto und hob zwei Kisten aus dem Lieferwagen. Ich betete, er werde sich keinen Leistenbruch zuziehen, während er eine Kiste in die Kirche trug, und *Goldilocks' Partyservice* deshalb verklagen. Aber Bob war das Machogehabe wichtiger als Verlegenheit vor einer Schar aus dem Frauenkreis.

In der Kirche war Zelda Preston schon an der Arbeit. Ihre drahtige Person mit dem eifrigen Gesicht beugte sich über einen langen Tisch mit einer Decke mit Blumendruck. Ihre kräftigen Hände versahen jedes Gedeck mit dem schönen, passenden Silberbesteck der Kirche mit Rosenmuster. *Wenn ich den Falschen festnehme,* hatte Schulz einmal fröhlich zu mir gesagt, *bin ich so nett wie möglich zu ihm, wenn er mir das nächste Mal begegnet.* Ich humpelte zu Zelda hinüber, war so klug, sie nicht in die Arme zu schließen, griff deshalb lediglich nach den Gabeln und verteilte sie um den Tisch herum.

»Elf«, lautete ihre lakonische Begrüßung. Wenigstens ignorierte sie mich nicht. Vermutlich hatte sie mir verziehen. Andererseits war es ihr vielleicht peinlich, daß ich von ihrem Einstellungsgespräch für den Organistenposten bei den Katholiken wußte, bei eben jenen Katholiken, die sie für unwürdige Empfänger meiner unbenutzten Hochzeitsblumen gehalten hatte.

Unbenutzte Hochzeitsblumen. Ich sah hinauf zum Altar und zu dem rautenförmigen Fenster. Ich hatte mir die Zeremonie so oft vorgestellt, daß allein die Tatsache, wieder mit Essen und geschäftigen Frauen in der Kirche zu sein, die Beule an meinem Rücken zum Pulsieren brachte. Die Wirkung der Schmerztablette ließ nach. Als ich damit fertig war, gemeinsam mit Zelda den Tisch zu decken, ging ich in die Küche und schluckte noch eine Tablette. Warum sollte ich nicht den Engel spielen und das Treffen des Gebetskreises im Schwebezustand durchleben?

Um 11.35 Uhr hatten sich acht Frauen in der winzigen Pfarrbibliothek versammelt, die gleichzeitig als Versammlungsraum für kleine Gruppen diente. Marla erklärte, es mache sie nervös, wenn ich dabei zuschaute, wie sie die Aufwärmschüssel mit kochendem Wasser füllte. Mir ging es genauso. Ich stöpselte das Heizkissen, das ich mitgebracht hatte, neben einem Bibliotheksregal ein, setzte mich auf einen hochlehnigen Stuhl und bereitete mich auf das Beten vor.

»Oh, meine Liebe«, sagte eine der Frauen, die allesamt mindestens drei Jahrzehnte älter waren als ich, »was ist Ihnen denn passiert?«

»Ich habe mich am Rücken verletzt.«

»Das setzen wir auf die Liste«, erklärte Lucille Boatwright pflichteifrig, als sie auf der Bibliothekscouch Platz nahm wie eine Henne, die von ihrem Nest Besitz ergreift. »Arme Goldy. Irgendwelche Neuigkeiten?« Als ich den Kopf schüttelte, fügte sie hinzu: »Vielleicht sollten wir mit einem Gebet für Pfarrer Olson anfangen.«

Nachdem Lucille den Anfang gemacht hatte, stammelten die Frauen der Reihe nach Worte der Fürbitte. Das war etwas ganz anderes als die lautstärkere, seelenentblößende Form des Gebets, die ich beim späteren Sonntagsgottesdienst gehört hatte. Ein Schweigen folgte. Ich schloß die Augen und beschwor ein Bild von Pfarrer Olson herauf. Auf der Leinwand in meinem Kopf tauchte er auf und sagte dringlich: »Rufen Sie mich an.«

»Was?« sagte ich laut.

»Was?« sagten vier Frauen im Chor, die verblüfften Augen plötzlich offen. Lucille Boatwright rollte die Lippen gegen das Zahnfleisch und bedachte mich mit einem strengen Blick, der wissen wollte: *Stehen Sie unter Drogen?*

Unter vom Arzt verschriebenen Schmerztabletten, vielen Dank. Trotzdem hielt ich strikt den Mund, als die Frauen mit einem kurzen Gebet darum anfingen, Gott möge die Polizei zu dem Mörder führen, Tom Schulz' Notiz sollte entschlüsselt und Tom gefunden werden. Ich hatte die Absicht gehabt, den Frauen bei diesem Treffen Fragen über die Kirchengemeinde zu stellen. Aber die Tablette, die ich genommen hatte, unterband logisches Denken völlig. Während sie in der Stille beteten, konnte ich nicht verhindern, daß mir die Augen zufielen. Dieses Mal wollte ich Tom Schulz heraufbeschwören. Statt dessen dräute wieder Pfarrer Olsons Gesicht, den Mund flehentlich geöffnet.

»*R-u-u-fen Sie m-i-ich an.*«

Es gab keinen Zweifel daran, ich drehte durch. Ich hörte, wie draußen im Paradies Servierzubehör scheppernd zu Boden fiel. Das war meine Rettung – ich zog mich langsam und linkisch dorthin zurück, wo serviert werden sollte. Zu meinem Unglück war Kanonikus Montgomery der letzte Mensch, mit dem ich einen Plausch zu halten aufgelegt war. Seine krötenähnliche Präsenz füllte das Paradies aus. Vielleicht lag es auch an dem Reim, der sich mir aufdrängte, als ich sah, wie er wohlgefällig die Pastaschüssel anlächelte: *Ist ein Mann auch noch so schwach/bei Shrimps wird er todsicher wach.*

»Ah, Goldy«, sagte er mit einem breiten, synthetischen Lächeln. Er kam auf mich zu. »Genau nach Ihnen habe ich gesucht.«

Marla bedachte mich mit einem hilflosen Blick, als das *Mountain Journal* – in der Person von Frances Markasian – durch das Kirchenportal hereinstürmte. Als Frances mich im Gespräch mit Montgomery antraf, packte sie die Holztür hinter sich und schloß sie so sanft, daß sie kein Geräusch verursachte. Ich empfand gleichermaßen Entmutigung und Beklommenheit.

Montgomery ignorierte die Anwesenheit beider Frauen und vertraute mir an: »Goldy, ich bedaure es zutiefst, zutiefst, daß ich gestern beim Gottesdienst so hart mit Ihnen umgesprungen bin.« Seine fleischigen Hände vollführten eine entschuldigende Geste. »Es ist ein schreckliches Gefühl für mich, daß sich meine Trauer in einem derart häßlichen Ausbruch Ihnen gegenüber entladen hat. Ich habe angerufen und bei Ihrem Sohn eine Nachricht hinterlassen. Aber ich wollte es Ihnen persönlich sagen.«

Ich murmelte: »Okay.« In ihren mit Klebeband geflickten Turnschuhen schlich sich Frances Markasian hinter Montgomery, damit sie unser Gespräch mithören konnte. Die Tarnkappenreporterin. Ich sagte nichts. Ehrlich gesagt, im Grunde genoß ich die Aussicht, daß der Kanonikus eine schmerzhafte Dosis unseres Lokaljournalismus verpaßt bekam.

»Es ist nur so«, fuhr Montgomery fort, warf die Blicke gen Himmel und erwärmte sich für sein Thema, »daß mich der Verlust von Ted Olson immer noch so furchtbar durcheinanderbringt. Und diese Kirchengemeinde ... ich weiß es nicht.« Jedes Wort war mit Tragik befrachtet. Frances Markasian schrieb alles mit. Ich konnte nichts dagegen tun, ich lachte. Schon wieder. Vielleicht lag es am Schlafmangel, am Streß, an der Tablette. Möglicherweise lag es auch nur an Montgomerys Art, sich so wichtig zu nehmen, daß mein Lachreiz geweckt wurde. »Wie auch immer«, sprudelte er weiter, schnaubte wichtigtuerisch und tätschelte sich den weißhaarigen Mittelscheitel, »wir haben beschlossen, die Prüfungen um einen Tag vorzuverlegen, weil morgen Olsons Beerdigung und der ganze Ausschuß schon hier versammelt ist. Macht Ihnen das Schwierigkeiten? Um sechs ein Abendessen für fünfzehn Personen zu servieren? Heute abend im Konferenzzentrum? Haben Sie Personal, das Ihnen helfen kann? Weil Fastenzeit ist, wäre Fisch am besten.« Frances kritzelte heftig, aber geräuschlos; ich stellte wilde Vermutungen darüber an, ob ich ein zusätzliches Gedeck für sie auflegen solle. Ich stand mit offenem Mund da. Ob mir ein Abendessen für fünfzehn Personen Schwierigkeiten mache? Das konnte nicht Montgomerys Ernst sein. »Danach«, fügte er eilig hinzu, »können wir beim Kaffee die ersten drei Fragen stellen. Wenn ich bloß mit dem Faxgerät im Chorraum zurechtkäme, dann könnte ich die drei Schlußlichter unter den Kandidaten benachrichtigen. Ich weiß noch, daß Sie unserer Planung nach für das Essen sorgen sollten ...«

Tom Schulz' Stimme in meinem Kopf sagte: *Wen meinen Sie mit uns, Sie Unschuldslamm?* Wenigstens war es dieses Mal Toms Stimme. Alles war besser, als daß der tote Gemeindepfarrer darauf bestand, von mir im Jenseits angerufen zu werden. Vielleicht war es so ein Gefühl, wenn man schizophren war. Ich wartete darauf, daß Frances Markasian sich vorstellte, aber statt dessen hielt sie sich nur die Finger an den Mund, damit ich schwieg. Ich fragte mich, ob das legal sei. Immerhin waren wir in einer Kirche.

»Goldy?« Kanonikus Montgomery wurde eine Spur lauter. Es hatte mir gerade noch gefehlt, daß er mich wieder anbrüllte. Marla schüttelte heftig den Kopf und bildete mit dem Mund die Worte: *Kein Essen.* Aber ich wußte, daß ich mich beschäftigen mußte, obwohl die Schmerztabletten meinem Verstand Streiche spielten.

Das Schlimmste an der jetzigen Situation war das Gefühl, nichts zu tun zu haben, reglos zu Hause zu sitzen und darauf zu warten, daß das Telefon klingelte. Freilich, in den letzten achtundvierzig Stunden hatte ich nicht viel herumgesessen. Aber trotzdem …

»Ja, das mit dem Abendessen geht in Ordnung. Können wir ins Haus?«

Er hob die spitzen Augenbrauen. »Ich habe Mitchell Hartley angewiesen, die Tür rund um die Uhr nicht abzuschließen. Dieser Bob Preston hat widersprochen – ein bißchen spät für soviel Aufregung beim Verantwortlichen für die Sicherheit, meinen Sie nicht auch? Im Augenblick lasse ich eine eingeschlagene Scheibe reparieren. Können Sie sich so etwas vorstellen?«

»Ehrlich gesagt, ich kann es mir vorstellen. Das war unsere Schuld –«

Er tat meinen Protest händewedelnd ab. »Ich teile Sie und Doug Ramsey dazu ein, Mitchell Hartley heute abend zu prüfen, nur eine Stunde lang. Öffnen Sie den Brief mit den Kennziffern der Kandidaten, und konzentrieren Sie sich auf seine schriftliche Prüfungsarbeit. Wir hoffen, daß Hartley dieses Mal besser abschneidet …«

Wieder dieses *wir.* »Wie geht es denn Vikar Ramsey?«

»Na ja«, sagte Montgomery mit einem Schnüffellaut. »Sie wissen ja, wie er sich wegen der angeblichen Wunder über Olson aufgeregt hat, und ich glaube, daß er vielleicht eine Spur eifersüchtig war. Olson war in *jeder* Hinsicht so attraktiv und charismatisch, ein Frauentyp, wissen Sie.« Frances Markasian schrieb eifrig mit.

»Mir gegenüber hat er sich nie als Frauentyp gegeben«, sagte ich. Meine Stimme war so steif wie mein schmerzender Rücken. Ich hatte nicht den Wunsch, irgendwelche unbewiesenen Unterstellungen über Pfarrer Olson im *Mountain Journal* zu lesen.

»Ich will damit nur ausdrücken«, erwiderte Montgomery gereizt und ahnungslos, »daß ich daran gearbeitet habe, den Geistlichen in diesem Dekanat mißtrauische, eifersüchtige Einstellungen abzugewöhnen. Wesentliche Änderungen sind bereits bewirkt worden. Ich räume jedoch ein, daß es manche Pfarrer frustriert, sich keine größere Scheibe vom Kuchen abschneiden zu können –«

»Kuchen!« rief Marla. »Ich hab' doch gewußt, daß ich unbedingt etwas mit Goldy besprechen muß. Tut mir leid, daß Sie so frustriert sind, Kanonikus Montgomery. Eigentlich hatte ich sowieso vor, mit Ihnen über einen anderen Kanonikus zu reden, den ich mal kennengelernt habe. Er hieß Kanonikus Glaspimmel. Ich hab' gefragt: ›Heißen Sie tatsächlich Glaspimmel? Haben Sie auch Eier aus Kristall?‹« Montgomery blieb die Stimme im Hals stecken. Ich biß mir auf die Unterlippe; Frances Markasian schrieb mit. Aber Marla ließ nicht locker. »Wissen Sie, was die Geistlichen tun sollten?« fragte sie und deutete mit einem ringgeschmückten Finger auf ihn. »*Sie* anrufen, wenn's ihnen mal dreckig geht. Setzen Sie doch gleich das *Mountain Journal* darüber ins Bild. Frances Markasian ist hier; sie kann schreiben: ›Macht euch das Leben mal Verdruß/sucht Freude beim Kanonikus!‹« Damit packte sie mich am Arm, wirbelte uns beide herum und marschierte Richtung Küche.

Hinter uns hörte ich, wie Frances mit gekonnt unechter Demut fragte: »Hi, ich bin von der Zeitung, und ich möchte mit Ihnen über das Mordopfer sprechen. Pfarrer Olson. Könnten Sie mir ein bißchen mehr über diese Eifersüchteleien erzählen?«

»Pfui Teufel!« brüllte Kanonikus Montgomery.

Ich wagte es nicht, mich nach der Miene des theologischen Kanonikus umzuschauen. Ich kam mir vor wie eine Philippinin, die vor einem Ausbruch des Monte Pinatubo davonläuft. Und noch dazu wie eine Philippinin mit einem Rückenleiden.

Marla nahm die Hotelschüssel aus dem Backofen der Kirche. Sie stellte sie mit einem Minimum an Spritzerei, dem sie geschickt auswich, auf die Warmhalteplatte. »Hey, Montgomery hat es verdient, nachdem er dich am Sonntag so behandelt hat, also lass' die Moralpredigt«, rechtfertigte sie sich. Sie griff nach der Salatschüssel, wiegte sich hin und her und intonierte: »Ehrlich gesagt/ich hab' keinen Schimmer/sind seine Predigten mies/oder seine Reime noch schlimmer!« Die Frau hatte einen Lauf. Ich sah, wie Montgomery aus der Kirche stürmte, verfolgt von Frances Markasian. Ich setzte auf die Journalistin als Siegerin.

Der Geruch nach frischgebackenen Brotstangen beim Aufwärmen erfüllte die Küche. Ich sah Marla dabei zu, wie sie den Salat in der Balsamicovinaigrette wendete, die aufgebackenen Brotstangen in eine Leinenserviette wickelte und in einem Weidenkorb verstaute. Als die Damen aus dem Gebetskreis auftauchten, brachen sie angesichts des üppigen Arrangements in bewundernde Laute aus. In einem benebelten Teil meines Verstands nahm ich zur Kenntnis, daß Agatha Preston nicht erschienen war; vielleicht hatte Frances Markasian sie sich ebenfalls unter den Nagel gerissen. Zwischen dem Nachfüllen der Salatschüssel und des Brotkorbs bemerkte Marla, sie habe Agatha auch nicht gesehen. Aber als ich hinausging, um frische Luft zu atmen und meinen Rücken zu strecken, sah ich Agatha auf den Knien, wie sie auf der Baustelle des Kolumbariums herumbuddelte. In dem tiefen Schlamm und den gefrorenen Pfützen, den steilen Gräben und auf der trügerischen Oberfläche war Agatha in die Arbeit vertieft und dachte möglicherweise über ihr Lieblingsthema nach: die Hölle.

Die Frauen schwärmten von den Canterburyplätzchen mehr als von jedem anderen Gericht. Das bestätigte die Wahrheit der Maxime eines Partylieferanten: Nach einem Fischgang muß man einen schweren, süßen Nachtisch servieren. Das stimmte sogar, wenn es sich bei dem Fisch um Shrimps in einer Käsesauce mit Wein handelte. Nach tugendhaftem Verhalten, auch wenn man es im Grunde nicht tugendhaft nennen kann, haben die Leute das Gefühl, sich das Recht auf Kalorien verdient zu haben.

»Danke, meine Liebe!« rief mir eine Frau fröhlich zu, als sie sich den Hermès-Schal unter dem Kinn zuband. »Ich hoffe, die Polizei findet Ihren Verlobten!« Ihr Ton klang, als hätte sie gesagt: »Ich hoffe, Sie kaufen sich ein neues Auto!«

Ich warf einen Blick auf die Uhr, als Marla die Teller abräumte. 13.00 Uhr. Tom Schulz war seit fünfzig Stunden verschwunden.

»Du kannst heute abend kein Essen servieren«, insistierte Marla, als wir wieder in meinem Haus waren und mit hochgelegten Beinen in der Küche saßen. »Das erlaube ich dir nicht. *Ich* bin zu müde. Außerdem haben wir nichts mehr zu essen.«

Ich schüttelte den Kopf. Die einzige Nachricht auf meinem Anrufbeantworter stammte von Alicia, meiner Lieferantin. Am Nachmittag würde sie den Meerbarsch aus Chile und die Gemüse vorbeibringen, die ich für das erste Treffen des theologischen Prüfungsausschusses zubereiten wollte. Das war ein Glücksfall, weil mir die Shrimps tatsächlich ausgegangen waren. Ich sagte: »Der Ausschuß rechnet mit mir. Ich kann nicht einfach ohne Essen erscheinen.«

»Sie haben *morgen* mit dir gerechnet. Nicht heute abend.«

Ich stand langsam auf und holte Bitterschokolade, Vanille und Amaretto aus der Speisekammer. »Hör mal, Julian kommt bald nach Hause, und ihm macht es nichts aus, mir zu helfen. Es wird ein ganz einfaches Abendessen«, sagte ich so überzeugend wie möglich.

Marla schaute finster drein. »Was hat dir Stodgy Hodge eigentlich für ein Medikament verpaßt, ein Halluzinogen? War etwa das Mittagessen das, was du unter *einfach* verstehst?«

Die Schmerztabletten halfen tatsächlich. Für den Tortenboden verrührte ich im Mixer zerstoßene Schokoladenplätzchen mit weicher Butter. Wenn es Barsch gab, noch dazu gedämpften Barsch, machte die Maxime der Partylieferanten eine Käsesahnetorte mit Schokoladenteig als Nachtisch zu einer Notwendigkeit. Außerdem wollte ich ein weiteres Rezept von Tom Schulz verwenden. Dadurch fühlte ich mich ihm nahe.

»Ich kann es nicht fassen, daß du das machst«, maulte Marla. »Wenigstens handelt es sich um Schokolade. Davon können wir beide etwas vertragen. Ganz davon zu schweigen, daß dir nach einer Dosis Schokolade der Rücken weniger weh tun wird.«

Sie schob mich sanft beiseite, verrührte Sahnequark mit Eiern, Zucker und geschmolzener Schokolade und schüttete dann Sahne, Vanille und Amaretto in die glatte, dunkle Mischung, während ich den krümeligen Teig in eine Springform drückte. Als die Käsesahnetorte im Backofen war, schenkte sich Marla ein großes Glas Amaretto ein. Sie kündigte an, sie werde sich auf dem Wohnzimmersofa zur Ruhe begeben.

»Falls du das Haus verläßt, rede ich nie wieder ein Wort mit dir«, murmelte sie, nachdem sie den Likör gekippt und sich die Schuhe abgestreift hatte. »Und außerdem werde ich nie wieder glauben, daß ein Partyservice eine einfache, amüsante, ruhmreiche Beschäftigung ist.«

Ich schüttelte die Wolldecken mit dem Herzen und dem Kreuz in der Mitte aus und legte sie behutsam über Marla. »Es ist schön, wenn man Anerkennung erntet«, sagte ich zu ihr. Aber sofort überflutete mich eine Welle des Kummers. Hier war ich und bereitete ein Festmahl für einen Haufen Prüfer und Prüflinge vor, während ich eigentlich auf der Hochzeitsreise sein sollte.

Pflichtschuldig trottete ich in die Küche zurück und holte den Stapel Prüfungsarbeiten heraus. Ich blätterte sie durch bis zu Mitchell Hartleys Antworten auf die ersten drei Fragen. Dieser Teil der Prüfung sollte den seelsorgerisch besonders herausfordernden Teil des Sonntagmorgens abdecken, das gemeinsame Kaffeetrinken. Viele Gemeindemitglieder sahen in der Anwesenheit des Pfarrers beim Frühstück eine Gelegenheit, sich Rat zu holen. Eine Art von Telefonseelsorge. Die schriftlichen Fragen in diesem Jahr spiegelten die üblichen grotesken Erkundigungen wider. Bei unserem letzten Treffen hatte Pfarrer Olson dem Ausschuß erklärt, eine längere Abhandlung sei als Antwort auf eine Frühstücksfrage durchaus genehm. Wir Prüfer sollten ständig bedenken, daß der Kandidat in erster Linie seel-

Käsesahnetorte mit Schokoladentrüffeln

Boden:
250 g Schokoladewaffeln
6 Eßlöffel weiche Süßrahmbutter

Füllung:
250 g Bitterschokolade
375 g Sahnequark
3 große Eier
200 g Zucker
1/8 l Amaretto
1 1/2 Teelöffel Vanilleextrakt
1/4 l Schlagsahne

Die Schokoladewaffeln im Mixer zu Krümeln verarbeiten. Mit der weichen Butter vermischen. Den Teig in den Boden und an die Ränder einer gebutterten Springform drücken und bis zum Füllen in den Kühlschrank stellen.

Den Backofen auf 180 Grad vorheizen. Die Schokolade im Wasserbad schmelzen. Zum Abkühlen beiseite stellen. Den Sahnequark in der Rührschüssel der Küchenmaschine schlagen, bis er glatt ist. Eier und Zucker hinzugeben und gut verrühren. Eine kleine Menge der Mischung zum Lockern in die Schokolade rühren. Die Schokolademischung zur Sahnequarkmischung geben und gut verrühren. Amaretto, Vanille und Sahne hinzugeben. Alle Zutaten gut vermischen. Die Füllung auf den vorbereiteten Teig gießen und 50 bis 55 Minuten backen, bis die Sahnetorte leicht aufgegangen ist und in der Mitte nicht mehr schwabbelt. Auf Zimmertemperatur abkühlen lassen, dann mindestens 2 Stunden in den Kühlschrank stellen. Eine halbe Stunde vor dem Servieren aus dem Kühlschrank nehmen, damit sich die Torte leichter schneiden läßt. Springform öffnen und die Torte mit einem scharfen Messer in Portionsstücke schneiden. Falls sie zu hart zum Schneiden sein sollte, ein langes Stück Zahnseide oder Küchendraht zum Portionieren benützen.

Ergibt 16 Stücke

sorgerisch und erst in zweiter theologisch korrekt sein solle. Die Episkopalkirche wolle niemandem das Gefühl geben, nicht willkommen zu sein. Jedenfalls war das der offizielle Standpunkt.

Die erste Frage lautete: »Meine Nachbarin hat mich gefragt, ob ich wiedergeboren sei. Ich habe gesagt, einmal reicht mir, vielen Dank. Sie hat gesagt, das sei unbedingt nötig für mich, und ich habe es verneint. Wer hat recht?«

Mitchell Hartley hatte geschrieben: »Ihre Nachbarin hat recht! Sie müssen wiedergeboren werden, auch Jesus sagt das. Sie müssen sich seiner Lehre fügen.«

»Uff«, stöhnte ich. Auf der Wohnzimmercouch regte sich Marla. *Nicht gerade seelsorgerisch*, schrieb ich mit Bleistift, *und wo bleibt die ausführliche Abhandlung?*

Die zweite Frage lautete: »Unser Teenager war als Babysitter bei Nachbarkindern, deren Nachtgebet so anfing: ›Mutter und Vater unser im Himmel ...‹ Ich habe immer geglaubt, daß Gott ein Mann ist! Was meinen Sie dazu, Herr Pfarrer?«

Mitchell Hartleys große, schwungvolle Handschrift erwiderte: »Gott *ist* ein Mann! Erlauben Sie Ihrem Teenager nicht, dort wieder als Babysitter zu arbeiten.«

Kandidat Hartley ging mir auf die Nerven. Schon wieder.

Die dritte Frage: »Ich verstehe es nicht, Herr Pfarrer. Ist AIDS Gottes Strafe für die Homosexuellen?«

Mitchell Hartleys Antwort war eindeutig. »Ja!« hatte er geschrieben.

Ich schrieb: *Bei der Frühstücksabteilung der Prüfung ist dieser Kandidat durchgefallen.*

Soviel zu Mitchell Hartley. Meine einzige Frage lautete, warum ihm die Diözese seit so vielen Jahren die

Teilnahme an der Theologenprüfung erlaubt hatte. Vielleicht war er mit irgendeinem Würdenträger verwandt.

Ich nahm die Käsesahnetorte vorsichtig zum Abkühlen aus dem Ofen, legte die Prüfungsarbeiten weg und schlug die Akten auf, die ich aus Pfarrer Olsons Büro mitgenommen hatte. Ich rückte das Heizkissen zurecht und überflog die Akten wieder, Seite um Seite. Besondere Beachtung schenkte ich der Akte über den theologischen Prüfungsausschuß mit der Korrespondenz zwischen Pfarrer Olson und dem Bischof. Wirklich interessant war nur der Briefwechsel, in dem es darum ging, daß Mitchell Hartley letztes Jahr durchgefallen war. Die Prüfung im laufenden Jahr war Hartleys letzte Chance, die schriftliche und mündliche Prüfung zu bestehen. Weil er einen Teilzeitjob in der Gemeindeverwaltung hatte, hielt sich Hartley täglich im Diözesanzentrum auf. Und an jedem Tag hatte Hartley versucht, wie der Bischof Ted Olson gereizt mitteilte, aus einem der Mächtigen herauszubekommen, ob es eine Möglichkeit gebe, einer Prüfung durch – Hartleys Worte – *diese Liberalen* zu entgehen. Nach diesem Brief war einer vom Hilfswerk von Aspen Meadow abgeheftet, in dem Pfarrer Olson, Bob Preston und allen anderen Mitgliedern der Gruppe ›Jäger gegen den Hunger‹ für die Spende von 600 Elchburgern für die Tiefkühltruhe des Hilfswerks gedankt wurde. Schließlich war da noch ein Brief vom Büro des Bischofs, in dem stand, die Unterstützung der Gruppe ›Habitat für die Menschheit‹ durch die Kirchengemeinde werde gebilligt; die Diözese erklärte, falls St. Luke $ 10 000 dafür spenden wolle und sich das leisten könne, sei alles bestens.

Die Jäger und Habitat erinnerten mich wieder an die

Prestons. Was für ein Jammer, daß ich vor oder nach dem Treffen des Gebetskreises keine Gelegenheit gehabt hatte, Bob oder Agatha zu besuchen. Sie wußten vermutlich am besten, wo die Perlen steckten. Falls sie es sagen wollten. Der Gedanke, irgendwo nach etwas zu suchen, nachdem ich es schon erfolglos im Pfarrbüro, im Brio Barn und in Olsons Haus versucht hatte, erfüllte mich nicht gerade mit Begeisterung.

Wo könnte man noch etwas verstecken? ließ Schulz' Stimme in meinem Kopf nicht locker.

Ich versuchte, mich zu erinnern. Ich war so müde. Ich legte den Kopf auf meine verschränkten Arme auf dem Küchentisch. Andere Verstecke. Hmm. Ich setzte mich mit einem Ruck auf. *Habitat.*

»Wo willst du denn hin?« fragte Marla benommen, als sie ein Auge aufmachte und sah, daß ich meine schwere Jacke anzog.

»Zum Habitat-Haus. Hier in der Straße. Willst du mitkommen?«

Sie ächzte, als sie sich knarrend vom Sofa erhob. »Du weißt, daß ich mitkommen muß. Die Bullen haben mir gesagt, daß ich dich auf keinen Fall allein lassen darf. Sag mir nur eins«, murmelte sie, während sie nach ihren Schuhen suchte, »warum quälst du mich?«

»Wegen Tom Schulz. Er fehlt mir, und ich brauche Hilfe.« Ich reichte ihr einen großen Gartenspaten aus dem Dielenschrank.

»Oh«, sagte Marla, »was haben wir denn vor? Wollen wir Gräber ausheben?«

»Ich weiß eigentlich nicht, was wir vorhaben.«

»Das wird ja immer besser.«

Wir zogen gegen die Kälte die Jackenreißverschlüsse zu und gingen die anderthalb Blocks zum Habitat-Haus zu Fuß. Marla bestand darauf, beide Spaten zu tragen; diese Rücksichtnahme hielt sie nicht davon ab, bei jedem Schritt zu maulen. Auf der verlassenen Baustelle traten wir vorsichtig über gefrorenen Schlamm und verstreute Bretter und sahen uns im Innern um. Die Fensteröffnungen waren große, leere Rechtecke, durch die ein eisiger Wind pfiff. Weiße Allzweckvinylfliesen waren zum Teil auf dem Holzboden verlegt worden. Das weiße Vinyl zog meine Aufmerksamkeit an. Ich schaute hinüber in den Raum, der die Küche werden sollte, und bemerkte etwas, was wie eine große Spinne aussah. Als ich näherkam und mich bückte, hob ich die verschwundenen Schlüssel zum Hymnal House und zum Diözesanfahrzeug auf.

19

Sie waren sogar mit Schildern versehen. *Hymnal House. Brio Barn. Nissan.* Ich wußte nicht, was es zu bedeuten hatte, daß wir sie hier gefunden hatten, aber mir war klar, daß es etwas zu bedeuten hatte. Marla und ich durchsuchten den Rest der Baustelle, fanden aber sonst nichts: keinerlei Anzeichen von Perlen, Briefen oder Sakramentsgefäßen. Keine Spur von Tom Schulz.

Wir gingen so schnell, wie es mein schmerzender Rücken zuließ, zu meinem Haus zurück. Auf dem ganzen Weg umklammerte ich die Schlüssel in meiner Jackentasche. Habitat. Bob Preston. Bobs Projekte. Ich konnte es nicht erwarten, es Boyd zu erzählen, der sich auf meine Nachricht wegen Mitchell Hartley noch immer nicht gemeldet hatte. Ich rief an und hinterließ im Sekretariat eine atemlose Mitteilung. Innerhalb von Minuten rief Boyd mich zurück.

»Wir haben Hartley angerufen und ihn gebeten, sich in seiner Wohnung mit uns zu treffen. Er war nicht gerade begeistert darüber. Wie auch immer, seine Wohnung ist so klein, daß er schon ein Zauberer sein müßte, wenn er dort jemanden verstecken wollte.« Boyds Stimme war wegen atmosphärischer Störungen kaum zu hören. Ich konnte mir nicht vorstellen, von wo aus er anrief. »Der Typ hat nicht viel, das steht fest. Und auf gar keinen Fall hat er Tom Schulz.«

Ich berichtete ihm von den verschwundenen Schlüsseln, die Marla und ich in dem Habitat-Haus gefunden hatten.

»Sie lagen einfach auf dem Boden?« fragte Boyd mißtrauisch. »Sie waren nicht irgendwie versteckt? Sie haben sie schlicht und einfach gefunden. Genau wie Sie diese Briefe gefunden haben. Die uns übrigens nicht die Bohne sagen, abgesehen davon, daß Agatha Preston ein paar Tausender auf ein Girokonto in Denver abgezweigt hat. So. Die Schlüssel lagen auf dem Boden?«

»Ja, sie lagen auf dem Boden. Nein, sie waren nicht versteckt. Und ja, wir haben sie gefunden. Was halten Sie davon?«

Es klingelte an meiner Haustür: Alicia war mit dem Barsch und dem Gemüse gekommen. Marla begrüßte sie in der Diele und fragte, ob sie einen Schluck Amaretto wolle. Sie lachten schallend und unterdrückten das Gelächter dann sofort. Die unpassende Heiterkeit, Boyds Mißtrauen und dazu die Tatsache, daß es jetzt fast vier Uhr nachmittags am Montag war, ohne ein Lebenszeichen von Tom, ließ eine Welle der Frustration in meine Stimme fließen. »Wollen Sie nicht herkommen und die Schlüssel abholen?« wollte ich wissen. »Wollen Sie Bob Preston nicht festnehmen?«

»Weshalb?« erkundigte sich Boyd.

Ich nahm den Hörer vom Ohr und starrte ihn an.

Zehn Zentimeter entfernt dröhnte Boyds Stimme: »Soll ich ihn festnehmen, weil er an einem Freiwilligenprojekt arbeitet, an einem Haus, in dem Sie verschwundene Schlüssel gefunden haben? An einem Freiwilligenprojekt, von dem jeder weiß, der ihn kennt, daß er daran arbeitet? Damit es so aussieht, als hätte der neurotisch ordnungsliebende Bob Preston die Schlüssel dort fallenlassen, wenn ein Verdächtiger sie deutlich sichtbar dort hinterlegt?« Die Störungen in der Leitung, die seine Worte verzerrten, verbargen seinen Sarkasmus nicht.

»Wohl kaum«, murmelte ich.

Boyd sagte, er komme heute abend vorbei, um die Schlüssel abzuholen. Ich sagte ihm, ich sei vermutlich gegen zehn im Hymnal House fertig.

»Dann lassen Sie sich von Marla oder von Ihrem Küchengehilfen Julian abholen. Ich will nicht, daß Sie nach Einbruch der Dunkelheit herumschnüffeln.«

»Wer, ich?«

Boyd legte auf.

Alicia ging. Marla wusch und zerlegte den Barsch mit Seufzern, die einem Märtyrer peinlich gewesen wären. Wir waren eben dabei, die neuen Kartoffeln, die Babykarotten und dünne, zarte Spargelstangen zu waschen, als Julian und Arch nach Hause kamen. Ihre Gesichter forschten in meinem: *Etwas Neues?* Als ich den Kopf schüttelte, stellte Julian eine mit Folie abgedeckte Auflaufform aus Glas auf den Tisch.

»Eine Kuh mußte sterben, damit du heute abend Nudelauflauf mit Hackfleisch essen kannst. Eine Liebesgabe der Altargilde. Was macht dein Rücken?«

»Komm mir nicht mit der Vegetarierleier, ich hab' genug Probleme. Meinem Rücken geht es sehr viel besser. Der Prüfungsausschuß fängt zeitig mit der Arbeit an, und wir servieren Seebarsch mit Knoblauch, Basili-

Meerbarsch mit Knoblauch, Basilikum und Gemüse

4 Eßlöffel weiche Süßrahmbutter
4 Teelöffel fein gehacktes frisches Basilikum
2 Knoblauchzehen, gepreßt
2 Eßlöffel frischer Zitronensaft
4 neue Kartoffeln
8 dünne grüne Spargelstangen
8 Babykarotten
750 g frische (nicht tiefgefrorene) Meerbarschfilets, entgrätet

Den Backofen auf 220 Grad vorheizen. In einer kleinen Schüssel Butter, Basilikum, Knoblauch und Zitronensaft gut miteinander verrühren. Beiseite stellen. Die Kartoffeln und die Babykarotten 5 Minuten vorgaren; abgießen. Die Filets in vier gleiche Portionen aufteilen. Die Filets in eine gebutterte Gratinform legen. Die Gemüse in einem hübschen Muster über dem Fisch anrichten. Auf jede Fischform ein Viertel der Knoblauch-Butter-Mischung geben. Fest mit Aluminiumfolie abdecken. 20 bis 30 Minuten im Backofen garen, bis sich der Fisch leicht mit einer Gabel zerteilen läßt.

Ergibt 4 Portionen

kum und Gemüse. Ist dir danach, Basilikum zu hacken?«
Ich fragte ihn nicht nach der Zulassung zum College; wie bei Schulz' Verschwinden war die Frage nach Neuigkeiten, die es noch nicht gab, nur eine Erinnerung an etwas Fehlendes. Er hätte es mir gesagt, wenn er etwas erfahren hätte.

»Ich fette die Gratinformen mit Butter ein«, meldete sich Arch zu Wort, während er sich die Hände schrubbte. »Heute morgen hab' ich schon beim Plätzchenbacken geholfen. Hast du sie zu dem Mittagessen mitgenommen?«

Ja, sagte ich, und seine Arbeit sei ein voller Erfolg gewesen. Er strahlte und maß die gekühlte Süßrahmbutter ab. Julian wusch sich die Hände, rollte fachmännisch Basilikumblätter zusammen und schnitt sie klein. Marla garte die neuen Kartoffeln und die Babykarotten vor. Ich preßte scharfe Knoblauchzehen, vermischte sie mit den gehackten Basilikumblättern und rührte die Butter hinein. Wir bildeten ein Fließband, richteten den Fisch, das Gemüse und die Kräuterbutter künstlerisch auf schönen Gratinformen an und verschlossen sie dicht mit Aluminiumfolie. Die einzige Unterbrechung war ein Anruf von Lucille Boatwright. Sie wollte wissen, ob ich das Essen für den Hochzeitsempfang schon dem Hilfswerk von Aspen Meadow gespendet hätte.

»Schon?« wiederholte ich.

»Falls nicht«, fuhr sie hochnäsig fort, »möchte ich gern, daß Sie sich überlegen, es für die morgige Beerdigung zur Verfügung zu stellen. Wir bekommen eine Menge Trauergäste von auswärts zu Besuch, habe ich gehört. Ich bekomme nicht genug Freiwillige zum Kochen zusammen, und ich kann auf keinen Fall zulassen, daß die Leute hungrig nach Hause fahren.«

Das war das mindeste, was ich für Pfarrer Olson tun konnte, ganz gleich, was ich von Lucille hielt. Ich legte die Hand über die Sprechmuschel und fragte Julian, ob er etwas dagegen habe, die Platten für den Hochzeitsempfang für die Beerdigung in die Kirche zu schaffen. Er schüttelte den Kopf, ohne mich anzusehen. Julian schien zu glauben, daß wir nicht das ganze Essen behielten, sei eine weitere Methode, stillschweigend einzuräumen, unsere Hoffnungen Tom Schulz betreffend seien im Schwinden. Ich schlug mir diesen Gedanken aus dem Kopf und versicherte Lucille, mein Assistent werde sich in einer Stunde mit ihr in der Kirche treffen.

Als ich aufgelegt hatte, bat ich Marla, eine Rotweinvinaigrette über dicht aufeinandergeschichtete Scheiben aus Blutorangen und roten Zwiebeln zu gießen. Arch wusch Salatherzen und packte sie ein. Julian hatte einen Beutel Parkerhouse-Brötchen aus dem Tiefkühler geholt. Wir waren bereit.

Mit einem herkulischen Versuch, mich glücklich und hoffnungsvoll zu geben, sagte ich: »Was würde ich ohne mein Team nur machen?«

»Zum Pizzaessen ausgehen«, murmelte Julian finster.

Julian bestand darauf, den Lieferwagen mit den ganzen Kisten für das Abendessen zum Konferenzzentrum zu fahren. Marla chauffierte mich und den Stapel Prüfungsarbeiten in ihrem Jaguar, mit Arch auf dem Rücksitz. Sie hatte den Jungen versprochen, sie zum Pizzaessen einzuladen, wenn sie ihr erkläen könnten, was die jüngere Generation so an Videospielen fasziniere. Ich schob einen Notizblock mit Spiralheftung in meine Schürzentasche und bemerkte, daß ich keine einzige Frage an die Kandidaten vorbereitet hatte.

»Ich bin um zehn am Hymnal House und hole dich ab«, erklärte Marla drohend, als wir die Zufahrt zum Konferenzzentrum erreicht hatten. Julian lud aus, und Arch deckte im Speisesaal des alten Konferenzzentrums drei Tische für fünf. »Wag's ja nicht, ohne mich irgendwohin zu gehen, Goldy, hörst du?«

Ich lehnte mich gegen den Jaguar. »Seit wann sagst du mir, was ich zu tun habe?« fragte ich milde.

»Seit ich dir dabei geholfen habe, das Mittagessen für den Gebetskreis zuzubereiten und beim Abendessen für diesen aufgeblasenen Ausschuß.«

»Aha.« Dann fügte ich hinzu: »Ich verspreche es.«

Die drei Examenskandidaten, unter ihnen Mitchell Hartley, und ein Dutzend Pfarrer, unter anderem Kanonikus Montgomery, Doug Ramsey und andere Männer, die ich von früheren Besprechungen her kannte, saßen auf der Balustrade von Hymnal House, tranken Weißwein und gaben sich Mühe, so auszusehen, als wären sie nicht alle miteinander schrecklich nervös. Sie hatten nicht um Horsd'œuvres gebeten und sie würden auch keine bekommen. Aber weil es mir gerade noch gefehlt hätte, daß sie sich den leeren Magen mit Alkohol zuschütteten, heizte ich schnell den uralten Backofen von Hymnal House vor, schob die Gratinformen mit Fisch und die Brötchen hinein und arrangierte dann die Orangen und Zwiebeln auf Salatherzen.

Zwanzig Minuten später holte ich die Gratinformen heraus. Das köstliche Aroma von Basilikum und Knoblauch, das die Luft erfüllte, und der Augenschmaus aus Fisch, leuchtendgrünem Spargel, orangeroten Karotten und neuen Kartoffeln, in geschmolzener Butter schwimmend, verliehen der ganzen Veranstaltung eine Art weihnachtliche Atmosphäre, was zu den Dingen gehört, die eine Partylieferantin bedenken muß. Wenn die Leute sich vor einer gemeinsamen Mahlzeit nicht kennen oder nachher gravierende zwischenmenschliche Aktivitäten vor sich haben, ist es meistens eine gute Idee, sie beim Essen zu beschäftigen, ähnlich wie mit dem Auspacken von Geschenken. Das trägt dazu bei, das Eis zu brechen.

Die Konversation bei der Mahlzeit – wie der neue Bischof in einer anderen Diözese sich anließ, was Massenübertritte zum anglikanischen Glauben in Afrika in letzter Zeit weltweit für die Kirche zu bedeuten hatten – war unverbindlich, aber etwas gezwungen. Kanonikus Montgomery hatte gesagt, Freiwillige aus der Altargilde würden den Abwasch übernehmen, und ich war erleichtert, als wir zum Abendgebet in den Salon von Hymnal House umziehen konnten. Dem schloß sich eine kurze, nicht in Verse gefaßte Erläuterung des Verfahrens durch Montgomery an: Wenn unser Treffen von heute abend zu Ende sei, werde die alte Glocke auf der Balustrade geläutet. Morgen würden wir zur Beerdigung gehen und dann den ganzen restlichen Dienstag tagen. Am Mittwoch morgen treffe der Ausschuß die Entscheidungen. Die nervösen Kandidaten schluckten und gaben sich alle Mühe, zuversichtlich auszusehen.

Doug Ramsey und mir wurde ein alter Salon im ersten Stock zugeteilt. Das Zimmer war etlichen verunglückten Umgestaltungen zum Opfer gefallen und war jetzt mit einem knallgrünen Zottelteppich und zwei gespendeten Sofas mit gelbgestrichenen Holzlehnen und Kissen in einem schreienden Rosa ausgestattet. Es war nicht das günstigste Ambiente für eine Versöhnung mit Vikar Ramsey, mit dem ich seit unserem katastrophalen

Zusammenstoß am Sonntag in der Kirche nicht mehr gesprochen hatte. Er marschierte vor mir ins Zimmer, ließ die Schlösser seiner Aktentasche aufschnappen und holte einen Stapel maschinegeschriebener Fragen heraus. Er gab sich unerklärlicherweise eingeschnappt, was alles noch schlimmer machte.

»Hey, Doug«, sagte ich, »spielen Sie nicht die beleidigte Leberwurst, okay? Ich habe das Essen gebracht, nicht wahr? Lassen Sie uns jetzt darüber reden, wie wir den Kandidaten prüfen werden.«

»Sie haben sich doch nicht mit diesen Zeitungen in Verbindung gesetzt, oder? Denen erzählt, ich sei der Spion des Bischofs gewesen?«

»Selbstverständlich nicht.«

»Irgendeine Reporterin hat Montgomery ausgefragt. Sie wollte wissen, ob er eifersüchtig auf Olson gewesen sei, weil Olson als Wunderheiler gegolten habe.«

Die gute alte Frances. »Und hat Montgomery die Wunderheilungen gelten lassen?«

In diesem Augenblick kam Mitchell Hartley herein. Er räusperte sich.

Doug Ramsey ignorierte ihn. Er fuhr in einem vertraulichen Ton fort: »Es gibt viele Gründe, aus denen jemand auf die fragliche Person hätte eifersüchtig sein können, und zwar nicht nur aus den finanziellen und ... den *anderen* Gründen, die ich am Sonntag Ihnen gegenüber erwähnt habe. Er war attraktiv, er war intelligent. Stellen Sie sich vor, er hat die Zulassung zum Pfarramt in Rekordzeit geschafft, obwohl ich das noch einmal in der Statistik überprüfen müßte –«

»Theodore Olson?« Mitchell Hartleys Gesicht verzog sich zu einer häßlichen Grimasse. Zehn Zentimeter welliges rotes Haar wehten über seiner Stirn. »Ja, Ihre Statistik hat recht. Er hat es in drei Jahren geschafft.« Seine Augen glänzten fiebrig.

»Bitte, setzen Sie sich, Mitchell«, sagte ich.

Er gehorchte, hielt den irren Blick aber beunruhigend auf mich gerichtet.

Vikar Ramsey fing mit Fragen nach den Erzbischöfen von Canterbury an, dann ging er dazu über, was Tillich zu diesem, Augustinus zu jenem gesagt habe und worin die liturgischen Voraussetzungen für das Händeauflegen bestünden. Mitchell stotterte und stammelte und sagte meistens, er wisse es nicht. Doug kam eben zur anglikanischen Reformation, als es an der Tür klopfte. Es war Lucille Boatwright.

»Zelda und ich sind mit dem Abwasch fertig«, sagte sie und funkelte mich böse an. *Wie können Sie es wagen, sich hier oben mit den Männern als Prüferin zu betätigen, wenn es in der Küche Frauenarbeit zu tun gibt?* Ich sagte nichts. Ich hatte die Nase voll von Lucille Boatwright. Sie wandte sich Doug Ramsey zu: »Wir müssen unbedingt mit Ihnen über die Liturgie für den morgigen Gedenkgottesdienst sprechen.« Es war keine Bitte.

Doug reckte das Kinn: Die Pflicht rief. Er stand auf, schob seinen Stapel Papiere in die Aktentasche, ließ die Schlösser zuschnappen und marschierte ohne ein weiteres Wort hinaus. Es war wohl an mir, das Gespräch mit dem Kandidaten zu Ende zu führen.

»Mitchell«, sagte ich, langte hinüber zu einem staubigen Tisch und fand einen Bleistiftstummel und ein Blatt Papier. »Ich habe eine fotokopierte Seite aus Ihren Prüfungsarbeiten gefunden.« Ich schrieb 92-492 auf das Blatt Papier.

Er warf einen Blick darauf und hob eine rote Augenbraue. »Wo haben Sie sie gefunden?«

Zu welchem Ende auch immer, ich beschloß, ihm die Wahrheit zu sagen. »In Olsons Haus. Waren Sie dort?«

In diesem Augenblick schlug draußen die Glocke an. Mitchell Hartley schien sie jedoch nicht zu hören. Er hatte einen träumerischen Ausdruck im Gesicht.

»Sie waren dort, nicht wahr?« sagte ich zu Mitchell. Meine Stimme war ganz ruhig.

»Ich war nicht dort.«

»Lassen Sie den Unsinn, Mitchell. Sie wissen etwas.«

»Ich weiß tatsächlich etwas«, sagte er geheimnistuerisch. »Jetzt.« Die Glocke schlug wieder an. »Sie haben die Suche nicht in die Hände des Herrn gelegt, und jetzt hat mir der Herr etwas enthüllt.«

»Was? Bitte. Es könnte eine Frage von Leben oder Tod sein.«

Er stand auf und schlenderte zur Tür. »Alles«, sagte er gewichtig, »ist eine Frage von Leben oder Tod. Die Prüfung von heute abend ist zu Ende, und ich will nicht mehr mit Ihnen reden.«

Die Tür ging hinter ihm zu.

Ich sah auf die Uhr: 21.30. Trotz der Dunkelheit der Nacht waren das Gelände des Konferenzzentrums und die Zufahrt von den Salonfenstern aus deutlich zu sehen. Von meinem Platz aus konnte ich die Stimmen und den Verkehr auf der Vorderseite des Konferenzgebäudes kaum hören. Und das war mir recht. Mitchell Hartley war nicht entgegenkommend, und ich war nicht in der Stimmung für geselligen Umgang mit jemand anderem. Ich beschloß, hier zu warten, bis ich Marlas Auto die Zufahrt entlangkommen sah. Ich würde dankbar sein, wenn ich zu Hause war, weg von den Feindseligkeiten und kleinlichen Eifersüchteleien dieser Gruppe.

Ich dachte an Tom Schulz. Ob er fror? Ob er Schmerzen hatte? Hatte er seinem Entführer die verlangte Information gegeben?

Dann erinnerte ich mich an Pfarrer Olsons freundliches Kompliment bei unserem vorletzten Traugespräch: »Ich habe selten ein Paar vor mir, das sich so sehr liebt.« Und dennoch würden wir Pfarrer Olson morgen begraben, und niemand wußte, ob Tom Schulz am Leben oder tot war. Ich legte den Kopf auf das knallrosa Kissen. Ich war so müde.

Ich hatte nicht gemerkt, daß ich eingeschlafen war, bis mich etwas wachrüttelte. Ich fühlte mich, als wäre ich aus einer Lawine gestiegen, als hätte ich im Schlaf einen Hilfeschrei gehört, in der Lawine oder irgendwo auf der Straße. Ich rieb mir die Augen und sah aus dem Fenster: Marlas Jaguar war da und schickte aus dem Auspuff Dampfwolken in den Nachthimmel. Ich hievte meinen verkrampften Körper von der Couch und schleppte mich die Außentreppe hinunter, die alle anderthalb Meter trüb beleuchtet war. Schreie hatten mich geweckt. Sie kamen von der anderen Seite von Hymnal House, vielleicht von der Balustrade, es war schwer zu sagen. Möglicherweise waren es Rocker, die am Cottonwood Creek wieder eine Party feierten.

Marla hatte die Fenster zu und ließ den Motor laufen; der Jaguar dröhnte wie ein kleines Flugzeug.

»Hast du etwas gehört?« fragte ich, als ich die Beifahrertür aufmachte und den Kopf hineinsteckte.

»Nichts Weltbewegendes, jedenfalls nicht in den letzten beiden Stunden.«

Ich schlüpfte auf den Beifahrersitz, machte die Tür zu und seufzte. »Macht nichts.« Sie legte den Rückwärtsgang ein und wirbelte Schotter auf der Zufahrt auf. Marla würde es nie lernen, vorsichtig zu fahren.

»Hat die Polizei angerufen?« Ich konnte das Flehen in meiner Stimme hören.

»Boyd hat angerufen. Ich hab' ihn gefragt: ›Boyd, haben Sie auch einen Vornamen?‹ Er hat gesagt: ›Nennen Sie mich einfach Boyd.‹ Wo haben die den Kerl bloß aufgetrieben, in einer Krimiserie?«

»Marla.«

»Okay. Bob Preston ist seit Samstag nicht mehr im Habitat-Haus gewesen, und er hat keine Ahnung, wie die Schlüssel dorthin gekommen sind. Wie war's bei dir? Wie sind die Prüfungen gelaufen?«

Wir schossen die Straße entlang, die uns zur Main Street und zu der Böschung vor Hymnal House und Brio Barn bringen würde.

»Ich bin Ted Olsons Meinung«, sagte ich, »daß Mitchell Hartley durchfallen sollte. Montgomery hat jedoch gesagt, daß er die Prüfung dieses Mal vermutlich besteht –«

Als wir unterhalb der Balustrade des Konferenzzentrums waren, kam das Auto ohne Vorwarnung mit quietschenden Reifen zum Stehen. Trotz des Gurts wurde ich nach vorn geschleudert. Als ich mich mühsam aufgerichtet hatte, rief Marla: »Gütiger Gott. Herr im Himmel.«

»Was?« sagte ich, aber sie antwortete nicht. Ich folgte ihrem Blick durch die Windschutzscheibe, dem blendenden Strahl der Scheinwerfer.

Mitchell Hartley würde bei der Prüfung nicht durchfallen, Mitchell Hartley würde sie auch nicht bestehen. Mitchell Hartley lag mitten auf der Main Street.

Er war tot.

20

Marla lief zu einer Telefonzelle. Jemand von einer nahen Tankstelle stellte auf der Straße Warnblinker auf. Innerhalb von Minuten trafen Boyd und sein Team ein. Ich saß in einem Schockzustand im Jaguar. Ich konnte nicht mit ansehen, was sich tat, obwohl ich gelegentlich zum Konferenzzentrum auf der Böschung mit Blick auf die Straße und die Kirche hinaufschaute. Dann warf ich einen kurzen Blick auf St. Luke auf der anderen Seite der Main Street. Ich konnte die ausgestreckt daliegende Leiche von Mitchell Hartley nicht ansehen. Marla kam zum Auto zurück. Wir saßen schweigend auf den Vordersitzen.

Als weitere Polizisten und der Notarztwagen eingetroffen waren, näherte Boyd sich uns.

Ich ließ das Fenster herunter. »Ist er –?« würgte ich.

Boyd brauchte nicht zu antworten. Seine Miene sagte alles.

»Sie glauben nicht, daß er Ted Olsons Mörder war, oder? Glauben Sie, er hat gewußt, wo Tom Schulz ist?« wollte ich wissen. Meine Stimme klang schrill, und ich bebte unkontrollierbar. »Sagen Sie es mir. Glauben Sie, daß Hartley abgestürzt ist, daß er Selbstmord begangen hat, was? Hat ihn ein Auto überfahren?«

Boyd musterte mich. Dunkle Ringe unter den Augen zeigten seine Erschöpfung. Die letzten beiden Tage hatten auch ihm schwer zugesetzt. »Es sieht nicht so aus, als ob Hartley von einem Auto überfahren worden wäre. Sonst weiß ich nichts. Es ist aber nötig, daß Sie mitkommen und sich etwas ansehen.« Ich stieg aus und folgte ihm zu einer Menschentraube um die Leiche herum. Ich erkannte Officer Calloway und andere Ermittler von Furman County. »Danach haben Sie doch gesucht«, sagte Boyd. Er zeigte auf eine gerissene Perlenkette, die neben dem Mittelstreifen der Straße lag. In den blitzenden Zirkusfarben der Polizeilichter sah sie wie Flitterkram für ein Kind aus. Aber als ich mich darüberbeugte, konnte ich das handgeschriebene Preisschild lesen: $ 2000 –.

»Was in aller –«

»Es muß in seiner Tasche gesteckt haben, vielleicht hat er es auch in der Hand gehalten. Wo hatte er es Ihrer Meinung nach her?«

Ich wiederholte meine Theorie, Olson habe die Halsketten bei sich zu Hause aufbewahrt. Es müßten noch mehr da sein, fügte ich hinzu. Mitchell Hartley war arm, und er verabscheute das, aber er hatte nie wie ein Dieb auf mich gewirkt. Natürlich hatte ich ihn nicht sehr gut gekannt. Eigentlich überhaupt nicht.

»Okay«, sagte Boyd. Er klang nicht befriedigt. »Ich habe jemanden beauftragt, bei Ihnen zu Hause anzurufen. Julian Teller wartet auf Sie, aber er wird Ihren Sohn nicht wecken. Es ist besser, ihn nicht aufzuregen. Sie sollten wieder in Marlas Auto steigen. Ist Ihnen kalt?«

Ich zitterte immer noch, aber nicht des Wetters wegen. Vor weniger als einer halben Stunde war Mitchell Hartley mit Doug Ramsey und mir im Salon im ersten Stock gewesen. *Der Herr hat mir etwas enthüllt.* Natürlich hatte ich keine Ahnung, was das war. Ich berichtete Boyd kurz von meinem letzten Gepräch mit Hartley. Boyd sagte nichts.

Marla ließ den Motor wieder an.

»Augenblick noch. Goldy, hören Sie mir zu?« Boyds Gesicht näherte sich dem offenen Autofenster. Ich befestigte den Gurt und bemühte mich um eine aufmerksame Miene. »Gehen Sie nirgendwohin, okay? Versuchen Sie nicht, den Fall zu lösen. Wer auch immer der Täter ist, irgendwann wird er einen Fehler machen.«

»Sie glauben also nicht, daß er von der Balustrade des Konferenzzentrums gefallen ist.«

Boyd schob sich weg vom Auto. Er steckte sich ein Streichholz in den Mundwinkel. »Ich rufe Sie an«, sagte er lakonisch und wandte sich wieder der um Mitchell Hartleys Leiche versammelten Gruppe zu.

Als wir nach Hause kamen, war es fast elf. Weil ich darauf beharrte, setzte Marla mich ab, ohne mit ins Haus zu kommen, und fuhr heim. Mein gesamtes Zubehör, die Gratinformen und die Schüsseln für das Abendessen für den Ausschuß, sowie die Reste der Käsesahnetorte waren immer noch in der Küche vom Hymnal House, so daß nichts wegzuräumen war. Julian machte mir eine Tasse heißen Kakao.

»Die Hochzeitstorte hab' ich eingefroren«, erklärte er unvermittelt. »Ich hab's einfach nicht übers Herz gebracht, sie mit den anderen Sachen in die Kirche zu bringen.«

Ich nickte und fuhr mit der Hand über die schimmernde Emailleverkleidung von Toms Herd. *Sag mir, was ich tun soll*, flehte ich im Geist. Aber es kam keine Antwort. Sobald ich durcheinander war, kochte ich. Aber was machte Tom Schulz, wenn er mit einem Chaos konfrontiert war und versuchte, Ordnung zu schaffen? Und dann fiel es mir ein.

Er machte sich Notizen.

Ich goß den heißen Kakao weg und füllte die Espressomaschine mit Wasser. Scout, der Kater, erschien lautlos neben der Speisekammer, schnurrend und katzbuckelnd. Ich fütterte ihn. Dann brachte ich die Halterung für die Gußeisenpfanne in Toms Heißluftofen an, holte ein paar große Kartoffeln und nahm einen Stift und einen Notizblock mit Spiralheftung aus der Schürzentasche.

Julian fuhr sich mit den Fingern einer Hand durch den kurzen, blonden Haarstreifen. »Was zum Teufel machst du da? Es ist Zeit zum Schlafen.«

»Ich habe Hunger«, antwortete ich ihm. »Es ist zuviel passiert, und ich hab' keinen Bissen von dem Fisch abbekommen. Außerdem will ich einen Kaffee.«

»Aha. Also trinkst du um elf Uhr nachts Espresso, kochst ein paar Kartoffeln und schreibst dann darüber.«

»Julian, reg dich ab. Ich meine, ich weiß es zu schätzen, daß du aufgeblieben bist, um dich zu vergewissern, daß ich gut nach Hause komme. Schließlich haben heute jede Menge Treffen stattgefunden –«

»Ja, in der Tabakkirche. Schadet Ihrer Gesundheit.«

»Ich kann einfach nicht über das nachdenken, was heute abend passiert ist.« Ich schälte wie besessen Kartoffeln. »Jedenfalls krieg' ich's nicht in die Reihe.«

»Jetzt hab' ich's kapiert. Du willst Herzoginkartoffeln

machen und sie beim nächsten Kirchentreffen servieren.«

»Julian, geh ins Bett.«

Ich rieb die Kartoffeln auf ein Geschirrtuch und wrang die Flüssigkeit dann über dem Spülbecken aus. Das Butterstück, das ich in Toms gußeiserne Pfanne geworfen hatte, schmolz zu einer goldenen Pfütze; ich goß Olivenöl hinein. Mit Sorgfalt – was schwierig war, weil sich Scout beharrlich an meinen Beinen rieb – formte ich die Kartoffeln in der Gußeisenpfanne zu vier Pfannkuchen. Es war ausgeschlossen, daß ich sie zu einem Kirchentreffen mitnahm, aber vielleicht konnte ich einen eigenen Beitrag zur anglikanischen Küche leisten.

»Was meinst du, Scout? *Bischöfliche Kartoffelküchlein?*«

Scout rührte sich nicht. Vermutlich hieß das nein. Wieder hatte ich das Gefühl, den Verstand zu verlieren, aber das war mir gleich.

»Na schön, wie wär's dann mit *Kartoffelpuffer für WASPs*?*«

Scout vollführte auf dem Küchenboden eine geschickte Drehung, landete mit dem Bauch Richtung Decke und eingezogenen Krallen. Das war eindeutig ein Ja.

Während die Kartoffelpuffer für WASPs brutzelten, griff ich zum Stift und fing an zu schreiben.

1. *Pfarrer Theodore Olson.* Intelligent, attraktiv, charismatisch, der »Wunderheiler«. Hat das Zulassungsverfahren zum Pfarramt schnell hinter sich gebracht. Protegé von Montgomery. Hat die Organistin hin-

* Anm. WASP: weiße angelsächsische Protestanten. Bezeichnung für die christlich-konservative Mittel- und Oberschicht in den Vereinigten Staaten.

ausgeworfen, der er Versöhnung gepredigt hat. Liebte Volksmusik und charismatische Liturgie. Unbeliebt bei Pinckneys Anhängern. Beteiligt an der Wunderheilung von Roger Bampton? Liebesbeziehung zu Agatha Preston? Tot.

2. *Mitchell Hartley.* Nicht intelligent, nicht attraktiv, nicht reich. Theologisch konservativ; charismatisch. Hat im Diözesanzentrum gearbeitet. Zulassung zum Pfarramt langwierig; einmal vor dem theologischen Prüfungsausschuß unter Olsons Leitung durchgefallen. Von niemandem protegiert. Wußte etwas über Prüfungsarbeiten in Olsons Haus. Hatte Perlen bei sich. War nicht beim Traugottesdienst. Tot.
3. *Zelda Preston.* Unversöhnlich nach dem Tod des Sohns an Leukämie. Wegen Meinungsverschiedenheiten über Kirchenmusik von Olson entlassen. Mitglied der Altargilde, insofern mitverantwortlich für verschwundene/wiedergefundene Schlüssel zum Hymnal House. Ihre beste Freundin Lucille hält es für möglich, daß sie Olson umgebracht hat. Sucht nach bischöflichem Brief wegen Gitarrenmusik (könnte Tom S. wissen, wo der Brief ist?). Nicht beim Traugottesdienst.
4. *Bob Preston.* Geldschwierigkeiten, hätte die Perlen gebrauchen können. Eifersuchtsprobleme, will möglicherweise Briefe von Agatha an Olson (könnte Tom wissen, wo sie sind?). Erwartet Mutter Zelda zuviel von ihm? Plustert sein Ego mit Freiwilligenarbeit auf; hat ihm Olson beim Bau von Habitat-Haus Schwierigkeiten gemacht? Fahrzeugschlüssel im Habitat-Haus gefunden. Schießfreudiges Mitglied von »Jäger gegen den Hunger«. Nicht beim Traugottesdienst.
5. *George Montgomery.* Glaubt, daß sein Protegé aus dem

Kartoffelpuffer für WASPs

4 große oder 8 kleine Kartoffeln (knapp 1 Kilo), geschält
2 Eßlöffel Süßrahmbutter
2 Eßlöffel Olivenöl
Salz und Pfeffer zum Abschmecken

Die Kartoffeln auf ein großes, sauberes, für die Kochwäsche geeignetes Geschirrtuch reiben. Die Kartoffeln in das Tuch wickeln und zum Entfernen der Flüssigkeit auswringen. (Am besten über dem Spülbecken, weil sie erstaunlich viel Wasser enthalten.)

Die Butter und das Olivenöl in einer großen Gußeisenpfanne erhitzen. Aus den geriebenen Kartoffeln vier Puffer formen. Die Puffer bei mittlerer Hitze etwa 10 Minuten lang braten, bis der Boden goldbraun ist, dann umdrehen. Auf der anderen Seite etwa fünf Minuten braten. Mit Salz und Pfeffer würzen und so oder mit Sauerrahm oder mit Apfelmus servieren.

Ergibt 4 Portionen

Ruder gelaufen ist? Jähzornig, schlechter Prediger, *mieser* Lyriker. Eifersüchtig auf Olson wegen der Gemeindespenden? Wegen der Wunder? Derjenige, den Agatha gemeint hat, als sie gesagt hat: ›Jemand besteht darauf, die Laborwerte zu sehen‹? Laut Vikar Doug Ramsey beim Traugottesdienst.

6. *Agatha Preston.* Verabscheut ihre Schwiegermutter, verabscheut ihren Mann, verabscheut ihr Leben. Hat Zwangsvorstellungen von der Hölle, war aber heftig in Olson verliebt. Hat auf der Kolumbariumsbaustelle den Boden aufgegraben. War beim Traugottesdienst.

Ich stand auf und drehte die Kartoffelpuffer um. Die garen Seiten waren goldbraun und knusprig, und beim köstlichen Geruch nach in Butter brutzelnden Kartoffeln lief mir das Wasser im Mund zusammen.

Ich betrachtete stirnrunzelnd meine Notizen. Ich hatte nicht aufgeschrieben, daß Pfarrer Olsons Haus und Büro verwüstet und der Fundort seiner Leiche geschändet worden waren. Nicht auf meiner Liste standen Lucille Boatwright, über die Arch buchstäblich gestolpert war, als sie heimlich in den Kirchenakten herumschnüffelte, und Doug Ramsey, der wie Lucille keinerlei Liebe an Ted Olson verschwendet hatte. Vikar Doug Ramsey, außerdem bekannt als Vikar Hyperbel, Vikar Unsensibel und Vikar Schwätzer. Aber ich hatte ihn genau wie Lucille vor dem Traugottesdienst gesehen. Es war nicht möglich, Tom Schulz zu entführen, während man auf sein Eintreffen in der Kirche wartete.

Und dann war da noch Tom. Ich hatte in der Nacht, in der ich zu Olsons Haus gefahren war, seine Präsenz so deutlich gespürt. Jetzt kam er mir abwesend vor, wie wenn ein Telefon klingelt, während niemand zu Hause ist.

Ob Sie Gottes Präsenz empfinden oder nicht, hatte Olson einmal in einer Predigt gesagt, *Gott ist dennoch da, wie ein Mann, der jedes Jahr an Halloween eine Tüte Süßigkeiten kauft, obwohl die Kinder ausbleiben, die Bonbons wollen.*

Ich nahm vorsichtig die Kartoffelpuffer aus der Gußeisenpfanne und legte sie auf einen Teller. Ich suchte nach Apfelmus und saurer Sahne. Da ich beides nicht fand, würzte ich die Puffer lediglich mit Salz und Pfeffer und aß einen Bissen. Sie waren heiß, knusprig und himmlisch. *Gott ist dennoch da.* Ich nahm den Telefonhörer ab und wählte die Nummer von Toms Anrufbeantworter. Seine tiefe, klangvolle Stimme erfüllte mein Herz mit Hoffnung.

Rufen Sie mich an, hatte Olsons Stimme mir ins Ohr gesagt. Ich zog heftig die Luft ein. Mein Verstand hatte zweieinhalb Tage lang an Toms rätselhaften Notizen gearbeitet, und plötzlich hatte ich die Lösung. Vielleicht hatte ich auch eine Art Nachricht von Olson aus dem Jenseits empfangen. Lieber nicht darüber nachdenken. Mit zitternder Hand wählte ich die Nummer der Kirche.

»Hier ist die Episkopalkirche St. Luke«, meldete sich freudig Ted Olsons Stimme, »an der Main Street von Aspen Meadow am Lower Cottonwood Creek. Die Gottesdienstzeiten ...« Und er gab die Anfangszeiten der beiden Abendmahlsgottesdienste am Sonntag morgen bekannt. Ich klopfte mit dem Fuß gegen den Boden. Er fuhrt fort: »Wenn Sie eine Nachricht hinterlassen möchten, sprechen Sie bitte nach dem Pfeifton. Falls es sich um eine vertrauliche Nachricht für Pfarrer Ted Olson handelt, warten Sie bitte den zweiten Pfeifton ab.«

Ich stand wie gebannt in meiner Küche. Kirchgänger,

vor allem diejenigen, die schwere Zeiten durchmachten, hatten ein verzweifeltes Verlangen nach Vertraulichkeit. Ich hatte selbst erfahren, wie wenig Verlaß auf den Satz *Bitte, sagen Sie es nicht weiter* war. Denn seit meiner Scheidung bis zu der Nachricht vom Verschwinden von Tom Schulz hatte ich erlebt, daß Einzelheiten über mein Privatleben sich in der Kirchengemeinde verbreiteten wie Feuer in einem Wäldchen aus trockenen Espen.

Und Tom Schulz' Notizen enthielten einen Hinweis darauf, daß Olson ihm einen Anhaltspunkt gegeben hatte, wer der Angreifer gewesen war. VM stand nicht für Victor Mancuso. Ich wäre jede Wette darauf eingegangen, daß *VM* eine Abkürzung für *Voice Mail* war, einen Anrufbeantworter mit Fernabfrage. Aber was hieß P.R.A.Y.? Ich starrte mein Telefon an, versuchte, mich daran zu erinnern, wie Tom Schulz Nachrichten von seinem Anrufbeantworter abrief. Er wartete auf den Pfeifton und gab dann einen Code ein …

Vier Zahlen. Konnte P.R.A.Y. ein vierstelliger Zugangscode sein, den Olson gewählt hatte? Leider wußte ich nichts über den Code für die Fernabfrage des Anrufbeantworters in der Kirche. *Denk nach,* befahl Tom Schulz' Stimme in meinem Kopf.

»Tu ich doch«, sagte ich laut. Ich war Olsons Akten über den theologischen Prüfungsausschuß und über die Diözese schon zweimal durchgegangen. Sie hatten keine Anweisungen für den Anrufbeantworter enthalten. Und was war, wenn Olson die Nachrichten nach dem Abhören einfach gelöscht hatte?

Soll das ein Witz sein? Wieder Schulz' Stimme. *Der Typ hat doch nie etwas weggeworfen.*

Ich schaute auf die Küchenuhr. Fast Mitternacht. Ich rief im Büro des Sheriffs an und hinterließ eine Nachricht für Boyd: Bitte rufen Sie mich so schnell wie möglich zurück. Vermutlich hatte er von diesen Nachrichten inzwischen die Nase voll.

Ich legte den Hörer auf. Jetzt konnte ich auf keinen Fall zu Bett gehen. Außerdem schlief Tom Schulz vermutlich auch nicht, falls er noch am Leben war. Ich mußte mich konzentrieren. Ich deckte die Kartoffelpuffer zu und stellte sie in den begehbaren Kühlschrank, dann musterte ich meine Küche.

Neben dem Telefon lag eine Liste mit Nummern: Tom Schulz, Julians und Archs Schule, Marla, Alicias Lieferfirma, Archs Freund Todd, die Bibliothek. Was hatte neben Olsons Telefon gelegen? An der Pinnwand in seinem Büro hatten alle möglichen Telefonnummern gehangen; ich erinnerte mich daran, weil ich vor der ausgefallenen Trauung dort gewesen war und hinterher auch, als ich das Gesangbuch gegen die Wand geworfen hatte und Zettel von der Pinnwand gefallen waren.

Und der Anrufbeantworter in Olsons Haus war zerstört worden. Konnte das der Grund für die Verwüstung dort gewesen sein: Beweismaterial zu vernichten, nicht etwa, etwas zu stehlen? Aber warum war ich dann niedergeschlagen, war mir die Seite aus der Prüfungsarbeit aus der Hand gerissen worden? Und was hieß *B. – lesen – Judas?* Ich wußte es nicht. Aber ich hatte keinen Zweifel daran, daß der Anrufbeantworter der Schlüssel war, daß ich mich darauf konzentrieren mußte. Vielleicht hatte derjenige, der Olsons Haus verwüstet hatte, nicht gewußt, wie telefonische Nachrichten gespeichert werden. Vielleicht war es jemand aus einer Generation, die etwas gegen die Entwicklung der Kommunikationstechnik hatte oder nichts von ihr verstand.

Ich sah aus dem Küchenfenster. Weicher Pulverschnee war gefallen. Ich wollte so schnell wie möglich in das Pfarrbüro, die Reste von Olsons Pinnwand untersuchen und die Codenummer für den Anrufbeantworter finden, die auf so viele Fragen die Antwort liefern konnte. Als wollte er protestieren, zog sich mein Rücken vor Schmerz zusammen – nicht stark genug für eine Tablette, sagte ich mir. Ich mußte wach bleiben. Andererseits traute ich mich nicht, allein zur Kirche zu fahren. Boyd hätte mir das nie verziehen. Ich schlang die Arme um mich, wütend über meine Unschlüssigkeit.

Schnee dämpft im allgemeinen die Geräusche. Deshalb wartete ich, bis ich das schwache Geräusch eines auftretenden Fußes noch einmal hörte. Als es kam, sträubte sich Scouts Nackenfell. Jemand war auf meiner Vorderveranda.

Ich schlich mich durch das Eßzimmer in das verdunkelte Wohnzimmer. Ich hörte weitere schlurfende Schritte, sogar einen leisen Ächzlaut. Im Licht einer Straßenlaterne sah ich, daß eine weitere Wolldecke am Haken der Verandaschaukel hing. Die Gestalt, die von der Schaukel sprang, war Agatha Preston.

»Gehen Sie nicht!« schrie ich, als ich die Haustür aufriß.

»Uh!« rief Agatha, als sie zurückwich. »Das sollte eine Überraschung sein! Ich habe mir solche Sorgen gemacht … und ich wollte einfach, daß Sie etwas bekommen …!«

Auf dem Verandageländer stand ein Mayonnaiseglas mit Kaffee. Jedenfalls sah es wie Kaffee aus.

Ich holte tief Luft, um mich zu beruhigen. »Bitte, Agatha, kommen Sie ins Haus.«

Sie warf sich die Zöpfe über die Schultern, griff ehrfürchtig nach dem Glas und kam auf Zehenspitzen herein. Sie trug einen Trainingsanzug in Rosa und Weiß mit passenden rosa Stiefeln. *Pocahantas als Lutschstange.*

»Ooh, bitte, seien Sie nicht wütend auf mich, Goldy. Ich hab' Ihnen doch erzählt, daß ich nicht arbeite, deshalb häkle ich dauernd, und ich hatte die Decken fertig, und ich hab' gedacht, vielleicht …«

»Danke, Agatha, ich hätte wissen müssen, daß sie von Ihnen sind. Ich habe eine solche Decke in Olsons Haus gesehen.« Ihr Gesicht färbte sich ebenso rosa wie ihr Anzug. Ich fragte mich, was für eine Farbe es annehmen würde, wenn ich ihr von den Briefen erzählte, die ich gefunden hatte. Ich sagte: »Was ist in dem Glas?«

»Oh. Wissen Sie, Ted hatte tatsächlich die Kraft.« Ihr Blick hellte sich auf. »Wundertätige Kräfte. Und weil ich im Fernsehen gehört habe, wenn man die Erde ausgräbt, auf die das Blut –«

»Sie brauchen nicht weiterzusprechen, ich weiß Bescheid. Mein Sohn hat die Sendung auch gesehen. Kommen Sie weiter in die Küche.«

»Aber … ich habe schon etwas von diesem Wasser in der Nähe der Kirche vergossen, weil es dort so viele Unheilbare gibt –« Sie ging zögernd in die Küche, stellte das Glas auf den Tisch und setzte sich.

»Auf der Baustelle für das Kolumbarium? Ich habe Sie gesehen –«

»– und ich habe mir einfach gedacht, nachdem so vieles in Ihrem Leben schiefgelaufen ist, könnten Sie wirklich Heilung brauchen, etwas Übernatürliches, das in jedem Fall wirkt –«

»Aber Agatha. Das ist kein Wunder. Das ist Aberglaube.«

Sie sah mich mit offenem Mund an. »Wo liegt da der Unterschied? Beten Sie nicht auch um bestimmte Dinge? Meinen Sie nicht, daß wir einen Kinderglauben brauchen?« Sie stand auf und ging zu Julians Erdhäufchen hinüber. »Was ist das? Ist das aus Chimayó?«

»Es gehört jemandem, der für mich arbeitet.«

»Oh.« Sie musterte mich ernst. »Haben Sie noch nie im Leben um etwas ganz Bestimmtes gebetet?«

»Selbstverständlich.« Agatha gehörte, wie ich zu Arch gesagt hatte, zur Kirchenfamilie. Ich wollte mich mit ihr verschwistern, ich wußte nur nicht, wie. Ich durchforschte mein Gedächtnis nach einer Erfahrung wie der, die sie meinte. »Moment mal«, stammelte ich. »O ja. Meine Eltern haben mich in der ersten Klasse auf eine römisch-katholische Schule geschickt. Ich war ganz begeistert, weil wir im Klassenzimmer Butter hergestellt haben.«

»Darum haben Sie gebetet?« fragte Agatha verwirrt. »Um Butter?«

»Nein, nein. Meine Mutter bekam eine besonders schlimme Blinddarmentzündung. Sie lag wochenlang im Krankenhaus. Deshalb habe ich ...« Plötzlich kam ich mir entsetzlich töricht vor, aber Agatha beugte sich erwartungsvoll vor. »Deshalb habe ich geschrieben: ›Bitte, mach Mommy wieder gesund‹, das Blatt Papier zusammengerollt und es zwischen die Steinfinger einer Marienstatue auf dem Schulhof gesteckt.« Ich stieß ein kurzes, peinlich berührtes Lachen aus.

»Wow. Und sie ist gesund geworden?«

»Na ja ... schon, aber«, sagte ich und suchte nach Worten, »ich glaube, man muß das, was Sie das *Unheimliche* nennen würden, vielleicht mit Hilfe der Kirchenlehre und der Tradition überprüfen.« Die eigenen

Worte brachten mich zum Verstummen. Ich klang wie ein Mitglied der alten Garde! Es hätte mir ohnehin gut angestanden, an das *Unheimliche* zu glauben. Auf alle Fälle hatte ich in letzter Zeit reichlich davon erlebt.

Sie schmollte. »Ihre Einstellung ist altmodisch. Ted hatte die Kraft.«

»Großartig. Was hatten Sie draußen an Ted Olsons Haus verloren? Haben Sie ihm ein Stück Papier gestohlen?«

Sie lief knallrot an. »Ich ... ich ... hab' die Erde geholt, von der Stelle, an der er zu Boden gestürzt war. Ist das ein Verbrechen? Was für ein Stück Papier?«

Ich musterte sie gründlich. Für den Augenblick war ich bereit, ihr zu glauben, daß sie die Wahrheit sagte.

»Es tut mir leid, Agatha«, brach es aus mir heraus. »Ich habe die Briefe gefunden, die Sie Ted Olson geschrieben haben. Ich habe sie der Polizei gegeben.«

Die Farbe wich aus ihrem Gesicht. »O Gott«, sagte sie leise. »O Gott ... Wenigstens hat Bob sie nicht.« Sie sah starr geradeaus, offenbar hatte sie nicht mehr den Wunsch, über Wunder zu sprechen.

Und dann kam mir ein absolut wunderbarer Einfall. Er erfüllte mich mit mehr Unbeschwertheit und Erregung, als ich seit Toms Verschwinden je empfunden hatte. »Agatha. Wissen Sie, wie Ted die Nachrichten auf seinem Anrufbeantworter abgerufen hat?«

»Ja, ich glaube schon. Ich meine, ich kenne den Code nicht, aber er hatte einen. Wissen Sie, erst mußte er eine bestimmte Nummer wählen und dann die Telefonnummer der Kirche –«

Halleluja. »Wissen Sie, ob jetzt jemand in der Kirche ist?«

Sie sah auf die Küchenuhr, verwirrt von meiner Frage.

0.30 Uhr. »Jetzt? Ich glaube, sie halten vor der Beerdigung eine Art von Gebetswache. Die Leute beim Zehn-Uhr-Gottesdienst am Sonntag haben das organisiert.«

Großartig. Wenn Agatha mich begleitete, konnte sich Boyd schlecht darüber aufregen, daß ich loszog. Falls Leute in der Kirche waren, dann war es etwas anderes, als bei Nacht in ein leeres Gebäude einzudringen.

Ich konnte mein Herz schlagen hören. Ich flüsterte: »Wissen Sie, wo Ted die Zugangsnummer aufbewahrt hat?«

»Sicher, irgendwo am Pinnbrett in seinem Büro. Aber warum?«

»Das erzähle ich Ihnen auf dem Weg zur Kirche«, versprach ich ihr.

21

Auf dem Parkplatz standen nur zwei Autos, nicht gerade eine Menschenmenge, die sich zur Gebetswache versammelt hatte. Ich kannte beide Autos nicht, aber andererseits besuchte ich selten den späteren Gottesdienst am Sonntag morgen und war weder mit den Charismatikern noch mit ihren Fahrzeugen vertraut.

»Hab Bob irgendeine Ahnung, wo Sie sind?« fragte ich, als wir aus meinem Lieferwagen stiegen.

»Er glaubt, daß ich hier bin. Bei der Gebetswache.«

»Ah. Wissen Sie, wie wir ins Pfarrbüro kommen können?« Um uns herum fielen weiterhin Schneeflocken.

»Die Schlüssel liegen auf einem langen Brett neben der Bürotür«, erwiderte sie prompt. »Lucille zeigt uns allen immer, wie wir ins Pfarrbüro kommen können.«

»Wer sind ›wir alle‹?«

»Eigentlich ist nur die Altargilde damit gemeint, die es für sich behalten soll, aber –«

»Das ist jetzt unwichtig.«

Die Kirchenlichter waren schwach. Flackerndes Licht der Kerzen von der Gebetswache züngelte an den Fenstern. Ich konnte mich nicht daran erinnern, ob es liturgisch korrekt war, eine Gebetswache, von einer Beerdigung ganz zu schweigen, vor dem Karfreitag in der heiligen Woche abzuhalten. Aber die Charismatiker in unserer Gemeinde waren von Gebetswachen begeisterter als von liturgischer Korrektheit. Und Menschen konnten sich den Zeitpunkt ihres Todes nicht aussuchen.

Wir stiegen vorsichtig über das gelbe Absperrband der Polizei. Am Büroeingang langte Agatha nach oben und griff nach dem Schlüssel, dann hantierte sie kurz ungeschickt damit herum, ehe sie die Tür aufschloß. Agatha stieß die Tür auf und griff nach dem Lichtschalter, dann fädelte sie sich durch das beleuchtete Chaos. Als wir in Olsons Büro kamen, zeigte sie auf die Pinnwand am Boden, auf das Durcheinander von Zetteln. Langsam zogen wir Reißnägel heraus und sammelten die Zettel mit Nummern ein, die auf dem Fußboden gelandet waren. Diözesanzentrum. Altargilde. Organistin.

»Hier ist eine«, sagte Agatha. »Roger Bampton.«

»Ich frage mich, warum Ted ihn anrufen sollte.«

»Oh, wissen Sie, Roger ließ Kopien seiner Blutwerte für Ted einrahmen. Roger nannte es sein ›erstes Wunder‹. Ted war ganz schön aufgeregt. Er hat es allen erzählt. Ich weiß aber nicht, wie es zwischen ihnen weitergegangen ist. Ich weiß, daß sie dauernd miteinander telefoniert haben –«

»Heureka!« Ich las vor: »Alexander Graham, 555-6363.«

Agatha zog die Nase kraus. »Das klingt nicht nach einem Gemeindemitglied.«

Ich sagte: »Sie haben keinen Sohn, der Verschlüsselungen liebt. Damit ist Alexander Graham Bell gemeint, Schätzchen.« Ich dachte einen Augenblick lang nach. Sollte ich zu einer Telefonzelle gehen oder versuchen, die Telefone hier einzustöpseln? Der Vandale in Olsons Haus hatte nicht begriffen, daß es nicht genügte, auf ein Telefon einzudreschen und die Leitung aus der Wand zu zerren, damit es nicht mehr funktionierte. »Könnten Sie nachschauen, ob Sie den Nebenapparat der Sekretärin einstöpseln können? Ich wüßte es zu schätzen, wenn Sie bei den Nachrichten für Pfarrer Olson mitschrieben. Mir könnte etwas entgehen.«

»Aber sie sollen doch vertraulich bleiben –«

»Dazu ist es jetzt zu spät.«

Agatha kniff den Mund zusammen und schlüpfte in das Vorzimmer. Sie fummelte am Nebenapparat der Sekretärin herum, während ich Olsons zertrümmertes Telefon einstöpselte und ein Freizeichen bekam. Ich setzte mich an den Schreibtisch, stieß mir an einem Stapel von Leitungsrohren den Fuß an und fluchte. Ich wählte erst die Nummer 555, die tatsächlich die Zugangsleitung zum Anrufbeantworter war, und dann die Nummer der Kirche. Dann drückte ich die Knöpfe für P, R, A und Y.

Die erste Nachricht kam. Es war Agatha.

»Hi, ich bin's. Donnerstag abend. Tut mir leid, daß du morgen den ganzen Tag lang diese Gesellschaftstagung hast. Du wirst mir fehlen! Lass' uns nach der Trauung am Samstag miteinander reden, etwas anderes planen. Ich liebe dich.«

Ich hörte, daß Agatha im Vorzimmer ein Schluchzen unterdrückte. Ich konnte die elektronische Aufzeichnung nicht stoppen und wollte es auch nicht.

»Hier ist das Diözesanbüro. Bitte, holen Sie die Fotokopien der Prüfungsarbeiten am Freitag nachmittag ab, damit Ihr Ausschuß nächste Woche mit der Arbeit anfangen kann. Rufen Sie an, falls es ein Problem geben sollte.«

Wieder ein Pfeifton. Lucille Boatwright sagte: »Ich halte es für schrecklich, was Sie Zelda angetan haben. In Pfarrer *Pinckneys* Zeit wäre das nie passiert. In Pfarrer *Pinckneys* Zeit hätte ich außerdem nie mit einer solchen Höllenmaschine sprechen müssen!«

Ein langer Pfeifton, als hätte Lucille auch beim Auflegen nach dem Gespräch mit der Höllenmaschine etwas vermasselt. Die nächste Stimme war die von Bob Preston.

»Ich weiß, was Sie tun.« Im Vorzimmer stieß Agatha scharf die Luft aus. Die Stimme ihres Mannes war leise und drohend. »Ich werde Sie beim Bischof verpfeifen. Glauben Sie, die legen Wert auf noch einen Prozeß in dieser Diözese? Sie sind in der Episkopalkirche ein toter Mann, Olson. Sie sind *erledigt.*«

Gütiger Gott. Wieder ein Pfeifton. »Tut mir leid wegen des Krachs bei der Sitzung, alter Freund, vor allem, weil du letztes Mal die Kokosnuß mitgebracht hast, was so ungeheuer komisch war. Du gehörst zu unserer Gemeinschaft, es war nicht so gemeint, was ich gesagt habe, ich habe mich einfach hinreißen lassen, du weißt ja, wie ich bin. Hör mal, du hast vergessen, die Prüfungsarbeiten abzuholen. Ich bringe sie dir am Samstag morgen zum Lesen nach Hause, bevor du diese Goldy traust, die im Prüfungsausschuß sitzt. Also bis morgen um neun?« Kanonikus Montgomery legte auf.

Im Vorzimmer schrie Agatha auf. Dann folgte ein dumpfer Aufschlag.

»Agatha?« sagte ich. Keine Antwort. Im Hörer in meiner Hand ertönte wieder ein Pfeifton, und eine weitere

Nachricht, dieses Mal von Doug Ramsey, wurde abgespielt. Ich drückte verzweifelt auf den Knopf für das Freizeichen. »Agatha?« rief ich. Im Vorzimmer herrschte immer noch Schweigen. Ich drückte auf den Knopf und betete um ein Freizeichen, damit ich 911 wählen konnte. Die Nachricht von Ramsey nahm kein Ende.

»Hilfe!« rief ich. Meine Stimme klang schwach.

»Niemand wird Sie hören«, sagte Kanonikus Montgomery, als er Olsons Büro betrat. Sein weißes Haar stand ihm wirr vom Kopf ab. Sein Gesicht war scharlachrot. In der Hand hielt er einen Schlagstock, der sich zusammenschieben ließ, einen Stock, wie er in Läden für Polizeizubehör erhältlich ist. Ich war mir ziemlich sicher, daß dieser Schlagstock mich am Rücken getroffen hatte, als ich in Olsons Haus das einzige Beweisstück fand, das der Mörder hinterlassen hatte: eine fotokopierte Seite der Prüfungsarbeiten, die sein Vorwand gewesen waren, überhaupt dorthin zu fahren. Derjenige, der die Prüfungsarbeiten zum *Lesen* brachte, war der *Judas.*

»Die werden Sie schnappen«, sagte ich wütend. »Sie werden niemals –«

»Halten Sie den Mund.« Er war ganz in Schwarz gekleidet, bis auf den schneeweißen Klerikerkragen, der schlecht zu seinem rot angelaufenen Krötengesicht und zu der Waffe in seiner Hand paßte. »Wo sind die Blutwerte? Sie müssen es wissen. Ich weiß, daß er es jemandem gesagt hat –«

»Was?«

»Ich habe gewußt, daß Olson lügt«, knurrte er. »Ich –«

»Wo ist Tom Schulz, Sie Scheißkerl?« kreischte ich. »Olson hat Tom vor der Trauung angerufen, weil er Angst vor Ihnen hatte. Und aus gutem Grund.«

Er lachte. Es war ein grausiges, kratziges Gelächter, bei dem sich mir der Magen umdrehte. Ich sah mich schnell in dem durchwühlten Büro um. Von den schmierigen Fenstern über die Bücherregale bis zum Boden, wo die Leitungsrohre von der Renovierung einen häßlichen Haufen bildeten, gab es keinen Fluchtweg.

»Wo ist Tom Schulz?« wollte ich wieder wissen.

Kanonikus Montgomery schüttelte den Kopf. »Wissen Sie, ich hätte Olson vernichten können. Ich meine, ich hätte es so hindrehen können, daß ihm das Pfarramt aberkannt worden wäre. Er hatte ein Verhältnis mit der Frau da draußen, er hat fragwürdige finanzielle Transaktionen mit den Perlen und den plötzlichen Spenden getätigt. Hat einen Mercedes gefahren. Pah!«

»Aber Sie haben ihn umgebracht.« Halt ihn hin, dachte ich verzweifelt. Tu alles, damit er weiterredet. Damit jemand eine Chance hat, dich zu sehen oder zu hören. »Und Mitchell Hartley auch. Er muß etwas herausgefunden haben.«

»Hartley ist kein großer Verlust. Er wollte mich nicht einmal anzeigen! Er wollte mir nur sagen, er wisse, daß ich Olsons Prüfungsarbeiten an mich genommen hatte und daß eine Seite in Olsons Haus gefunden worden war. Hartley wollte im Austausch gegen diese Information die Prüfung bestehen. Am letzten Freitag hatten wir eine Sitzung. Olson und ich haben uns wegen dieser idiotischen angeblichen Wunder gestritten. Er ist wütend hinausgerannt, und leider hat Mitchell Hartley gesehen, wie ich Olsons Satz der Prüfungsarbeiten und die Schlüssel des Diözesanfahrzeugs an mich genommen habe. Am Samstag, als ich draußen bei Olson war, hat Ihr Copfreund sich angehört, wie ihm Olson das

Herz ausgeschüttet hat. Ich weiß, daß er ihm gesagt hat, wo die Blutwerte sind. Jammerschade.«

Er war wahnsinnig. Daran gab es keinen Zweifel. Ich sagte: »Sie haben es einfach nicht ertragen, daß er solche Kräfte hatte, nicht wahr? Nachdem er Ihr Protegé gewesen war?«

»Die Leute haben ihn angebetet«, fuhr Montgomery mich heftig an. »Ich habe versucht, die Kirche zu schützen. Und was für ein Glück, daß er meinen Namen nicht genannt hat. Wenn die Polizei Ihre Leiche und die der anderen Frau findet, wird sie mich noch weniger verdächtigen. Es wird einfach nach einem weiteren Einbruch aussehen –«

Ich schob die Hand unter den Schreibtisch, wo ein kaputtes Rohr am Aktenschubfach lehnte. »Sie werden das Wunder nie leugnen können, wissen Sie«, sagte ich ihm mit soviel Aggressivität, wie ich aufbringen konnte.

»Oh?« Er hob die spitzen weißen Augenbrauen und lächelte säuerlich, als unterhielten wir uns über strittige theologische Standpunkte. »Und warum?«

»Weil die Blutwerte im Computer sind, Sie Bestie. Im pathologischen Labor. Selbst wenn Sie einen Ausdruck vernichten, läßt sich der Ausdruck jederzeit wiederholen. Das ist wie mit der Nachricht, die Sie hinterlassen haben. Sie schaffen sie nicht aus der Welt, indem Sie den Anrufbeantworter kaputtschlagen. Die Information ist gespeichert.« Ich hatte eine jähe Vision von Lucille Boatwright, wie sie sich über den Anrufbeantworter beschwerte. »Sie konnten mit dem Faxgerät nicht umgehen, Sie konnten keine Nachrichten vernichten, indem Sie einen Anrufbeantworter kurz und klein geschlagen haben. Sie und Ihre Generation verstehen einfach nichts von moderner Technik!«

Damit sprang ich auf, das Rohr in der Hand, und rammte es in das Fenster neben Olsons Schreibtisch. Die Scheibe brach, aber der Rahmen hielt.

»Hilfe!« schrie ich. »Hilfe!«

Montgomery machte schnell kehrt und rannte zur Bürotür.

»Hey!« schrie ich ihm nach. »Wo ist Tom Schulz?«

Die Bürotür schlug zu. Ich stürzte ins Vorzimmer. Mein Rücken schrie vor Schmerz auf. Agatha war ächzend über dem Schreibtisch zusammengesackt. Wenigstens war sie am Leben. Ich mußte Montgomery verfolgen.

Als sich meine Augen an die Dunkelheit und den wirbelnden Schnee gewöhnt hatten, lief Montgomery über die Trittsteine. Er rannte auf die Baustelle des Kolumbariums zu. Gleich dahinter lagen der Parkplatz und die Straße.

»Nein!« schrie ich. Dann rannte ich, schneller, als ich je gerannt war. Sollte der Teufel meinen Rücken holen. Ich wollte Montgomery um jeden Preis einholen. Er durfte nicht entkommen. Er durfte nicht verschwinden, ohne mir zu sagen, wo Tom war.

Montgomery machte am Rand des Kolumbariumgrabens halt. Er schien sich nicht schlüssig zu sein, ob er um die Baustelle herum oder durch sie hindurch laufen sollte.

»Stehenbleiben, stehenbleiben, bitte stehenbleiben«, brüllte ich, atemlos vor Schmerz und Anstrengung. Ich war sechs Meter von ihm entfernt.

Er ging in die Knie und schaute in die Grube. Ich glaubte, er wolle abschätzen, wie tief die Aushebung war.

Ich holte keuchend Luft und rief: »Ganz gleich, was mit den Blutwerten ist, manche Leute werden daran glauben.« Ich war auf dem Grund der Aushebung. Montgomery machte einen Satz rückwärts; sein weißes Haar fluoreszierte gespenstisch. Ich schrie: »Sie können die Menschen nicht daran hindern zu glauben, daß Gott ... Olson als Werkzeug benützt hat. Bitte bleiben Sie stehen.«

»Sie wollen ein Wunder?« kreischte er. »Sie werden eins brauchen, um Schulz zu finden.«

»Bitte nicht, bitte warten Sie«, flehte ich, als ich mühsam den Erdhügel hinaufkletterte. Montgomery beobachtete mich und wich zurück. »Warten Sie!« schrie ich. Er wirbelte herum und sah wieder in die Grube, als wollte er abschätzen, ob er sie mit einem Sprung überqueren könne. »Das ist unsicherer Boden«, flehte ich. »Bitte, lassen Sie das ...« Er fuhr herum und starrte mich an, jedenfalls in meine Richtung. Um ihn herum fiel lautlos Schnee. Sein dünnes weißes Haar und sein Klerikerkragen schimmerten im Licht vorbeifahrender Autos.

»Niemals, niemals werde ich ...«, dröhnte seine Stimme, ehe er rückwärts in die tiefe, dunkle Grube kippte.

»Nein!« schrie ich. Meine Füße versanken im Schlamm, als ich die Böschung hinaufkletterte. Unter mir konnte ich verschwommen ein Kleiderbündel sehen, Montgomery, der im eisigen Wasser der Grube das Gleichgewicht verloren hatte.

»Warten Sie, ich helfe Ihnen«, rief ich und kam mir jetzt schon hilflos vor. Ich rutschte die Böschung hinunter. Zum Teufel mit Lucille Boatwright und ihrem verdammten, ungenehmigten, unbeaufsichtigten Kolumbariumprojekt. Ich holte tief Luft und watete in das Wasser. Es war wie Eis. Einen Augenblick lang spürte ich meine Beine, dann wurden sie taub. Ich zerrte an Montgomerys Kleidung, an seinem schweren Körper. Er war schlaff. Wie war das möglich? Über uns, auf der anderen Seite der Grube, hielt ein Auto. Jemand war von der Straße aus hergekommen. Leute, die unseren Sturz in die Grube gesehen hatten, riefen uns zu.

Ich wälzte Montgomery herum und schrie auf beim Anblick seines Gesichts, dessen Röte sich in ein unheilverkündendes Weiß verwandelt hatte. »Wo ist Schulz? *Wo* ist er?«

Seine Augen quollen hervor, aber es kam keine Antwort. Ich schüttelte ihn und versuchte, den nassen Körper zur anderen Seite der Grube zu ziehen, aber er war zu schwer. Seine Hände umklammerten seine Brust. Sie ließen sich nicht lösen. Verdammt noch mal, ich wußte, daß er einen Herzinfarkt bekommen hatte. Er brauchte eine Wiederbelebung, und zwar schnell.

»Hey, Lady, raus aus dem Wasser. Sie werden an Unterkühlung sterben!« Ein dicker Mann in einem karierten Wolljackett packte mich an der Schulter und zog mich hoch.

»Au!« schrie ich. Mir war so kalt. Montgomery würde es nicht überleben. Und kein Anhaltspunkt dafür, wo Tom Schulz war. Mein Liebster, mein Tom würde sterben, ganz gleich, wo er war. Die Polizei würde ihn niemals finden. Ich würde ihn nie wiedersehen.

»Ich muß Sie in trockene Kleider stecken, Ihnen eine Decke holen!« insistierte der Mann, der mich gerettet hatte. »Hey, junge Frau! Was ist denn in Sie gefahren? Ich sag's Ihnen ungern, aber ich glaube, der Pfarrer da ist tot. Wenigstens ist es schnell gegangen.«

Als wir durch die Kirchentür kamen, beteten nur Doug Ramsey und Roger Bampton in der hintersten

Bank. Ich hatte Roger nicht mehr gesehen, seit das ganze Theater seinetwegen angefangen hatte. Jetzt waren drei Menschen gestorben – Olson, Hartley und Montgomery –, weil niemand bereit gewesen war, das scheinbar Unerklärliche zu akzeptieren.

»Gütiger *Himmel*, was in aller Welt ist passiert, sind Sie in den *Bach* gefallen?« rief Doug Ramsey, als er sich aus der Kirchenbank hievte. »Auf dem Weg zur Gebetswache? Haben Sie sich verlaufen?«

»Holen Sie erst mal trockene Kleider aus der Hilfswerkschachtel«, kommandierte Roger Bampton, der mich unter seine Fittiche nahm. Er war ein kleiner, kahler Mann mit faltigem Gesicht und Altersflecken auf den Händen. Für den Mittelpunkt von soviel Feindseligkeit wirkte er erschreckend durchschnittlich. »Ziehen Sie sofort diese Kleider aus«, befahl er, dann gab er mir eine von Agathas Wolldecken von der Bibliothekscouch. Im Hinausgehen sagte er: »Sonst holen Sie sich noch den Tod.«

Ich tat, was er mir aufgetragen hatte. Ich zitterte heftig, war zu durchgefroren zum Weinen. Doug Ramsey, dessen Hang zu Übertreibungen mich auf eine falsche Fährte geführt hatte (»Der ganze Ausschuß ist hier!«, obwohl Montgomery nicht dagewesen war, und: »Frauen haben auf Olson gewartet«, obwohl es sich nur um Agatha gehandelt hatte), schob einen langen, dünnen Arm durch die Bibliothekstür und ließ ein Männersweatshirt und ausgestellte Jeans fallen. Als ich mich angezogen hatte, kam ich heraus, und Roger Bampton bot mir eine Tasse Tee an. Mein Retter hatte eben von einem seiner Helfer erfahren, daß Montgomery tot war. Roger Bampton hatte die Polizei gerufen.

»Jemand muß nach Agatha Preston sehen«, stammelte ich. »Sie ist verletzt. Im Pfarrbüro hinter der Kirche.« Der Mann, der mich in die Kirche gebracht hatte, schüttelte den Kopf und ging in diese Richtung.

»Wir waren mitten in der Gebetswache, von der ich wollte, daß sie nach orthodoxem Brauch abgehalten wird«, sagte Ramsey, der unfähig war, in Krisensituationen den Mund zu halten, »und dann haben wir den Krach auf dem Parkplatz gehört, und Sie sind hereingekommen, und dann diese Nachricht über Montgomery! Herr im Himmel! Ich weiß einfach nicht, was ich sagen soll, weiß nicht, was ich tun soll ... In gewisser Hinsicht, wissen Sie, ist es wie bei den ursprünglichen Ostergebetswachen, als die Täuflinge unterirdisch festgehalten wurden, nackt, bis sie am Ostermorgen heraufkommen durften, getauft wurden und neue Kleider bekamen, obwohl jetzt kaum die richtige Jahreszeit für die Taufe in einer *Grube* ist, noch dazu in einer Grube neben einer Kolumbariumbaustelle, und natürlich sind Sie schon vor langer Zeit getauft worden, ich will nur ausdrücken –«

»Was?« schrie ich. Ich packte Vikar Doug Ramsey an den Aufschlägen seines schwarzen Anzugs. *Unterirdisch festgehalten.* Vikar Ramsey wußte das bestimmt genau, er war ein Fachmann in liturgischen Fragen, genau wie Kanonikus Montgomery, der *immer nach der Geschichte der Eucharistie* fragte. Montgomery, der rein zufällig in Agathas und meiner Nähe gewesen war, als wir das Telefon im Pfarrbüro benützten. Im Pfarrbüro, unter dem ein Fundament für neue Installationen ausgehoben wurde. »Schnell!« rief ich. »Helfen Sie mir.«

Vikar Doug Ramsey zog das Kinn ein. »Was ist denn *jetzt* los?«

»Wir müssen im Pfarrbüro nachschauen, dort, wo renoviert worden ist. Unter dem Boden!« Aber ich war schon unterwegs, rannte zum Flur neben den Kindergottesdiensträumen.

Vikar Doug Ramsey rief hinter mir her: »Muß das denn *sofort* sein?«

Roger trabte hinter mir her, während ich barfuß den Flur entlangstürzte, vorbei am Chorraum, durch den Seiteneingang und die eisigen Stufen hinauf zum bunkerähnlichen Pfarrbüro. Der Mann vom Bach half Agatha auf. Sie wirkte benommen, aber ich blieb nicht stehen, um mich über ihren Zustand zu vergewissern. Statt nach links ins Büro abzubiegen, wandte ich mich nach rechts und schaltete die schwache Birne ein, die in dem renovierungsbedürftigen Bereich hing.

Ich schluckte. Der große Raum war dunkel, mit kahlen Wänden. Ich ging über eine Planke, die über das Fundament zur anderen Seite des Raums führte, und schaltete dann eine weitere schwache Birne in einem Raum ein, der bis auf das Gebälk bloßgelegt war. Dahinter war nur noch ein kleiner, tunnelähnlicher Bereich, in dem alle Leitungsrohre herausgerissen worden waren.

»Hier«, sagte ein keuchender Roger Bampton hinter mir. Gott segne ihn, er schien meine Gedanken zu lesen. »Die werden Sie brauchen. Ich bleibe hinter Ihnen.«

Ich schaltete die Taschenlampe ein, die er mir zugeschoben hatte. Das flackernde Licht fiel auf einen Schlafsack, auf etliche Vorräte. Ich schob mich in den Eingang des Erdtunnels. Dreck fiel mir ins Gesicht und kam mir in die Augen. Meine geballten Hände stießen gegen die Leitungsstutzen. Genau dieses Geräusch hatte ich gehört, als ich Olsons verwüstetes Büro durchsuchte. Ich leuchtete mit der Lampe voraus. Ich kam um eine Biegung herum und hielt den Strahl hinein.

Noch ein Tunnel. Das Lampenlicht brach sich an etwas. Als ich näherkam, sah ich, daß es der Kelch, die Patene und das Ziborium waren, die aus Olsons Haus verschwunden waren. Ich langte nach dem kalten Metall, dann hob ich den Deckel des Ziboriums. Aber ich wußte schon, was ich zu sehen bekommen würde, ehe ich mit der Lampe hineinleuchtete: die Perlenketten, schimmernd und glänzend im schmalen Lichtstrahl. Nur Montgomery hatte darauf kommen können, daß Olson die *wertvollen Perlen* in etwas aufbewahrte, was für ihn gleichermaßen wertvoll war: in den Sakramentsgefäßen.

Ich schleppte mich weiter in die Dunkelheit. Der Tunnel machte eine weitere Biegung. Ich erinnerte mich daran, wie ich meine zusammengerollte Fürbitte in die Hand einer Statue gelegt hatte. Jetzt betete ich heftig. *Ich glaube; hilf meinem Unglauben*! Meine Taschenlampe leuchtete in die Dunkelheit.

Dort. Am Ende des finsteren Erdtunnels, festgebunden an einen Stuhl, war eine reglose Gestalt. Tom Schulz. Langsam hob er den Kopf ins Licht und kniff die Augen zusammen. Er war geknebelt.

Ich rannte zu ihm und riß ihm den Knebel aus dem Mund.

»Goldy?« Seine Stimme war heiser, weil er sie lange nicht mehr benützt hatte, und im schwachen Licht konnte ich seine Augen nicht sehen. »Bist du es wirklich?«

»Da kannst du drauf wetten«, sagte ich, dann nahm ich ihn wortlos in die Arme.

22

Wir wurden am nächsten Nachmittag getraut, als sich die Kirche nach dem Beerdigungsgottesdienst für Pfarrer Olson geleert hatte. Meine Eltern kamen voller Freude mit dem Flugzeug; Boyd und Armstrong holten sie vom Flughafen ab. Eine kleine Gruppe der Kirchengemeinde kam, darunter eine pingelige Lucille Boatwright. Ich rief Zelda an und sagte, ich brauchte sie als Organistin; ob sie bereit sei? Sie sagte, das sei sie selbstverständlich; ich wolle doch bestimmt keine schundige charismatische Musik, oder? Nein, sie könne spielen, was sie wolle, aber damit sei eine Bedingung verknüpft, fügte ich entschuldigend hinzu. Sie müsse mir erlauben, ihre Schwiegertochter Sarah Preston und ihren Enkel Ian Preston einzuladen. »Benützen Sie mich einfach als Vorwand«, sagte ich zu ihr. »Ich kann nicht heiraten und glücklich sein, wenn ich weiß, daß der alte Schmerz Sie immer noch quält.«

Zelda rang nach Luft und fing dann an zu weinen. »Ich habe mir das wohl immer gewünscht ... im Herzen. Da hat sich das alles so schwer angefühlt, wie Ballast. Ich glaube, deshalb habe ich mich um den Organistenposten in der katholischen Kirche beworben. Irgendwie wollte ich sie wohl wirklich sehen ...« Sie brach ab und sagte dann schwach: »Gut. Wenn Sie den Anruf übernehmen ...«

Was ich tat. Sie würden mit Freuden kommen. Mit viel Theater und Besorgnis erklärte Vikar Doug Ramsey sich bereit, die Trauung zu halten. Ich gab Marla das Rezept für gefüllte Portobello-Pilze, und sie bereitete sie zu. Arch holte die Hochzeitstorte aus dem Tiefkühler.

Tom Schulz war schwach, aber er lehnte einen Rollstuhl ab. Sein linker Knöchel war gebrochen; Boyd hatte uns noch in der Nacht ins Krankenhaus gefahren und ihn vernommen, während Julian, Arch und ich darauf warteten, bis Tom einen Gips bekam. In fast frei Tagen der Gefangenschaft hatte Tom nur ein bißchen Wasser bekommen. Er hatte nicht gewußt, was Montgomery mit Blutwerten wollte. Aber er hatte ihn trotzdem die ganze Zeit ausgetrickst.

»Blutwerte?« sagte Tom. »Was sollte ich darüber schon wissen? Aber ich hab' getan, als wüßte ich etwas, damit der Kerl mich am Leben läßt.« Ich schüttelte ungläubig den Kopf.

Boyd schwor, nichts habe einen Sinn ergeben. Die Schlüssel im Habitat-Haus schienen Preston zu belasten; die Perlen, die Mitchell Hartley bei sich gehabt hatte, erweckten den Anschein, das Motiv sei Raub gewesen. Alles Montgomerys Werk. Jetzt ergab es einen Sinn. Auf Agathas Bitte vernichtete Boyd ihre Briefe an Olson mit dem Reißwolf. Bob Preston würde sie nie zu sehen bekommen. Agatha sagte mir, sie und Bob hätten beschlossen, zur Eheberatung zu gehen; das sei einfacher als eine Scheidung.

Arch und Julian trugen wieder die geliehenen Smokings und strahlten. Mit der Morgenpost hatte Julian seine Zulassung zum Cornell College bekommen. Marla versah den Rand der aufgetauten Hochzeitstorte mit der wackligen Aufschrift *Herzlichen Glückwunsch* in Zuckerguß.

Die Prestons: Agatha, Bob, eine mißtrauische Sarah, die in einem seidenen Hosenanzug wie eine klein geratene Nofretete aussah, und Ian, ein kompakter Schwimmer wie sein toter Vater, kamen gemeinsam in die Kirche. Ian brachte für seine Großmutter, die er seit fünf Jahren nicht gesehen hatte, ein Orchideengebinde zum Anstecken mit. Während Zelda und Ian sich unter Tränen umarmten, erklärte ein triumphierender Bob Preston allen, die es hören wollten: »Das ist tatsächlich ein *Wunder.*«

Als bei der Trauung der Zeitpunkt für die Gelübde kam, sagte ich: »... in guten wie in bösen Tagen, in Reichtum und Armut, in Krankheit und Gesundheit werde ich dich lieben und ehren. Der Tod wird uns nicht scheiden. Das gelobe ich feierlich.«

Vikar Douy Ramsey, der ganz aufgeregt war, schien an seine Predigt über die Dreieinigkeit zurückzudenken. Ihm fiel nichts auf. Tom Schulz drückte meine Hand. Dann wiederholte er sorgfältig und deutlich mein Gelübde. Wir wechselten die Ringe, die ich in meinem Porzellanschrank aufbewahrt hatte.

»Jetzt bin ich endlich Goldy Schulz«, erklärte ich glücklich, als ich im Paradies während unseres jovialen Empfangs Toms breiten, wunderbaren Körper umarmte. »Du kannst dir gar nicht vorstellen, wie froh ich bin, daß ich endlich den Nachnamen Bear losgeworden bin.« Tom Schulz' große, schöne grüne Augen schienen in meine Seele zu blicken.

Gefüllte Portobello-Pilze mit gegrilltem Huhn, Pesto und sonnengetrockneten Tomaten

4 große Portobello-Pilze (etwa 1 Pfund)

Marinade für die Pilze:
5 Eßlöffel Olivenöl bester Qualität
5 Eßlöffel trockener Sherry, beste Qualität

Marinade für das Huhn:
1/4 l Olivenöl bester Qualität
2 Eßlöffel Balsamicoessig
1 Teelöffel Dijonsenf
1 Knoblauchzehe, gepreßt

4 enthäutete Hühnerbrusthälften ohne Knochen, jeweils halbiert
1/8 l Pesto
2 Eßlöffel fein gehackte sonnengetrocknete Tomaten, abgetropft und mit Küchenpapier abgetupft, falls sie in Olivenöl eingelegt waren

Die Pilze vorsichtig mit feuchtem Küchenpapier säubern. Die Stiele entfernen und hacken. Die Pilzköpfe (Oberseite nach unten) und die gehackten Stiele in eine Auflaufform aus feuerfestem Glas geben. Über jeden Pilzkopf 1 Eßlöffel Olivenöl und 1 Eßlöffel Sherry gießen; das restliche Olivenöl und den restlichen Sherry über die

Stiele gießen. Zudecken, beiseite stellen und etwa 1 Stunde lang bei Zimmertemperatur marinieren. Die Marinade für das Huhn anrühren und über die Hühnerscheiben gießen. Zudecken, beiseite stellen und 1 Stunde lang bei Zimmertemperatur in der Marinade ziehen lassen.

Den Grill vorheizen. Das Huhn kurz grillen, etwa 1 bis 2 Minuten pro Seite (es wird später weiter gegart).

Den Backofen auf 200 Grad vorheizen. Sorgfältig 1 Eßlöffel Pesto über die Unterseite jedes Pilzkopfs verteilen. Jeden mit Pesto überzogenen Pilz mit 1½ Teelöffeln sonnengetrockneten Tomaten bestreuen. Die marinierten Pilzstiele gleichmäßig über die Tomaten geben. Jeweils 2 Scheiben Huhn pro Pilz darauf legen. Die gefüllten Pilze in eine gefettete Auflaufform geben. 20 bis 25 Minuten lang backen, bis sie gut erhitzt sind. Sofort servieren.

Ergibt 4 Portionen

»Gott«, sagte er leise, »Goldy, du hast mir gefehlt.«

Ich küßte ihn. »Du wirst es nicht glauben«, sagte ich wahrheitsgemäß zu meinem Mann, »aber du warst die ganze Zeit bei mir.«

Ein atemberaubend schneller, actionreicher Thriller

»Ein Bestseller-Phänomen!«

New York Times

Er ist rücksichtslos und durchgedreht. Und er hat alle Mittel, das zu bekommen, was er will. Und was Drogenboss Rico Chavez am meisten will, ist Elena Kyler. Ausgebildet als Auftragskillerin, braucht Elena niemanden zum Überleben. Doch nun muss sie sich einem anderen Menschen anvertrauen, denn nicht nur ihr eigenes Leben ist in Gefahr. Zusammen mit Sean Galen von der amerikanischen Drogenbehörde will sie ihren kleinen Sohn Barry in die USA bringen, um ihn vor Chavez zu schützen. Aber die Amerikaner wollen vor allem eines: den Drogenbaron in eine Falle locken. Eine atemlose, grausame Jagd beginnt ...

»Hervorragend und für alle Johansen-Fans ein Genuss«
Booklist

Iris Johansen

Vertrauen ist tödlich

Roman

Deutsche Erstausgabe

ULLSTEIN TASCHENBUCH

UB243